D1153424

Eugenio Fuentes

Het bloed van engelen

Uit het Spaans vertaald door
Rikkie Degenaar

DE GEUS

De vertaalster ontving voor deze vertaling een werkbeurs van
de Stichting Fonds voor de Letteren.

Deze uitgave is mede mogelijk gemaakt dankzij een bijdrage van de
Europese Commissie in het kader van het programma Cultuur 2000.

Onderwijs en cultuur

Cultuur 2000

Oorspronkelijke titel *La sangre de los ángeles*, verschenen bij
Alba Editorial, s.l.u.
Oorspronkelijke tekst © Eugenio Fuentes, 2001
Nederlandse vertaling © Rikkie Degenaar en De Geus bv, Breda 2008
Omslagontwerp Mijke Wondergem
Omslagillustratie © Blasius Erlinger/zefa/Corbis
Druk Koninklijke Wöhrmann bv, Zutphen
isbn 978 90 445 0775 1
nur 331

Voor Guillermo en Jorge, in de toekomst

Dankwoord

Mensen die in het onderwijs werken zijn vaak depressief, dat klopt; in dat geval richt je je agressie op jezelf. Ze overtreden maar zelden de wet door hun agressie op anderen te richten, want over het algemeen zijn het vreedzame types, die niet vaak met justitie in aanraking komen, en er niet over piekeren geweld te gebruiken om hun doel te bereiken.

In dit licht gezien, is het haast overbodig hier nog aan toe te voegen dat het verhaal en de personages die in deze roman worden opgevoerd geen enkele overeenkomst vertonen met de werkelijkheid en dat alles wat beschreven wordt louter en alleen voortspruit – of het nu klopt of niet – uit de fantasie van de auteur.

Verder wil ik mijn dank uitspreken jegens Paloma en Maite Osorio, José Antonio Leal, Marciano de Hervás en Fernando Alonso, die het manuscript hebben gelezen en verbeterd; verder bedank ik Miguel Costero Cortón voor zijn hulp op het gebied van alles wat met wapens te maken heeft, Tomás Alegre voor zijn geduld en voor wat hij me heeft geleerd over de klarinet en het geluid van dat instrument, en María Antonia de Miquel voor haar wijze raad.

Deze roman is mede tot stand gekomen dankzij een subsidie van de *Consejería de Cultura de la Junta de Extremadura*.

I

Hij schoof de bloemen iets opzij om haar in de dood verstarde gezicht te kunnen zien; het bloed onder de oogleden was al gestold, alsof het verbaasd was dat het hart het niet langer door de aderen rondpompte. De laatste twintig jaar had hij niet meer zo lang naar haar gezicht gekeken. Hij vroeg zich af of zij zijn bezoekjes erg had gemist, hun gesprekken boven een kop koffie of thee aan de ronde tafel in de kleine huiskamer die hij de laatste maanden, sinds Dulce bij hem weg was, had gemeden. Zijn moeders huis was voor hem wel de laatste plaats op de wereld om troost te zoeken. Maar dat hij haar niet wat vaker had opgezocht, was vooral omdat hij wilde dat ze geloofde dat alles goed met hem ging, dat haar zoon ook die pijn kon verdragen, dat hij zich niet eenzaam voelde; hij wilde niet dat ze zich al te veel zorgen om hem maakte. Voor zijn moeders generatie was het woord 'scheiding' haast synoniem aan tragedie, een vreselijke gebeurtenis die, wat de oorzaken ook mochten zijn, beide echtelieden in het verdriet stortte en schande en schaamte met zich meebracht. En hij had haar blik gemeden om te voorkomen dat zijn ogen die angst bevestigden.

Wanneer hij vroeger als kind zat te mokken om iets onbenulligs, omdat ze hem iets had verboden, of had geweigerd een bepaald speelgoedje voor hem te kopen, of de merkkleren waar hij zijn zinnen op had gezet, kwam ze na een paar uur met een smoes tegenover hem zitten, tilde ze zijn kin op en zei lachend: 'Laat me eens even naar je kijken, je bent zó schattig met dat kwaaie gezicht.' Dan kon hij zijn slechte bui niet langer volhouden en uiteindelijk begon hij ook te lachen en liet hij zich knuffelen, en daarna zocht hij haar warmte en nabijheid, alsof hij de kilte van de uren daarvoor wilde compenseren. Hij herinnerde zich de keer dat hij een paar dagen met zijn klas op kamp ging naar het El Paternósterpark. Hij beschikte niet over de juiste uitrusting, en een week voor het uitstapje had hij zijn zinnen gezet op een rode rugzak die hij in een etalage had gezien, compleet met pet, veldfles, opvouwbare beker, verbandtrommeltje en, het mooiste van alles, een Zwitsers zakmes met zo veel functies dat je je er op een onbewoond eiland nog veilig mee zou voelen. Maar het was allemaal vreselijk duur en zijn moeder, die van een klein weduwenpensioentje moest rondkomen, had het niet willen kopen. Hoewel hij normaal nooit lang boos bleef hield hij het die keer drie dagen vol. Drie dagen waarin hij tijdens het eten nauwelijks iets tegen haar zei, haar ontliep en met het excuus dat hij nog moest leren ieder vrij moment naar zijn kamer glipte. Zijn moeder noch zijn zusje geloofde hem.

De avond voor het kamp kwam ze zijn kamer binnen om hem te zeggen dat het eten op tafel stond. En weer had ze zich naar hem overgebogen, zijn kin opgetild en met een glimlach gezegd: 'Laat me eens even naar je kijken, je bent zó schattig met dat kwaaie gezicht.' Dat was precies waarop hij de laatste uren had gehoopt, want hij zag er vreselijk tegen op om naar het kamp te gaan zonder het te hebben goedgemaakt. Vandaar dat hij, ondanks het verzet en de koppigheid die hij in zich voelde groeien – hij begon in de puberteit te komen – ook naar háár had gelachen. De rugzak en het Zwitserse mes waren vergeten, en hij had zijn spullen klaargelegd voor de volgende dag.

Die morgen, toen de wekker afging en hij zijn ogen opendeed, zag hij op zijn bureautje de gloednieuwe dingen: de pet, de opvouwbare beker, de veldfles en het zakmes met alle gebruiksmogelijkheden uitgeklapt. Ze had ze op dezelfde wat overdreven manier tentoongesteld als ze dat op de avond van 5 januari met de driekoningencadeautjes deed. Hij sprong uit bed en kleedde zich snel aan. Hij hoorde geluid in de keuken en rende ernaartoe: zijn moeder was broodjes en fruit voor hem aan het inpakken. 'Vul je veldfles met water', zei ze, alsof er niets aan de hand was. Hij draaide de kraan open, maar deed hem meteen weer dicht, veegde zijn handen droog aan haar schort, zoals hij als klein jongetje al had gedaan, en knuffelde haar met een kinderlijke tederheid waar hij zich eigenlijk al te groot voor voelde. Ze ontbeten samen en toen hij op het punt stond te vertrekken, stopte zijn moeder hem wat geld toe. Hij zag dat het te veel was en zei: 'De helft is al meer dan genoeg', want nu ze die hele uitrusting voor hem had gekocht, zou hij al tevreden zijn geweest met een symbolisch, mager zakcentje. Zijn moeder vouwde zijn hand eromheen en zei: 'Je hoeft niet alles uit te geven, maar misschien heb je het nodig, als er iets onverwachts gebeurt. Ik vertrouw je toch.'

Zo veel warmte, zo vol liefde en vertrouwen had hij in zijn latere leven niet vaak meer ondervonden. Hij raakte onontkoombaar en met duizelingwekkende snelheid in de puberteit, met de gebruikelijke problemen en de gevoelens van kritiek en weerzin tegen iedereen van boven de twintig. Om niet te bezwijken onder die last moest hij hem afwerpen en zijn snelheid opvoeren, als een schaatser die voelt dat het ijs onder zijn voeten dun is en dan nog harder gaat rijden om aan zijn angst voor het diepe water van het meer te ontsnappen.

Het was rond die tijd dat hij zijn vader was gaan missen. Hij stelde vragen over hem en staarde naar foto's waar zijn vader alleen op stond of met de rest van het gezin, bijna altijd zwart-witfoto's waarop een rustige, knappe man hem in zijn armen hield, hem alleen of samen met zijn zusje, elk op een knie, met zijn moeder ernaast. Het waren simpele foto's met witte, rechte randjes eromheen, zonder de naam van de fotograaf erachterop en niet geretoucheerd of ingekleurd om ze mooier te maken; foto's gemaakt als herinnering of misschien voor een officieel document of iets dergelijks. Hij sloot zich regelmatig in zijn kamer of in de badkamer op om zijn vaders gelaatstrekken aandachtig te bestuderen. Dan ging hij voor de spiegel staan, klemde de foto in een hoekje van de lijst, kamde zijn haar net zoals zijn vader het droeg en bestudeerde de gelijkenis, zich concentrerend op de trekken die net zo hoekig waren als die van zijn vader, waar de genen van zijn moeder niet als insluipers waren binnengedrongen om de lijn van zijn jukbeenderen, de hoek van zijn neus of de breedte van zijn voorhoofd te veranderen. Het voelde een beetje clandestien aan, alsof hij klein verraad pleegde, maar op die momenten miste hij hem, hoewel hij dat nooit iemand zou durven vertellen.

Jaren later zou hij ontdekken dat je door een vader die zo jong is gestorven uiteindelijk meer wordt beïnvloed dan door een immer aanwezige moeder die vertelt wat je moet doen en vraagt hoe het op school was, wat je aantrekt en met welke vrienden je die avond op stap gaat. Want zij wás er gewoon, zij leefde, en daardoor was het niet nodig je af te vragen hoe haar gezicht eruitzag of wat voor iemand ze was; hij hoefde zich ook niet al te veel zorgen te maken om haar gezondheid of over alles wat zij moest missen: de man die haar op haar zesendertigste zo wreed en plotseling was ontvallen. Tot vier maanden geleden, toen Dulce hem had verlaten, had hij geen idee gehad wat dat betekende. Hij was nu net zo oud als zij toen was, en net zo eenzaam. Want hoewel er in de loop van de laatste dertig jaar zulke ingrijpende veranderingen hadden plaatsgevonden dat het leven van de vorige generatie haast onherkenbaar was – de overgang van een groteske dictatuur naar een democratie, de seksuele revolutie en de pil, het internet en de krampachtige almacht van de informatica, de techniek van het klonen, het in kaart brengen van het menselijk gen – eenzaamheid was in niets veranderd en het zag er ook niet naar uit dat dat zou gebeuren.

Hij vroeg zich af hoeveel verloren gewaande herinneringen terug zouden komen nu zijn moeder was gestorven, hoeveel brutale opmerkingen en teleurstellingen, hoeveel kleine pesterijtjes hem zouden komen kwellen nu hij ze op geen enkele manier meer goed kon maken. Misschien heelt de tijd alle wonden, zei hij tegen zichzelf, zich dwingend in die troostende gedachte te geloven. Tot het zover was zou hij ook die pijn kunnen dragen, hoewel die andere wond, het verraad van de vrouw met wie hij officieel nog was getrouwd, nog altijd schrijnde en zijn verdriet nauwelijks minder werd met het verstrijken van de tijd. Zijn blik concentreerde zich weer op het gezicht van zijn moeder. Het was María geweest die had besloten dat de kist tijdens de dodenwake open zou blijven, en hij was nu blij met dat idee, omdat het hem in staat stelde nog wat langer naar zijn moeder te kijken. In Breda werden normaal alleen de mannen met de kist open opgebaard, het lichaam van een vrouw werd nooit getoond, alsof het strikte decorum dat bij leven in acht werd genomen ook na de dood nog gold.

Gelukkig was ze niet overleden aan kanker of aan een langdurige, aftakelende ziekte die net zo slopend is voor degenen die ver plegen als voor de patiënt. Ze had een kleine hersenbloeding gehad die als een meedogende heraut de komst van de hartstilstand had aangekondigd, die maar zes uur op zich had laten wachten. Ondanks alle moeite die María en het personeel van de begrafenisonderneming zich hadden getroost, stond haar mond nog steeds een beetje scheef en was haar ene wenkbrauw hoger dan de andere, alsof haar al koud geworden spieren koppig verzet hadden geboden tegen die laatste make-up. Zij hebben ze gesloten. Ze was het niet zelf, ze had haar ogen open toen ze stierf, dacht hij. Haar over haar borst gevouwen handen daarentegen, die een ivoren crucifix vasthielden, zagen er verbazingwekkend levend uit, alsof ze elk moment konden gaan bewegen. Hij strekte een hand uit en aaide zachtjes over de verwrongen kant van haar gezicht. De huid voelde heel zacht aan, als een paddestoel die net boven de grond komt, maar hij had het gevoel alsof zijn duim in het vlees weg kon zakken als hij iets doorduwde. Haar neusgaten waren smaller geworden, strak, alsof ze haar eigen verrotting al rook. Het zachte licht van de spotjes in het plafond viel op haar voorhoofd en haar wangen, die de haast fosforescerende glans van botten of graten leken te krijgen. De dood van je ouders is als de dood van de sterren. Het stralendste licht bereikt ons als ze al niet meer bestaan, dacht hij.

Het meisje had geen enkel geluid gemaakt. Ze stond ineens naast hem. Wie had haar binnengelaten? Waarom is er altijd een kind bij de dood aanwezig? Hij voelde dat zijn oogleden en wangen nat waren van zijn tranen en veegde ze vlug weg, heimelijk, zodat ze het niet zou merken. Het meisje keek hem aan met grote, ongeruste, bedroefde ogen, die bruingrijs waren, met groene vlekjes, als de blaadjes van de populier in het najaar, vlak voordat ze gaan vallen. Ze stak haar handje uit en legde dat op zijn arm, in een lichte, warme aanraking, als van een vogeltje. Het was haar manier om te zeggen dat ze had gezien dat hij huilde.

Hij had de laatste maanden vaker gehuild, maar nooit waar zijn dochter bij was; Julián Monasterio probeerde te glimlachen; hij wist dat hij al die uren, vanaf het moment dat zijn moeder was overleden tot ze was begraven, geen ander gebaar van medeleven zou ervaren dat hem zo diep raakte.

'Wie heeft je hier binnengelaten?' vroeg hij. Hij gaf haar een kus.

'Niemand. Ik kon gewoon doorlopen.' Ze sliste omdat ze aan het wisselen was en haar onderste snijtandjes al weken daarvoor was kwijtgeraakt, maar er kwamen nog geen nieuwe door. Hij kon zich wel voorstellen hoe het was gegaan. Waarschijnlijk had ze daar zo stilletjes en rustig gezeten dat ze haast onzichtbaar was geworden, tot de mensen om haar heen haar gewoonweg vergaten en ze kon wegglippen zonder dat iemand het merkte.

Het meisje ging op haar tenen staan om in de kist te kunnen kijken. Even werd ze verscheurd door tegenstrijdige gevoelens, want hoewel ze graag haar oma's gezicht wilde zien, vond ze het aan de andere kant ook eng dat ze daar zo onbeweeglijk lag. Hij sloeg zijn arm om haar heen: ze zou daar niet moeten zijn, maar het was al te laat om er nog iets aan te doen.

Julián Monasterio hoorde een geluid achter zich en keek om: zijn zus maakte een bezorgd gebaar in de richting van het meisje, om hem duidelijk te maken dat zij haar daar niet had gebracht of had binnengelaten.

'Hup, met je tante mee. Oma zou het niet hebben gewild dat je haar zo zag.'

Het kind boog haar hoofd en zette een paar stappen. Toen draaide ze zich om: 'Wanneer kom je?'

'Zometeen, ik blijf niet lang meer.'

Toen was hij weer alleen. Hij drukte een langzame kus op zijn moeders voorhoofd en legde daarna zijn hand op haar wang om haar zijn laatste liefkozing te laten voelen.

In de familiekamer klonk een geroezemoes van gesprekken dat gaandeweg steeds luider werd. Misschien dat ze allemaal ongeduldig begonnen te worden, maar dat interesseerde hem op dat moment niet. Alleen zijn dochter deed ertoe: zij was het enige wat hij ooit goed had gedaan in zijn leven. Toen hij naar buiten kwam, een beetje verblind door het fellere licht in die kamer, werd hij gecondoleerd door de mensen die ondertussen waren aangekomen. Zijn dochter zat naast zijn zus en keek hem verward aan, met die vragende blik in haar ogen die hij meestal niet begreep en niet kon beantwoorden.

Het plotselinge geluid van de elektrische schroevendraaier waarmee in de andere kamer de deksel op de kist werd vastgezet, bracht al het gemurmel tot zwijgen. Alsof het een teken was, begon María de mensen te verdelen over de verschillende auto's en verdween iedereen in de richting van het kerkhof. Julián Monasterio hoopte dat de plechtigheid niet te lang zou duren en er niet te veel tranen zouden zijn; dat de priester de woorden 'hemel' en 'hel' niet te vaak zou laten vallen; dat hij niet te veel over God zou praten.

Hij wachtte tot Alba haar veiligheidsgordel om had voordat hij de Audi startte. Ze hadden hem pas een jaar geleden gekocht, maar nu ze nog maar met hun tweetjes waren, vond hij de auto eigenlijk te groot. Niemand die nog op de stoel naast hem kwam zitten en zo veel kofferruimte hadden ze niet nodig. Hij had een paar keer overwogen om hem in te ruilen voor een wat bescheidener auto, die wat handzamer was en niet zo duur in het onderhoud. Toen Dulce wegging had ze de kleine Rover meegenomen. Daarin zag ze er ongetwijfeld opnieuw uit als een ongebonden vrouw die maar weinig bagage bij zich had, zonder kinderen. Zelfs het glanzende karmozijnrood van de carrosserie gaf de auto iets jeugdigs, heel anders dan het strenge blauw van de Audi.

De rit naar María's huis nam tien minuten in beslag. Ze woonde in een schakelvilla in een van de nieuwbouwwijken waarmee Breda de laatste jaren was uitgebreid, in een vergeefse poging de landelijke oorsprong te verdoezelen en stadse gewoonten aan te nemen. De meeste jonge mensen woonden liever daar, in die buitenwijken met hun lichte, heldere architectuur, waar de stenen van de voorgevels nep waren, waar de bomen makkelijk verplaatst konden worden en de geometrische woonblokken geen mysteries kenden of geheimen verborgen: om de drie straten een doorgangsweg. Maar de morsige cafés in het centrum bleven het zenuwcentrum van de stad. Daar kwamen de mensen die van sigaren hielden, en van *mus*, hun favoriete kaartspelletje, waarbij drie tweeën altijd meer waard zijn dan twee azen. Alba was graag bij haar tante, vooral in de zomer, want de wijk had zijn eigen zwembad. Zwemmen was de enige sport die ze leuk vond. De eerste paar keer dat hij haar kopje-onder had zien gaan, net zo snel en makkelijk zwemmend als een kikkertje dat in het water plonst om aan de gevaren aan de oppervlakte te ontkomen, had hij haar nauwlettend in de gaten gehouden, een beetje ongerust als het hem te lang duurde voor ze weer opdook om adem te halen, maar vol bewondering voor het gemak waarmee ze zich in het water bewoog. Hij was zelf nooit een goede zwemmer geweest en haar talent vervulde hem met verwondering en trots. Hij fantaseerde soms zelfs hoe zijn eigen dochter – nu nog zo zwak en afhankelijk in haar kwetsbaarheid en haar angst – hem ooit, niet eens zo ver in de toekomst, zou redden van de verdrinkingsdood.

María verwachtte hen al en kwam naar de deur om hen te verwelkomen. Ze gaf het meisje een kus en vroeg: 'Heb je je zwemspullen bij je?'

'Ja', antwoordde ze met één lettergreep, net als altijd, nauwelijks in staat de drang te weerstaan meteen naar het water toe te rennen. Het was augustus, bloedheet.

'Nou, hup dan. Luis en Pedro wachten op je.'

Het meisje keek op naar haar vader, wachtte tot hij haar een kus had gegeven en liep de straat door die naar het plein met de kleine kinderspeelplaats en het zwembad voerde. Ineens bleef ze staan, rende naar hem terug en vroeg, zonder haar ongerustheid te kunnen verbergen: 'Blijf je lang weg?'

'Eventjes. Maar ik kom je straks zelf ophalen.'

María en Julián Monasterio stapten in de auto. Het was de eerste keer dat ze elkaar weer zagen sinds ze de laatste formaliteiten rond de begrafenis hadden afgewikkeld. Toen ze stilstonden voor het eerste stoplicht, waar het oude centrum van Breda begon, nam hij haar van opzij op. Ze droeg een wit T-shirt en een rok die boven haar harde, knokige knieën viel, die niet uitnodigden om je hand erop te leggen. Haar naakte armen en haar hals gaven een parfum af dat zo bescheiden was dat hij het nu ze in de auto zaten pas waarnam. Je kon niet meer aan haar gezicht zien dat ze de afgelopen dagen zo had gehuild, ze had alleen nog lichte kringen onder haar ogen, alsof ze slecht had geslapen. Ze zag er weer stukken beter uit. Julián Monasterio keek heimelijk in de spiegel om te controleren of dat voor hem ook gold. Maar daar zag hij ogen die te wijd open waren gesperd, verwachtingsvol, als van iemand die aandachtig naar een abstract schilderij kijkt dat hem wel bevalt maar dat hij nog niet helemaal begrijpt.

Ze namen de lift. De trap werd nauwelijks meer gebruikt sinds er een aantal jaren geleden een lift was geïnstalleerd, toen zij tweeën er al niet meer woonden. De donkere, nauwe trap aan het eind van de gang was het toneel geweest van veel van hun kinderspelletjes en van hun eerste liefdesavonturen. Ze hadden vaak moeten maken dat ze wegkwamen als een van de buren de gang opliep om ze een uitbrander te geven als ze te veel lawaai maakten. En via die trap waren ze naar beneden geracet om een man te begroeten die met een leren aktetas in zijn hand van zijn werk kwam. Als ze hem bereikten diepte de man altijd een paar snoepjes op uit zijn zak, die hij hun gaf met een glimlach die maar al te snel uitgewist zou worden … Toen Julián aanstalten maakte om de deur te openen zag hij dat María's sleutel al in het slot stak. Ze knipten het licht aan. In die flat, met die dikke muren, die hoge, vergeelde plafonds en die te donkere meubels, waren ze allebei geboren; in hetzelfde bed met de smeedijzeren spijlen en de krakende veren. Ze scheelden vijf jaar, waardoor María altijd de rol van de oudere zus had kunnen spelen. Julián Monasterio wist dat ze haar eerstgeboorterecht voor niets ter wereld zou verkopen, maar af en toe was hij dankbaar geweest voor dat verschil in leeftijd; hoewel het haar het recht gaf om tot in de kleinste dingen haar zin door te drijven, verplichtte het haar ook hem te beschermen. Ze had hem vaak geholpen met Alba, net zoals ze ook die middag weer was bijgesprongen.

Maar erg close waren ze nooit geweest. Het leeftijdsverschil was te groot om gezamenlijke vrienden en gedeelde interesses te hebben in de enige periode in een mensenleven dat je echte vriendschappen smeedt, maar te klein om zijn oudere zus te zien als een wijze volwassene bij wie hij om raad en troost kon komen als hij daar behoefte aan had. Toen hij Dulce aan haar voorstelde had ze alleen maar gezegd: 'Knap meisje. Ik mag haar wel.' Maar ze had nooit iets gedaan waaruit dat bleek. Natuurlijk, hij had niet verwacht dat ze heel close zouden worden. María had al vanaf het begin van de middelbare school dezelfde vriendinnen, zonder uitzondering meisjes uit Breda. Ze kende hun ouders en hun ouders kenden haar, allemaal even gemoedelijk. María's trouw aan haar vriendinnen had hij altijd bewonderd. Ze vormden een kleine, hechte groep die tot zijn verbazing niet werd aangetast door de wisselvalligheid van het leven: werk, reizen, huwelijken, kinderen of persoonlijke en economische verschillen. En Dulce kwam van elders, uit een stad in het noorden, om in het laboratorium van het ziekenhuis te werken. Julián Monasterio zou al blij zijn geweest met een zekere genegenheid tussen de vrouwen, die de verplichte familiefeestjes – verjaardagen, trouwdagen, Kerstmis – tenminste wat gezelliger gemaakt zou hebben. Maar ze hadden altijd een behoedzame afstand bewaard, die hun wederzijdse antipathie nauwelijks kon verhullen, alsof ze allebei wachtten tot de ander de eerste fout beging, op de eerste kleine belediging, om een aanleiding te hebben die bestudeerde hoffelijkheid op te kunnen geven.

De rolluiken waren naar beneden. De muffe, schimmelige lucht die er hing leek niet alleen veroorzaakt te worden door de duisternis maar ook door miljoenen stofdeeltjes die als een dikke, rottende laag de muren, de meubels en de schilderijen bedekten en waar spinnen hun enorme webben overheen hadden gesponnen.

María was al een eerste keer door de flat gegaan om de dingen weg te doen die ze niet meer konden gebruiken: hun moeders kleren, die ze niet meer wilden zien omdat ze te veel herinneringen opriepen, haar toiletspullen, de flesjes en potjes met geheimzinnige medicijnen die wezen op problemen en klachten waar zij niet het minste idee van hadden gehad. Maar verder was alles er nog.

Ze haalde een pen tevoorschijn en schreef hun naam op twee aparte blaadjes.

'Goed, hoe pakken we het aan?' vroeg ze.

De flat zelf was het waardevolst, maar ze waren het er al over eens die niet meteen te verkopen en het besluit daarover nog even uit te stellen.

'Laten we doen wat mama zo vaak heeft gezegd, en beginnen met de sieraden.'

'Dat lijkt me het beste.'

María liep naar de slaapkamer en kwam terug met een houten kistje. Toen ze het opende klonk het muziekje dat Julián Monasterio altijd meer met feesten en plechtige gebeurtenissen had geassocieerd dan met de waarde die de juwelen vertegenwoordigden, want zijn moeder had het kistje alleen maar in hun bijzijn opengemaakt als ze zich optutte voor een speciale gelegenheid. Hij herinnerde zich hoe ze een keer op bed, met het kistje open, een parelsnoer had omgepast dat ze naar een bruiloft wilde dragen, en hun tweeën met gespeelde behaagzucht had gevraagd hoe het stond. Nu legden ze de inhoud van het kistje langzaam op tafel: het snoer natuurparels, ringen, armbanden, broches, horloges, een stel manchetknopen, verschillende dasspelden en nog wat sieraden. Haast alles was van massief oud goud, ingezet met edelstenen die niet veel waarde vertegenwoordigden. Het mooist waren de diamanten oorbellen die, met een bijpassende halsketting, verborgen zaten in een geheim vakje. María kon het niet laten ze heel even aan te raken, alsof de intense schoonheid van de stenen niet kon worden bevat door er alleen naar te kijken, en je ze aan moest raken om het Nederlandse vakmanschap, de gladheid en de textuur van het kristal recht te doen. Heel even dacht Julián Monasterio dat hij de schittering van de diamanten in haar ogen gereflecteerd zag, als bij een hongerige vogel die naar zijn eten loert. Alsof ze zijn gedachten kon raden, opende ze daarna snel een stoffen zakje dat ze leegschudde in haar hand: dertien gouden munten die verschillende generaties als *arras* waren doorgegeven, de huwelijksgift van een bruidegom aan zijn bruid. Op iedere munt glansde het gelaat van koningin Isabella de Tweede, met een randschrift en het jaartal waarin ze waren geslagen, 1845. Ze waren nieuw, alsof ze net uit de muntswerkplaats waren gekomen, zonder het vuil en de sporen van slijtage van munten die door de jaren heen van hand tot hand zijn gegaan.

Ze wisten geen van beiden waar ze vandaan waren gekomen. Hun moeder had altijd heel geheimzinnig gedaan als ze haar vroegen hoe die munten in het bezit van haar echtgenoot waren gekomen, en ze had hun op het hart gedrukt niemand iets over het bestaan ervan te vertellen. Julián en María Monasterio waren opgegroeid met het vermoeden dat er iets vreemds mee aan de hand was, iets wat riekte naar diefstal of illegaliteit, wat die munten uiteraard nog aantrekkelijker maakte, net als de tragische liefdesgeschiedenissen en bloeddruppels die zo goed bij de schoonheid van sommige sieraden passen. Het enige wat ze wisten was dat ze veel waard waren.

'Dat is het dan', zei María, alsof ze hem de eerste keus bood.

Julián Monasterio pakte de munten. Het goud paste nauwelijks in zijn hand, de dertien arras die zijn vader tussen de vingers van zijn moeder had gestopt en die ze altijd had bewaard als de getuigenis van een gelukkig huwelijk. Merkwaardig genoeg wekten de munten niet de minste hebzucht in hem. In gedachten vergeleek hij het leven van zijn ouders met dat van hemzelf. Zij hadden vast ook zo hun ruzies gehad, hun mindere momenten; misschien hadden ze elkaar pijn gedaan met kleine beledigingen en afwijzingen, maar uit de adoratie waarmee zijn moeder de herinnering aan haar echtgenoot levend had gehouden, uit haar keuze voor het weduwschap met de vastberadenheid van iemand die spijt noch wraakzucht voelt en uit de documenten die van hun huwelijk getuigden – een paar brieven en een handjevol foto's – bleek dat geen van beiden ooit spijt had gehad van hun huwelijk.

Toen hij met Dulce trouwde, had hij de arras niet aan haar doorgegeven. Zijn moeder had ze hem aangeboden, maar ze hadden ze afgewezen. Ze hadden het moeilijk gevonden om te verwoorden waarom, maar ze voelden het als een te archaïsch symbool, dat voor hen iets joods, iets oudtestamentisch had. Zij hadden zich beperkt tot het uitwisselen van eenvoudige trouwringen, en hadden zelfs overwogen om ook van dat wat ouderwetse gebaar af te zien. Toen geloofde hij namelijk nog dat ze net zo onafscheidelijk zouden zijn als de sterren van een constellatie, dat het niet nodig was elkaar trouw te zweren, dat ze geen symbolen, beloftes en getuigen nodig hadden om hun liefde te laten stralen. Ze waren niet in de kerk getrouwd, en de ceremonie op het stadhuis was te kort geweest, en een beetje treurig. Als hij aan zijn eigen bruiloft terugdacht, voelde Julián Monasterio niet die weemoed van iemand die zich op die dag jong, knap en gelukkig had gevoeld, hij kreeg er niet dat plechtige gevoel bij dat orgelmuziek en de omslachtige, trage woorden van het religieuze ritueel altijd bij hem opriepen.

Hij keek naar zijn hand, en hoopte maar dat María zijn gebaar niet had opgemerkt en zijn gedachten niet raadde. Hij droeg geen trouwring meer, maar je kon nog wel zien waar die had gezeten: een streepje huid dat wat bleker was, een klein beetje maar. Honderd dagen zomer hadden dat kleine uitwendige bewijs van de honderd maanden dat ze bij elkaar waren geweest bijna helemaal weten uit te wissen.

María pakte de gouden manchetknopen, de dasspelden, een horloge en nog wat sieraden die van zijn vader waren geweest.

'Kom, niet langer piekeren. Mama zou niet willen dat we bedroefd waren', zei ze, zichzelf dwingend om de rol van de rustige oudere zus die zich verantwoordelijk voelt voor haar jongere broertje met overtuiging te spelen.

'Natuurlijk.'

Ze hield de vrouwensieraden voor zichzelf apart en schoof die van hun vader in zijn richting. Hij stopte ze in het zakje, bij de dertien muntstukken. Hun moeder had dat zo gewild en zo zouden ze het uitvoeren.

María stond op en haalde de twee lades uit de kast waar hun moeder het tafelzilver in bewaarde. Ineens zag Julián Monasterio al die feesten weer voor zich, de verjaardagen en de kerstdiners waarbij het op tafel kwam. Hij vond het merkwaardig dat nu, op die droevige momenten, alle voorwerpen die door hun handen gingen aan tijden van glans en vreugde herinnerden, alsof ze de waarde van wat voor altijd voorbij was wilden benadrukken. Het was voor het eerst dat hij iets erfde – het zou ook de laatste keer zijn – en ineens gingen zijn gedachten vol onthutsing uit naar mensen in zijn kennissenkring die juist blij waren geweest met de erfenis van hun familieleden, omdat ze er tijden op hadden gewacht en al wisten wat ze ermee gingen doen of hoe ze het zouden investeren. Maar zelf was hij ervan overtuigd dat bij een erfenis de winst eigenlijk altijd in het niet valt bij het verlies waar zij uit voortkomt.

'Hier hebben we het nog niet over gehad. Maar ik stel voor dat jij de boeken neemt en ik het tafelzilver. Jij hebt er toch niet meer zo veel aan', zei María.

Ze realiseerde zich onmiddellijk dat ze een misser had gemaakt. Haar broer keek haar aan met iets van verwijt in zijn ogen, maar hij hield zich in. Ze wisten allebei dat haar woorden niet alleen hadden verwezen naar zijn eenzaamheid sinds Dulce was vertrokken, naar de kant-en-klaarmaaltijden in de keuken, naar de nachten dat hij werd gekweld door slapeloosheid, naar de onverschilligheid die hij voelde als hij langs een bloemenwinkel of een parfumerie kwam, naar zijn angst om alleen te zijn en ziek te worden, door iedereen in de steek gelaten, naar het gemak waarmee alle slechtheid van anderen kan worden samengebald in één spottende lach; nee, María's woorden leken ook te suggereren – en dat was nog moeilijker te verteren dan al die andere dingen – dat ze niet voorzag dat er in de nabije toekomst iets in zijn situatie zou veranderen.

'Het spijt me, Julián, zo bedoelde ik het niet.'

'Het geeft niet', zei hij. Als ze ook maar even liet merken dat het haar speet, lukte het hem nooit om kwaad op haar te blijven.

Ondanks zijn verzoenende gebaar was er iets ongemakkelijks in hun contact geslopen. Ze leken ineens haast te hebben om ervanaf te zijn en gingen verder akkoord met alles wat de ander voorstelde over de verdeling van de rest van de spullen, die eindeloze hoeveelheid voorwerpen en frutsels waar een huishouden mee volstroomt in vijftig jaar leven. Daarna, te gehaast, besloten ze dat ze allebei zo gauw mogelijk hun dingen zouden ophalen.

Ze stonden op het punt te vertrekken toen María zei: 'We zijn nog wat vergeten.'

'Wat?'

'Papa's pistool. Wat doen we daarmee?'

Julián Monasterio had niet direct een antwoord op die vraag. Als zijn vader ooit een wapen nodig had gehad, dan behoorde dat moment tot een ver verleden, voor zijn huwelijk met zijn moeder. Julián en María wisten allebei dat hij nooit een wapenvergunning had bezeten en dat hun moeder het daarom na zijn dood niet bij de autoriteiten had ingeleverd.

Hij had het vele jaren geleden ontdekt, toen hij op de middelbare school zat. Het was verborgen in een speciaal daarvoor gemaakt boek. Hij had het ooit gevonden op de hoogste plank van de boekenkast, toen hij op zoek was naar iets anders dan de avonturenromans waar hij zo langzamerhand een beetje op uitgekeken raakte. Hij was stomverbaasd geweest over zijn ontdekking, want het strookte niet met het beeld dat hij van zijn vader had, dat van een wat saaie, eerlijke, punctuele ambtenaar die jaar in jaar uit iedere morgen plaatsneemt achter zijn bureau in een van de kantoren van de plaatselijke rechtbank. Hij had een paar foto's die op zijn werk waren gemaakt, bij speciale gelegenheden, met zijn collega's om hem heen, of gezeten achter een in zijn ogen prehistorische typemachine; en op al die foto's leek hij het prototype van een dienstbare werknemer, die zelfs de fotograaf nog lijkt te vragen wat hij voor hem kan doen. Een liefdevolle, wat saaie vader, die maar voor één sport warm kon lopen, voor schaken, er een hekel aan had om uit eten te gaan en nooit auto had willen leren rijden. Een beeld dat in tegenspraak was met dat van een man die een wapen bezit.

Toen hij zijn moeder over zijn vondst vertelde, zei ze dat het pistool een soort cadeautje onder de toonbank was geweest van een erkentelijke meerdere – zonder de vereiste vergunning – voor als zijn vader ooit in de problemen zou komen door iets op zijn werk. Dat moest in het begin van de jaren zestig hebben gespeeld, toen de dictatuur stevig in het zadel zat en het illegaal gebruik van wapens in bepaalde kringen die dicht bij de macht zaten heel gewoon moet zijn geweest, want zijn moeder vertelde het alsof er niets abnormaals of crimineels aan was. Iemand een pistool cadeau doen alsof je een boek of bos bloemen geeft, of een paar kaartjes voor de schouwburg.

Hij stelde zich zijn vaders eerste, verraste reactie voor terwijl hij met dat mooie, harde voorwerp in zijn handen stond dat hij zojuist had gekregen. Misschien had hij het aarzelend bij de kolf vastgepakt, maar zonder zijn vinger door de trekkerbeugel te steken, misschien had hij met een gebaar van angst en weerzin aan de loop geroken voordat hij het weer in het boek had teruggestopt. Hij stelde zich voor hoe hij het had aangenomen, het niet had aangedurfd om het cadeau van die ietwat agressieve, pocherige meerdere die vertrouwd was met wapens te weigeren, hoe hij het diep in zijn zwartleren aktetas had weggestopt om het mee naar huis te nemen, zijn hand stevig om het handvat geklemd alsof hij uiterst waardevolle diamanten of documenten vervoerde, om het, zodra hij thuis was, op de hoogste boekenplank van de kleine bibliotheek weg te stoppen, met het heimelijke gebaar van iemand die vergif verbergt, of een pornografische roman.

Dat was wat hij zich voorstelde.

Later had hij het pistool nog een paar keer tijdens de grote schoonmaak gezien, of als het huis werd geschilderd en zijn moeder hem vroeg het weg te stoppen, zoals je iets wat niet gevaarlijk is maar waar je wel mee in je maag zit wegstopt omdat andere mensen er altijd van alles over willen weten. Toen zijn moeder een keer met María op stap was en hij alleen thuis was gebleven, had hij zelfs geprobeerd het te demonteren: hij had het magazijn eruit gehaald – dat leeg was, zoals hij wel had gedacht – en had het geladen met de kogels die in een klein doosje naast het gat voor de kolf zaten opgeborgen. Maar hij was zo geschrokken van zijn eigen overmoed dat hij het spel meteen had gestaakt en alle kogels weer uit het magazijn had gehaald.

Hij had er al heel lang niet meer aan gedacht en nu had María, de efficiënte eerstgeborene María die alles zo goed onder controle had en wie niets, maar dan ook niets ontging, hem eraan herinnerd.

'Wat doen we ermee?' herhaalde ze.

'Ik heb geen idee. Weet je zeker dat mama het nog had?'

'Laten we kijken.'

In de studeerkamer klom ze het laddertje op om bij de plank te kunnen.

'Welk boek was het?'

'Een van Pío Baroja.'

Het zag er precies hetzelfde uit als de andere banden: oude dikke boekwerken, vergeeld met de tijd, boeken die je niet zelf hebt gekocht, maar hebt geërfd van ouders of grootouders. Er zaten boeken van vergeten auteurs tussen, zulke onbeduidende werken dat je je bevreemd afvraagt hoe het toch mogelijk was dat zij in hun tijd zo veel succes hadden en in zulke hoge oplagen werden gedrukt, waarom zij wél waardering oogstten terwijl veel waardevoller werk uit dezelfde periode niet werd opgemerkt. María maakte het haakje los en deed de deksel open: daar lagen het pistool, de geluiddemper en het kleine doosje met kogels. Zonder iets aan te raken schoof ze het boek naar haar broer, ervoor wakend dat de loop niet op een van hen gericht was, als een klein, giftig dier dat ze eng vond of waarvan ze walgde.

Julián Monasterio pakte het pistool en woog het even in zijn hand, terwijl hij opnieuw nadacht over die twee onverenigbare beelden: zijn vader en dat wapen. Een vreedzaam man en een volmaakt, geraffineerd moordwerktuig. Een man die er niet over piekerde zijn voordeel te doen met zijn functie op de rechtbank, die hij zo makkelijk – en al helemaal tijdens de jaren van de dictatuur – had kunnen gebruiken om meer aanzien te verwerven, mensen af te persen of zich om te laten kopen. Hij had hem nooit horen snoeven over zijn werk, had nooit gemerkt dat hij met zijn nauwe contacten met de rechters schermde – of met de autoriteiten, dat vage, dreigende woord waarmee zowel de meest onbeduidende gerechtsdienaar als de gouverneur van de provincie kon worden aangeduid – om zichzelf te bevoordelen of iets makkelijker gedaan te krijgen. Maar nu, nu hij met het pistool in zijn hand stond – het voelde zo prettig aan, zo stil en mooi – leek het beeld van zijn vader die het in de eenzaamheid van zijn studeerkamer in zijn hand hield, ineens niet meer zo ongehoord. Zou hij het ook weleens op die manier hebben vastgehouden, net als hij nu deed, genietend van dat evenwicht, van die degelijke perfectie? Had zijn hand zich net zo vanzelfsprekend rond die kolf gesloten, met dat ruitjespatroon dat ervoor moest zorgen dat zweterige of vette handen hun greep niet verloren? Zou hij werkelijk de verleiding hebben kunnen weerstaan zijn wijsvinger, die keurige vinger waarop hij nooit ook maar één vlekje van inkt of carbonpapier had gezien, door de trekkerbeugel te steken en heel zachtjes tegen de haan te duwen? En zou zijn vader, net als hij, ook met de gedachte hebben gespeeld dat een pistool het perfecte snijpunt is tussen haat en bloed – met slechts een paar pistolen maken Joden en Arabieren elkaar af op de terrassen in Jeruzalem – of met de gedachte dat met dát pistool wellicht ooit iemand was gedood, iets wat in iedereen opkomt die een dergelijk wapen in handen krijgt.

'Wat doe je?' hoorde hij zijn zus ongeduldig vragen.

'Ik kijk ernaar. Het is prachtig.'

'Julián, alsjeblieft, hoe kún je zeggen dat een pistool prachtig is? Wat doen we ermee? Moeten we het niet naar de guardia civil brengen?'

'Dat denk ik niet. Daar krijgen we gedoe mee. Papa heeft er nooit een vergunning voor gehad.'

'We kunnen toch zeggen dat we er niets van wisten. Dat we het pas na mama's dood hebben gevonden', drong ze aan.

'Weet jij of het ooit is gebruikt?'

'Vast niet door papa.'

'Maar in het verleden. Hoe kunnen we er zeker van zijn dat er nooit iemand mee is neergeschoten?' wierp hij tegen, want ze zou alleen bereid zijn van haar voornemen af te zien als er gevaar dreigde.

Zelf had hij een paar seconden eerder al een besluit genomen:

hij ging het niet inleveren. Hij hield het en was van plan het te bewaren in de kluis die hij bij de bank had. Zijn ouders hadden het al jaren in hun bezit, zonder enig probleem, dus waarom zou hij er wel last mee krijgen? Waarom zou hij een voorwerp inleveren dat hij op dat moment als een kunstwerk zo mooi vond, zonder er iets voor terug te krijgen? Ook al kon hij er verder niets mee, als hij het wegbracht raakte hij het onherroepelijk kwijt en zou hij het nooit meer terugzien.

'Ach, dat zoeken ze bij de guardia civil wel uit. Waarschijnlijk zijn ze ons zelfs dankbaar.'

'Ik wil er nog even over nadenken. Maar voorlopig hou ik het.'

'Je doet maar. Maar ik wil er niets mee te maken hebben. Wat mij betreft bestaat dat ding niet meer.'

Toen ze naar buiten liepen en in de auto stapten, was Julián Monasterio zich bewust van het gewicht van het pistool en de arras in zijn jaszak, vlak bij zijn hart.

Alba gaf eenlettergrepige antwoorden op zijn vragen, ja, het was leuk geweest met haar neefjes in het zwembad. Ze was dol op water maar gaf nooit uitbundig uiting aan haar vreugde, alsof ze zich, zo jong als ze was, met een soort koele, afstandelijke gereserveerdheid inhield en haar kinderlijk enthousiasme al indamde om zich, veel te vroeg, op de volwassenheid voor te bereiden. Want, dacht hij, het zo wijdverbreide idee dat de jeugd eindigt als kinderen zich bewust worden van de dood klopt niet. De jeugd eindigt, zei hij tegen zichzelf, als kinderen er voor het eerst achter komen dat een volwassene van wie ze alles verwachten – beschermingen, eten, een kus, gezondheid – ineens niet meer van ze houdt, een mogelijkheid die ze zich zelfs nooit hadden kunnen voorstellen. En soms vreesde hij dat zijn dochter dat veel te vroeg had ontdekt. Hij gaf haar een kus op haar natte chloorharen en liet toe dat ze zich aan hem vastklampte, met haar hoofd tegen zijn middel, geen aandacht meer voor de anderen nu hij er was. Hij nam afscheid van María met de afspraak elkaar te bellen.

2

De volgende morgen werd hij vroeg wakker en hij belde Ernesto om te vragen of hij de winkel wilde openen omdat hij zelf eerst naar de bank moest om wat te regelen.

Hij had net neergelegd toen de telefoon ging, alsof iemand had gewacht tot hij klaar was. Het was Rocío, de vrouw die dagelijks kwam koken en poetsen, en voor zijn dochter zorgde als hij in de winkel was. Ze had koorts en was de hele nacht misselijk geweest en moest afzeggen. Ze was alleen even uit bed gekomen om het hem door te geven.

Hoewel haar afwezigheid hem juist die dag slecht uitkwam, stelde hij haar gerust; hij zou overal voor zorgen en het belangrijkste was dat ze snel beter werd. Hij was vreselijk blij met haar, ze was een jaar of vijfenveertig, getrouwd en zonder kinderen, maar was een fantastische, geduldige oppasmoeder voor Alba gebleken. Hij kon haar niet missen. Zonder Ernesto in de winkel en Rocío in huis zou het leven nog chaotischer zijn. Zijn relatie met hen ging verder dan een eenvoudige arbeidsverhouding. Hij had Rocío via zijn moeder gevonden – ze had daar zo nu en dan schoongemaakt – en op de een of andere manier ervoer hij haar warmte en goede zorgen als een deel van zijn erfenis.

Zonder enige haast roosterde hij wat brood, zette koffie en perste een sinaasappel uit. Daarna stak hij een sigaret op en wachtte tot de nicotine effect kreeg en hij die lichte duizeligheid voelde. Hij had altijd het idee dat de invloed van die eerste ochtendsigaret zich niet alleen tot zijn longen beperkte; hij voelde hoe de rook door zijn hele lichaam ging, zijn oogleden zwaar werden, zijn maag omdraaide en zijn knieën een beetje week werden. Maar het hielp hem ook orde te scheppen in zijn hoofd.

Hij moest zich ertoe zetten om van zijn stoel op te staan en naar Alba's kamer te lopen. Hij vertrouwde erop dat het niet weer was gebeurd. De spanning vanwege het overlijden en de begrafenis van haar oma leek iets af te nemen, en gisteren had ze in het zwembad een leuke middag met haar neefjes gehad.

Alba sliep met haar armen om haar hoofdkussen heen, haar hals een beetje verdraaid, een gewoonte die geen enkele pop van welk formaat ook haar had kunnen afleren. Al vanaf het begin hadden ze zachte knuffels voor haar gekocht in de hoop dat ze er eentje in haar hart zou sluiten die ze mee naar bed zou kunnen nemen om haar te troosten als ze bang was voor het donker, als ze midden in de nacht wakker werd. Ze hadden ze haar in alle maten en kleuren gegeven, van allerlei materiaal en met allerlei gezichten, sommige konden geluid maken en andere waren stom, sommige konden bewegen en andere niet, maar uiteindelijk belandden ze altijd ergens in een hoek, alsof dat surrogaat voor haar ouders zo'n overduidelijk bedrog was dat ze weigerde het te accepteren. En eigenlijk kon hij haar geen ongelijk geven: die stevige wolballetjes waren eigenlijk allemaal maar platvloers en je kon ze niet eens met kinderlijke boosaardigheid uit elkaar rukken, zoals poppen of andere speeltjes die ledematen bezaten. Zelfs toen ze al vier was moesten ze haar nog samen naar bed brengen en bij haar blijven tot ze insliep, en het was in die tijd dat ze de gewoonte had aangenomen zich vast te klampen aan het kussen waar hij of Dulce op had gelegen, waarop ze waarschijnlijk de geur van hun lichaam terugvond, als een soort echo.

Hij bleef even vanuit de deuropening naar haar kijken, aarzelend om haar nu al te wekken. De luiken stonden op een kier en er vielen wat streepjes licht binnen, waardoor hij de hele kamer kon zien: de vloerbedekking met de vrolijke kleuren rood, groen en geel, de rieten mand die zo handig was met verstoppertje spelen en om haar poppen in op te bergen, de sierrand met beertjes die hij had aangebracht om een plint te suggereren onder de kast van warm, ongeverfd hout die Dulce vlak voordat ze was weggegaan nog voor haar had gekocht, het lange kledingrek in de vorm van een treintje, met onder elke wagon een kledinghaak, de kast met planken die uitpuilden van het speelgoed dat hij, soms zonder dat ze erom vroeg, voor haar kocht, met voor zichzelf het excuus dat het altijd nog te weinig was om de afwezigheid van haar moeder goed te maken.

Het meisje was nog diep in slaap, die zware slaap waaraan je in de vroege morgen, na een uitputtende nacht vol liefde of angstdromen, eindelijk toegeeft. Maar hij moest haar wel wekken als hij die ochtend nog ergens aan toe wilde komen. Hij ging op zijn knieën naast bed zitten en voelde met zijn hand onder het laken, ter hoogte van haar heupen. En ja hoor, ze was weer nat, en onmiddellijk daarna rook hij de pieslucht. Wat kon hij verder nog doen om dit te voorkomen? Hij was met haar naar een kinderarts geweest die hem weer naar een psycholoog had verwezen die haar een klein apparaatje had voorgeschreven dat begon te rinkelen zodra het vocht detecteerde. Maar het had het alleen nog maar erger gemaakt, want na de eerste nachten, waarin Alba en hij wakker schrokken van het gerinkel, leek haar bedwateren er zelfs erger op te worden. Terwijl ze voor die tijd maar zo nu en dan in bed had geplast, deed ze het tijdens de behandeling die het moest onderdrukken vaker en heftiger, alsof ze had besloten de oorlog te verklaren aan de plaswekker, tot ze hem had verzopen of had geleerd de waarschuwingen te negeren.

Toen, nadat de professionele behandelingen waren mislukt, had hij gekozen voor een tegengestelde houding: hij zei er niets meer van als het gebeurde en negeerde de vlek alsof het een soort natuurlijke, nachtelijke afscheiding was, net zoiets als de haren en speekselplekken 's morgens op het kussen. Hij deed alsof het hem niets kon schelen, zodat zijn dochter niet zou merken hoe ongerust hij was. Maar ook dat had niet geholpen.

Verdrietig legde hij zijn hoofd op het matras, zijn ogen open in het halfduister. Hoewel hij niet degene was die de boel in steek had gelaten, voelde hij zich gedeeltelijk verantwoordelijk voor alles wat er gebeurde, ook al kon hij de woorden niet vinden om zijn schuld te verklaren; als hij de woorden die hem wel ter beschikking stonden gebruikte, zouden ze dat merkwaardige, pijnlijke schuldgevoel alleen nog maar erger maken. Hij stond op, ging naast haar in bed liggen, nam haar in zijn armen en aaide haar zachtjes, onafgebroken over haar haren, om haar vanaf het eerste moment dat ze wakker werd te laten voelen dat ze ook die morgen niet op haar kop zou krijgen, dat hij het helemaal niet erg vond als hij zelf ook een beetje nat werd, omdat ze zijn dochter was en hij niets van haar vreemd of naar vond, laat staan dat hij er vies van was.

Toen het meisje hem naast zich voelde draaide ze zich om, sloeg haar armen om hem heen en gaf hem een kus op zijn wang. Zo bleef ze even liggen, ontspannen tegen hem aan, genietend van zijn liefkozende vingers over haar zweterige haren. En ineens, alsof ze het toen pas gewaarwerd, voelde Julián Monasterio hoe haar kleine lijfje zich spande, een kleine beweging die afstand tussen hen schepte. Zijn dochter had het gemerkt en ook zij voelde zich beschaamd en onmachtig. Hij gaf haar een kus en drukte haar opnieuw tegen zich aan, om te voorkomen dat ze zou wegvluchten in die onpeilbare verte – zo veel verdriet en lijdzaamheid in zo'n klein hoofdje – haar de tijd gunnend om als eerste te praten en hem te vertellen waarom, wat voor nachtmerries, angsten of zorgen haar iedere nacht overvielen om dat te doen, door wie ze werd achtervolgd en met welke wapens ze werd bedreigd. Hij wachtte nog een paar minuten, tot hij zich realiseerde dat zijn dochters geslotenheid het voor de zoveelste keer won van zijn geduld en dat er ondanks al zijn pogingen een ondoordringbare muur tussen hen in stond.

'We moeten opstaan', zei hij. 'Rocío kan niet komen. Ze is ziek. Vandaag zijn we de hele dag met z'n tweetjes.'

Gehoorzaam glipte het meisje zwijgend uit bed, de viezigheid en de schuld ontvluchtend. Ze pakte de kleren die Rocío de vorige avond had klaargelegd en ging naar de badkamer. Door die kleine blote voetjes die over de vloerbedekking trippelden leek ze nog breekbaarder en hulpelozer. Julián Monasterio hoorde de geluiden daarbinnen, altijd hetzelfde ritueel: ze waste haar dijen en billen in het bidet, trok de wc door en kwam aangekleed weer naar buiten, haar natte pyjama een prop die ze in de wasmand gooide.

Op zijn slechtste momenten, als hij erg moe was, het vreselijk druk had met de winkel of als Alba ziek was, piekerde hij dat hij het niet aankon, dat hij in zijn eentje niet bij machte was om voor haar te zorgen, haar op te voeden, dat wat hij deed niet genoeg was om haar weer gelukkig te maken, zoals ze tot twee jaar geleden was, toen ze nog twee ouders had die van elkaar hielden.

Ook het probleem met haar tanden was nog onopgelost toen Dulce ervandoor was gegaan. Haar twee bovenste snijtanden was ze in het begin van het voorjaar kwijtgeraakt, en zij waren ervan uitgegaan dat die er door de grotemensentanden uit werden gedrukt, dat die op het punt stonden door te komen. Maar er waren weken, maanden voorbijgegaan zonder dat de nieuwe tanden kwamen. Hij was met haar naar de tandarts gegaan, toen Dulce al weg was. Ondanks de angst die in haar ogen verscheen toen ze het glanzende, metalen gereedschap ontdekte dat op een soort aanrecht lag uitgestald, was Alba gedwee in de stoel gaan liggen, berustend, alsof ze het gevoel had dat haar niets ergers kon overkomen dan wat er al was gebeurd. De tandarts had haar onderzocht met een spatel en een lampje en had hem gevraagd of ze de melktandjes was verloren na een val of een ongeluk, omdat de nieuwe tanden er nog lang niet aankwamen. Dat was niet het geval, had hij geantwoord. Hoewel de tandarts het ook vreemd vond en hij er geen redelijke verklaring voor had, zei hij dat ze moesten afwachten, dat het probleem zich mettertijd ongetwijfeld zou oplossen, dat bij kinderen nu eenmaal niet altijd alles logisch te verklaren was, dat er vaak van alles aan de hand leek, maar dat het ook meestal op wonderbaarlijke wijze weer overging. Ze hadden een nieuwe afspraak gemaakt, voor over een half jaar, maar hij had de indruk gehad dat de man van hen af wilde zijn.

Vermoedelijk had het wegblijven van de nieuwe tanden ook een psychische oorzaak, net als haar bedplassen. Hij was er zeker van dat het niet kwam omdat ze te weinig vitaminen of mineralen binnenkreeg, want hij lette goed op wat ze at. Alba was een oergezond kind, van een normale lengte en met een normaal gewicht, en haar kleine lijfje was ingeënt tegen alle ziektes die ze maar kon oplopen. Het was alsof haar tanden in hun kassen waren blijven steken vanwege iets wat troebeler en donkerder was dan een eenvoudige moleculaire verbinding. Alsof het kind zelf had besloten dat ze ze nog niet in haar mond wilde, dat haar tandvlees zacht en week moest blijven.

Hij had het er een paar keer met Dulce over gehad, als die haar kwam halen voor het weekeinde, maar ook zij nam het probleem niet serieus. 'Ze komen wel. Ieder kind is anders. Verder was jij ook laat met wisselen, dat heb je me zelf verteld', had ze geantwoord, met het hardnekkige optimisme van iemand die in een opwindend avontuur verwikkeld is en weigert zich te laten afleiden door alledaagse problemen.

'Dat kwam doordat ik ook laat was met mijn melktanden', had hij tegengeworpen.

'Je zult het zien, op een morgen zíjn ze er ineens', had ze daarop gezegd, zo beslist dat het geen zin had er nog op door te gaan.

Hij keek expres niet naar de vieze pyjama die Alba naar de wasmand bracht en vroeg: 'Heb je zin om mee te gaan boodschappen doen?'

'Wat voor boodschappen?' vroeg ze, aarzelend tussen wantrouwen en blijdschap om mee te mogen. Julián Monasterio wist dat ze er niets aan vond om gehaast van hot naar her te worden gesjouwd, of als ze moest wachten terwijl hij een rekening afgaf of een klant bezocht die hem in paniek had gebeld omdat hij een computerprobleem had dat híj over het algemeen in een paar minuten kon oplossen. Hij wist dat ze het vreselijk vond als mensen die hij begroette zich naar haar overbogen om haar stomme vragen te stellen waarop ze ja of nee moest knikken, of om haar een kus te geven of over haar bol te aaien met een medelijden dat zelfs haar niet ontging.

'Het heeft niets met computers te maken. Ik moet even naar de bank om wat papieren in de kluis te bergen en daarna gaan we naar de supermarkt om iets lekkers voor het eten te kopen. Rocío komt niet vandaag, dus zullen we alles zelf moeten doen.'

'Goed.'

'Fijn', zei hij, alsof haar gezelschap het beste was wat hem die ochtend kon overkomen. 'Maar eerst moet je je hele ontbijt opeten.'

Hij maakte warme chocolademelk, smeerde het geroosterde

brood voor haar en bleef nog even zitten met een tweede kopje koffie. Daarna ging hij naar zijn studeerkamer om de arras, zijn vaders sieraden en het pistool in zijn tas te stoppen.

Op de bank trof hij niet de directeur, die hem normaal de sleutel gaf die hij nodig had om de kluis te openen, maar een plaatsvervanger die hij nooit eerder had ontmoet. Toen hij zag dat de man colbert en stropdas droeg was Julián Monasterio bang dat de airco veel te koud zou staan voor hem en Alba in hun dunne shirts. De man controleerde of zijn identiteitsbewijs klopte met de gegevens van de bank en liep met de tweede sleutel in zijn hand mee naar zijn kluis, met energieke gebaren efficiëntie suggererend.

Hij wilde Alba niet mee naar binnen nemen, omdat ze dan de munten en het boek waar het pistool in verborgen zat zou zien, en hij betrok haar liever nergens in. Verder was de ruimte met de kluisjes zo klein en benauwd, zo verstikkend en donker, dat het geen prettige plek was voor een klein meisje. Hij vroeg haar te wachten op een van de stoelen naast de deur; hij was zo terug.

Het was een heel kleine ruimte, zeven à acht vierkante meter, de muren van onder tot boven bedekt met rijen kluisjes. Je werd er overvallen door het onrustige, intense gevoel van claustrofobie dat hoort bij grotten vol geheimen en schatten. Het waren er zo'n honderdvijftig, schatte hij, uitzonderlijk veel voor een bescheiden bijkantoor in een provinciestadje. Die overdaad aan capaciteit was alleen te verklaren door de kwaadaardige, obsessieve neiging van de inwoners van Breda om hun geheimen te willen bewaren, en door hun diepgeworteld wantrouwen jegens zetbazen en executeurs-testamentair. Enkele kluizen stonden halfopen omdat ze niet in gebruik waren, met de sleutels in het slot. In een hoek hing een camera aan het plafond die alles kon opnemen wat daarbinnen gebeurde, maar hij vermoedde dat die alleen aanstond als het kantoor gesloten was of als er een alarm afging. Op dat moment stond hij uit: zelfs de bank mocht niet weten wat de cliënten daar verstopten.

De bankemployé opende het ene slot, liet de sleutel erin hangen – later moest hij die weer ophalen – en vertrok. Julián Monasterio bleef alleen achter.

Hij maakte zijn kluis open en controleerde of de inhoud in orde was: de twee miljoen peseta aan zwart geld van de laatste transacties die hij buiten de belasting had gehouden, een schrift en verschillende diskettes met daarop de schaduwboekhouding van zijn onderneming. Kleine fraudes die nooit veel om het lijf hadden en waar de klanten, die er altijd op uit waren zo min mogelijk belasting te betalen, hem zelf toe aanzetten. Hij bladerde het schrift door tot de laatste datum en schreef die op een papiertje dat hij in zijn tas stopte. Hij zou het gauw weer moeten bijwerken, zodra hij het derde kwartaal afsloot.

Het duurde te lang; Alba zat daarbuiten nog steeds te wachten, met vreemden om haar heen. Hij herinnerde zich wat hij haar tijdens het ontbijt had beloofd en begon voort te maken. Hij deed zijn tas open en haalde het zakje met de arras en de kleine sieraden tevoorschijn. Nogmaals telde hij de dertien geelglanzende muntstukken, die er als nieuw uitzagen, ondanks het feit dat ze van oud goud waren. Hij stopte ze helemaal achter in de kluis en haalde daarna het boek uit zijn tas. Voordat hij het opensloeg ging hij met zijn rug naar de camera staan, ook al stond die uit. En net als de dag daarvoor kon hij de verleiding niet weerstaan het pistool in zijn hand te nemen om de balans en die dreigende volmaaktheid te bewonderen. Hij klapte het boek plotsklaps weer dicht toen hij stappen hoorde naderen. Dat moest de bankemployé zijn. Wat zou hij denken als hij hem hier met een pistool in zijn hand zag staan? Hij herkende zijn stem door de kier van de deur: 'U moet even geduld hebben. Er is nog iemand binnen.'

'Ik ben al klaar', riep hij, terwijl hij het pistool wegborg en het boek met een te harde klap sloot.

'Dank u wel, laat u de sleutel van de bank maar in het slot hangen. Die kom ik zo halen.'

Haastig sloot hij zijn kluis. Hij draaide met trillende vingers zijn sleutel om, wetend dat niemand de kluis vanaf dat moment nog zou kunnen openen, ook niet als de bankemployé hem niet meteen afsloot.

Toen hij de ruimte uit kwam lette hij niet op de mensen die er stonden te wachten, want hij zag dat Alba niet rustig op haar stoel was blijven zitten. Ze leek nerveus en ongerust doordat hij zo lang was weggebleven. Hij mompelde een groet ter afscheid en pakte snel de hand die zijn dochter naar hem uitstrekte.

Ze wandelden terug naar huis en gingen daarna met de auto naar de supermarkt. Nu hij de laatste dingen van zijn erfenis op de bank had weggeborgen, voelde hij rust over zich heen komen, als iemand die eindelijk ten volle kan genieten van zijn vrije tijd omdat hij zijn prachtige, tere rashond naar een asiel heeft gebracht, een kostbaar dier met een schitterende stamboom, maar wel een die vals kan reageren als hij zich bedreigd voelt.

Hij duwde het karretje en liep voor Alba uit. Hij wist niet op welk moment hij haar was kwijtgeraakt, maar toen hij haar hoorde schreeuwen liep hij snel terug, zonder precies te weten waar ze was en wat er aan de hand was. Alba was een heel stuk op hem achter geraakt, afgeleid of gehinderd door iemand – je hebt van die mensen die in de grote supermarkten met hun winkelwagentje tegen de enkels van andere mensen aanrijden, hen bezeren zonder zich te verontschuldigen, verblind door de aanbiedingen of al het klatergoud dat ligt uitgestald, en zó hebberig levensmiddelen inslaan dat het lijkt of er oorlog is uitgebroken. In haar haast om hem te bereiken had ze geprobeerd de weg af te snijden, waarna ze op een roltrap terecht was gekomen die de verkeerde kant op ging. Toen ze merkte dat de trap haar alleen nog maar verder weg van hem voerde had ze geschreeuwd. De mensen om haar heen keken naar haar zonder te begrijpen waarom ze zo krijste. Julián Monasterio was in een paar seconden bij haar, maar realiseerde zich dat er heel wat meer tijd nodig zou zijn voordat hij de uitdrukking van angst die op haar gezicht was verschenen weer zou zijn vergeten. Hij tilde haar op, knuffelde haar en droogde de hete tranen die plotseling over haar wangen rolden, en had het gevoel dat die omhelzing, al was die het gevolg van iets akeligs, hen dichter bijeenbracht dan duizenden liefhebbende, beschermende woorden dat konden. Hij nam haar mee naar de plek waar hij zijn karretje had laten staan en de rest van de tijd dat ze in de winkel waren liet het kind zijn hand niet meer los.

Toen hij die avond in bed de slaap probeerde te vatten, bedacht hij dat het leven net zoiets was: een reeks roltrappen die nooit stoppen. Niemand die weet door wie en waar ze worden bediend, hoewel het buiten kijf is dat het zonder liefde of mededogen wordt gedaan, zonder logica of een bepaald plan. Soms voeren ze ons de juiste kant op en dan kunnen we even gelukkig zijn. Maar andere keren, omdat we een verkeerde keuze maken, omdat we door anderen geduwd worden of domweg bij toeval, stappen we op een roltrap die ons juist wegvoert van de plek waar we heen wilden en dan verandert het leven in een vergeefse strijd om niet in de kelderverdieping terecht te komen, zoals die morgen zijn dochter was overkomen: je probeert om tegen de richting in te lopen en komt geen stap verder, de beklemmende ervaring de leuning vast te pakken en te merken dat die ook de verkeerde kant op beweegt, de hoop als je denkt een plek te zien waar je die verkeerde koers weer bij kunt stellen en als je er eindelijk bent te merken dat het alleen gezichtsbedrog was.

Toen het hem niet lukte in slaap te komen stond hij op en liep naar de kamer van zijn dochter. Alba sliep in haar gebruikelijke houding, een beetje scheef in bed, met haar hoofd tegen de muur, alsof ze nog steeds dat instinct van een ongeboren baby bezat zich te voegen naar haar moeders buik. Hij voelde met zijn hand onder haar beddengoed, maar ze was droog. Nog wel.

Hij stak een sigaret op in de woonkamer, zonder het licht aan te doen. In het schemerdonker zag alles er opgeruimd en schoon uit, hoewel Rocío die dag niet was geweest. Maar het was niet moeilijk om een leeg huis waar de helft van de volwassen bewoners ontbrak netjes te houden. Toen Dulce er ook nog woonde, was die ruime woonkamer het middelpunt van het huis geweest, de plek waar Alba haar speeltjes naartoe sleepte en hij de krant of een boek las terwijl de tv aanstond. Maar tegenwoordig ging hij naar zijn studeerkamer en zette de computer aan om het een en ander af te maken of domweg patience te spelen, terwijl Alba in haar kamer speelde, of aan zijn voeten naast hem, alsof ze zich allebei ongemakkelijk voelden in die woonkamer, die Dulces afwezigheid leek te benadrukken. Hij keek nauwelijks nog tv, maar soms, als zijn dochter al sliep, ging hij het internet op om te chatten met vrouwen die net zo gedeprimeerd en eenzaam waren als hij, of zocht hij naar erotische contacten die wellicht niet al te teleurstellend zouden zijn.

Hij drukte zijn peuk uit in de asbak en ging weer naar bed. Kon hij maar iets verzinnen om Alba's verdriet te verlichten, dan zou hij het zijne misschien beter kunnen dragen.

Toen hij de volgende morgen onder de douche stond klopte Rocío op de badkamerdeur.

'Er is iemand voor je aan de telefoon.'

'Wie?'

'Ik weet het niet. Iemand die naar don Julián Monasterio vraagt. Een mannenstem. Hij zegt dat het belangrijk is.'

Ongerust over dat 'don' en het gebruik van zijn achternaam, deed hij snel zijn ochtendjas aan en opende de deur op een kier, zodat Rocío hem de telefoon kon aanreiken.

'Julián Monasterio.'

'Goedemorgen. Het spijt me dat ik u zo vroeg stoor. Ik bel namens de bank. U bent gisteren hier geweest, voor uw kluis, en wij hebben het vermoeden dat u hem niet goed hebt afgesloten. U hebt de sleutel wel omgedraaid, maar het slot heeft niet gepakt.'

'Wat bedoelt u?' vroeg hij. Hij begreep niet helemaal wat de man zei.

'We denken dat u uw kluis open hebt laten staan nadat u hem gisteren hebt gebruikt, dat u de sleutel weliswaar hebt omgedraaid, maar dat de deur niet goed in het slot zat.'

Op het moment dat hij de stem van de bankemployé herkende begon het hem te dagen.

'Maar hebt u hem dan niet daarna met úw sleutel afgesloten? Hebt u het niet gecontroleerd?'

'Nee. Het is een betreurenswaardige nalatigheid waarvoor we u onze verontschuldigingen aanbieden', hoorde hij de stem zeggen – goed getraind in de omgang met cliënten, zo'n stem die net zo makkelijk onderdanig als streng kan klinken, afhankelijk van degene met wie zo iemand te maken heeft. 'Een samenloop van omstandigheden. Iets wat eigenlijk niet kan, maar toch is gebeurd. Ik weet niet of u zich herinnert dat er nog een cliënt stond te wachten. Omdat er lege kluizen zijn waar ook een sleutel in hangt, heb ik waarschijnlijk gedacht dat de uwe daar een van was. En daarna ben ik het vergeten. We hebben het pas vanmorgen ontdekt, toen we de ronde deden. Ik bied u nogmaals mijn verontschuldigingen aan', herhaalde hij. 'U kunt misschien maar het beste meteen hiernaartoe komen, hoewel ik u nu al gerust kan stellen; we denken dat dit betreurenswaardige voorval geen onaangename consequenties voor u heeft: uw kluis is niet leeg. Zo op het eerste gezicht zagen we documenten, een kleine lederen portefeuille en een stoffen zakje. We hebben niets aangeraakt, uiteraard.'

En het pistool, vroeg hij zich af, niet meteen bereid om mee te gaan in het optimisme van die stem. En het pistool? Maar toen dacht hij zich te herinneren dat hij het boek onder de zakelijke documenten had gestopt, en als het klopte dat er niets was aangeraakt, hadden ze het inderdaad niet kunnen zien.

Hij kleedde zich snel aan, zei tegen Rocío dat het telefoontje niets om het lijf had en vertrok zonder te ontbijten naar de bank. Ze waren nog niet open voor het publiek, maar hij werd verwacht en de man die hem de dag daarvoor had geholpen liet hem binnen. Hij probeerde rust voor te wenden en zijn woorden klonken net zo zelfverzekerd als door de telefoon, maar zijn gezicht verraadde bezorgdheid en spanning, en hij had zijn schichtige ogen niet zo goed onder controle als zijn stem. De man hoopte waarschijnlijk net zo vurig als hij dat er niets ontbrak, bedacht Julián Monasterio.

Hij volgde hem naar de ruimte met de kluisjes en de bankemployé liet hem zien dat hij de sleutel weliswaar had omgedraaid, maar dat het slot niet had gepakt. Natuurlijk, hij had hem daarna moeten sluiten, maar omdat er mensen stonden te wachten had hij dat uitgesteld tot hij de twee kluisjes tegelijkertijd op slot kon draaien. En daarna was hij de eerste vergeten. Hij moest de directeur vervangen tijdens deze snikhete augustusmaand en was niet altijd even goed op de hoogte van de gang van zaken, het was allemaal vreselijk zwaar, voegde hij er slapjes aan toe, bij wijze van verontschuldiging.

De man liet hem alleen, zodat hij rustig de inhoud van de kluis kon controleren. Julián Monasterio keek naar de videocamera: die stond al uit. Zonder zich nog ergens druk om te maken tilde hij de paperassen omhoog en zag daaronder slechts de metalen bodem van de kluis. Het boek was verdwenen. Verder was alles er nog: de kleine leren portefeuille met de twee miljoen peseta, het zakje met de sieraden van zijn vader en de dertien gouden munten die, toen hij ze met trillende vingers natelde, tegen elkaar ketsten met een geluid dat in de kleine kelderachtige ruimte een enorme herrie leek. Ze hadden het pistool meegenomen, maar dingen die vijftig of honderd keer zo veel waard waren, laten liggen! Hij kon het gewoon niet geloven. Hij voelde met zijn hand tot helemaal achterin en probeerde de hele kluis van zijn plaats te trekken om te zien of het boek er misschien achter was gevallen, zoals dat soms bij een ladenkast gebeurt. Maar iedere kluis was strak ingebouwd in een eigen compartiment met een stalen bodem, zonder kieren of openingen. Zijn hart ging als een bokkend veulen tekeer in zijn borst. Waarom? En wie? Wie was meer geïnteresseerd in een wapen dan in geld en sieraden, in een rustig stadje als Breda en in vredestijd? Tenzij, hield hij zichzelf voor met een koppig optimisme, in een wanhopige poging zelf het initiatief in handen te houden, tenzij degene die het boek heeft meegenomen niet wist dat er een pistool in zat. Natuurlijk, dat moest het zijn geweest. Het ging niet om een echte dief, niet iemand die vertrouwd was met roof en misdaad – zo iemand zou het boek van Baroja, ja, zelfs het waardevolste oude handschrift hebben laten liggen – maar om een boekenliefhebber die de munten en het geld niet had durven stelen uit angst voor de politie en de verwikkelingen van een juridisch onderzoek. Maar een boek! Waarschijnlijk had hij gedacht dat niemand aangifte zou doen van de diefstal van een boek; wie las er tegenwoordig nu nog. Hij had zelf al in geen weken een boek opengeslagen, zelfs niet een van die nietszeggende politieromannetjes die eigenlijk niet meer waren dan een soort puzzel, zoals Dulce die een tijdlang elke week had gekocht, een serie die ze wilde verzamelen maar waar ze al gauw genoeg van had gekregen.

Als de dief het boek opensloeg en zag wat erin zat, zou hij het ongetwijfeld weggooien, misschien vreselijk geschrokken van zijn daad. De paar literatuurliefhebbers die hij kende waren niet gewelddadig, die deden nog geen vlieg kwaad. Het waren eerder vreedzame, hoffelijke mensen die zich wat traag bewogen en bijziend waren, vaak met een wat melancholieke aanleg. Ze zouden niet weten wat ze met een pistool aan moesten.

Het was de enige aannemelijke verklaring die hij kon verzinnen, en die gedachte kalmeerde hem wat. Achter de deur hoorde hij de stem van de bankemployé: 'Is alles in orde? Is er niets verdwenen?'

Heel even aarzelde hij. Als hij zei dat hij iets miste moest hij vast onmiddellijk uitleggen wat, en hoewel hij er op die manier misschien achter zou komen wie er na hem de ruimte met de kluisjes had bezocht, had hij geen enkele zekerheid dat hij dan ook wist wie de dief was, want in de loop van de morgen konden er natuurlijk nog meer mensen zijn geweest. Hij had er niets bij te winnen, vandaar dat hij loog. Hij probeerde zijn angstige voorgevoel van een onvermijdelijk onheil niet in zijn stem door te laten klinken.

'Alles is er nog.'

'Weet u het zeker?'

'Heel zeker.'

De bankemployé kwam binnen; ze draaiden hun sleutel om en vergewisten zich ervan dat de kluis echt was afgesloten. Vervolgens stopten ze allebei hun sleutel weg. De man verontschuldigde zich nogmaals, liep met hem mee naar de deur en gaf hem een hand ter afscheid, opgelucht dat er niets onherstelbaars was gebeurd.

Julián Monasterio ging een café binnen en bestelde een ontbijt. Terwijl het werd gebracht stak hij zenuwachtig zijn eerste sigaret van die morgen op. Opnieuw werd hij overvallen door twijfels; de verklaring over een mogelijke bibliofiele dief, die hij nog maar een paar minuten eerder had verzonnen, leek hem nu zwak en geforceerd, een naïef verzinsel om de moed erin te houden. Toen hij zijn gloeiend hete koffie ophad, vroeg hij zich af of hij zich toch niet beter kon melden bij de kazerne van de guardia civil om daar het hele verhaal uit de doeken te doen. Hij had María's advies genegeerd, de verstandige eerstgeboren María, en had het pistool in een bankkluis opgeborgen. Maar het kon nu verkeerd uitpakken als hij de verdwijning aangaf; ze zouden hem kunnen verdenken van duistere motieven en bedoelingen, want zijn actie was onlogisch en getuigde niet van goed burgerschap. Ze zouden veel te veel vragen over hem uitstorten die hij niet zou kunnen beantwoorden: van wie het wapen was, hoe hij er aan was gekomen, waarom hij het niet eerder had ingeleverd, met welk oogmerk hij het in een kluis had opgeborgen en wie er nog meer van op de hoogte was …

Hij was opgestaan van zijn kruk, maar ging weer zitten. Breda, zei hij tegen zichzelf, zoekend naar een nieuw excuus om tijd te rekken en nog niet in actie te hoeven komen, was een rustige, kleine plaats – groot in boosaardigheid weliswaar, maar toch een rustig plaatsje – en geen grote stad waar geweld aan de orde van de dag is. Niemand die hier de straat op ging met een geladen pistool op zak. Degene die het boek had gestolen, had het mogelijk in de Lebrón gesmeten nadat hij had gezien wat erin zat, of had het begraven. Wat moest je hier met een pistool?

Toen hij bij de winkel kwam was hij vastbesloten aan het werk te gaan, want er waren dringende zaken af te handelen. Ernesto mocht geen belangrijke beslissingen nemen zonder hem eerst te raadplegen.

Ernesto was vijfentwintig en werkte al twee jaar voor hem. Ze konden het uitstekend met elkaar vinden; hij was een prima collega, een beetje te dik, lang en donker en met vroegtijdig kalende slapen, een kaalheid die zich over de hele bovenkant van zijn schedel dreigde uit te breiden. Door het zittende werk achter de computers was hij nog wat dikker geworden en bij de minste lichamelijke inspanning brak het zweet hem uit. Maar hij was erg goed met alles wat met software te maken had, beter dan je gezien de matige resultaten waarmee hij zijn opleiding had afgesloten zou verwachten. Toen hij hem in dienst nam, had de jongen zijn informaticastudie net afgerond en Julián hoopte van ganser harte dat hij nog een tijdje bleef, dat hij niet op het idee zou komen voor zichzelf te beginnen, zoals zo vaak gebeurde met IT'ers zodra ze doorkregen dat zij al meer wisten dan degenen die hen uitbetaalden. Want er was geen andere bedrijfstak waarin kennis zo snel verouderde. Twee jaar was al genoeg, en dan was software die in eerste instantie briljant had geleken, de ultíeme oplossing, al volledig achterhaald en archaïsch. En na twee maanden afwezigheid van het werk was zelfs de grootste expert toe aan een bijscholingscursus.

Hij groette hem hartelijk, liet zijn tas op de balie staan en vroeg wat er aan dringende zaken waren. De dag daarvoor was hij niet geweest. Na Alba's angstige avontuur op de roltrap van de supermarkt had hij de hele verdere middag aan haar besteed: hij was met haar naar het zwembad gegaan en daarna waren ze naar de bioscoop naar een Manolito Gafotasfilm geweest.

Ernesto zat aan een computer te prutsen en wees zonder van zijn werk op te kijken naar de opdrachtformulieren op zijn bureau.

Hij bladerde ze door, nog verbijsterd over wat er een uur daarvoor was gebeurd, niet in staat zich te concentreren. Hij was vreselijk zenuwachtig en zijn ogen gleden over de aantekeningen zonder ze te vatten, tot zijn blik op een woord viel dat Ernesto verschillende keren had opgeschreven: pece, op die manier gespeld, niet alleen de initialen.

Plotseling openden die vier letters een pad in zijn geest dat hem een uitgang uit zijn verwarring bood, een doorgang naar zijn werk. Hij begon te denken over die letters, pc, die nog hetzelfde klonken maar de laatste jaren radicaal van betekenis waren veranderd, zonder dat hij zich daarvan bewust was geweest. Toen hij Dulce leerde kennen had pc gestaan voor *Partido Comunista*, de communistische partij waar hij lid van was geweest, iets wat hij overigens altijd voor zijn moeder verborgen had gehouden. Hij was nooit vreselijk fanatiek geweest, niet iemand die de helft van zijn vrije tijd op het partijcentrum doorbracht en hij had nooit het woord gevoerd tijdens de vergaderingen die hij met een zekere regelmaat bijwoonde, hij had zijn tas niet volgeplakt met stickers, liep niet in truien vol badges met partijleuzen, en zijn relatie met de plaatselijke leiders was altijd beperkt gebleven tot een vriendelijke, beleefde groet. Hij had het altijd verdomd om op wat voor lijst dan ook te gaan staan en had nooit meer gedaan dan posters plakken tijdens de verkiezingscampagnes, als alle hulp nodig was. Maar hij was een zwijgend, trouw lid geweest, tot hij langzaamaan steeds sceptischer werd, de teleurstelling de overhand kreeg en zijn lidmaatschap hem begon tegen te staan. Al die jaren hadden de letters pc in Spanje maar één betekenis gehad, die iedereen gebruikte en zonder enige aarzeling herkende: Partido Comunista. Maar hij was er zeker van dat het tegenwoordig voor de meeste mensen alleen 'personal computer' betekende. En die betekenis onthulde wat er op straat gebeurde, wat men belangrijk vond en wist, wat men niet wist of verafschuwde: technologie was belangrijker dan politiek, virtuele spelletjes in je comfortabele huis waren belangrijker dan het contact met de – soms harde, gevaarlijke – buitenwereld, namaak was belangrijker dan echt, en individualisme belangrijker dan achterhaalde, collectieve betrokkenheid. Het leek paradoxaal, maar de global village werd bevolkt door steeds eenzamer wordende individuen.

Ernesto was klaar met de computer en keek hem aan, in afwachting van zijn instructies. Hij las de opdrachten nogmaals door: een paar computers die gerepareerd moesten worden, een bedrijf dat een offerte vroeg voor de vervanging van al hun computers en voor een onderhoudscontract, verschillende aanvragen voor een internetverbinding. Niets wat zo ingewikkeld was dat hij het die dag met een paar uur extra werk niet voor elkaar kon krijgen.

Die avond was hij bekaf, maar door het harde werken had hij de diefstal van het pistool zo nu en dan kunnen vergeten; toen hij in bed neerviel bedacht hij dat ook dat een kwestie van tijd was, dat hij, tot het probleem met het verstrijken van de dagen vanzelf zou verdwijnen, ermee zou kunnen leren leven. Het op dezelfde manier vergeten als hij Dulce vergat, soms gingen er hele uren voorbij zonder dat hij aan haar dacht, net zoals hij met het verstrijken van de weken zou vergeten dat zijn moeder was gestorven en hij weer zonder verdriet aan haar zou kunnen denken.

Terwijl hij wachtte tot de slaap kwam, bedacht hij dat hij zonder enige aarzeling alle voordelen van de wereld en de tijd waarin hij leefde in zou ruilen voor een beetje orde. Jaren geleden had een partijgenoot hem gevraagd: 'Als je een keuze moest maken, wat zou je liever hebben: chaos of onrechtvaardigheid?' Hij had geprobeerd de vraag te omzeilen, want de vraag op zich was al een valstrik. Maar zijn vriend had zo aangedrongen dat hij uiteindelijk het antwoord had gegeven dat van hem werd verwacht: dat hij voor chaos zou kiezen. Hij dacht nog weleens terug aan dat antwoord, en wist dat het een leugen was geweest. Het waren andere tijden, maar zelfs toen zou hij de voorkeur hebben gegeven aan onrechtvaardigheid, want onrecht is een eenduidig moreel probleem, waartegen je kon vechten. Hij had daarentegen nooit geweten met welke wapens je chaos te lijf kon gaan, of waar de vijand zich precies bevond; of permanente chaos uiteindelijk niet juist méér onrechtvaardigheid teweegbrengt, terwijl je dat door voor chaos te kiezen nu juist wilde vermijden.

Tegenwoordig zou hij er niet meer om hebben gelogen. Tegenwoordig zou hij het allemaal zo opgeven: een hoge levensverwachting, vertier, computers, medicijnen, anesthesie, huishoudelijke apparaten, een oudedagsvoorziening, reizen … hij zou het zo opgeven voor een beetje meer orde in zijn leven. Een vanzelfsprekende wereld – het hoefde heus niet een gelukkige, paradijselijke wereld te zijn, alleen maar coherent en logisch – waarin het bed van zijn dochter elke ochtend droog was, de vrouw van wie hij hield hem niet zomaar had verlaten, de rozen geurden en de vruchten smaak hadden, een wereld waarin je geen pistool nodig had.

Een paar dagen later ging hij terug naar het huis van zijn moeder. Het was de laatste zondag van augustus.

Sinds hij zijn bankkluis open had laten staan, was hij zich er intens bewust van als hij een deur opende of sloot. Normaal wordt zo'n eenvoudige handeling, die je zoveel keer per dag, per week, per jaar verricht, een reflex, zei hij tegen zichzelf, net als bepaalde, onbewust uitgevoerde bewegingen je juist de vrijheid geven om na te denken, je de ruimte geven je te wijden aan belangrijkere zaken die onmogelijk zouden zijn als je aandacht moest besteden aan iedere stap die je voeten zetten of aan iedere beweging van je handen. Maar nu was hij zich er iedere keer dat hij het deed van bewust, soms op het obsessieve af. Hij was zelfs een paar keer teruggegaan om te controleren of hij een deur wel echt had afgesloten, omdat hij zich het moment dat hij de sleutel had omgedraaid en had gecontroleerd of hij wel echt dichtzat niet voor de geest kon halen. Zo'n eenvoudige handeling, dacht hij, en toch kon je er zo veel door verliezen of winnen: de deur van een huis dat alles bevat wat in vijftig jaar leven is verzameld afsluiten of open laten staan, een kluisje waarin je een pistool bewaart afsluiten of openlaten.

Vandaar dat hij zich ervan bewust was dat hij de deur openmaakte toen hij hem openmaakte, en dat hij de sleutel drie keer moest omdraaien om zich toegang te verschaffen. María had hem gebeld om te zeggen dat zij haar spullen al had meegenomen en dat hij de zijne kon halen. De rest zouden ze laten staan tot ze wisten wat ze met de flat aan moesten: verhuren of verkopen.

Hij liep door de halflege kamers met een vreemd gevoel van onrust, niet in staat ergens bij stil te staan of rustig op een van de overgebleven stoelen te gaan zitten. Iets probeerde hem daar te houden maar wilde hem ook uitstoten, alsof de paar meubels die er nog stonden, de plafonds – zonder de lampen, die had María meegenomen – met hun treurige aan snoertjes bungelende, smoezelige naakte peertjes, wat kleine, ouderwetse, simpele huishoudelijke apparaten en de lege plekken aan de muur hem toeschreeuwden: 'Ook hier hoor jij niet meer thuis!'

Toen hij een kast openmaakte zag hij dat er nog wat jurken

van zijn moeder hingen. Hij kon het niet laten ze te strelen, ondanks het verdrietige gevoel dat de lege stof bij hem opriep. In tegenstelling tot andere voorwerpen, die alleen herinnerden aan hoe ze waren gebruikt of hoe ze hadden aangevoeld, benadrukten die jurken genadeloos dat de menselijke vorm die erin had geleefd ontbrak, dat wat eens was geweest er niet meer was. Zijn vingers gleden langs de rits van een blauwe bloes en hij herinnerde zich dat hij haar soms had geholpen die dicht te doen op haar rug. Inmiddels waren al die knoopjes, lusjes en haakjes waarmee haar handen hadden geworsteld om haar lichaam te kunnen bedekken, zinloos geworden.

Hij haalde een oude koffer uit de kast en ging nog een keer door de kamers, de spullen erin gooiend die hij mee wilde nemen: boeken – geen van hen met een gat om een pistool in te verbergen – foto's, wat frutsels, oude papieren en documenten, brieven – waaronder een paar die hij zelf aan zijn moeder had geschreven – oude vinyl platen die hij nooit zou draaien, een speeltje uit zijn eigen kindertijd dat Alba nauwelijks een blik waardig zou keuren en achteloos in een hoek zou smijten.

Er waren nog wat schilderijen en wat kleine meubeltjes, maar hij had er de energie niet meer voor om die te versjouwen.

3

De avond dat hij vermoord zou worden was Gustavo Larrey als eerste op school. Hij vond stiptheid niet alleen een zaak van hoffelijkheid of goede manieren, maar een noodzakelijk gebaar van solidariteit in de omgang met andere mensen. Hij was een ochtendmens, en zelfs in de twee maanden dat de zomervakantie duurde had hij er niet aan kunnen wennen dat hij lui mocht zijn, dat hij in bed kon blijven liggen als buiten het geluid van de auto's begon en de stappen van de eerste voorbijgangers klonken. Hij rookte niet. Hij was sportleraar en hield zichzelf uitstekend in conditie; dat alles, plus een bepaalde innerlijke energie, dreef hem zijn bed uit, zelfs als hij laat was gaan slapen, niet omdat hij zo nodig gezond wilde leven, maar omdat zijn lichaam vroeg om een zekere inspanning, iets waar zijn geest zich overigens niet tegen verzette. Vaak ging hij nog voor het ontbijt een kilometer of wat hardlopen, naar de Chico Cabrerabron, bijna altijd hetzelfde traject, dat hij inmiddels kende als zijn broekzak. Hij wist precies waar het terrein steeg of daalde, waar de kuilen zaten en de stenen lagen, die hij moest zien te ontwijken om niet te struikelen of te vallen.

Ook die ochtend was hij vroeg opgestaan. Hij had het huis schoongemaakt, boodschappen gedaan en gekookt, zodat toen zijn vrouw om twee uur uit het ziekenhuis thuiskwam, ze de tafel gedekt vond, het heerlijk naar eten rook en er een prachtige rode roos in een klein vaasje op tafel prijkte. Ze aten, ruimden af en dronken koffie in de keuken. Het was een van hun favoriete momenten, vooral in de weken dat zij in de nachtdienst zat en ze minder tijd samen hadden. Daarna waren ze naar bed gegaan, want zij moest die avond weer een dienst van twaalf uur draaien. Ze hadden gevreeën en hij was vlak daarna weer opgestaan. Zijn vrouw lag nog wat te dommelen terwijl ze naar de radio luisterde, naar de eerste actualiteitenrubriek van die avond, met discussies waarin de deelnemers zich bezondigen aan roddel en laster in plaats van het gesprek met elkaar aan te gaan op zoek naar wijsheid.

Gustavo Larrey probeerde geen geluid te maken met de deuren en de douche om haar niet wakker te maken en kleedde zich aan. Normaal droeg hij op school een trainingspak, wat nodig was voor zijn werk, maar die laatste dag voor het schooljaar begon, koos hij voor een donkere broek en een licht overhemd. De vergadering van de schoolraad begon om zes uur die avond en hoewel zijn collega's zich nauwelijks bekommerden om hun uiterlijk, had hij het gevoel dat een trainingspak van slechte smaak, zo niet van minachting ten opzichte van de ouders getuigde.

Toen hij bij school kwam stond het hek al open, maar de deur van het gebouw was nog dicht. Hij opende hem met zijn sleutel en liep naar het kantoortje dat de docent lichamelijke opvoeding ter beschikking stond, een kleine ruimte naast het hok waar het materiaal werd bewaard. Hij ging achter zijn bureau zitten en bladerde rustig de regionale krant door, die hij elke dag kocht. Hij stopte bij de pagina's cultuur en sport, en las een paar berichtjes.

Hij deed de krant dicht en liet hem op het bureau liggen. Uit een lade haalde hij een map met daarin zijn rooster die hij na afloop mee naar huis moest nemen, en om zeker te weten dat hij hem niet vergat, legde hij hem boven op de krant. Daarna las hij nogmaals de uitnodiging voor de vergadering, waarin het enige agendapunt van die dag werd toegelicht: de verkiezing van een nieuwe directeur voor de komende vier jaar, aangezien de termijn van de vorige erop zat. Er waren twee kandidaten: Jaime De Molinos, die de functie al acht jaar bekleedde en dat wilde blijven doen tot zijn pensionering, met alle administratieve en economische voordelen die hij daarbij genoot, en Nelson. Continuïteit versus vernieuwing, dacht hij. Of zo hadden beiden het tenminste gepresenteerd in hun plannen.

Maar hoewel hij de stukken aandachtig had gelezen, kon hij maar weinig verschil ontdekken tussen die twee. Wie er ook gekozen werd, er zou nauwelijks iets veranderen op school. En daarom was het een lastige keuze. Ze hadden allebei ongeveer evenveel aanhangers, dus zouden de mensen die nog geen kant hadden gekozen de schaal laten doorslaan naar de een of de ander. Hij wist zelf ook nog steeds niet op wie hij ging stemmen. Hij vond de autoritaire manier van optreden van De Molinos ergerlijk, maar had geen enkel vertrouwen in Nelsons managementcapaciteiten, in diens vermogen ferm op te treden tegen de schoolinspectie en de soms buitengewoon onredelijke ouders, of in zijn vermogen problemen op te lossen die op het eerste gezicht onbenullig leken maar zo belangrijk waren voor een goed verloop van de lessen: zorgen dat reparaties op tijd werden uitgevoerd, de keuze van de juiste boeken en ander lesmateriaal, de controle op de kwaliteit van de schoolmaaltijden, de organisatie van buitenschoolse activiteiten.

Er druppelden al wat mensen binnen, want hij ving flarden van gesprekken op. Het geluid leek versterkt te worden in het lege gebouw. In zijn kantoortje herkende hij Rita's stem, de logopediste, de laatste die het team was komen versterken. Hij had het van het begin af aan goed met haar kunnen vinden. Haar stem klonk vrolijker dan voor de vakantie, de droevige toon die er tijdens het laatste trimester van het vorige schooljaar in had doorgeklonken, leek te zijn verdwenen.

Hij pakte de agenda van de vergadering en stond op om haar te begroeten. Toen hij de gang opliep zag hij haar het secretariaat binnenwandelen. Hij ging achter haar aan, want hij wilde naast haar zitten tijdens de vergadering. Ze was wat fotokopieën aan het maken. Larrey realiseerde zich dat hij, toen hij de agenda van zijn bureau had gepakt, ook de krant en de map met zijn rooster had meegenomen, en hij besloot die op het secretariaat te laten liggen en ze na de vergadering op te halen.

Toen Rita klaar was liepen ze samen naar de docentenkamer. Bijna iedereen was er al. Jaime De Molinos zat te kletsen met Julita Guzmán, de secretaresse, en met Corona, de decaan. Nelson maakte grapjes met de groep ouders.

Rita was aantrekkelijker dan ooit. Haar huid was nog zomers bruin en de sproetjes op haar neus en haar jukbeenderen gaven haar een fris, haast kinderlijk uiterlijk.

'Heb je al besloten op wie je gaat stemmen?' vroeg hij, niet uit onbescheidenheid. Hij ging ervan uit dat ze Nelsons naam op het papiertje zou invullen, maar ze kenden elkaar goed genoeg om te weten dat hij haar heus niet wilde dwingen om een naam te noemen.

'Ja. Ik stem blanco.'

'Nee zeg, alsjeblieft. We moeten zorgen dat dit zo snel mogelijk achter de rug is. Ze gaan zo gelijk op dat het maar beter meteen duidelijk kan zijn.'

Ze zwegen, want op dat moment, alsof de bel was gegaan die de leerlingen de volgende dag weer naar de klassen zou roepen, kwamen de nog ontbrekende leden van de schoolraad binnen.

Normaal gesproken moest De Molinos bij aanvang van iedere vergadering om stilte verzoeken, omdat er maar geen eind wilde komen aan het gemurmel van de gesprekken en de onbeduidende opmerkingen. Maar deze keer was dat niet nodig. Er viel meteen een verwachtingsvolle stilte, die alleen werd verstoord door het geluid van de stoelen die dichter naar de grote rechthoekige tafel werden geschoven, door het zachte geluid van een balpen die in en uit geknipt werd, van een aansteker als iemand een sigaret opstak.

Niemand had aanmerkingen op de notulen van de vorige vergadering, alsof het voorlezen daarvan een vervelende, onnodige inleiding was waar je volgens de regels nu eenmaal eerst doorheen moest om tot het volgende punt over te kunnen gaan. Zelfs de stem van Julita Guzmán, vlak en droog, zonder nuances en kil, leek ieder commentaar te ontmoedigen.

Terwijl ze voorlas bestudeerde Larrey haar gezicht, zocht hij, zoals hij wel vaker deed, de contouren van haar dunne lippen, en probeerde hij enige emotie te ontdekken in haar doffe ogen. Ze was een grijze muis die buiten de school niemands aandacht zou trekken, een oude vrijster van vijfenvijftig die volgens iedereen nog steeds maagd was, zo'n vrouw die, omdat ze nu eenmaal veroordeeld was tot een kuis leven, haar eigen kuisheid was gaan idealiseren. Maar ze had haar functie niet alleen te danken aan haar affiniteit met de starre ideeën van Jaime De Molinos; haar efficiënte manier van werken en haar dwangmatige gevoel voor orde maakten haar geknipt voor dat werk. Ze beheerde de financiën van de school met een striktheid alsof het om haar eigen geld ging. Ze hield nauwkeurig in de gaten hoeveel privéfotokopieën elke leerkracht maakte of hoelang ze aan de telefoon hingen, en berekende hun de gesprekskosten door met dezelfde nauwgezetheid als de telefoonmaatschappij. Ze zorgde dat er in iedere klas precies voldoende onderwijsmateriaal was, zonder dat er ooit iets overbleef. Ze hield de correspondentie bij, de dossiers van de leerlingen, de absenties van de docenten en deed al het verdere papierwerk, zonder ooit een fout te maken, met een ordelijkheid die op een school absoluut noodzakelijk is om niet te verdrinken in die zee van papier. Vandaar dat ze er niet goed tegen kon als anderen fouten maakten, en ze zich ergerde aan doorhalingen in een schoolrapport of aan fouten in verslagen. Sommige leerkrachten koesterden een persistente haat jegens haar en gaven haar, vaker nog dan De Molinos, de schuld als ze baalden van de een of andere pietluttige maatregel. Van Rita's werk begreep ze niets en door haar starheid was ze een paar keer met haar in conflict geraakt. 'Ze haat kinderen', had Rita gezegd. 'Ze haat het dat ze met de dag sterker, onafhankelijker en slimmer worden, terwijl zij alleen maar ouder, onhandiger en gammeler wordt.'

Ze was heel anders dan Manuel Corona. Hoewel iedereen die hem kende het erover eens was dat hij absoluut niet het karakter had dat bij een decaan paste – dat wil zeggen, iemand die dynamisch en creatief was, handig en communicatief, iemand die met de nodige tact een brugfunctie wist te vervullen tussen de directie en het docentenkorps – zat ook hij al jarenlang op zijn post en niemand had ooit een zwaarwegende reden gehad om daar bezwaar tegen aan te tekenen. Zijn manier om het onderwijs te organiseren – hij neigde naar een laisser faire en was van mening dat iedere leerkracht in zijn eigen klaslokaal vrij was om te doen wat hij wilde – strookte absoluut niet met De Molinos' strakke opvattingen over discipline, maar toch had deze hem vanaf het begin in zijn team opgenomen, als een politiek leider die een deel van zijn macht afstaat aan zijn tegenstanders, waardoor het niet alleen lijkt of hij grootmoedig en toegeeflijk is tegenover mensen die het niet met hem eens zijn, maar hij ook de waarschuwing afgeeft dat als ze dit niet accepteren er van hem nooit meer een genereus gebaar te verwachten valt.

Hij was haast ziekelijk dik, een zeldzaamheid in een beroep met voornamelijk magere mensen, die zo mager blijven door de permanente stress waaronder ze leven en door de dagelijkse omgang met de leerlingen, waarbij ze constant op hun knieën moeten om zich aan een lager niveau aan te passen. Het was niet moeilijk om je hem als het slachtoffer van een acute beroerte voor te stellen. Hij had het soort lichaam waar haast geen passende kleren voor te koop zijn, zijn onderkinnen zwabberden als die van een kikker, en het kostte hem vast moeite om zijn eigen schoenveters dicht te knopen. Op school droeg hij altijd colbert en das en dat gebruikte hij als excuus om ieder fysiek contact met de leerlingen te vermijden. Hij had een obsessie met hygiëne en waste om de haverklap zijn handen, en als de omstandigheden dat niet toelieten gebruikte hij van die vochtige lapjes waar je babybillen mee schoonveegt, waarvan hij altijd een doos van in zijn bureaula had liggen. Hij droeg een bril met een heel dun montuur en was altijd gladgeschoren, waardoor zijn onderlip, die haast weggedrukt leek te worden door het gewicht van zijn bovenlip en zijn dikke, glimmende wangen, wat meer uitkwam.

'Als verder niemand iets heeft, kunnen we overgaan naar het enige onderwerp dat vandaag op de agenda staat: de verkiezing van de directeur, voor een nieuwe periode van vier jaar', zei de secretaresse.

Ze las de volledige namen voor van de twee kandidaten – don Jaime De Molinos Díaz, don Luis García Nelson – en vermeldde hun respectievelijke plannen, die veel aanwezigen misschien niet eens hadden gelezen. Daarna deelde ze stembriefjes uit en legde ze de procedure uit.

Er waren twee stemronden nodig. Na de tweede stemming, toen ze met een van opwinding bevende stem de naam op het laatste stembriefje had voorgelezen, verklaarde de secretaresse dat don Luis García Nelson tot directeur was gekozen, voor een periode van vier jaar.

Larrey keek Rita verbaasd aan en ontmoette in haar ogen dezelfde verbazing. Ze hadden in de laatste ronde allebei op Nelson gestemd, maar hadden nooit gedacht dat hij zou winnen. De manier waarop de verkiezing was georganiseerd maakte het heel moeilijk om van een zittende directeur te winnen; als iemand eenmaal als directeur was benoemd, niet al te grote fouten maakte en schandalen vermeed, kon hij op die post over het algemeen makkelijk zijn pensioen halen. Zelfs als hij de leerkrachten tegen zich had, kon hij met alleen de steun van de ouders – die immers nooit precies op de hoogte zijn van alles wat er op een school gebeurt en daarom de neiging hebben te zwichten voor het kleine beetje autoriteit dat een dergelijke functie uitstraalt – opnieuw als winnaar uit de bus komen. Want anders dan in de politiek, waar het moeten nemen van beslissingen onherroepelijk leidt tot het afkalven van de macht, komt in een onderwijsinstelling de machthebbende partij juist steviger in het zadel te zitten, daar verleent macht prestige en een hoge plaats in een hiërarchie, wapens bij uitstek om die macht te kunnen behouden.

Larrey en Rita zagen hoe Jaime De Molinos opstond om de hand van de winnaar te drukken en met op elkaar geklemde kaken een felicitatie mompelde. Meteen daarop sloot de secretaresse de vergadering officieel. Ze dacht waarschijnlijk dat het haar laatste vergadering was, want toen ze de uitslag van de verkiezingen voorlas had haar stem plechtig geklonken, alsof ze afscheid nam.

Iedereen stond op, pratend over wat er was gebeurd. Toen hij wegliep hoorde Larrey De Molinos tegen Nelson zeggen: 'Kun je misschien nog een dag wachten voordat je het kantoor betrekt? Dan kan ik eerst mijn spullen verhuizen.'

'Natuurlijk,' antwoordde Nelson, 'neem alle tijd die je nodig hebt. Maar nu eerst een biertje. We hebben lang genoeg gepraat.'

Ze liepen het gebouw uit. De zon was al onder, maar het felle licht boven het schoolplein maakte de hemel minder donker.

De Molinos sloot het gebouw af en even later stonden alle leden van de schoolraad aan de bar van het café waar de leerkrachten 's morgens in de pauze koffie kwamen drinken, als ze tenminste niet moesten surveilleren. Nelson voelde zich verplicht een rondje te geven. Hij was misschien wel net zo verbaasd over zijn overwinning als iedereen, maar voelde zich ook voldaan, omdat er in zekere zin wraak was genomen op de man die de voorafgaande jaren iedere mogelijkheid van verandering en ontwikkeling in de weg had gestaan.

Er was eigenlijk niet veel meer om over te praten. Julita Guzmán, die eigenlijk nooit meeging naar dit soort bijeenkomsten, vertrok als eerste en de rest volgde snel daarna. De volgende dag begonnen de lessen en dan moesten ze weer stipt op tijd zijn. Het groepje ouders bleef echter nog even in het café hangen, op één na, die zei een dringende afspraak te hebben.

Larrey liep met Rita mee naar haar auto. Ze bleven nog even napraten over de uitslag van de stemming, over de veranderingen die Nelson zou kunnen doorvoeren als hij dat werkelijk wilde en over het medelijden dat ze hadden met De Molinos.

'Ik kan je een lift geven, als je wilt', zei Rita.

Normaal liep hij altijd naar huis, maar net toen hij haar uitnodiging wilde accepteren, schoot hem iets te binnen.

'Ik moet nog terug. Ik heb wat op het secretariaat laten liggen.'

'Ik wacht wel op je.'

'Ach nee, dat hoeft niet.'

Hij liep de tachtig meter naar school terug. De poort stond nog open, maar dat de hoofdingang ook open was verbaasde hem, want De Molinos had die een half uur eerder al gesloten. Hij had iemand horen zeggen dat de conciërge er die avond niet was omdat die een familielid moest bezoeken dat in het ziekenhuis lag. Ineens dacht hij met weemoed aan zijn vrouw en was hij even jaloers op de conciërge, want die zou haar mogelijkerwijs tegenkomen als ze daar door een gang liep of met een patiënt bezig was. Ze waren al acht jaar getrouwd en hij was nog net zo verliefd op haar als in het begin. Hij vond de nachten dat ze dienst had maar lang en saai, hij wist dan niet zo goed wat hij met zichzelf aan moest en miste haar warme, vertrouwde, zacht geurende aanwezigheid. Toen hij aan haar dacht voelde hij een golf van welbehagen en vrede door hem heen gaan, die de spanning van die vergadering verjoeg. Hij bedacht dat de volgende dag de lessen weer begonnen, en wist dat hij ook het komende schooljaar weer gelukkig zou zijn.

Hij ging naar binnen zonder de tl-buizen in de gang aan te knippen; dat felle licht zou in de duisternis van het gebouw te veel zijn, iets alarmerends hebben. Terwijl hij naar het secretariaat liep, liet hij zich leiden door de nooduitgangbordjes en het licht dat van het schoolplein naar binnen viel. Op de gang, waar het normaal zo rumoerig was, leek de stilte nog dieper en op de een of andere manier ook wat triester. De sleutel hing aan een spijker naast het mededelingenbord. Alle leerkrachten wisten dat, want iedereen kon als eerste op school komen of als laatste vertrekken omdat hij of zij nog een vergadering had moeten bijwonen of meer tijd nodig had gehad de lessen voor te bereiden. Hij deed de deur open. De rolgordijnen waren omhoog en hij hoefde het licht niet aan te doen om in het schemerdonker zijn map en de krant op het bureau te zien liggen, waar hij ze had achtergelaten. Hij deed een paar stappen naar voren en strekte zijn hand uit om zijn spullen te pakken. Op dat moment voelde hij een klap tegen de achterkant van zijn nek en werd alles stralend wit.

Hij was altijd als eerste in het secretariaat. Maar die morgen was hij weer een leerkracht als ieder ander en bleef hij in de hal hangen bij de rest. Hij moest vreselijk zijn best doen om niet te laten merken hoe zwaar hij het had met zijn nederlaag van de vorige dag. Met een wat schamper, onverschillig gebaar beantwoordde hij de blijken van medeleven of solidariteit die hij ontving; niemand, al bedoelden ze het nog zo goed, zou hem zien lijden, hem verkrampt of onthutst zien. Macht is zo bevredigend, dacht hij, dat kleine beetje macht, dat je het recht verleent als eerste en laatste het woord te nemen, terwijl de anderen luisteren en je besluiten uitvoeren. Het doet er niet zozeer toe wélke onbenullige privileges je uitdeelt, het gaat om het genot ze uit te delen of in te nemen, want de bevrediging die het geeft boven aan de pikorde te staan is niet afhankelijk van de reikwijdte van je invloedssfeer, of je de baas speelt over veertig of veertig miljoen mensen. Het hebben van macht, daar gaat het om. Hoe haatte hij ze nu, allemaal, niet alleen Nelson, maar iedereen die zijn verwachtingen en zijn vertrouwen in zijn eigen overwinning had gevoed. En hoe verfoeide hij degenen die toch zo dicht bij hem stonden, zoals Corona of Julita Guzmán, die het naderende gevaar niet hadden voorzien en hem niet hadden geholpen een plan te verzinnen om het te keren. Het zou zo makkelijk zijn geweest om de andere kandidaat te vermorzelen, hij had alleen dat ene gerucht maar onder de ouders van de schoolraad hoeven te verspreiden.

Nelson was er nog niet, terwijl het toch al bijna negen uur was. De Molinos gaf geen krimp toen iemand commentaar gaf over het te laat komen, op de eerste dag nog wel, van de nieuwe directeur; de eerste lichte en wat lacherige – maar ook venijnige – kritiek, zoals ze dat de voorafgaande acht jaar vast en zeker ook bij hem hadden gedaan.

Toen merkte iemand anders op dat het vreemd was dat Larrey, die nooit te laat kwam, er ook nog niet was.

Hij moest wat persoonlijke bezittingen uit het kantoor halen, de laatste overblijfselen van de strijd, maar hij verdomde het om er naar binnen te gaan als Nelson er nog niet was. Hij had verloren, maar was niet van plan het hem makkelijker te maken door een kameraadschap te veinzen die iedereen meteen zou doorzien en die zijn vernedering alleen nog maar erger zou maken in plaats van die te maskeren. Want iemand die de mogelijkheid van een nederlaag op geen enkele manier heeft overwogen, kan nooit een goede verliezer zijn. Nelson zou om ieder wissewasje bij hem moeten komen en hij zou zijn vragen beantwoorden of niet beantwoorden, net doen of hij het niet wist, en in dat geval zou hij overal in zijn eentje achter moeten zien te komen, achter al die trucs die nodig waren om de ouders tevreden te stellen of om dat hele bureaucratische apparaat, door Julita en hem in de afgelopen acht jaar met zo veel moeite opgezet, te doorgronden.

Het zou niet makkelijk voor hem zijn, want zoals iedereen die blind vertrouwt op zijn improvisatietalent, was Nelson een slecht organisator. Het feit alleen al dat hij op de eerste schooldag te laat kwam was typerend voor de wanorde waarin hij leefde, de eerste dag dat hij de leiding had, met het schoolplein barstensvol moeders en kinderen, opgewonden vanwege het nieuwe schooljaar.

Hij zag dat de conciërge aanstalten maakte de bel te luiden. Als die klonk zouden de leerlingen zich in rijen opstellen, iedere klas een, en daarna zouden ze naar binnen gaan, achter hun eigen leerkracht aan, die hen naar hun klaslokaal zou leiden.

Op het moment dat de bel ging zag hij hem in de deuropening verschijnen, hijgend, alsof hij had gerend. Op het nippertje, dacht hij, nog één seconde, en je was te laat gekomen op je eerste dag als directeur. Ik durf te wedden dat je het hebt gevierd gisterenavond, en we weten allebei met wie.

Nelson nam de felicitaties in ontvangst van degenen die hem nog niet hadden gebeld of hadden gezien. Hij was een tikkeltje minder casual gekleed dan normaal en De Molinos, die tegen de trapleuning stond geleund, moest toegeven dat zijn nieuwe functie hem goed stond: een bijna twintig jaar jongere man dan hij, zijn gezicht en handen nog bruin na die lange zomer, met een lichamelijke aantrekkingskracht die nog leek te zijn toegenomen door het kleine beetje macht dat hij toegewezen had gekregen. Zelfs het feit dat hij linkshandig was leek een toegevoegde originaliteit. Sterker nog, het onderstreepte dat hij een krachtig karakter had en zich verzette tegen druk van buiten.

De kinderen stroomden het gebouw binnen, de kleinste eerst, en werden door de leerkrachten naar hun klaslokaal geleid. Rita, die als logopediste geen eigen klas had, verbaasde zich voor de zoveelste keer over de waarde van onderwijs, niet alleen vanwege de kennis die de kinderen opdeden, maar vooral door al die kleine dingen die hun vanaf het eerste moment lieten zien dat de chaos van de wereld geordend kon worden: zeshonderd leerlingen die elkaar een minuut eerder nog begroetingen hadden toegeschreeuwd, hadden gehold, tegen elkaar gebotst, gegild, gehuild en luidruchtig hadden gevochten in de bonte wanorde van het schoolplein, liepen nu ordelijk naar hun klassen, namen daar hun plaats in en kwamen min of meer tot rust, een rust die gezien hun eerdere opwinding onmogelijk had geleken. Voor de kleinsten was dit de eerste keer dat ze in hun eentje van huis weg waren. School, dacht ze, is de plek waar kinderen voor het eerst alleen zijn en worden verplicht om te werken zonder de steun van hun ouders, zonder de gezichten van bekenden bij wie ze om hulp of troost kunnen komen als ze vallen en zich bezeren, of voor het eerst een klap krijgen van iemand die sterker is. Als de angst die bij die eerste stap in de wereld hoort – op hun derde jaar al – te lang aanhoudt, bestaat de kans dat ze de wereld blijvend als on- veilig en vol met vijanden ervaren.

Nelson richtte zich tot Corona en De Molinos: 'Zullen we naar het kantoor gaan?'

'Ja. Ik stond al op je te wachten', zei de ex-directeur.

'Rita,' riep Nelson, 'als je op dit moment geen afspraak hebt, kun je dan even met ons meekomen?'

'Natuurlijk', antwoordde zij. Ze vermoedde al wat er zou ko- men, het aanbod waar ze nee op zou zeggen, zonder arrogantie, niet geringschattend, niet meer dan een rustig en overtuigend nee dat verder aandringen of smeken overbodig maakte.

Ze liepen de gang door en De Molinos wachtte tot Nelson de sleutel achter het mededelingenbord vandaan haalde, als een gast die, hoewel zijn gastheer hem uitnodigend op zijn schouder klopt, weigert om als eerste zijn hand op de deurknop te leggen.

'De sleutel hangt er niet', zei Nelson enigszins verwonderd.

'Hij zit in de deur', constateerde Corona.

De deur was dicht maar niet helemaal in het slot gevallen, alsof iemand van plan was geweest om meteen weer terug te ko- men. Nelson duwde hem open en bleef na twee stappen aan de grond genageld staan van verbazing. Eerst alleen verbazing, die plaatsmaakte voor begrip, verbijstering en angst.

'Mijn god!' riep De Molinos achter hem uit, over zijn schouder meekijkend, ook verlamd door dezelfde verbazing, maar meteen daarna vervuld van een duister wraakgevoel, alsof het lichaam dat lag uitgestrekt over het bureau waar hij acht jaar achter had gezeten, ondanks alles zijn eerste genoegdoening was. *Dat is je welkom! Omdat je het hebt gewaagd je toe te eigenen wat niet voor jou was bestemd, dat is wat je te wachten staat, chaos en verwarring.*

'Gustavo!' schreeuwde Rita achter hen ontzet. Ze stormde langs de drie mannen en boog zich over het lichaam, alsof ze hem nog kon helpen, hoewel het vanaf het eerste moment al duidelijk was dat er niets meer aan die onbeweeglijkheid te doen was. Je hoefde niet eerder een lijk gezien te hebben om te weten dat het stollen van bloed een kwestie van minuten is en dat het bloed op de grond, dat uit de nekwond was gedropen, aanvankelijk rood geweest moest zijn, maar dat er al verschillende uren waren verstreken, want het was opgedroogd en had een donkerbruine, smerige kleur aangenomen, niet langer vloeibaar maar een gore drek. De krant van de dag daarvoor en zijn map waren onder zijn rechterarm op het bureau terechtgekomen. Hij was teruggegaan om ze op te halen en had niet gewild dat zij in de auto op hem wachtte. Toen ze in verwarring door die gedachte zijn voorhoofd aanraakte, voelde ze hoe koud dat was. Ze trok haar hand terug, alsof ze zich realiseerde dat ze dat niet had moeten doen. Toch boog ze zich nog verder naar hem over om naar zijn nek te kijken.

'Hoe heeft dit kunnen gebeuren …' vroeg ze haast onhoorbaar. De vraag was niet aan de anderen gericht, die haar verlamd aanstaarden; het was net alsof ze het aan het slachtoffer zelf vroeg, alsof ze een verklaring zocht die zou ontkennen dat de wond die ze zag – rond en zwart, met wat haartjes die aan de randen plakten – was veroorzaakt door de inslag van een kogel.

Nelson leek bij te komen uit zijn verbijstering, pakte de telefoon en belde het ziekenhuis om een ambulance.

'Ik denk dat je ook de guardia civil moet bellen', zei De Molinos.

Nelson keek hem even aan en zocht zonder verder iets te zeggen het nummer van de kazerne in het telefoonboek op. Tot twee keer toe moest hij herhalen wat er was gebeurd en waar hij vandaan belde voordat degene aan de andere kant van de lijn begreep dat het geen grap was. In de kleine provinciestad waar ze woonden, waar men nog niet helemaal gewend was aan het idee niet langer in een dorp te wonen, waar jaarlijks acht tot tien mensen een niet-natuurlijke dood stierven – allemaal door een ongeluk, zelfmoord of een overdosis drugs – leek een telefoontje als dit, waarin op de eerste dag van het schooljaar een moord werd gerapporteerd, iemand die was doodgeschoten, een misplaatste grap van een leerling.

'Ik denk dat we iedereen naar huis moeten sturen', zei De Molinos.

'Wie?' vroeg Nelson, die het opnieuw niet begreep.

'De leerlingen. De oudere kinderen kunnen alleen naar huis. Er zijn vast nog veel moeders van de kleintjes op het schoolplein. De rest moet gewaarschuwd worden. Hoe dan ook, over een paar minuten weet de hele stad het.'

De rechter, luitenant Gallardo en twee agenten, een man en een vrouw, zaten in de gang te wachten tot de drie specialisten klaar waren met hun werk op het kantoor, de forensisch deskundigen die op een van de vele afdelingen werkten waarin de guardia civil de laatste jaren, in een drang tot modernisering en zelfstandigheid, was opgesplitst om niet langer afhankelijk te zijn van andere takken van het bestuurlijk apparaat. Er waren inmiddels specialisten op het gebied van computer- en milieumisdrijven, hulpverlening aan mishandelde vrouwen, immigratie, genetica, belastingfraude en bescherming van toeristen: jonge agenten die zich slechts met één deelgebied bezighielden, met een briljante universitaire achtergrond, die met de dag meer en meer wisten over minder en minder.

De luitenant wist zeker dat hij nergens naar zou kunnen kijken tot ze daarbinnen klaar waren. Vandaar dat hij zich niet druk maakte. Verder waren de nieuwe gedragsregels uiterst helder: bij dit soort gevoelige zaken, die een grote impact hadden op de publieke opinie, mocht de plaatselijke politie niets aanraken, tenzij het echt niet anders kon. Eén telefoontje naar Madrid, en die selecte brigade technici kwam opdraven. Bij de rest van de guardia civil waren ze niet erg gezien omdat ze zich, zelfs als ze dezelfde rang bezaten, een superioriteit aanmaten die voor de door de wol geverfde, oudere officieren voor wie strepen het enige was wat telde, moeilijk te verhappen was. Ze droegen nooit een wapen en waren nooit smerig, alsof wapens en zweet barbaarse overblijfselen waren uit vergane tijden; een overhaaste hypothese zou je van hen nooit horen, net zoals ze geen details prijsgaven over wat ze aan het doen waren; ze knoopten niet graag harte-lijke betrekkingen aan met andere agenten en weigerden in de kazernes te blijven slapen, ook al moesten ze hun hotel uit eigen zak betalen; ze hadden vreselijk veel moeite in de omgang met mensen, maar schenen op hun gemak met voorwerpen of met viezigheid: een piepklein stukje papier, een spermavlek op een hoofdkussen of een haar in een afvoerputje. En verder maakten ze er geen geheim van dat ze het liefst zo gauw mogelijk weer vertrokken uit die provinciestadjes, die hen leken te benauwen. De 'geleerde brigade' werden ze vaak genoemd, en ondanks die wat geringschattende bijnaam waren hun collega's onder de in-druk van de doeltreffendheid van hun optreden en overtuigd van het belang van hun taak en van de accuratesse waarmee ze die uitvoerden.

Hij had de jonge vrouw en de drie mannen alleen de eerste routinevragen gesteld: of alles toen ze het lichaam hadden gevon-den hetzelfde was als de dag daarvoor, en of ze nog iets anders hadden aangeraakt dan de telefoon. En hij had vastgesteld dat de rigor mortis over het hele lichaam gelijk was, wat betekende dat het lichaam na het dodelijke schot niet meer was versleept.

Toen de agente bij de eerste oppervlakkige inspectie om zich heen keek, had ze iets zien glinsteren tussen twee rijen kinderboe-ken en ze had zonder het aan te raken geconstateerd dat het een patroonhuls was van een 7,65 mm kaliber pistool, een FN.

Ze had geen andere sporen van geweld of wanorde in de ruim-te aangetroffen: de boeken en papieren, het fotokopieerapparaat, de archiefkast en de computer straalden de degelijke vreedzaam-heid van kantoorspullen in ruste uit, die zich niet liet verstoren door het gruwelijke beeld van het lichaam dat tussen hen in lag.

Daarna had ze de deur weer dichtgedaan om de komst van de collega's af te wachten.

Het flitslicht dat herhaaldelijk oplichtte in de kamer en de gang stond niet langer in dienst van een celluloid negatief, maar kwam van geavanceerde digitale camera's, en op hun computers zouden ze later ieder detail snel en helder kunnen uitvergroten. Ze zouden de kleinste vingerafdrukken, haartjes en wimpers, de spikkeltjes roos of flintertjes huid op de huls niet alleen onder de microscoop bestuderen, maar ook analyseren in een genetisch laboratorium. Hoewel de analysetechnieken de laatste vier jaar volledig waren veranderd, stond de luitenant nog steeds enigszins wantrouwend tegenover de resultaten. Ondanks het feit dat de wetenschap regelmatig nuttig was gebleken, zag hij er deze keer maar heel weinig heil in. Wie het ook was geweest die de man die nu nog op het bureau in het kantoor lag in de nek had geschoten, hij was waarschijnlijk net zo goed als zij op de hoogte van wat je nooit moest doen, welke sporen hij moest zien te vermijden, over welke hulpmiddelen zij beschikten. Hij wist vast en zeker precies hoe hij hen kon tegenwerken. Uiteindelijk, zei hij tegen zichzelf, zouden alleen vasthoudendheid, intelligentie en de juiste vragen helderheid in deze zaak kunnen scheppen.

4

Als zijn vader niet was gestorven toen hij nog maar elf was, dan was dit allemaal misschien niet gebeurd. Maar het is heel moeilijk om iets af te staan wat je vader je heeft nagelaten als je toen nog maar zo jong was. Afzien van een herinnering of een aandenken opgeven zou hij als een soort verraad hebben gevoeld.

Voor veel van zijn klasgenoten en vrienden was dat heel anders geweest; zij waren zonen van mannen die tijdens de dictatuur een zekere mate van macht en invloed hadden gehad; zij hadden het idee dat hun vaders hun handen niet altijd even schoon hadden weten te houden. Misschien zouden zij er minder moeite mee hebben zich te ontdoen van een erfstuk uit het verleden dat op een dag opduikt, verstopt in een boek van Baroja; misschien zouden zij er minder moeite mee hebben vanwege die draai om hun oren die ze ooit onterecht hadden gekregen, die ze zo heftig veroordeelden dat ze zich hadden voorgenomen die fout bij hun eigen kinderen later nooit te maken. Maar hem was die tijd waarin een kind in opstand komt tegen zijn ouders, waardoor het zich makkelijker van hen kan losmaken, niet gegund geweest, en het had hem de grootste moeite gekost in het reine te komen met dat duistere deel van zijn erfenis. Hoe kon je spuwen op het graf van iemand van wie je niets dan goed had ervaren?

Vroeger, jaren geleden, was hij weleens jaloers geweest als hij zijn vrienden had horen klagen over hun problemen thuis, hoe erg het was om met slechte cijfers thuis te komen, over de strijd die ze moesten voeren om wat later thuis te mogen komen, om meer zakgeld. Het waren altijd de vaders met wie ze ruzie hadden, haast nooit de moeders, die veel soepeler waren en naar harmonie streefden. Als een van hen tegen hem zei: 'Wat dat betreft bof jij maar, geen ouwe lul die je het leven zuur maakt', knikte Julián Monasterio met een scheef lachje, bedenkend dat hij graag ruzie met zijn vader had willen maken als hij een uur te laat thuiskwam, alles beter dan het eeuwige begrip en vertrouwen dat zijn moeder over hem uitstortte. Hij deed zijn best op school en was een goede zoon, die zijn tijd niet verspilde en geen geld over de balk smeet. Zij wist dat en had hem daarom nooit in zijn vrijheid beperkt; ze zei hem nooit wat hij moest doen maar diende hem van advies, vandaar dat hij altijd zijn eigen grenzen had moeten stellen, als hij zelf dronk, of in de auto stapte bij iemand die een glas te veel ophad. Op een leeftijd dat het normaal is verward en onrustig te zijn, had hij zijn eigen orde moeten scheppen in de wereld die hem omringde.

Soms fantaseerde hij dat hij de hoofdpersoon was in een oosters sprookje waarvan hij niet meer wist of hij het ergens had gelezen of het zelf had verzonnen: een man die door een woestijn loopt met een schat die niet van hemzelf is, waar hij niets mee kan doen omdat hij uiteindelijk aan iemand – die hij verder niet kent – rekenschap zal moeten geven. Zoiets was die vrijheid voor hem geweest, als iets wat hem in de schoot was geworpen, zonder dat hij er wat voor had gedaan om het te verdienen. Vandaar dat hij er voorzichtig mee moest omgaan. En toen herinnerde hij zich wat zijn moeder langgeleden tegen hem had gezegd, toen ze hem te veel geld had toegestopt: 'Je hoeft niet alles uit te geven, maar misschien heb je het nodig, als er iets onverwachts gebeurt. Ik vertrouw je toch.' Toen hij van het kamp terugkwam had hij haast niets uitgegeven. Pas veel later begreep hij dat zijn moeder hem door die instelling met een enorm verantwoordelijkheidsgevoel voor alles wat hem werd toevertrouwd had opgezadeld. Het was bepalend voor zijn karakter geweest, niet alleen op materieel gebied: ook al heb je genoeg geld, je geeft niet alles uit, je houdt altijd wat achter de hand voor als iemand je er ooit om komt vragen.

Mettertijd had hij andere jongens leren kennen die hun vader jong waren verloren, en was hij tot de conclusie gekomen dat de voortijdige afwezigheid van een vader twee totaal verschillende reacties veroorzaakt, een middenweg leek nauwelijks mogelijk: de ene groep maakte een soort kermisattractie van het leven, zonder enige lijn of regelmaat, toegevend aan iedere stimulus en bezwijkend voor iedere verleiding; de anderen daarentegen bepaalden

hun eigen grenzen en bezaten een overdreven gevoel van verantwoordelijkheid. Hij behoorde tot de tweede groep. Natuurlijk was ook hij weleens uit de band gesprongen en had hij rare,
onbenullige streken uitgehaald, maar zelfs als hij het heel bont
maakte, had hij er nog voor gezorgd dat er een weg terug was.
Hij kon zich nauwelijks herinneren dat hij echt over de schreef
was gegaan en allerlei wetten en regels had durven overtreden.
Hij was over het algemeen een gedweeë puber geweest. Pas veel
later zou hij merken dat gedweeë pubers meestal opgroeien tot
onzekere volwassenen.

Hij kon zich slechts één periode herinneren waarin hij niet in
de geest van zijn vader had gehandeld. In de tijd vlak na Franco's
dood was hij zonder medeweten van zijn moeder lid geworden
van de communistische partij. Hij had altijd voor zijn partijgeno-
ten verzwegen dat zijn vader op de rechtbank had gewerkt, alsof
dat gebouw – waar de eerste protestmanifestaties plachten te ein-
digen – dat door hen werd gezien als symbool van het koppigste
verzet tegen de komst van de democratie, een gif afscheidde dat
iedereen die daarbinnen werkte had besmet. Alleen Dulce had
hij vanaf het eerste moment verteld wat het werk van zijn vader
was geweest, want als hij zelfs de vrouw die hij beminde niet alles uit zijn verleden kon vertellen – zijn puberale complexen, zijn
schuchterheid, zijn wandaden als klein kind, zijn meest absurde
angsten – als hij niet kon vertrouwen op haar begrip en welwil-
lendheid, dan was zelfs de liefde niet de moeite waard. Maar
indertijd was ze zo verliefd dat alles wat hij haar vertelde haar
gevoelens alleen maar leek te versterken. Ze was zo anders dan
de rest!

Ze was hem vanaf het eerste moment opgevallen. De meeste
meisjes die hij kende zagen eruit alsof ze een soort uniform droegen, alsof ze uit een en dezelfde mal kwamen: lang haar, bijna
altijd ongekamd, dikke wenkbrauwen die ze nauwelijks epileer-
den, net zulke harige oksels en benen, ze maakten zich niet op,
droegen platte schoenen, wijde rokken, of spijkerbroeken met
slobbertruien die vaag naar curry en henna roken. Dulce was
anders door haar onberispelijke, soms misschien zelfs verfijnde

voorkomen. Ze verdomde het zich in een bepaald vakje te laten stoppen, hoewel ook zij een kind van haar tijd was.

Dulce had zich nooit met diezelfde overgave aan hém gegeven, had zich niet met die openheid in hun liefde gestort, als iemand die zich in de diepte laat vallen. Ze leek in die gelukkige, tevreden jaren volledig onbevangen, maar over haar verleden was ze altijd terughoudend geweest. Nadat ze hem had verlaten, begreep Julián Monasterio dat ze eigenlijk altijd een deel van zichzelf voor hem had weggehouden. Toen hij een jaar daarvoor had gemerkt dat ze van elkaar vervreemdden, begon hij al te vermoeden dat er iets mis was, maar hij had niet geweten hoe hij erover kon beginnen. Ze hadden nog maar één keer echt met elkaar gepraat: die avond dat ze hem vertelde dat ze de volgende morgen bij hem wegging. Ze vrijden al maanden niet meer – ze bedreven de liefde zonder te zoenen, ze paarden zonder elkaar aan te kijken, als dieren – en ook hun woorden hadden langzaam maar zeker alle glans verloren, en ze praatten alleen nog maar over Alba en school, over hun werk, of over een tv-programma waar ze samen naar keken zonder zich al te zeer te vervelen, als twee vreemden die tijdens een lange reis toevallig naast elkaar in dezelfde trein zitten en zich uit beleefdheid verplicht voelen om iets tegen elkaar te zeggen. Hij had een paar keer gevraagd wat er aan de hand was, maar Dulce had afwerend en haast een beetje agressief gereageerd, alsof hij het recht niet had haar die vraag te stellen. Alleen die laatste avond, toen was ze met een hele reeks argumenten gekomen om te rechtvaardigen dat ze wegging, argumenten waarvan iemand die echt weg wil er altijd meer dan genoeg kan vinden. Pas een paar dagen later, toen hij zichzelf eindelijk toegaf dat hij alleen was, besefte hij hoe ze hem de mond had gesnoerd: goed gebrachte halve waarheden, waar de grofste leugens achter schuilgingen! Want zonder aantoonbaar te liegen – ze klaagde over gebrek aan enthousiasme, saaiheid, ze moest uitvinden of ze echt verliefd was op die ander – had ze een desolaat beeld geschetst dat verder van de waarheid afstond dan van de leugen.

Hij schakelde de computer uit. Hij had erachter gezeten zonder precies te weten wat hij deed, maar als hij maar naar het scherm keek en iets zat te tikken wist hij zeker dat Ernesto hem niet zou storen. Ineens stond hij op en trok zijn colbertje aan.

'Ik moet even weg', zei hij. 'Ik ben zo weer terug.'

Het was een heldere, frisse septemberdag. Hij liep een stukje, kocht de regionale krant bij een kiosk en ging een café binnen. Het was al vier dagen geleden en de moord was niet langer voorpaginanieuws; de berichtgeving erover was teruggebracht tot één kolom, tussen de ongevallen en de misdaden. Omdat er geen nieuwe informatie was vrijgegeven herhaalde het artikel slechts wat al bekend was: een kogel – kaliber 7,65 mm, merk FN – gefabriceerd in België in 1958. Er stond zelfs een afbeelding bij van de huls waar die informatie in stond gestanst. Maar het pistool of de revolver waarmee het schot was gelost, was nog steeds niet gevonden en de guardia civil van Breda, ondersteund door een team experts, was nog met het onderzoek bezig.

Wat kon hij doen, vroeg hij zich af. Vier weken daarvoor had hij met een doosje met dezelfde munitie in zijn handen gestaan. Te veel toevalligheden. Hij kon zijn kop niet langer in het zand steken, in de hoop dat de problemen vanzelf wel zouden overwaaien. Zelfs als zou blijken dat het zijn pistool níét was geweest, dan zou die wetenschap helpen zijn rust te hervinden. Hij kon het niet bewijzen, maar hij raakte er steeds meer van overtuigd dat het om zíjn kogel en zíjn wapen ging, iedere dag, met ieder uur, iedere minuut die verstreek. En in dat geval had zijn zwijgen hem iedere minuut, ieder uur en iedere dag meer schuldig gemaakt. Hij kón inmiddels al niet eens meer naar de luitenant van de guardia civil gaan om hem te bekennen dat hij de eigenaar van een pistool van twijfelachtige afkomst was, dat het was gestolen, en dat hij de vier dagen na de moord ook nog eens zijn mond had gehouden, als het tenminste een moord was, waar alles op leek te wijzen. Het was niet onmogelijk dat ze zijn verhaal niet zouden geloven en dan – bedacht hij – zou hij misschien de helft van zijn leven in de gevangenis moeten zitten.

Hij sloeg de krant dicht en dacht na over zijn zorgen van de laatste vier dagen, boos op zichzelf vanwege zijn besluiteloosheid. Hij kon niet overzien wat de consequenties waren als hij het bij de autoriteiten ging opbiechten, maar hij had er ook geen idee van wat er zou gebeuren als hij bleef zwijgen. Een jaar geleden zou hij direct van de bank naar de kazerne zijn geracet om de diefstal aan te geven, hij zou het probleem hebben aangepakt op het moment dat het zich voordeed. Maar alle ellende van de laatste maanden had hem onzeker gemaakt, weifelend, hij was een man aan het worden die zijn beslissingen uit angst voor nog meer narigheid voor zich uit schoof. Alleen in de winkel en als hij met computers bezig was voelde hij zich nog zeker van zichzelf.

Ineens herinnerde hij zich dat een van zijn klanten, een makelaar, ooit een detective had ingehuurd om uit te vinden wie van zijn personeelsleden er aardigheid in had de computers van het bedrijf met virussen te besmetten. Hij had geen idee meer hoe die detective heette, maar wist nog wel dat het een merkwaardige naam was, die hem was opgevallen. Hij had het probleem geruisloos en vlot opgelost, en de dader was ontslagen. Zijn klant had niet naar de politie willen gaan, want dan zouden er te veel vragen gesteld worden en ze zouden zeker in zijn computers willen rondneuzen, want in de huizenhandel werd nogal gespeculeerd en er ging veel te veel zwart geld in rond.

Julián Monasterio aarzelde nog even, terwijl hij zijn koffie opdronk. Hij leefde in een beschaafd land, waar de politie in principe betrouwbaar was, dienstbaar aan de burger. Hij had het toen merkwaardig gevonden te merken dat er detectives bestonden, maar eigenlijk was het natuurlijk net zo merkwaardig dat er mensen waren die hun hulp inriepen. Maar nu begreep hij ineens waarom ze nodig waren. Je wendde je tot een detective als de wet tekortschoot, uit schaamte, of als je je niet tot de autoriteiten kon wenden omdat het om iets ging wat niet helemaal zuiver op de graat was. Hij stelde zich hun wereld voor als duister en warrig, waar je je maar beter verre van kon houden. Maar de situatie waarin hij verwikkeld zat was nu eenmaal duister en warrig. Vastbesloten vroeg hij om de Gele Gids. Er stond slechts één naam onder het kopje PRIVÉDETECTIVE: Cupido, R. Hij koos het nummer en maakte een afspraak voor een kwartier later.

Zijn eerste verrassing was dat de man geen echt kantoor had. Hij ontving zijn cliënten bij hem thuis, zoals sommige huisartsen praktijk aan huis hebben, wat zou kunnen wijzen op amateurisme, maar ook een garantie van veiligheid en discretie kon zijn. Hij verwierp de eerste mogelijkheid en nam plaats op een stoel tegenover het bureau. De detective ging aan de andere kant zitten.

Zijn tweede verrassing was dat er nergens een computer te zien was, terwijl je die daar toch zou verwachten. Het grote bureau, de metalen archiefkast, de telefoon, een dichte kast, een kalender met de data in heel grote cijfers en wat schilderijen … alles wees erop dat dit zijn normale werkplek was. Een man, dacht hij, aan wie de computerhype van het eind van de afgelopen eeuw voorbij is gegaan. Hij is niet zo iemand die in het nieuwe millennium niet zal kunnen leven zonder een notebook op zak. Hoewel dit merkwaardig was, beviel het hem wel, alsof uit die nonchalance een groot vertrouwen sprak in zijn eigen vermogen om informatie te vergaren en te gebruiken, zonder te rade te gaan bij allerlei internetzoekmachines.

Cupido wachtte rustig af tot de eerste golf van verwarring en wantrouwen wegebde. Het was een gebruikelijke reactie, alsof zijn cliënten een kerel verwachtten aan te treffen met een pistool onder zijn zweterige oksel, in een morsig, warm kantoor, met een ventilator met grote schoepen aan het plafond en voor de ramen gesloten luxaflex die net genoeg licht naar binnen liet om intrige en geheim te laten gedijen. De man tegenover hem leek zich echter niets aan te trekken van de omgeving, maar zich zorgen te maken om iets wat dieper ging en afschrikwekkender was.

'Ik heb eigenlijk nog geen idee wat ik van u wil, of er iets aan gedaan kan worden. Misschien heb ik alleen advies nodig en kunt u me uitleggen hoe de wet in elkaar zit, wat de boete of de straf is die staat op iets wat eigenlijk is begonnen als een onvoorzichtigheid.'

De detective keek hem aan en knikte. Het was altijd moeilijk voor zijn cliënten om te beginnen, het was vernederend en beschamend om de hulp van een vreemde in te roepen bij een probleem dat vaak heel intiem was, en te erkennen dat ze zelf niet in staat waren het op te lossen. Hun eerste woorden klonken aarzelend, en waren nog omfloerst door angst en wantrouwen. En hij probeerde het ze altijd wat gemakkelijker te maken.

'Waarom begint u niet bij het begin?'

Julián Monasterio bleef aarzelend, alsof hij nog steeds spijt had van zijn komst. Maar tegenover hem zat een kalme man, met een rustige stem waar niets van berekening of bevoogding in doorklonk. Hij leek uit te stralen dat hij ieder probleem kon oplossen. Niet alleen kleine alledaagse oplichterijen of troosteloos overspel; ook dingen die je van tevoren nooit had kunnen voorzien, waarvan je niet eens weet dat het vergrijpen zijn. Hij maakte niet de indruk alleen maar in dat vak te zijn gerold omdat hij niets beters had kunnen vinden.

'U, ik bedoel ...' aarzelend zocht hij naar woorden die hem niet zouden compromitteren en die meteen weer vergeten konden worden, 'zou u zich verplicht voelen mij aan te geven als ik u vertelde dat ik iets ernstigs heb gedaan?'

'U bedoelt dat u me iets onder geheimhouding wilt vertellen?'

'Ja, zo ongeveer, een soort biecht.'

Cupido keek hem aan, zich afvragend of hij naar zijn verhaal kon luisteren zonder medeplichtig te worden.

'Gaat het om een misdaad?'

'Nee', antwoordde hij stellig. Daar was hij tenminste zeker van. Moreel gezien. Het was allemaal het gevolg van een reeks toevalligheden, die hem waren overkomen. Als alle illegale wapens in Spanje ineens tevoorschijn kwamen, zouden die een waar arsenaal vormen. Omgesmolten zouden ze genoeg metaal leveren om op ieder plein in een stad als Madrid een standbeeld op te richten. Maar die andere wapens bleven verborgen. Alleen het zijne was gestolen. Waarom moest alles hem de laatste maanden uit zijn handen glippen?

'U kunt op mijn zwijgen rekenen.'

'Het is allemaal begonnen met de dood van mijn moeder, een maand geleden.'

Hij pauzeerde om een pakje sigaretten tevoorschijn te halen, alsof dat eenvoudige gebaar hem hielp orde te scheppen in zijn verhaal. Hij bood Cupido er een aan, die nee schudde, en stak hem aan met een plastic aansteker, zichzelf de tijd gunnend om de juiste woorden te kiezen en niets weg te laten. Hij vertelde alles wat er was gebeurd, sommige feiten die hij belangrijk vond herhalend, alsof hij er niet zeker van was dat de detective het goed begreep, extra voorzichtig formulerend als hij iets vertelde waarmee hij moeite had, omdat hij niet wist of zijn eigen opvattingen over schuld en onschuld met die van Cupido strookten.

Hij voelde zich beter toen hij was uitgesproken. De detective had hem nauwelijks onderbroken en had niet één keer blijk gegeven van twijfel of ongeloof. De bevestigende gebaren waarmee hij aangaf hem nog te kunnen volgen als het verhaal ingewikkelder werd, begonnen hem het gevoel te geven dat hij hem kon vertrouwen.

'Waarom bent u er zo zeker van dat hij met uw pistool is neergeschoten?'

'Hebt u de berichtgeving over de moord gevolgd?'

'Jawel.'

'Dan weet u vast dat het een 7,65mm-huls is, wat geen erg gebruikelijk kaliber is, uit 1958, dat is hetzelfde jaar dat op mijn vaders munitie staat vermeld. Volgens mij vrij zeldzaam in Breda.'

'Dat denk ik ook. Wat wilt u dat ik doe?'

Julián Monasterio opende zijn armen in een ingehouden gebaar van hulpeloosheid, alsof hij hem met zijn lege handen wilde laten zien dat hij niets had om zich aan vast te klampen, en dat hij daarom met hem was komen praten.

'Ik heb het u meteen al gezegd. Ik weet niet eens of er iets aan te doen valt. Of er nog steeds iets aan te doen valt', verbeterde hij zichzelf. 'Maar om het kort te zeggen: ik wil van dit probleem af.'

De detective keek hem peinzend aan, in een poging uit te vinden hoe diep zijn wanhoop zat, waarom hij zo pessimistisch was dat hij het verdomde te geloven in het toeval, een samenloop van omstandigheden of in de mogelijkheid dat de kogel was afgeschoten met een ander wapen, waarom hij zo vast overtuigd was van zijn tegenspoed; het soort misère dat mensen onherstelbaar ongelukkig maakt en ieder geloof in de toekomst kortsluit.

'Als u zeker weet dat u me nodig hebt, ben ik wel bereid om u te helpen,' zei hij, 'maar mijn eerste advies is, ga naar de guardia civil en vertel alles. De luitenant is een veel begripvoller man dan over het algemeen wordt aangenomen. Natuurlijk, hij zal het u niet makkelijk maken, maar hij zou er niet aan twijfelen dat u de waarheid spreekt.'

Julián schudde een paar keer nee, in een koppig gebaar dat verraadde dat hij die mogelijkheid al veel eerder had verworpen.

'Nee, ik wil niet dat mijn naam in opspraak komt. Ik heb een dochter van zes, en ze heeft het al moeilijk genoeg. Ik wil niet dat ze nog meer te lijden krijgt doordat haar vader een fout heeft gemaakt.'

Hij stak opnieuw een sigaret op en zoog de rook naar binnen, met de gretigheid van de verslaafde die zijn verlangen naar iets sterkers met de nicotine probeert te bevredigen. Het gloeiende tipje knetterde even en het vuur trok naar het filter als bij een lont. Zonder haast, bijna fluisterend, vertelde hij verder, over zijn vrouw, die ervandoor was gegaan, het bedplassen van zijn dochter, haar neiging zich meer en meer in zichzelf op te sluiten en hoe wanhopig hij daarvan werd.

Toen hij was uitgesproken begreep Cupido waarom hij er zo benauwd en ontredderd uit had gezien toen hij binnenkwam, als een vis die te lang op het droge ligt te spartelen.

'Als ik het goed begrijp wilt u dat ik ervoor zorg dat u het pistool terugkrijgt zonder dat iemand het merkt, zodat u het weer terug kunt leggen in de kluis waar het uit is ontvreemd.'

'Ja.'

'Om het u terug te kunnen geven moet ik de persoon vinden die het in zijn bezit heeft, en dat is misschien ook degene die het schot heeft gelost.'

'Vind hem. Het maakt me niet uit wat er daarna met hem gebeurt', zei hij, en hij voegde eraan toe: 'Als u wilt, kunnen we het nu over uw honorarium hebben.'

Cupido had de opdracht geaccepteerd zonder er ook maar een idee van te hebben hoe hij de zaak zou gaan aanpakken. Wat moest hij doen? De dief vinden en hem het pistool afnemen, dat was duidelijk. Maar daarna? Moest hij zijn naam stilhouden, ook als bleek dat hij degene was die de leraar had neergeschoten? Want als hij die naar buiten bracht, zou ook de naam van de werkelijke eigenaar van het pistool bekend worden. Een ingewikkelde zaak, zo lastig dat hij het zich persoonlijk aantrok; erdoor uitgedaagd maar ook enigszins onbehaaglijk, alsof hij zich had laten aansteken door de overdreven angst van zijn cliënt. Hoewel maar heel weinig mensen die op de hoogte waren van de aard van zijn beroep hem zouden geloven, ervoer hij nog steeds een soort morele verplichting in zaken waarbij onschuldig bloed was vergoten en vaak mensen betrokken raakten die onschuldig waren. Hij voelde het als een persoonlijke uitdaging ze op te lossen. Hoewel maar heel weinig mensen hem zouden geloven, was hij er nog steeds van overtuigd dat de wereld iedere keer dat een onschuldig mens een gewelddadige dood sterft een beetje rotter werd.

Het was ook nog mogelijk dat de dief iemand anders was dan de moordenaar, maar voorlopig moest hij die theorie terzijde schuiven en van het slechtste geval uitgaan. Hij bezat zelf ook een pistool, een Glock 19, dat hij nog nooit had hoeven gebruiken. Het pistool was voor hem net zo iets als gereedschap dat je jaren geleden hebt aangeschaft voor een bepaald klusje en daarna zo lang niet meer nodig hebt gehad dat je vergeten bent dat het in je gereedschapskist ligt. Na het bezoek van Julián Monasterio had hij het zich weer herinnerd. Toen hij vervolgens zijn vergunning controleerde zag hij dat die al een aantal maanden was verlopen. Woorden waren altijd zijn beste, effectiefste wapen. Misschien hadden er in andere tijden en in andere landen andere privédetectives bestaan, sterke, cynische, verbitterde kerels, haast primitief in hun bereidheid geweld te gebruiken in gewelddadige situaties. Maar het werk in de stad waar hij woonde eiste andere kwaliteiten.

Het was een moeilijke opdracht, maar Cupido was ervan overtuigd dat hij de zaak tot een goed einde zou kunnen brengen.

Zijn taak was het opblazen van het hele systeem van leugens – haast altijd ingewikkeld – waarachter de schuldige zich verbergt en verschanst. Als je maar de kracht hebt om je te verdiepen in andermans ellende en bereid bent zo nu en dan risico's te nemen, als je genoeg uithoudingsvermogen bezit om vol te houden, ook als alle vragen en antwoorden niets op lijken te leveren en je geen uitweg meer ziet, levert een onderzoek uiteindelijk altijd resultaat op, als vruchtbare grond die na te zijn omgespit het graan omhoogduwt, ondanks de droogte en ondanks de intensieve methode waarmee hij wordt bewerkt. Je hoefde alleen maar met het geloof en het vertrouwen van een boer de juiste woorden te zeggen en op het juiste moment de juiste vraag te stellen.

5

Het schoolgebouw was vroegtijdig verouderd door de enorme erosie die zeshonderd kinderen die vier keer per dag in en uit stampen veroorzaakten. Hoewel de onderste helft van de muren in een vieze kleur bruin was geschilderd in de hoop dat het vuil dan minder zou opvallen, zag Cupido toen hij achter de conciërge aan door de gang liep naar een deur met daarop een metalen plaatje met DIRECTIE, dat handen en schoenen er zwarte strepen op hadden achtergelaten. De deur stond op een kier. De man klopte aan, duwde hem wat verder open en kondigde aan: 'Hier is iemand die u wil spreken.'

'Laat maar binnen.'

De conciërge stapte opzij om de detective langs te laten, sloot de deur en liet hen alleen. De directeur was een man van een jaar of veertig, iemand die veel zorg aan zijn uiterlijk leek te besteden, alsof hij er nog heel lang als veertig uit wilde blijven zien.

Hij stond op en liep om het bureau vol paperassen en schrijfspullen heen om Cupido een hand te geven. Hij keek hem even aan, zich afvragend wie hij kon zijn, want hij zag er niet uit als een vertegenwoordiger die schoolmateriaal aan de man probeert te brengen – hij droeg een spijkerbroek en een eenvoudig overhemd – of als een ambtenaar. Hij had ook niet die bezorgde, oplettende manier van doen van ouders die hun kind voor het eerst naar school brengen, dat angstige wantrouwen omdat ze het zo lang tussen vreemden moeten achterlaten, dat ze niet kunnen verhullen.

'Wat kan ik voor u doen?'

'Ik ben Ricardo Cupido', stelde hij zich voor, zichzelf dwingend neutraal en hoffelijk te klinken. 'Ik ben privédetective en zou u graag een aantal vragen willen stellen over de dood van uw collega.' Het begin was altijd het moeilijkst, want zijn aanwezigheid rakelde herinneringen op aan een nare of verdrietige gebeurtenis, terwijl de meeste mensen die hij ondervroeg die maar liever wilden vergeten.

'Privédetective?' herhaalde de man bevreemd, alsof het een beroep was dat alleen thuishoorde in de literatuur, in films, in de fantasie of in dromen maar in het echt niet bestond. 'We hebben alles wat we weten al aan de guardia civil verteld. Ik weet niet of … Voor wie werkt u?'

'Voor de vader van een van uw leerlingen.'

De verwijzing naar ouders bracht de man nog meer in verwarring. Hij was zich er maar al te zeer van bewust dat na alle gebeurtenissen zijn lot in hun handen lag en dat hij zich maar beter open kon stellen voor al hun initiatieven. Larreys dood had een wreed, paradoxaal gevolg gehad: een van de leerkrachten was vermoord, maar in plaats van dat de rest ook als potentieel slachtoffer werd gezien, waren ze allemaal verdacht. In de ogen van pers en publiek waren de leerlingen, die een week later weer terug moesten naar een school die was getekend door geweld, de enige slachtoffers.

Nelson had de waanzinnigste theorieën als verklaring voor het drama in Breda horen rouleren, en in de meeste werd niet gewezen naar iemand buiten de school – de theorie waaraan hij steeds had vastgehouden – maar naar de mensen erbinnen, naar iedere collega die ze weleens met Larrey hadden zien fluisteren. De verhalen die de kinderen om de losse woorden en halve zinnen die ze opvingen heen sponnen, droegen ertoe bij dat de idiootste geruchten en verdachtmakingen de ronde deden. Alle leerkrachten waren verdacht. En hoe langer het duurde voordat de zaak werd opgelost, des te dwazer de verhalen zouden worden. Er waren te veel mensen die luisterden en al die verhalen maar al te graag innamen, alsof ze ervan smulden. Het had geen zin om zijn mond te houden.

'Wat wilt u weten?' vroeg hij. Zijn stem was weer vast, maar er was wantrouwen in zijn ogen geslopen.

Er waren niet veel vragen nodig om het beeld compleet te krijgen. Nelson vertelde hetzelfde verhaal dat hij die afgelopen dagen al verschillende keren verteld moest hebben: de beslissende vergadering van de schoolraad, de mensen die aan de vergadering hadden deelgenomen, het resultaat van de verkiezing en het rondje dat hij daarna in het café had gegeven. Iedereen, op Larrey na, had verklaard daarna naar huis te zijn gegaan. Hijzelf in ieder geval ook.

'Was er iets opmerkelijks aan de vergadering, iets wat normaal niet gebeurt?'

'Opmerkelijk? Die avond was alles opmerkelijk', antwoordde hij, verloren naar een plek op de muur boven Cupido's linkerschouder starend, met die onbestemde blik die zich niet op een concreet punt richt, die het heden lijkt te willen wegduwen om beter naar het verleden te kunnen kijken. 'Opmerkelijk was dat De Molinos na acht jaar directeurschap werd verslagen in een vergadering van de schoolraad, terwijl ik nooit had gedacht dat ze mij zouden kiezen. Opmerkelijk was dat hij na zijn nederlaag niet boos leek te zijn en de teleurstelling die hij toch moest voelen zo goed wist te verbergen. Opmerkelijk was dat Julita Guzmán een biertje bleef drinken, want ze gaat nooit naar cafés. Opmerkelijk was dat Larrey terug naar school ging om de map op te halen die hij was vergeten. Opmerkelijk was dat de conciërge precies die avond op ziekenbezoek was ... Als een paar van die toevalligheden niet tegelijkertijd waren opgetreden, zou die moord nooit hebben plaatsgevonden.'

'Is er iemand die hem dood wenste?' vroeg Cupido, aangemoedigd door Nelsons ontboezemingen, alsof de directeur zelf, door die laatste zin toe te voegen aan de objectieve opsomming van de feiten, hém de ruimte gaf om in te gaan op de meer persoonlijke kant van het drama en het niet alleen te laten bij vragen zoals de politie die stelt: de plaats en de tijd, wie er was en wie er niet was, de voor de hand liggende kwestie van de alibi's.

'Maar dat is ook al zo opmerkelijk! Geloof me, als er iemand hier op school geen vijanden had was dat Larrey, er was zelfs niemand die hem niet mocht, hij was geliefd.' Hij dacht even na, als om zich de grieven en rancunes van de anderen voor de geest te halen en voegde eraan toe: 'Het ergste van de dood is niet dat hij langskomt, het ergste is dat hij nooit de mensen uitkiest die wij doodwensen.'

Hij stond met halfopen mond onbeweeglijk uit het raam te staren dat op het sportveld uitkeek, waar geen stemmen of het fluitje van de gymnastiekleraar klonken, en waar je geen rennende kinderen hoorde: hij leek zelf een beetje bang, geschrokken van zijn eigen woorden, alsof hun betekenis pas echt duidelijk was geworden nadat hij ze had uitgesproken.

Cupido wachtte zwijgend af of er nog meer zou komen, maar Nelson boog zich over wat paperassen op zijn bureau.

'Zou ik uw collega's kunnen spreken, degenen die bij u waren toen u het lichaam vond?'

'Dat zijn Corona en De Molinos, en Rita, de logopediste. De eerste twee zijn in hun klas, de lessen zijn over een kwartier afgelopen. Rita is in haar lokaal. Maar het is hun eigen zaak of ze u te woord willen staan of niet.'

Hij drukte op een knop van de intercom die op zijn bureau stond en boog zich over naar het roostertje van de microfoon.

'Rita?'

'Ja', antwoordde een prettige stem.

'Ik heb hier een … een privédetective die ons wil spreken. Hij wil jou ook wat vragen.'

Aan de andere kant bleef het even stil.

'Stuur hem maar door.'

Toen ze afscheid namen zei Nelson nog: 'Volgens mij hebben deze gesprekken weinig zin. Ik kan het niet genoeg benadrukken, de moordenaar moet iemand van buiten zijn geweest. De hoofdingang stond open toen de conciërge om twaalf uur 's nachts terugkwam. Hij dacht dat een van ons was vergeten af te sluiten en is niet gaan kijken in het kantoor.'

Hij keek de gang in en riep: 'Moisés!'

Uit het conciërgehok naast de ingang kwam een jonge man van een jaar of twee-, drieëntwintig naar hen toe lopen. Hij had gemillimeterd haar en dunne, lange bakkenbaarden. Toen hij dichterbij kwam zag Cupido een oorringetje glanzen. Een aantrekkelijk gezicht, een hoofd dat niet op de botjes van zijn wervelkolom leek te steunen maar op de dikke pezen die zijn brede, gespierde nek beeldhouwden en zijn kracht leken te belichamen.

Die jongen paste niet in die serieuze, een beetje smoezelige atmosfeer van die school: hij ging gekleed als een leerling, maar kon dat al niet meer zijn, want hij was oud genoeg om een jonge, energieke leerkracht te zijn die net klaar was met zijn opleiding. Wat echter niet in dat plaatje paste was dat hij uit het glazen conciërgehok tevoorschijn was gekomen, zijn onverschillige, wat spottende gezichtsuitdrukking, het sprenkeltje minachting en de haast militaire wijze waarop hij zijn kin omhooghield.

'Wil je deze mijnheer naar het logopedielokaal brengen?' vroeg Nelson.

De jongen knikte, maar Cupido zag duidelijk dat hij nors reageerde, als iemand die het gevoel heeft in zijn vrije tijd voor een ondankbaar karweitje gestoord te worden. Hij leidde eruit af dat de jongen iemand was die niet graag opdrachten ontving. De detective nam met een paar woorden van dank afscheid van de directeur en liep met de jongen mee.

'Werk je hier?'

'Hier? Alsjeblieft niet!' riep hij uit. 'Ik zou gek worden van al die krijsende kinderen om me heen. En die leraren zijn niet veel beter, weet je.'

'Niet?'

'Nee', antwoordde hij nors.

'Maar wat doe je hier dan?' hield hij verbijsterd vol.

'Ik ben dienstweigeraar. Ik zit hier voor mijn vervangende dienstplicht. Maar als ik dit van tevoren had geweten, was ik misschien toch liever in het leger gegaan. Wie weet zijn daar minder mensen die je maar lopen te koeioneren en die zich overal mee bemoeien.'

'Je mag de nieuwe directeur niet?' suggereerde Cupido.

'Nee, met de vorige wist je tenminste waar je aan toe was. Die hield niet van gewetensbezwaarden, en in het begin heeft hij me een keer gezegd dat ik niet hoefde te denken dat ik hier minder hard zou moeten werken dan in het leger. Soms gedroeg hij zich als een sergeant, maar dan was het weer een week lang of hij vergat dat ik bestond. Die nieuwe leek eerst beter, maar hij is erger. Een echte controlfreak.'

'Kende je Larrey?'

'Natuurlijk. Een goeie vent.'

'Heb je hem die avond gezien?'

'Nee, ik werk alleen 's morgens, tot ze hier weer hele dagen open zijn. Dan delen ze me ook 's middags in', legde hij uit. Hij bleef even midden in de gang stilstaan. 'U bent journalist, hè?'

'Nee, privédetective.'

Hij keek wantrouwig op, alsof het hem speet zo veel verteld te hebben. De week daarvoor was het een komen en gaan geweest van journalisten, van nieuwsgierige, bezorgde ouders en mensen van het ministerie die vragen kwamen stellen over de gebeurtenis die het leven op school dramatisch had veranderd. Het leek wel of iedereen betaald werd om achter de identiteit van de moordenaar te komen. Maar de tussenkomst van een privédetective was iets onverwachts. Met hem moest hij uitkijken, en net zo voorzichtig zijn als in het gesprek met de luitenant, die hem haast spottend had behandeld, zonder te verbergen dat hij op hem neerzag vanwege zijn dienstweigering, en flauwe grappen had gemaakt over zijn uiterlijk en de kazerne, kort haar en zweet, zijn oorringetje en discipline.

Hij stopte voor een deur en klopte aan.

'Binnen', hoorden ze.

Cupido kwam in een prettige kamer die gastvrij en huiselijk aandeed, een tafel met stoelen eromheen, een boekenkast met boeken en opvoedkundige spelletjes, verschillende planten die er goed bij stonden, een Pinocchiolamp, een manshoge spiegel en groene vloerbedekking. Aan de wand hingen met punaises vastgeprikte posters met foto's van kinderen, de letters van het alfabet, en opvoedkundige affiches van de overheid, alles in vrolijke, felle kleuren. Het was net of de ruimte geen deel van de school uitmaakte. De hele inrichting straalde een intieme, haast huiselijke sfeer uit, die uitnodigde op de grond te gaan zitten, je schoenen uit te trekken en jezelf in de spiegel te bekijken.

De logopediste was nog geen dertig, schatte hij. Ze droeg een spijkerbroek en een licht T-shirt met korte mouwen. Cupido bedacht dat haar schoonheid gewoontjes zou zijn geweest als ze die mond niet had gehad, een mond die uitnodigde gekust te worden, met volle, stevige lippen, die als ze glimlachte – 'Ik heet Rita', had ze gezegd toen ze hem een hand gaf – zacht en sappig werden.

'Ik denk dat ik de laatste ben met wie hij heeft gesproken', begon ze te vertellen nadat Moisés de deur had gesloten en hij zijn eerste vragen stelde. 'Tenzij degene die heeft geschoten iets tegen hem heeft gezegd, wat gezien de manier waarop hij het heeft gedaan niet waarschijnlijk lijkt. En hoewel de rest me een aantal dagen wat vreemd heeft aangekeken, alsof ze zijn beeld nog steeds in mijn ogen konden zien, ben ik blij dat ík het was. Gustavo kon met iedereen goed opschieten, maar wij waren vrienden.' Ze zweeg even, alsof ze naar woorden zocht die niet al te clichématig of overdreven waren. Uiteindelijk voegde ze eraan toe: 'En met vrienden bedoel ik niet alleen dat we samen koffiedronken, maar ook dat we om dezelfde grappen lachten en dezelfde opvattingen hadden over werk en collega's.'

Ze leunde met haar ellebogen op tafel en sloeg haar handen voor haar gezicht, met haar wijs- en middelvingers in haar ogen wrijvend, alsof ze een pijnlijk beeld wilde wegpoetsen: een bebloede nek, de samengeklitte haren rond de wond, de donkerbruine vlek op de vloer van het kantoor.

'Die avond, nadat we wat hadden gedronken, bood ik hem een lift aan. Hij hield van wandelen en kwam altijd lopend naar zijn werk.'

'Waarom is hij niet met u meegegaan?'

'Hij had zijn krant en zijn map met het rooster op school laten liggen en moest terug om die op te halen. Ik heb nog aangeboden om op hem te wachten, maar dat vond hij niet nodig.'

'Was dat niet merkwaardig? Hij had ze toch tot de volgende dag kunnen laten liggen?'

'Nee, ik vond het niet vreemd, want hij was altijd heel precies. Ik denk dat hij zijn map nodig had. De dag daarna begonnen de lessen', probeerde ze uit te leggen. Hoewel ze niet het gevoel had dat het iets uit zou maken wat ze die lange, aantrekkelijke man vertelde, net als toen bij die luitenant die het onderzoek leidde, deed het haar goed om erover te praten. Ze vond er een soort troost in om keer op keer dezelfde details te vertellen, hetzelfde verhaal te doen, om het gewoner te maken, haar verdriet te delen en te sussen, en zich een beetje minder eenzaam te voelen. En die lange man tegenover haar, op dat voor hem veel te lage kinderstoeltje, was een geduldig luisteraar, die haar recht aankeek, met een hoffelijke, warme aandacht die uitnodigde verder te gaan.

'Ik heb gehoord dat iedereen op Larrey gesteld was, dat niemand iets tegen hem had', probeerde Cupido.

'Dat is waar. Hij was gewoon zo. Hij had geen vijanden, je kón gewoon geen hekel aan hem hebben. Het is niet zo dat iedereen goed van hem spreekt – met de mildheid en het medelijden die we alleen de doden gunnen en die we de levenden, die het veel harder nodig hebben, ontzeggen – omdat hij er niet meer ís', zei ze nadrukkelijk. 'Volgens mij was hij gelukkig, tevreden met zijn werk en zijn gezin. Kent u zijn vrouw?'

'Nee.'

'U begrijpt wel wat ik bedoel als u haar ontmoet. En hij hield van zijn werk', voegde ze eraan toe. Ze keek uit het raam en luisterde, alsof ze de echo wilde horen van het fluitje en de kreten van de kinderen op het sportveld, dat nu leeg was. 'Hij was niet gefrustreerd of verbitterd, terwijl je in ons beroep overal frustratie en bitterheid tegenkomt. Ik heb hem vaak horen zeggen dat de kleine kinderen die ons worden toevertrouwd alles wat we de laatste tweeduizend jaar aan de wereld hebben verpest in twintig jaar zouden kunnen goedmaken, als wij maar wisten hoe we ze moesten opvoeden. Hij was een uitstekend docent, terwijl over het algemeen vrouwen toch meer aanleg voor het vak hebben, misschien omdat we geduldiger zijn of omdat we onze stemmingen en zwakheden beter voor de kinderen weg kunnen houden. Maar Gustavo … als een man goed is, dan is hij meteen ook veel beter dan wij.'

'Waarom gingen jullie naar de directeurskamer?'

'Van ons vieren was ik de enige die geen nevenfunctie had. Ik vermoed dat Nelson me officieel wilde vragen om het secretariaat op me te nemen. Toen de vorige directeur zijn functie verloor, trad ook zijn hele team terug. Het was misschien uit fijngevoeligheid dat Nelson niet wilde dat Julita Guzmán erbij was.'

'En heeft hij het u gevraagd?'

'Toen was er geen gelegenheid voor. En daarna … hij heeft niets gezegd, we hebben het er niet over gehad. Ik denk dat hij na alles wat er is gebeurd van gedachten is veranderd. Of misschien had hij er wel een vermoeden van dat ik het niet zou doen.'

'En wie …?'

'De vorige secretaresse is aangebleven', onderbrak ze hem. 'Ze is heel ervaren, precies en ordelijk, en wat dat betreft is ze de beste keuze.'

Een bel die door het hele gebouw klonk kondigde de pauze aan. Onmiddellijk hoorde je de herrie van stoelen die werden verschoven en de stemmen van schreeuwende kinderen die door de gangen renden, de vrijheid en de zon van het schoolplein tegemoet.

'Ik heb surveillancedienst', zei Rita terwijl ze van haar stoel opstond. 'Ik denk niet dat u veel aan dit gesprek hebt gehad.'

6

Zonder van zijn stoel op te staan wachtte Jaime De Molinos tot de laatste leerlingen naar het schoolplein waren vertrokken. Hij was doodmoe. Die twee uur lesgeven hadden hem meer uitgeput dan een hele morgen op kantoor, druk met het beantwoorden van telefoontjes, het afhandelen van papierwerk en het te woord staan van opgewonden, vervelende moeders. Hij was achtenvijftig en slaakte een zucht van vermoeidheid en walging als hij aan de twee jaar dacht die hem nog scheidden van zijn vervroegde pensionering. Op een leeftijd waarop zijn krachten begonnen af te nemen, had Nelson de poten onder zijn stoel weggezaagd en hem opnieuw de klas in geschopt, waar je over een onuitputtelijke energie moest beschikken om die dertig monstertjes, die hem soms met een kwaadaardige, spottende grijns van achter hun lessenaartjes aan leken te kijken, te temmen en iets bij te brengen. Hij verzette zich tegen het idee, maar hij kon zich niet aan de indruk onttrekken dat de leerlingen zich anders tegenover hem gedroegen sinds hij geen directeur meer was; ze verstomden niet langer als hij op het schoolplein langskwam en ontliepen hem niet meer, alsof de macht die hem altijd als een aura van respect, angst en gehoorzaamheid had omgeven, verdwenen was. Als voorheen een leerkracht een ongehoorzame, recalcitrante leerling naar zijn kantoor bracht, hadden zelfs de stoerste kinderen hun hoofd gebogen, zich ervan bewust dat daar de strengste straffen werden uitgedeeld en dat hij de opperrechter was die over hun lot besliste. In zijn kamer ging het er niet zozeer om waarvan je werd beschuldigd als wel door wie. En hoewel hij zich bewust was van het oneerlijke van die situatie, had hij nooit iets gedaan om daar verandering in aan te brengen.

Hij keek om zich heen en probeerde moed te verzamelen om met opruimen te beginnen. Het was een klus die hij de afgelopen dagen steeds voor zich uit had geschoven. Het klaslokaal was het jaar daarvoor gebruikt door een tijdelijke leerkracht met tamelijk opstandige ideeën. En bij haar vertrek, aan het eind van het schooljaar, had ze die belachelijke, krankzinnige, felgekleurde decoraties op de meubels en aan de wanden gewoon achtergelaten. *Bloemen*, siste hij misprijzend, *bloemen in een klaslokaal*. Boven op een kast had ze een bos rozen laten staan, misschien een geschenk van een van de ouders als dank voor een rapport zonder onvoldoendes – niet meer dan uitstel van het deficit, tot het niet meer tegen te houden was. *Een stompzinnig gebaar. Vroeger gaf niemand bloemen. Een boek misschien, een pen en een inktpot, een doos bonbons.* Na de zomer waren er alleen nog dorre stengels over, met dorens die waren gescherpt door de hitte. Er lag een massa vergeelde bloemblaadjes naast de vaas. Hij stond op en gooide hem leeg in de prullenbak. Hij borg de kristallen vaas weg in een lade: hij had er niets aan.

Er stond ook een wereldbol op de kast, die hij met een droge klap om zijn as liet draaien. Zijn blik werd wazig door de razendsnelle werveling van de felle, glanzende kleuren en hij voelde zich een beetje duizelig worden. Hij stopte het draaien, met het gevoel dat niet alleen de globe maar de hele wereld als een ongericht projectiel door de ruimte suisde, in een onpeilbare, niet te bevatten leegte, voortgestuwd door een boze hand die er zo nu en dan een mep tegen gaf. Heel even had hij het gevoel dat noord, zuid, west en oost, de keerkringen en meridianen, de polen en de equator, die toch altijd muurvaste referentiepunten voor hem waren geweest, nu ondersteboven gedraaid konden worden. Het ontregelde hem volledig: hij voelde zich als een middeleeuwse monnik die, na zijn hele leven geloofd te hebben in de onbeweeglijkheid van de aarde, naar de carrousel van de zon en de sterren kijkt en hoort vertellen dat hij het in werkelijkheid zelf is die beweegt, dat hij zich altijd heeft vergist en in een waanbeeld heeft geloofd.

Tegenover hem hing de kaart van Spanje en het Afrikaanse continent. Ineens, nog steeds verward, kreeg hij het gevoel dat alles hem verder koud liet, dat het hem niets meer kon schelen waar het naartoe moest met de wereld; de toekomst, de mensen, alle ellende, oorlogen en rampen die hij dagelijks op tv zag, stonden ver van hem. Niets interesseerde hem nog, hij had geen enkel gevoel van solidariteit of medelijden jegens anderen, alsof de wandaad die een van hen had gepleegd de rest van de mensen had besmet. Zijn gevoelswereld was beperkt tot twee plekken: zijn huis, waar zijn vrouw het voor het zeggen had, en de school, waar hij van zijn troon was gestoten. Zijn ontslag voelde aan als een verminking en net als mensen die een ledemaat moeten missen, voelde hij een verwarrende fantoompijn die hij niet goed kon lokaliseren.

Hij durfde de globe niet nog een keer aan te raken, liet hem staan en liep naar het kurken prikbord om verder te gaan met opruimen. Hij rukte de tekeningen ervan af en prikte het rooster erop, en het papier met de tien gedragsregels, die hij zelf een paar jaar eerder had opgesteld – toen die leerling de hond van de decaan had gewurgd – om de groeiende wanorde op school een halt toe te roepen. Hij had verordonneerd dat die tien regels goed zichtbaar in ieder klaslokaal moesten worden opgehangen en dat de leerlingen er van tijd tot tijd aan herinnerd moesten worden, maar de vorige lerares had zich daar niet aan gehouden. In zíjn klas zou hij er echter persoonlijk voor zorgen dat iedereen zich aan die tien geboden hield.

Zonder de tijd te nemen om uit te rusten, voortgestuwd door een schoonmaakdrift die in het proces steeds heftiger wordt tot hij haast ontaardt in destructie, rukte hij nog meer affiches en posters van de wand – over mondhygiëne, racisme en de zegeningen van het lezen – waarvan hij proppen maakte die hij in de prullenbak smeet, de inhoud aanstampend tot er niets meer bij kon. Hij ging net zolang door tot hij het klaslokaal weer in een Spartaanse plek had veranderd waar niets de aandacht meer kon afleiden. Hij moest de lades van het bureau en de kasten nog leeghalen en daar alles wat overbodig was uit verwijderen, tot er niets meer over was dan het naakte werkmateriaal: potloden, balpennen, geometrische figuren, linialen, driehoeken, de wereldbol, de bordenwisser en het krijtje – in het begin had hij dat gekras over het bord een onverdraaglijk geluid gevonden, maar uiteindelijk was hij eraan gewend geraakt. Maar dat liet hij allemaal voor later liggen. Ook hij had tijdens de pauze recht op rust.

Vermoeid ging hij achter het bureau zitten, en hoewel het verboden was om in de klaslokalen te roken, stak hij een sigaret op en zoog de rook diep naar binnen.

Terwijl hij rookte legde hij het handboek dat hij van thuis had meegenomen voor zich neer, zijn geliefde oude map met de hardkartonnen kaft, bekleed met dun canvas, die hij had bewaard alsof het een relikwie was en die hij sinds de eerste jaren van zijn loopbaan in het onderwijs niet meer had gebruikt. Daarin, op die vergeelde pagina's, stond alles wat een onderwijzer nodig heeft: de regel van drie, de breuken, het getal pi tot acht cijfers achter de komma, het metrieke stelsel en andere meet- en conversiesystemen, de kaarten van Spanje en de wereld, de basisregels van de spelling, de tien geboden … Daarin bevond zich de essentiele drie-eenheid: het abc, getallen en een doctrine. De rest kon gemist worden. Hij streek nogmaals over de kaft. De geur die de map afgaf was geruststellend voor hem, riep een tijd op van langgeleden, toen hij nog jong en sterk was en misschien bijna gelukkig. Natuurlijk had hij eigenlijk nog een podium nodig om de inrichting van het lokaal compleet te maken. Een podium van hard, droog hout, dat meer was dan de verhoging waarop de leraar plaatsnam om beter gezien en gehoord te worden door de leerlingen. Het was ook het schavot waar, ter lering van de rest, iemand die straf verdiende werd tentoongesteld. Maar dat was een onmogelijk verlangen.

Hij keek nogmaals het lokaal rond, met de in rijen opgestelde tafels. Iedere leerling zou het in zijn eentje moeten doen, zonder hulp van anderen, met alleen zijn eigen inspanning en intelligentie. Hij had acht jaar niet voor de klas gestaan, maar dat was iets wat voor hem in de tussentijd niet was veranderd. Hij zou weer gaan lesgeven zoals hij het altijd had gedaan, en zijn leerlingen zouden opnieuw in stilte toehoren, en als ze aan het werk waren hun hoofd diep over hun boeken buigen, alsof ze eraan gingen likken. Voor zijn leerlingen geen trendy nieuwe leermethoden of individuele aandacht. Zijn leerlingen kregen iets niet minstens drie keer uitgelegd, hij was niet van plan bepaalde concepten en problemen op verschillende manieren te verklaren, zodat iedereen de kans had het te begrijpen. Het was nergens voor nodig de lat zo laag te leggen dat iedereen mee kon komen. Het leven was nu eenmaal niet rechtvaardig, en de ene leerling kreeg bij zijn geboorte meer talenten mee dan de andere, en als ze dat niet al op school leerden zouden ze er later in de maatschappij op een veel pijnlijkere manier achter komen, door ontslagen, werkloosheid of marginalisering. Hij zou van het begin af aan hetzelfde tempo aanhouden voor iedereen en wie niet achter wilde blijven, zou zich moeten inspannen om bij te blijven, want hij was niet bereid langzamer te gaan om ze op adem te laten komen. Alsof het aan hem lag of ze iets zouden leren; er is niemand die een kind iets kan bijbrengen als het niet bereid is ervoor te werken of als het er de capaciteiten niet voor heeft.

Hij drukte zijn sigaret uit in de asbak, die hij uit het zicht weg-borg in een lade van het bureau. Met zijn handen op zijn rug, als een priester, wandelde hij naar het raam. Hij deed het open om het lokaal te luchten, maar ging niet in de opening staan, hij bleef in de schaduw, op een plek waar hij het schoolplein kon overzien zonder zelf gezien te worden.

Buiten liepen de leerkrachten, in verschillende groepen, man-nen en vrouwen apart, alsof na dertig jaar gelijkheid de scheiding der seksen nog steeds voortleefde, met de bijbehorende kleinbur-gerlijke, ouderwetse voorzichtigheid; gore, giftige geheimen aan de ene kant en obscene, wrede grappen aan de andere. Omdat het een heerlijke ochtend was, waren niet alleen de surveillanten buiten.

Onder de vrouwen die de voorkeur hadden gegeven aan frisse lucht boven de docentenkamer was zijn eigen vrouw, Matilde Cuaresma. Hij keek naar haar sterke, trotse, niet langer aantrek-kelijke gestalte. Hoewel hij haar vroeger mateloos opwindend had gevonden, was ook zij langzaam maar zeker steeds kleurlozer geworden: door het verstrijken van de jaren, de saaiheid van het bestaan en haar grauwe kleren, waarop het vuil dat de leerlingen van het schoolplein mee naar binnen namen, hun handen ónder het zand of plakkerig van restjes brood en snoep, niet opviel. Haar rechte gestalte was niet langer zo trots als voorheen, haar hoofd hing wat naar voren, van al die uren gebogen zitten over schriften en dossiers. Hij zag dat ze even haar pas inhield om zichzelf te verduidelijken, gebarend over iets wat haar misschien had geïrriteerd, en hij stelde nogmaals vast dat er één ding was dat ze niet was verloren – en nooit zou verliezen: haar arrogantie, de trots op haar afkomst en haar naam. Hoewel de naam Cuaresma haar aan de ene kant het prestige van de plattelandsadel verleende, moest ze hem ook continu verdedigen tegen de vernietigende onverschilligheid van de tijd.

Ze hadden het vast over de nieuwe directeur en diens overwinning met twee stemmen, over de vernieuwingen die hij had beloofd in te voeren. Het was hem opgevallen dat nu er een week was verstreken, de aangekondigde veranderingen – en de problemen die veranderingen nu eenmaal met zich meebrengen – hen meer leken te verontrusten dan de dood van hun collega; ook bij hem begon die moord weg te zakken, terwijl het verlies van zijn functie hem onverminderd bezighield. Want waarom zou hij Larrey missen? Natuurlijk, hij was een prima leerkracht geweest met wie hij nooit enig probleem had gehad: hij deed zijn werk goed, hij was nooit ongeoorloofd afwezig en regelde zijn zaakjes op school voorbeeldig: in dat opzicht had hij als directeur nooit hoeven in te grijpen. Maar hij kon nu niet bepaald zeggen dat hij hem miste. Terwijl daarentegen ieder dagelijks detail hem herinnerde aan zijn verbanning uit de directeurskamer. En op zijn volgende loonstrookje zou de extra functietoeslag ontbreken, de vijftigduizend peseta waarop hij, als hij de tien jaar vol had gemaakt, voor altijd recht had gehad. Nelson wist dat, net zoals hij had geweten dat hij nog maar twee jaar te gaan had tot hij de bescherming van zijn pensioen zou genieten, en toch had hij het gewaagd hem te beroven van die toeslag waarop hij was gaan rekenen. Waarom had hij niet even kunnen wachten, vanwaar die haast? Als hij naar hem toe was gekomen om te overleggen hadden ze iets kunnen regelen, hadden ze rechtvaardigheid en schaamte opzij kunnen schuiven en in het geheim de winst van de macht kunnen delen. Ondanks zijn eerdere toezeggingen aan Corona zou hij hem in ruil voor dat uitstel de opvolging hebben gegund.

Hij keek weer naar zijn vrouw. De laatste week had Matilde hem vaak zijn zelfgenoegzaamheid onder de neus gewreven, zijn hardnekkige weigering toe te geven dat Nelson een serieuze bedreiging voor hem vormde, terwijl zij hem toch herhaaldelijk had gewaarschuwd. Hij had toegegeven dat hij de situatie verkeerd had ingeschat, en had erkend dat hij veel te veel vertrouwen in zichzelf had gehad, en in zijn naïviteit de verleiding niet had herkend die alle macht, hoe onbetekenend ook, wekt in mensen die ambitieus zijn. Maar in plaats van die erkenning als een opluchting te ervaren, had het ervoor gezorgd dat hij zich nog meer aan Nelson ergerde.

Dat ze de vrouw van de directeur was had voor Matilde net zo veel betekend als het directeurschap voor hem. Hij wist dat het lang zou duren voordat hij haar woorden van die avond zou vergeten, toen hij thuiskwam en haar zijn nederlaag had bekend. 'Ik had me beter zelf verkiesbaar kunnen stellen. Het zou mij niet gebeurd zijn dat die idioot er met de overwinning vandoor ging.' Hij vroeg zich nu af hoeveel dingen die hij uit zichzelf nooit had aangedurfd, hij eigenlijk op haar instigatie had gedaan. Natuurlijk, het was vaak goed afgelopen, maar het was ook voorgekomen dat de magere opbrengsten niet hadden opgewogen tegen de zware inspanning. Zij had hem altijd aangespoord de lat hoger te leggen, zijn gebied uit te breiden, zich zijn leven lang uit te sloven om het verschil dat er aanvankelijk tussen hen had bestaan te overbruggen; ze had van hem dankbaarheid geëist omdat zij, een van de rijkste meisjes van de stad, hem had geaccepteerd, een man die geen cent bezat.

Toch kon hij niet anders zeggen dat hij gelukkig was geweest. Met haar had hij dat vreugdevolle, lome echtelijke geluk leren kennen dat voortkomt uit een lang, ongestoord leven samen. Ze waren jong getrouwd. De eerste jaren waren ze verslaafd geweest aan elkaars lichaam. Ze hadden vier kinderen gekregen, die inmiddels het huis al uit waren. Waarschijnlijk waren er nog wel meer gekomen als hij haar er niet van had weten te overtuigen dat het beter was het bij vier te laten. Na vele nachten van zacht aandringen had Matilde er ondanks haar strenge geloofsovertuiging eindelijk mee ingestemd iets te gebruiken. Dat ze uiteindelijk had toegegeven kwam door de druk die hij op haar had uitgeoefend en door de pijnlijke herinnering aan een tragisch precedent in de familie. Op advies van haar huisarts had haar eigen moeder vele jaren geleden Rome om toestemming verzocht om haar eileiders te laten afbinden, een methode die toen in zwang was. Er waren complicaties geweest bij haar vijfde bevalling en de dokter vond nog een zwangerschap te riskant. Het Vaticaan had echter geen toestemming gegeven en haar moeder was in haar zesde kraambed overleden. Het was een meisje: Matilde.

Zijn gedachten werden onderbroken door een zacht kloppen op de deur. Hij liep van het raam weg en zei: 'Binnen.'

Een lange man liep op hem af. Hij zag er niet uit als iemand van de politie of van het ministerie van Onderwijs. Na acht jaar met die laatste categorie te maken hebben gehad kon hij ze er zo uit pikken: allemaal in het pak, met een stropdas, allemaal met een zwart koffertje vol paperassen, en allemaal deden ze net alsof ze zich volledig thuis voelden op school. Maar dat laatste was schijn, want ook de inspecteurs wisten geen raad met die talloze wetten, hervormingen en ministeriële beschikkingen, en al na een paar minuten verscheen er twijfel op hun gezicht over de koers die ze moesten varen: of ze met een streng gezicht moesten controleren of de school zich hield aan de voorgeschreven roosters en lesprogramma's en eventuele overtredingen moesten bestraffen, of zich beter maar hartelijk konden verbroederen met de docenten.

'Jaime Molinos?' vroeg Cupido terwijl hij zijn hand uitstak.

'De Molinos, Jaime De Molinos. Met een hoofdletter', corrigeerde hij nors. Dat partikel was het enige oude en prestigieuze dat hij van zijn boerenfamilie had geërfd en hij kon er niet tegen als het werd weggelaten.

'Ricardo Cupido. Privédetective.'

'Detective', herhaalde hij met een verbaasd gebaar, want het was nooit in hem opgekomen dat er andere wegen dan de officiële bestonden om Larreys dood te onderzoeken. En buiten dat, privédetectives waren iets vreemds en exotisch, en hoorden bij de verzinsels waar hij 's avonds op televisie naar keek, als hij in zijn leunstoel zat te dommelen. Hij had zich nooit kunnen voorstellen dat er in Breda ruimte zou zijn voor zo'n beroep, het was per slot van rekening een kleine stad, waar een detective net zo misplaatst was als een effectenhandelaar of een zeekapitein. Zijn aanwezigheid daar betekende echter een extra verstoring van het leven op school. Ineens monterde dit idee hem op: nog meer zorgen en problemen voor Nelson.

'Voor wie werkt u?'

Cupido had die vraag verwacht, want zo ging het altijd. De naam van degene die hem betaalde bepaalde vaak of zijn gesprekspartners meewerkten of zwegen, en ook de toon van hun antwoord: vijandig of onverschillig als ze zijn cliënt niet mochten, vriendelijk als zijn cliënt een vriend of iemand met macht was.

'Voor de vader van een leerling, die anoniem wil blijven. Ik heb het de directeur al verteld.'

'Hebt u met hem gesproken?'

'Met hem en met nog een collega, Rita. Ze heeft me verteld dat u en de decaan erbij waren toen het lichaam in de directeurskamer werd gevonden.'

'En waarom wilt u met mij praten? Ik veronderstel dat die twee u alles al tot in de kleinste details hebben verteld', zei hij, de spot in zijn stem aandikkend. 'En uiteraard zullen hun verhalen tot de woorden aan toe met elkaar kloppen.'

De insinuatie lag er te dik bovenop om niet opzettelijk te zijn en Cupido realiseerde zich dat dit de eerste keer was dat hij iets nieuws en negatiefs hoorde. Het was geen routinematig verslag van de gebeurtenissen: informatie die weliswaar afleidt van de objectieve waarheid, maar die uiterst verhelderend kan zijn omdat het inzicht geeft in een manier van denken. Hij kon die uitnodiging tot vertrouwelijkheid niet afslaan.

'U bedoelt dat zij allebei ...'

'Ik bedoel helemaal niks,' onderbrak De Molinos hem, 'hoewel iedereen het zegt. Voor veel mensen zijn die twee nu niet precies een goed voorbeeld. Stelt u zich eens voor wat de ouders en de leerlingen er wel niet van zouden denken als dat gerucht zich verspreidde. Stelt u zich eens voor.'

U doet anders niets om het stil te houden, dacht Cupido, die een instinctieve hekel had aan dergelijke versluierde suggesties. Degenen die dat soort dingen zeiden hadden nooit de moed om openlijk voor hun woorden uit te komen, maar waren wel kwaadaardig genoeg om te beseffen dat er altijd mensen zijn die bepaalde roddels over een vrouw maar al te graag willen geloven. Hij vroeg zich af – als het zo belangrijk was – waarom hij dit verhaal niet vóór de verkiezing had verspreid. Misschien omdat hij er zo van overtuigd was geweest dat hij zou gaan winnen.

'Er is geen enkele reden waarom ik met een privédetective zou praten', ging hij verder. 'En verder heb ik de luitenant van de guardia civil alles al verteld. Maar als de nieuwe directeur u te woord heeft gestaan, is het maar beter dat ik u mijn verhaal ook doe. Ik veronderstel dat u wilt weten wat ik na het café heb gedaan.'

'Ja.'

'Ik ben regelrecht naar huis gegaan. Corona en ik zijn een stukje samen opgelopen. Er was geen reden om diezelfde avond mijn kamer nog leeg te ruimen, zoals u misschien begrijpt.'

'Kan het een inbreker zijn geweest?'

'Een inbreker? Hier in school? Nee. We hebben wel een aantal inbraken gehad, maar dat waren eigenlijk meer kruimeldiefstallen, een stereo- of een videoapparaat, misschien gestolen door voormalige leerlingen als een soort wraakoefening voor een straf van vroeger. Een keer een computer. Maar dat was het niet deze keer. Een inbreker die tot in het kantoor was doorgedrongen zou het hebben doorzocht. In de kast staat een kistje met wat contant geld dat je niet kunt missen. Verder zou een inbreker zich hebben verstopt of op de vlucht zijn geslagen toen er iemand binnenkwam. Aan de manier waarop hij is neergeschoten en is gevallen kun je opmaken dat Larrey er als eerste geweest moet zijn, hij kán hem niet hebben verrast.'

'Was het licht aan toen u die morgen binnenkwam?'

'Ja. Het moet de hele nacht hebben gebrand. De rolgordijnen waren naar beneden, dus van buiten was er niets te zien.'

Er klonk geschreeuw op het schoolplein dat De Molinos' aandacht trok, en ook Cupido liep naar het raam om te kijken: twee oudere leerlingen van een jaar of veertien, vijftien sloegen met een volwassen woede op elkaar in. De rest stond er in een kring omheen en heel even deed het schoolplein, met die hoge, ijzeren hekken erachter, denken aan de binnenplaats van een gevangenis. Vervolgens stortten nog drie of vier leerlingen zich in het gevecht en zag je één krioelende, over elkaar rollende massa lichamen. Enkele docenten renden erop af en trokken ze met enige moeite uit elkaar.

'Het gaat bergafwaarts met deze school', zei De Molinos.

'We hebben toch allemaal weleens gevochten toen we jong waren. En lang niet altijd even zachtzinnig.'

'Zoiets als dit, een haast collectief gevecht, is nog nooit voorgekomen op dit schoolplein', hield hij op autoritaire toon vol. 'Nelson is niet de juiste persoon om hier leiding te geven. Het lukt hem nooit om de nodige discipline te handhaven. Hij kon niet eens orde houden in zijn eigen klas. Op dit moment zou hij hier toch persoonlijk aanwezig moeten zijn om de schuldigen aan hun oor mee te sleuren. Ziet u hem ergens?'

'Nee.'

'Hij zit waarschijnlijk in zijn kamer te wachten tot iemand ze naar hem toe brengt voor een preek over vrede en eendracht. Alsof je met vriendelijke woorden iets voor elkaar krijgt bij deze monsters.'

Misschien meer dan alleen met straf, dacht de detective. Bij hem had straffen alleen maar gemaakt dat hij school was gaan haten. Verder zou het niet meevallen om kinderen te verbieden op het schoolplein te vechten zolang ze volwassenen veel harder en doelgerichter geweld zagen gebruiken.

De Molinos liep van het raam terug naar zijn bureau. Vanuit zijn stoel keek hij naar het lege klaslokaal alsof het een vreemde, ongemakkelijke en onbekende plek was. Cupido's blik volgde de zijne, en de detective filosofeerde dat net zoals een huis de geest van zijn eigenaar onthult, een klaslokaal de ziel van de leerkracht laat zien. De tafeltjes stonden strak in het gelid, de muren waren kaal en er was helemaal niets wat de aandacht van de kinderen kon afleiden. Het verschil met het logopedielokaal, waar hij net daarvoor was geweest, had niet groter kunnen zijn, en het verbaasde hem dat er op dezelfde school zulke totaal verschillende werelden naast elkaar konden bestaan, alsof de leerkrachten niet aan een gezamenlijk opvoedingsproject werkten. Ze leken niet eens een poging te doen om bij elkaar aan te sluiten om de kinderen houvast te geven. Hij stelde zich De Molinos' manier van lesgeven voor, vanuit zijn stoel – hij had vast en zeker heimwee naar die ouderwetse houten podiums die je nergens meer zag – ieder geluid verbiedend, ervan overtuigd dat absolute stilte onontbeerlijk is om iets te kunnen leren, iets uitleggend met de autoritaire manier van praten van iemand die gewend is bevelen uit te delen zonder uit zijn stoel op te hoeven staan om zijn gezag te doen gelden. Te oordelen naar wat hij inmiddels van Larrey wist, moesten hij en De Molinos heel verschillend zijn geweest.

Cupido wachtte even voordat hij zijn laatste vraag stelde, mogelijk zinloos, maar niettemin een vraag die gesteld moest worden.

'Had Larrey vijanden?'

'Vijanden? Larrey? Tussen deze muren zult u mensen treffen die overal vijanden maken. Maar Larrey was de enige die bij iedereen geliefd was.'

'En hijzelf? Had hij zelf een hekel aan iemand?'

'Ik vrees dat we daar nooit achter zullen komen.'

Cupido nam afscheid en liep het lokaal uit terwijl het harde geluid van de bel het einde van de pauze aangaf. Door een raam zag hij hoe de woelige massa kinderen zich op wonderbaarlijke wijze in rijen ordende. De leerkrachten stonden ervoor, wachtend. De meesten zagen er neutraal uit: niet de onberispelijke uniformiteit van bankpersoneel, niet smoezelig zoals monteurs of handarbeiders, met de viezigheid die hun beroep met zich meebrengt en die hun ondanks die vlekken een zekere waardigheid verleent. Deze leerkrachten waren eerder grijs, alsof het stof – van het krijt, van het schoolplein – hen mat en onbestemd maakte; niet dat ze er weerzinwekkend uitzagen, maar er was niets verleidelijks, niets aantrekkelijks of elegants aan hun uiterlijk. Hun truien, broeken en rokken leken door het materiaal waarvan ze gemaakt waren vuil te kunnen absorberen zonder dat er ook maar een vlekje op te zien was. Zelfs hun schoenen – ook de vrouwen droegen schoenen zonder hakken – glommen niet, die glans van goed gepoetst leer die je doet vergeten dat iemand er verder maar sjofeltjes uitziet. Cupido bedacht dat als het een van hen was geweest die had geschoten, hij of zij daarna op straat niemand opgevallen zou zijn. Het was of hun alledaagsheid hen onzichtbaar maakte. En toch kon je je nauwelijks een eerzamer beroep voorstellen. In hen leefden dezelfde hartstochten en angsten, dezelfde ambities en vreugdes als in mensen van welke beroepsgroep dan ook. Hij was er zich al heel lang van bewust dat iemand extreem slecht of extreem goed kon zijn zonder dat daar aan de buitenkant iets van te merken viel, zonder dat zo iemand briljant, origineel of excentriek hoefde te zijn. Vaak hadden de grootste talenten en de vreselijkste monsters hun buitengewone eigenschappen verstopt onder een alledaags uiterlijk, dat hun bescherming bood tegen andermans belangstelling en nieuwsgierigheid.

De leerlingen waren al naar binnen, maar de groep volwassenen bleef nog wat bij de deur staan treuzelen, in gesprek gewikkeld. Het leek of ze weinig zin hadden om opnieuw aan hun zware taak te beginnen: in de kleine, afgesloten ruimte van de klas de interesse van dertig drukke kinderen wekken, hun iets bijbrengen en ook nog eens de orde bewaren.

Hij wendde zich af van het raam en liep de gang door, op zoek naar het gymnastieklokaal, waar Corona moest zijn. Toen hij de trap afliep kwam hij de groep docenten tegen. Iedereen viel stil. Waarschijnlijk wisten ze inmiddels al wie hij was en wat hij kwam doen. Toen hij langs hen liep en hen groette, ervoer Cupido een echo van de angst en het ontzag die hij als kind had gevoeld als hij een van zijn leraren op straat tegenkwam. Want ze roken nog precies hetzelfde als hij zich uit zijn kindertijd herinnerde, een mengeling van krijt, zweet, en het hout van potloden als je ze slijpt. En hoewel ze, als je hen van zo dichtbij zag, stuk voor stuk anders waren, was er toch een zekere uniformiteit in hun kleding, hun haardracht – niet heel kort, niet lang – en in de manier waarop ze bewogen en naar hem keken, alsof ze geen van allen wilden opvallen. Heel even leken ze precies op de leerkrachten uit zijn jeugd. Een aparte groep binnen de menselijke soort, mensen die nooit met hun tijd meegingen, niet veranderden of meer leerden dan noodzakelijk was, mensen die buiten de ontwikkeling van de tijd bleven, die vasthielden aan hun smaak, meningen en opvattingen, en niet in staat waren tot het sluiten van echte vriendschappen buiten hun beroepsgroep, mensen wier wezen niet werd aangetast door de geschiedenis: grijs, gehecht aan hun vertrouwde routine, met een weerstand tegen de zware verantwoordelijkheid waarmee ze opgezadeld waren. Vandaar misschien dat onderwijshervormingen altijd gedoemd zijn om te mislukken; er kan nooit gerekend worden op de enthousiaste medewerking van degenen die de belangrijkste uitvoerders zouden moeten zijn.

Onder aan de trap zag hij een openstaande deur, die uitkwam op een flinke ruimte met in het midden een enorme rechthoekige tafel met enkele tientallen beklede stoelen eromheen. Het was de lerarenkamer, die, zo zag hij, net als de klaslokalen wel een verfje kon gebruiken, een saaie, weinig uitnodigende omgeving, met een elektrisch koffiezetapparaat met nog wat koffie in de pot, een kleine koelkast, een televisietoestel op een lage, lange tafel en een paar oninteressante schilderijen van landschappen met bergen en bomen.

Een vrouw van een jaar of vijftig, slank, met grijs haar, in een dikke grijze jurk, zat over papieren gebogen. Ze trok met een potlood hier en daar rode strepen, fanatiek fouten corrigerend. Hij vermoedde dat zij die secretaresse was die vanwege haar nevenfunctie voor een gedeelte was vrijgesteld van lesgeven, en besloot haar aan te spreken.

'Julita Guzmán?' vroeg hij. Hij probeerde vriendelijk te klinken.

'Ja', antwoordde de vrouw geschrokken. Ze had hem niet horen aankomen, maar in de verstoorde uitdrukking op haar gezicht was meer te lezen dan alleen verrassing. Haar abrupte beweging verraadde dat ze zo gespannen was dat ze van alles zou schrikken.

Voor de vijfde keer in nauwelijks meer dan een uur stelde Cupido zich voor. Toen de vrouw hoorde wat zijn beroep was, weigerde ze hem nog langer te woord te staan, onder het voorwendsel dat ze alles al had verteld aan degene tegen wie ze het moest vertellen.

'Maar ik wil het niet over u hebben,' legde de detective uit, 'maar over Larrey. Ik wil wat meer weten over zijn familie.'

Zijn woorden leken haar gerust te stellen, want ze zei: 'Zijn ouders leefden niet meer en hij had geen broers of zusters. Hij was getrouwd. Ik heb zijn vrouw na de begrafenis opgezocht en ze is zielsbedroefd. Ik weet niet of u van plan bent met haar te gaan praten, maar het lijkt me geen goed idee.'

'Ik zal het niet doen', verzekerde hij haar.

Als het enigszins mogelijk was wilde hij dat vermijden. Voordat hij naar de school was gegaan, had hij die mogelijkheid overwogen, maar had hij besloten het niet te doen. Hij verwachtte bij haar geen belangrijke, onmisbare informatie te vinden. Een voortijdig bezoek zou haar verdriet waarschijnlijk onnodig vergroten.

'Dit is niet de plaats waar u moet zoeken naar de … niet hier op school', ze twijfelde, bang om het woord te gebruiken. 'U moet daarbuiten zoeken, tussen de schurken, tussen de gekken, tussen de ouders van de leerlingen.'

'Waarom de ouders?' vroeg hij.

Maar de secretaresse leek hem niet te horen en boog zich opnieuw over de papieren die ze las en corrigeerde: een wazige gestalte, warm aangekleed, bang voor de komende winter.

7

Nadat Nelson hem had verteld dat een privédetective hem te spreken vroeg, was Manuel Corona meteen naar hem op zoek gegaan, om te laten zien dat hij nergens bang voor was en niets te verbergen had. Maar toen hij hem achter in de gang het lokaal binnen zag gaan waar De Molinos zich moest hebben opgesloten om zijn wonden te likken, zonder zich op het schoolplein te laten zien of koffie te komen drinken, besloot hij te wachten. Hij wist zeker dat hij het bij het rechte eind had, en stelde zich voor hoe De Molinos met gebogen hoofd tussen de kaarsrechte rijen tafels liep, zijn handen op zijn rug, met zachte stem boze, vuile woorden mompelend. Misschien zou hij zelfs medelijden met hem hebben gehad als De Molinos hem niet had meegesleept in zijn ondergang, op een manier waar alleen zij twee weet van hadden. Want hij had hem verschillende keren onder vier ogen gezegd dat hij hem als zijn opvolger zag, dat hij over twee jaar alleen maar een stap naar voren zou hoeven doen om de positie in te nemen die hij openliet, na een schitterend afscheidsdiner waar alle leerkrachten bij aanwezig waren – degenen die nu op de school lesgaven en iedereen die in het verleden onder hem had gewerkt en nog in leven was – en na het eten, als de koffie met likeur al was geserveerd, de mannen een sigaartje opstaken en de vrouwen een sigaret rookten, net als op een bruiloft, zouden er telegrammen vol dankwoorden van de provinciale en plaatselijke autoriteiten worden voorgelezen en aan het eind, na een champagnetoost, zouden ze hem een stel gouden manchetknopen overhandigen met daarin zijn naam gegraveerd en de begin- en de einddatum van de tweeënveertig jaar dat hij dienstbaar was geweest aan het onderwijs.

In het begin had hij weinig geloof gehecht aan die beloftes, want het was nog ver weg. Maar aan het begin van dit schooljaar had hij zich ineens gerealiseerd dat dit het voorlaatste jaar was van die ouwe zak. Het vooruitzicht hem op te volgen, dat er een eind zou komen aan die moeizame uitputtingsslag van het lesgeven, was van een vage mogelijkheid ergens in de toekomst een prettige zekerheid geworden. Hij had het al voor zich gezien, hoe hij in zijn directeurskamer zou zitten, zijn handen niet langer onder het krijt, de witte kraag van zijn overhemd zonder het stof dat door de leerlingen met hun constante gewemel werd opgejaagd, in alle rust, ver weg van al die kinderen die als ze praatten zo nodig in zijn oor moesten toeteren. Hij had het al voor zich gezien, hoe hij de telefoon op zou nemen, achteroverleunend in zijn stoel, of hoe hij de inspecteurs, die altijd zo keurig en elegant gekleed waren, op voet van gelijkheid ontving. Hij had het al voor zich gezien, hoe zijn collega's en de ouders vol ontzag naar hem zouden kijken, want macht, hoe weinig die ook voorstelt, is uiteindelijk altijd imponerend.

Hij was er al bijna, en toen had de nederlaag van die klootzak die toekomst voor hem afgesneden, want Nelson zou op zijn minst vier jaar aanblijven als directeur. Verder was hij zich er maar al te goed van bewust dat hij Nelson nooit partij zou kunnen geven als ze tegenover elkaar kwamen te staan. Hij was niet zo welsprekend, bezat diens repertoire leuke opmerkingen voor iedere gelegenheid niet, zag er lang niet zo goed uit, miste die charmante glimlach waarmee Nelson anderen tegemoet trad en dat gemak waarmee hij in het openbaar sprak, waardoor hij zo veel stemmen van ouders had weten te winnen. En tegen de tijd dat al Nelsons trucs waren uitgeput en hij niemand meer een rad voor ogen zou kunnen draaien, zou hij al te oud zijn om zijn plaats in te nemen. Hij kon niet zo lang wachten, dat zou hij niet halen. Met zijn overgewicht en zijn hart dat als een slaaf moest werken om het bloed naar iedere cel van zijn honderdtwintig kilo wegende lichaam gepompt te krijgen, zou voor hem de ouderdom tien of vijftien jaar te vroeg komen. Het zou niet lang duren of hij zou 's nachts naar bed gaan zonder er zeker van te zijn of hij de volgende ochtend weer wakker werd of misschien voor altijd bleef slapen.

Maar anders dan Nelson had hij geen avontuurlijk verleden om met heimwee aan terug te denken, hij had niet eens herinneringen aan pijn of ongeluk, die, als het maar lang genoeg geleden is gebeurd, altijd nog te verkiezen zijn boven leegte. Zijn leven beperkte zich tot een kindertijd met een hond als enige vriend, en een saaie, treurige puberteit van een te dik, lelijk kind dat vaak het mikpunt was van pesterijen van de anderen. Als jonge man had hij op wel tien verschillende plaatsen gewoond, zonder ergens te kunnen aarden of een reden te vinden er te blijven, steeds van baan wisselend, in dorpen die in zijn herinnering allemaal op elkaar leken. Als hij op zijn leven terugkeek, voelde hij zich als een reiziger die, na verre omzwervingen – niet voor zijn plezier ondernomen maar omdat het niet anders kon – zich niet meer voor de geest kan halen wat hij in welke stad heeft gezien, welke kathedraal hij zo mooi had gevonden of waar hij die mooie vrouw heeft ontmoet met wie hij een hele nacht had doorgepraat, ook al weet hij dat hij die kathedraal nooit meer zal bezoeken en nooit meer met die vrouw zal praten. Zijn hele verleden was een ongeordende, warrige kluwen wol, met hier en daar een verdwaalde naald waaraan hij zich van tijd tot tijd bezeerde. De namen van zijn vroegere leerlingen, de jaren dat hij had lesgegeven, de collega's met wie hij jaar in jaar uit dezelfde werktijden deelde, de treurige pensions of de spaarzaam gemeubileerde etages waar hij woonde, de smalle straatjes die hem van zijn werk naar huis voerden, de inrichting van de klaslokalen … alles liep door elkaar in een troebele werveling waarin hij geen gebeurtenissen kon afbakenen die hem het gevoel gaven dat hij zelf, en niet het toeval, de loop van zijn leven had bepaald.

En als hij, nu zijn kans op het directeurschap was verkeken, naar de toekomst blikte, zat het er niet meer in dat hij dat ooit zou kunnen doen. Hij kon wel raden hoe zijn laatste jaren eruit zouden zien, want er zou nog maar weinig veranderen. Hij zou voor zijn vader blijven zorgen totdat de ziekte die zijn ingewanden wegvrat haar geduld verloor en de laatste fase aanbrak; hij zou op die school blijven werken, in dat vak dat hem uitputte en onherstelbaar bevuilde, want hij geloofde niet in die zogenaamde teruggang van het geboortecijfer waardoor hij met vervroegd pensioen zou kunnen: elk schooljaar opnieuw werden er weer nieuwe hordes kinderen ingeschreven, alsof ze geboren werden als gevolg van spontane generatie in plaats van uit de liefde tussen mannen en vrouwen; hij zou alleen blijven, zonder een vrouw naast zich die geen walging of minachting voelde voor hem en zijn misvormde lijf met die hormonen die zijn hele leven al volledig uit balans waren geweest; hij zou zijn eenzaamheid blijven bestrijden met sporadisch bordeelbezoek, dat hem altijd weer teleurstelde omdat de intensiteit van zijn verlangen nooit in relatie stond tot de bevrediging die hij ontving; hij zou in hetzelfde donkere, sjofele huis blijven wonen en sterven in hetzelfde bed waarin hij nu sliep.

Hij liep terug en ging naar de lerarenkamer, waar de jonge docente die de overheid als vervanging voor Larrey had gestuurd op hem wachtte. Ze was alleen – Nelson was waarschijnlijk op het schoolplein of naar het café – en zat te bladeren in een van de opvoedkundige bladen waar de school op was geabonneerd en die niemand ooit las.

Een paar minuten daarvoor, toen Nelson hem had gevraagd haar de sportvelden te laten zien en haar haar rooster te geven, had hij tot zijn verbazing gemerkt dat het een vrouw was. Want hoewel de docenten die ze stuurden om tijdelijke vacatures op te vullen meestal jong waren, niet veel ouder dan een jaar of twintig, hun leeftijd in wreed contrast met de gevorderde leeftijd van de vaste staf van de school, had hij zich nooit kunnen voorstellen dat ze een meisje zouden sturen. Lichamelijke opvoeding had hij altijd een typisch mannenvak gevonden, waarin het ging om kracht, snelheid, energie en het vermogen om in een grote buitenruimte toch nog de touwtjes in handen te houden. Verder was ze heel knap, met blond, halflang haar. Haar gezicht had een aantrekkelijke bruine teint, niet van buitenwerk of van de zonnebank, die voor hem niet was weggelegd – zijn bleke huid werd hoogstens knalrood – en ze was tenger, zoals hij een vrouw graag zag. Ze voldeed in geen enkel opzicht aan het clichébeeld van de sportvrouw, sterke manwijven, met een schorre stem en grote voeten, niet in staat om op hoge hakken te lopen.

'Je heet Violeta, nietwaar?' vroeg hij, hoewel hij haar naam nog precies wist.

'Ja, Violeta.'

'Als je wilt laat ik je je kamer zien. Naast de gymnastiekzaal. Daar ligt alles wat je nodig hebt.'

'Goed', zei ze. Ze bukte zich om de kleine sporttas te pakken die naast haar voeten stond en liep achter hem aan.

'We hadden niet gedacht dat ze een meisje als vervanger zouden sturen', zei hij op vriendelijke toon.

'Waarom niet?'

Hij realiseerde zich onmiddellijk dat hij fout zat. Zijn opmerking, die bedoeld was geweest om zijn aangename verrassing uit te drukken, leek in zijn mond een verwijt te worden, een teken van minachting of van wat vrouwen 'machismo' noemen. Het was nu eenmaal zijn manier van doen, het gebeurde hem wel vaker in het contact met jonge mensen, hij vond het moeilijk om hen te begrijpen en zij begrepen hem niet, alsof ze verschillende talen vol valkuilen voor elkaar spraken, of misschien wel dezelfde taal, maar met een verschil van vijfhonderd jaar ontwikkeling, waarin woorden nuances hadden gekregen waar hij geen idee van had. Hij had niet eens geprobeerd te flirten, hij had alleen aardig willen zijn, want hij wist maar al te goed wat hij voor zo'n meisje vertegenwoordigde: de lelijkheid, en alle complexen en kleine obsceniteiten die daarbij horen. Vaak, als hij bij toeval een paar minuten in het gezelschap verkeerde van zo'n jong, puppyachtig meisje, stelde hij zich voor wat zij dacht: hoe vreselijk het moest zijn om een nacht met hem het bed te delen, hoe het matras aan zijn kant door zijn gewicht zou doorzakken, het zweet, het vet, de stank, zijn moeizame, hijgende ademhaling.

'Nou ja, het komt niet vaak voor, een meisje in dit vak', hield hij vol.

'Dat moet je niet denken', antwoordde ze, hem tutoyerend. 'Er is behoorlijk wat veranderd. Geen mens die lichamelijke oefening nog associeert met rijen kinderen in uniformpjes of met legerdiscipline. Het is tegenwoordig heel anders.'

'Natuurlijk, natuurlijk is alles anders, zoals zoveel. Maar dat bedoel ik niet. Ik heb je collega's altijd horen klagen hoe zwaar het daarbuiten is op het veld, 's winters koud en 's zomers heet, en hoe lastig de kinderen daar onder controle te houden zijn.'

'Maar als jij bereid bent je meer uit te putten dan zij, met ze mee te sporten tot ze niet meer kunnen, komen ze gauw genoeg tot rust. Uiteindelijk is het net als bij ieder vak: een kwestie van calorieën verbranden, met rustig in je stoel blijven zitten kom je er niet.'

Hij wist niet of hij die woorden op zichzelf moest betrekken, op zijn kwabbelende onderkinnen, zijn buik die direct overging in zijn dijen, maar ze irriteerden hem, net als de verpletterende zelfverzekerdheid die ze tentoonspreidde, zij, een onervaren vervanger, een wicht dat misschien nooit een vaste baan zou krijgen. Maar hij was niet van plan de discussie met haar aan te gaan, zich mee te laten slepen door zijn plotseling opkomende haatgevoelens.

Ze kwamen bij het kamertje dat van Larrey was geweest en hij draaide het slot van de deur open. Hoewel de guardia civil de ruimte grondig had doorzocht, leek alles op zijn plaats te staan. Het bureau en de kast waren opgeruimd, de kleerhangers in de kasten leeg, en in de ruimte ernaast lag al het sportmateriaal – matten, touwen, paarden en bokken, hoepels, hockeysticks, oefenballen, voetballen, rackets, kegels, netten en banken – met de verontrustende vreedzaamheid van het speelgoed van een kind dat onverwacht is gestorven of ineens is verdwenen.

Hij zag hoe Violeta haar armen over elkaar sloeg en langzaam over haar schouders wreef, alsof ze het plotseling koud had. Voor het eerst leek ze iets van het vertrouwen in haar capaciteiten en haar uiterlijk – voor hem zo kwetsend – te verliezen.

'Het zijn niet de kinderen of het sportveld waar ik bang voor ben', zei ze. 'Ik ben bang voor … De vorige leraar, waarom is hij vermoord?'

De vraag verraste hem, want op de frisse lippen van het meisje klonk er een wreedheid in door die hij niet ervoer als de andere collega's hem stelden. Tegen ieder ander had hij kunnen zeggen dat het een ongeluk was geweest, een samenloop van omstandigheden of een inbreker die binnen had weten te komen, maar voor haar waren die antwoorden niet genoeg, want die lippen vroegen ook: Kan het nog een keer gebeuren? Wat doe ik hier eigenlijk, de ruimte vullend die hij heeft opengelaten? Wat heb ik hier te zoeken?

'De jongen die ze vóór mij hebben opgeroepen heeft deze baan geweigerd. Hij vond het eng om iemand te vervangen die op die manier is gestorven.'

'Maak je geen zorgen', antwoordde hij, hoewel hij een verwarrende bevrediging ervoer toen hij haar zelfvertrouwen en beheersing zag wegebben. 'Er is geen enkele reden voor te verzinnen, het was té vreemd, maar wat we wel weten is dat noch de dader, noch het motief van de moord in de school gezocht moet worden.'

Het meisje knikte een paar keer, zijn woorden leken haar te overtuigen, en heel even genoot hij van zijn rol als beschermer. Hij opende de map en liet haar het rooster zien, de klassen die ze kreeg, het materiaal dat tot haar beschikking stond en Larreys tot in de kleinste puntjes uitgewerkte tweewekelijkse lesplan.

'Wanneer moet ik beginnen?'

'Nu. Na de pauze. Maar als je te moe bent kun je tot morgen wachten.'

'Nu, hoe eerder hoe beter. Ik heb mijn spullen bij me', zei ze, en ze bukte om haar kleine sporttas op te pakken.

Ze liep naar de kleedhokken en stond na een paar minuten alweer voor hem. Ze droeg een elegant rood-grijs trainingspak en had haar haren in een paardenstaart gebonden, wat haar nog knapper maakte, nog frisser en schoner. Corona voelde dat de aandacht die hij een paar minuten lang met zijn woorden en zijn informatie van haar had gehad, was opgelost als een wolkje rook en dat het meisje hem opnieuw zag als een oudere, dikke, saaie collega die niets interessants te vertellen had. Nu, in haar trainingspak en op haar witte gympen, leek ze haast te hebben, weg te willen spurten, de kamer uit, naar het sportveld, om daar als een prachtig jong dier met de kinderen te rennen. Ineens realiseerde hij zich dat het leeftijdsverschil tussen hem en haar groter was dan tussen haar en de leerlingen. De verschijning van dit meisje, net van de opleiding, was genoeg geweest om hem eraan te herinneren wat hij in de dagelijkse omgang met zijn collega's vaak vergat: hoe oud ze allemaal waren op die school.

Toen de bel rinkelde om het eind van de pauze aan te geven, schrok hij haast van het geluid. Het meisje liep naar het bureau, keek op het rooster en zei: '3A. Dan ga ik maar naar het sportveld.'

'Prima.'

Hij bleef op zijn stoel zitten, niet in staat te bewegen. Zijn handen voelden smerig aan doordat zijn zweet zich had vermengd met het stof dat zich in de afgesloten kamer al had verzameld. Hij miste de natte doekjes die hij altijd in de la van zijn eigen bureau had liggen. Het was steeds hetzelfde, hij voerde een persoonlijke, constante strijd tegen de smerigheid van de wereld. Hij kon zich niet voorstellen dat mensen gelukkig konden zijn te midden van al die viezigheid. Beelden uit derdewereldlanden vond hij altijd ongelooflijk: kinderen die op de grond naast strooien hutten zaten te spelen, onder de vliegen, omringd door schurftige honden, midden in de stront en het afval, die ondanks dat gelukkig leken te zijn en je met hun witte tanden zo stralend toelachten dat het niet gesimuleerd kon zijn vanwege de camera. Alsof al die ellende en viezigheid om hen heen zo onbelangrijk waren dat het hun onschuld niet kon aantasten. Ook bij Larrey – net als bij het meisje dat net naar buiten was gegaan en in trainingspak en op gympen nog mooier leek dan in de kleren die ze eerst aanhad – had hij zich met iets van afgunst afgevraagd hoe het toch mogelijk was zo schoon en zo gelukkig te zijn, ondanks zijn nauwe contact met al die zwetende, smerige en ongelukkige mensen.

Misschien logen de anderen niet, misschien was hij inderdaad de enige die Larrey had gehaat. Een gecontroleerde, gezonde haat, die hem in leven hield, een intense haat, de haat van de mismaakten jegens de schoonheid, de haat van de eenzamen jegens het geluk; niemand die we meer haten dan degenen die de verpersoonlijking zijn van het ideaal waarnaar we streven maar dat we nooit bereiken. Larreys kalme plezier in zijn werk, zonder luiheid, zonder ambities, zijn huiselijk geluk dat als een halo om hem heen hing als hij 's morgens op school kwam, zijn uitstekende lichamelijke conditie – die des te benijdenswaardiger is als iemand er niets aan lijkt te doen om in vorm te blijven – al die kwaliteiten waren extra pijnlijk voor iemand als hij, die daar allemaal niet eens aan hoefde te dénken. Als hij Larreys stralende overvloed met de dorheid van zijn eigen leven vergeleek, had hij zich altijd onbehaaglijk smerig gevoeld. Ondanks de uren op het sportveld, het zweet van zijn inspanningen en het fysieke contact met de leerlingen zag Larrey er nooit smoezelig uit. Als je naar hem keek zou je denken dat schoon zijn niet zozeer afhangt van hoe vaak je je handen of je kleren wast, maar dat het een soort innerlijke, onoverdraagbare kwaliteit is, zoals de manier waarop je haar groeit of het ritme van je spijsvertering. Sommige mensen zagen er altijd netjes uit, ook al douchten ze zich niet dagelijks, alsof hun lichaam geen geuren of sappen uitscheidde. Anderen daarentegen, en daar moest hij zichzelf ook toe rekenen, leken al smerig zodra ze uit de badkamer kwamen: hun haren weer vet en slap, hun neus vol mee-eters, hun huid glimmend omdat ze al het overtollige vet er af hadden geschrobd. Hun kleren leken vliegen en stof gewoon áán te trekken.

In de gang hoorde hij voetstappen naderen en hij wist dat ze naar hem toe kwamen, omdat hun trage, aarzelende ritme de onzekerheid verraadde van iemand die niet precies de weg wist in de school en bij elke deur moest stilstaan om het naambordje te lezen. Hij sloeg een map open en deed net of hij zat te lezen: het was niet zijn eigen kamer en hij wilde niet dat het leek of hij zich probeerde te verstoppen. Maar eigenlijk was dat wel een beetje zo, want hoewel hij een half uur eerder uit eigen beweging op zoek naar Cupido was gegaan, had hij daar nu, na de ontmoeting met het meisje, geen zin meer in. Hij zou daar het liefst nog even blijven, in alle rust, niemand om hem heen, helemaal alleen met zijn apathie en de armoede van zijn ziel, ver weg van alle conflicten die hij altijd leek uit te lokken in het contact met anderen.

Want waarom wilde hij hen eigenlijk spreken? Ze waren niet als die conciërges die je weleens op het nieuws ziet, die het heerlijk lijken te vinden keer op keer verslag te doen van het tragische voorval waarvan ze getuige zijn geweest. Het feit dat zij Larreys lijk hadden gevonden was slechts een toevalligheid, die niets aan het onderzoek kon bijdragen. En verder, nu de stappen dichterbij kwamen, maakte hij zich zorgen over de manier waarop de lange man zich tot hem zou richten, de toon van zijn vragen, de doordringendheid van zijn blik. Hij stelde zich de reacties van zijn drie collega's voor op de ondervraging, als dat het woord ervoor was. Hij zag Nelson, vriendelijk maar voorzichtig, met zijn gewone gladheid overal tussendoor glippend als de man naar een lastig detail vroeg. Hij zag De Molinos, bits antwoordend, als hij al bereid was iemand die geen uniform droeg te woord te staan. En Rita, zulke dikke vrienden met Larrey? De detective zou een mooie vrouw vast anders tegemoet treden dan een man, hij zou harde woorden vermijden, alsof die haar konden verwonden. Maar daar was hij al, hij hoorde twee zachte klopjes op de deur en een stem die vroeg: 'Mag ik binnenkomen?' terwijl de helft van zijn gezicht in de deuropening verscheen.

'Komt u verder', antwoordde hij, zonder op te kijken van de papieren die hij niet aan het lezen was. Hij wachtte even voordat hij de map sloot en zijn blik richtte op de man die in het midden van de kamer voor het bureau was gaan staan en zich voorstelde met zijn naam en het twijfelachtige beroep dat hij uitoefende.

'Ik verwachtte u al. Hoewel ik niet denk dat ik u kan helpen. Ik kende Larrey niet erg goed', voegde hij eraan toe, bedenkend dat dat niet alleen voor Larrey gold, maar dat hij ook nauwelijks een idee had van de passies en de verlangens van zijn andere collega's, met wie hij toch al tien jaar samenwerkte, en niet wist of ze gelukkig of ongelukkig waren.

'Maar u bent de decaan, u zult toch wel een duidelijk beeld van hem hebben als docent', opperde de detective.

'Ja natuurlijk, op dat gebied wel. Hij was een goede leerkracht. Hij was er altijd, meldde zich nooit ziek, kwam nooit te laat. Ondanks het feit dat lichamelijke oefening een zogenaamd pretvak is, stond hij bij iedereen goed aangeschreven. Ook bij de ouders.'

'Was dit zijn kamer?' vroeg hij, terwijl hij om zich heen keek, naar het getraliede raam en de planken, het bureau waar haast geen papieren op lagen en het zijkamertje waar het materiaal bewaard werd, alsof hij in de inrichting of de dimensies aanwijzingen vond die een ander zich niet kon voorstellen.

'Ja.'

'Die morgen, toen hij werd gevonden, had Nelson u drieën gevraagd hem naar de directeurskamer te vergezellen.'

'Ja', zei hij opnieuw.

'Ik begrijp dat hij De Molinos en u vroeg. Hij volgde De Molinos op als directeur en u bent de decaan. Maar waarom Rita?'

Je hebt het dus al door. Zo vlug, dacht hij. Je moest een buitenstaander zijn om in te zien dat in dat viertal Julita Guzmán had ontbroken, maar het was niet de oude secretaresse die Nelson door Rita had willen vervangen, want die was veel te efficiënt en Nelson, die tamelijk ongeorganiseerd was, kon haar niet missen. Niemand had het erover gehad, en na de moord op Larrey was alles voorlopig hetzelfde gebleven, maar hij was ervan overtuigd dat Nelson van plan was geweest om hem als decaan door Rita te vervangen.

'Ik weet het niet. Hij zal er zijn redenen wel voor gehad hebben', antwoordde hij, waarbij hij probeerde iets van arrogantie in zijn stem te leggen.

Hij zweeg, in angstige afwachting van de volgende vraag, die hem in het nauw zou kunnen drijven; hij verzamelde krachten om ferm genoeg te lijken en zijn zwakheid te verbergen, maar hij zag dat de detective zijn woorden inhield, alsof hij ze voor later bewaarde.

'De avond daarvoor, tijdens de vergadering, is u toen iets bijzonders aan Larrey opgevallen?'

'Nee, niet aan hem. Het enige bijzondere was dat Nelson werd gekozen. Maar niemand heeft geklaagd of geprotesteerd tegen het resultaat van een eerlijke verkiezing. We leven in een democratie, nietwaar?'

'Natuurlijk.'

'Daarna hebben we nog een biertje gedronken in het café en er was nog steeds niets bijzonders aan de hand. Nelson maakte niet al te veel ophef over zijn verkiezingszege en De Molinos leek niet al te aangeslagen door zijn nederlaag. Julita Guzmán was de eerste die vertrok en de rest volgde al snel daarna. Larrey ging tegelijk met Rita weg. Er was niets bijzonders aan de hand, niets wat op de vreselijke gebeurtenis wees die daarna heeft plaatsgevonden', ging hij door, tevreden over zijn uitleg. Alles zou goed aflopen als er niet nog meer vragen kwamen.

'Bent u daarna met De Molinos mee naar huis gelopen?'

Hij wist wat hij bedoelde: een gedeeld alibi. Hij veronderstelde dat hij dezelfde vraag aan die ouwe had gesteld.

'Een paar minuten. Het stuk dat we gelijk op kunnen lopen. De volgende dag begonnen de lessen en in tegenstelling tot wat veel mensen denken, hebben we een zwaar beroep. Tegenwoordig misschien zelfs zwaarder dan ooit. De autoriteiten bestoken ons met regels, brieven en circulaires, en verwachten van ons dat we taken op ons nemen die voorheen bij de dokter, de media of de sociale dienst thuishoorden, soms zelfs bij dienstmeisjes: ze wagen het van ons te eisen dat we de kinderen verschonen als ze het in hun broek doen. Ouders wachten niet meer beleefd bij het hek van de school, ze lopen door de gangen en stormen de klaslokalen binnen alsof ze hier thuis zijn, zonder te kloppen, en ze zijn steeds veeleisender, alsof hun kinderen stuk voor stuk genieën zijn. En de leerlingen verliezen de laatste restjes discipline. Hebt u de graffiti op de achtermuur gezien?'

'Nee.'

'Een grote muurschildering vol beledigingen en smerige taal. Hebben we ze daarvoor leren schrijven?'

Hij zou nog tijden door kunnen gaan met die litanie vol beroepsellende, maar hij zag dat de detective weinig trek leek te hebben in de lange lijst met zijn klachten. Alsof hij geen verdere vragen had, bedankte hij hem en vertrok, zonder blijk te geven van enige teleurstelling.

Voordat hij naar zijn eigen kamer terugliep ging hij naar de lerarentoiletten om zijn handen te wassen. Hij voelde zich oud en moe, en zag dat de eerste zweetplekken zich onder zijn oksels en in zijn nek af begonnen te tekenen, zijn stropdas knelde zijn keel af, zijn vette onderkinnen voelden heet aan en hij kreeg haast geen adem. Daarna zat hij achter zijn bureau een beetje in de papieren te bladeren die hij moest afwikkelen, niet in staat zich op zijn werk te concentreren, vol beklemming wachtend op het geluid van de bel die het eind van die morgen zou aangeven.

Hij deed de huisdeur open en terwijl hij zijn jas uittrok keek hij de kamer rond. Een snelle blik was genoeg om te zien of Petra die ochtend een beetje haar best had gedaan of dat ze het, met het excuus dat zijn vader haar steeds nodig had gehad, erbij had laten zitten. Hij vond het vreselijk als hij tussen de middag thuiskwam en er geen eten voor hem klaarstond, de was nog in de machine zat en de bedden in de slaapkamers niet waren opgemaakt. Maar alles leek in orde: de vloer glansde in het licht dat door de ramen viel, het rook niet muf en ze had de kussens van het bankstel opgeschud, hoewel de bank door zijn gewicht was ingezakt en een merkwaardige bootvorm had gekregen.

De glanzende vloer van zijn huis, of misschien het bezoek van de detective, waar hij nog steeds een beetje zenuwachtig over was, maakte dat hij ineens weer aan Bruno moest denken, de King Charlesspaniël die hij tot drie jaar geleden had gehad. Hij bleef naar de tegels staren, alsof de hond daar nog was, naar hem opkijkend en kwispelend om hem te begroeten. Met meer teder- heid dan hij ooit voor iemand had gevoeld dacht hij terug aan dat zachte, warme bolletje wol dat hem waar hij ook heen ging achternaliep, hem net zolang achtervolgend tot hij hem zijn vin- gers liet likken. Het hondje trok zich niets aan van zijn dikte, zijn zweet, of van het stof dat hij uit school meenam, hem kon het niet schelen wat de hand die hij likte de uren daarvoor had gedaan.

Van meet af aan had Bruno hem voor zich gewonnen met zijn onvoorwaardelijke liefde en trouw. Waar hij ook plaatsnam, Bru- no kwam aan zijn voeten zitten, keek naar hem op bij zijn klein- ste bewegingen, zweeg als hij zweeg, huilde als hij weg moest en hem opsloot, draaide als een tol in het rond van vreugde als hij zijn stappen op de trap naar boven hoorde komen, en stortte zich op hem zodra hij de deur opendeed.

En toch had hij de hond indertijd niet zelf mee naar huis genomen. Bruno was een afscheidscadeau voor zijn vader geweest toen hij met pensioen ging van zijn werk op de atoomcentrale. Een collega had bedacht dat nu hij niets meer omhanden had, dat jonge beestje, nog maar net gespeend, lief en schattig en van een nobel ras, beter gezelschap voor hem zou zijn dan het zilveren dienblad – het cadeau van de directie – of het horloge dat ze met het personeel voor hem hadden gekocht. De hond zou hem dwingen het huis uit te gaan, een schema aan te houden, zodat hij zijn idee van tijd niet verloor. Hij zou de verantwoordelijkheid voor een taak op zich moeten nemen, wat de overgang van zijn werk bij de atoomcentrale naar een leven waarin hij over lange, vrije uren beschikte gemakkelijker zou maken. Zijn vader had het dienblad ergens in een hoekje van de kast gezet, uit de weg maar toch zichtbaar, en had gemopperd: 'Een horloge. Altijd een horloge voor mensen die met pensioen gaan, om ze eraan te herinneren dat ze nog maar een paar jaar hebben.' Wat betreft de hond, dat had hij nog erger gevonden, maar hij had hem niet durven weigeren waar iedereen bij stond, want hij had er geen idee van of het een grap was of alleen een goedbedoelde misslag. Hij had juist zo naar zijn pensionering verlangd, om níéts meer te moeten, om zonder zich ook maar enigszins schuldig te voelen alle tijd die hem restte te kunnen verspillen, in huis te kunnen blijven zonder naar buiten te hoeven, rokend, en soms misschien met een borrel, in zijn bed te liggen of tv te kijken, naar de sciencefiction- en de rampenfilms waar hij zo dol op was. Zijn vader had hem verteld dat toen hij na het feest op weg naar huis was op het punt had gestaan het hondje uit het autoraam te smijten, toen het beestje, dat hij achter in de auto op de grond had gezet, zich tussen zijn voeten wurmde, waardoor hij niet meer kon remmen en haast naast de weg terecht was gekomen. Maar hij had hem toch maar meegenomen, in dezelfde plastic zak als het dienblad, van plan om hem weg te geven of in het El Paternósterpark achter te laten, overgeleverd aan de genade van de wilde zwijnen.

Na drie dagen was hij al gehecht aan het hondje en hij besloot het te houden, ondanks het verzet van zijn vader en diens voorspelling dat hij de zorg voor het beest binnen de kortste keren zat zou zijn. Hij kón hem gewoon het huis niet uitzetten, de hond had vanaf het eerste moment dat hij binnenkwam zijn contact, zijn geur gezocht, vol onschuld en met zo veel vertrouwen als geen levend wezen hem ooit had betoond. Hij zorgde voorbeeldig voor hem, hoewel hij zich de eerste dagen wel over een zekere schaamte heen had moeten zetten als hij hem uitliet: een lange, dikke man met een klein hondje aan de lijn, die geduldig en lachwekkend naast een boom bleef staan wachten als het beestje zijn poot optilde, en ongemakkelijk glimlachte naar andere hondenbezitters als hun dier aan zijn hondje kwam snuffelen, van tijd tot tijd een beetje gemaakt op hem mopperend, met een te hoge stem. En dat allemaal in Breda, een klein provinciestadje dat zijn landelijke verleden nog niet helemaal van zich had afgeschud, waar een hond over het algemeen als een soort parasiet werd beschouwd, die weinig meer waardering ten deel viel dan een hagedis.

Al snel wilde hij hem een naam geven, om hem te onderscheiden van al die andere honden die de straten bevolkten. Het was niet makkelijk om een passende naam voor dat warme, gulzige, bonten bolletje te vinden, want het klonk al gauw nietszeggend of tuttig. Dagenlang probeerde hij allerlei prettig in het gehoor liggende combinaties van lettergrepen uit, hoewel die geen enkele betekenis hadden, Spaanse en buitenlandse woorden, lompe of exquise namen, namen van bomen en dieren, van atmosferische verschijnselen en planeten, mythologische helden, filmsterren, mineralen, exotische plekken en bestaande hondennamen. Soms verzon hij een naam die hem aanvankelijk beviel, maar die hij dan al gauw toch weer zat was. Maar uiteindelijk, toen hij op een middag van school naar huis liep, drong zich ineens een naam zo duidelijk aan hem op dat hij zich afvroeg waarom hij er niet eerder op was gekomen. Hij doopte hem Bruno, omdat die naam zowel zijn donkere kleur recht deed – hoewel er ook wat rode vlekjes in zijn vacht zaten – als zijn speelse, vrolijke en aanhankelijke karakter.

En alsof zijn naam hem ineens volwassen maakte, begon het

hondje wat gehoorzamer te worden en werd het zindelijk. Bruno's levendige intelligentie maakte dat hij nog meer van hem ging houden. Hij had nooit gedacht dat een dier zo goed zou kunnen luisteren, met zijn kop omhoog, hem recht aankijkend tot hij was uitgesproken, alsof hij hem woord voor woord begreep. Op school had hij leerlingen, zo zei hij tegen zichzelf, wier geheugen en intelligentie niet konden tippen aan die van Bruno.

Vier jaar – vier jaar slechts, een te kort leven, zelfs voor een hond – was Bruno voor hem niet alleen een kind geweest dat aan zijn zorgen was toevertrouwd, maar ook een kameraad die hem hielp in zijn eenzaamheid en in de dorheid van zijn gevoelsleven. Toen was ineens dat vreselijke gebeurd, dat opgeknoopte lichaampje, die jongen.

Hij liep de gang door, zei Petra gedag, die in de keuken bijna klaar was met koken, en ging zijn vaders kamer binnen.

'Hoe gaat het nu met u? Toen ik naar school ging sliep u nog.'

'Ik sliep net, ik had de hele nacht wakker gelegen', sputterde zijn vader tegen. Hij was zo'n patiënt die nooit wil toegeven dat het hem een beetje beter gaat en ieder teken van lichamelijk welzijn ontkent. 'Maar Petra heeft me met haar herrie en dat gesmijt met deuren vlak daarna gewekt. Volgens mij doet ze het expres.'

'Nee, papa. Ze komt hier om schoon te maken en dat kan nu eenmaal niet zonder geluid.'

'Maar ze hoeft de radio toch niet aan te zetten, met die afgrijselijke muziek.'

'Ik zal haar vragen de muziek wat zachter te zetten.'

'Ze luistert toch niet naar je. Het lijkt wel of zij hier de baas in huis is.'

Hij klakte geërgerd met zijn tong. Het was een eindeloze, dagelijks terugkerende discussie. Hij had Petra zelf gezegd zijn vader elke dag om tien uur te wekken om hem zijn medicijnen te geven, maar als zijn vader achter die afspraak kwam zou hij verder weigeren ze in te nemen. Verder móést hij overdag wel wakker worden gehouden, anders sliep hij 's nachts niet. In het begin had hij hem gewoon laten slapen, maar dan stond hij in het holst van de nacht op om als een spook door het huis te dwalen; dan trok hij de wc om de haverklap door, zette de tv aan en ging op de gang staan eten. En als het dan ten lange lesten tot zijn vader doordrong dat hij er niet over peinsde om op te staan, kwam hij zijn slaapkamer binnen om tegen hem te zeuren dat hij ergens pijn had en niet in slaap kon komen.

Misschien was het wel zo dat Petra zijn instructies op haar eigen manier uitlegde, maar ze konden haar niet missen. Ze werkte al heel wat jaren bij hen en was inmiddels zo veelzijdig als een Engelse butler die de boodschappen doet, schoonmaakt, strijkt, gasten binnenlaat of de deur wijst, precies weet wanneer en hoe alles in het huishouden moet gebeuren, de beste adressen kent om kapotte huishoudelijke apparaten te laten repareren, en het huishouden zo heeft georganiseerd dat hij zich onmisbaar heeft gemaakt voor zijn werkgever. Verder kwam het goed uit dat ze in hetzelfde gebouw woonde, in een donker appartement in het souterrain, want daardoor konden ze in onvoorziene omstandigheden altijd op haar rekenen. Verder kookte ze uitstekend.

'Hebt u uw medicijnen genomen?' Het nachtkastje stond vol met potjes: nembutal, zantac, prednison, pijnstillers ...

'Ja.'

'Nou, laten we dan aan tafel gaan. Ik help u uit bed.'

Hij leidde zijn vader naar de eetkamer. Door de stof van zijn pyjama kon hij voelen hoe mager hij was geworden door de pijn en de chemotherapie, hoe zijn botten door dunne pezen bijeengehouden werden, die als hij ze spande nog verbazingwekkend hard werden en de kracht verraadden waarmee hij het onvermijdelijke probeerde uit te stellen. Een vogel die zich met zijn pootjes aan een boomtak vastklemt tijdens de systematische verwoesting die een orkaan aanricht.

Ze namen plaats aan de tafel die Petra intussen had gedekt, en zijn vader keek vol ongeduld naar de dampende ovenschotel, een glanzend druppeltje speeksel op zijn lippen. Het was het enige genoegen dat hem nog was overgebleven, dat van zijn tong en de smaakpapillen in zijn mond, die, in tegenstelling tot andere delen van zijn lichaam, nog wel de juiste boodschappen van de hersenen ontvingen en daar adequaat op reageerden. De dokter had gezegd dat een van de meest voorkomende neveneffecten van een chemokuur was dat het smaakvermogen minder werd, met als mogelijk gevolg verlies van eetlust omdat alles naar metaal smaakte. Bij zijn vader had het echter anders uitgepakt. Als hij aan tafel zat klaarde zijn gezicht merkbaar op.

Zijn vader bediende zichzelf overvloedig van de groente en begon al te eten voordat hij was gaan zitten. Het doffe, klakkende geluid dat hij bij het kauwen maakte deed denken aan de plons die je hoort als een kikker een poel induikt. Hij was nog steeds verbaasd over zijn vaders eetlust, een honger die niet werd getemperd door de ziekte of de medicijnen, alsof eten voor hem het beste afweermiddel was tegen de invasie van de kanker. Hij had zich vaak afgevraagd of zijn vaders ziekte niet een gevolg was van de dertig jaar dat hij op de centrale had gewerkt, hoewel de behandelende artsen een directe, bewijsbare relatie ontkenden.

Er waren dagen dat zijn vader de momenten dat ze samen waren gebruikte om al zijn klachten te ventileren: gezeur over zijn pijn, over de manier waarop Petra hem behandelde of over de toestand van de wereld zoals die via de tv tot hen kwam. Maar ditmaal wisselden ze nauwelijks een woord tijdens het eten en deden ze hun mond alleen open om iets met hun gebruikelijke gulzigheid te verslinden. Ze hadden hun groente tegelijkertijd op, en hij stond op om de volgende gang te halen.

Toen hij terugkwam met het vlees hield hij even stil, verbaasd over de heftigheid waarmee zijn vaders schedel – kaal, ten gevolge van de chemo – bewoog, terwijl zijn kaken een stukje brood vermaalden. Geen ander deel van zijn lichaam sprak zo duidelijk van zijn naderende dood. De gelige, bleke huid, doorploegd met donkere aderen, had niet die gezonde glans van een normale kaalheid, zijn oren leken groter door de afwezigheid van haar en je kon de vorm van het doodshoofd al aflezen aan de botten van zijn schedel.

Hij werd ineens overvallen door zo'n hevig medelijden dat het dienblad met het vlees trilde in zijn handen. Medelijden met zijn vader, medelijden met zichzelf, omdat hij een nabije toekomst voor zich zag waarin hij definitief alleen zou zijn, zittend aan diezelfde tafel, met hetzelfde vergeelde tafelkleed en hetzelfde bestek, met zijn voeten op hetzelfde vloerkleed dat wat begon te rafelen aan de randen en kaal werd. Hij liet zijn vader als eerste opscheppen en dronk een glas water om het beven van zijn handen te verbergen, waarna hij zijn mond zorgvuldig schoonveegde en zijn bestek weer heel precies voor zich neerlegde. Daarna sneed hij een stuk vlees af en stopte het in zijn mond, maar ondanks de razende honger waarmee hij normaal van school thuiskwam, had hij nu geen trek. Het vlees leek hard en taai, en werd een bal tussen zijn tanden die hij niet weg kreeg, hoewel hij zichzelf dwong achttien keer te kauwen. Toen hij naar zijn vader keek, die zijn vlees naar binnen slobberde alsof hij in trance was, realiseerde hij zich dat het niet kwam doordat het vlees taai was, maar doordat zijn mond kurkdroog was.

'Ik denk dat we wat hebben, luitenant', zei Ortega, een van de twee agenten die hij op deze zaak had gezet. De ander was een jonge agente. Het was voor het eerst dat hij een vrouw onder zijn directe bevel had.

'Zeg het maar.'

'De enige FN 1900 in Breda – voorzover wij weten – komt voor in de verslagen van de rechtbank. Hij was van een koffiesmokkelaar en werd in 1962 in beslag genomen, met een doosje met kogels en een geluiddemper.'

'Ook een geluiddemper?'

'Jawel.'

'Dat verklaart dat niemand het schot heeft gehoord. En de datum klopt met de datum op de patroonhuls.'

'Maar we komen er niet verder mee. Het jaar daarna staat het pistool nog op de inventarislijst, maar in 1964 niet meer. We hebben het nagezocht, maar het is ook niet verkocht op de publieke wapenveiling van dat jaar.'

'Dus?'

'We denken dat het bij een insider terecht is gekomen. Het is een waar juweel, dat type pistool is een wonder van precisie, een collector's item', zei hij met een enthousiasme dat zijn zwak voor wapens verraadde. Gallardo keek naar de vrouw en zag hoe ze met een spottend lachje op het enthousiasme van haar collega reageerde. 'We hebben met een van de twee rechters gesproken die er indertijd werkzaam waren. De andere is zeven jaar geleden overleden. Hij heeft ons iets verteld wat interessant kan zijn.'

Hij keek even naar de agente en leek te twijfelen of hij haar het woord moest geven om de uitleg af te maken, maar toen ze zweeg ging hij verder: 'Het ziet ernaar uit dat die tweede rechter dol was op wapens en weinig scrupules had met dit soort zaken. Hij beweert dat het meer dan eens is voorgekomen dat zijn collega mensen die hij vertrouwde een wapen toeschoof als ze blijk hadden gegeven het mooi te vinden. Ze tekenden dan het een of andere officiële formulier en het wapen wisselde van eigenaar. Maar van die documenten is niets meer terug te vinden.'

'De oude methoden, nietwaar?' vroeg Gallardo. Hij wilde heel duidelijk maken naar die agent, maar vooral naar de vrouw (geen van beiden was ouder dan achtentwintig, geen van beiden was al geboren toen het pistool werd geconfisqueerd), dat hij, ook al was hij vijftien jaar ouder, geen enkele binding had met de tijd waarover zij het hadden.

'Ja, de oude methoden.'

'En er is geen kans die documenten boven water te krijgen?'

'Wij denken van niet. De huidige rechter heeft ons dat ook bevestigd. Als u wilt, gaan we erop door, maar waarschijnlijk is er niets terug te vinden in de archieven', kwam de vrouw tussenbeide.

'Goed, we gaan er nog even op door. Maar dat laat ik iemand anders doen. Jullie hebben het al druk genoeg.'

Hij leunde achterover in zijn stoel en keek naar de twee agenten, die ondanks het feit dat ze hetzelfde uniform droegen en hetzelfde werk deden zo veel van elkaar verschilden. In tegenstelling tot Ortega, die zich niets van de kou leek aan te trekken, zijn mouwen in ieder jaargetijde opgerold droeg om zijn spierballen goed uit te laten komen, en een neiging naar gewelddadigheid bezat die hem zonder zijn discipline en eerlijkheid gevaarlijk zou maken, was Andrea haast tenger te noemen, en de luitenant vroeg zich af welke kwaliteiten haar fysieke zwakheid compenseerden om toegelaten te kunnen worden tot het korps.

'Goed werk! Laten we hopen dat het ons verder brengt, want als we de eigenaar vinden, hebben we waarschijnlijk ook de schutter te pakken. Ik wil een lijst van jullie, met iedereen die tussen 1963 en 1964 op de rechtbank heeft gewerkt. We moeten ze allemaal spreken. Degenen die nog in leven zijn.'

'Hebben we al, luitenant. We waren er toch, en dachten dat die namen misschien nuttig zouden zijn', ditmaal nam de vrouw het woord, terwijl ze hem een geprint vel papier toestak.

'Dank je wel', zei hij, zich naar haar toebuigend om het papier aan te pakken: een stuk of tien namen met het aantal jaren dat ze er hadden gewerkt en hun toenmalige adres.

Andrea stond nu vlak naast zijn bureau, haar heupen bijna tegen het blad, en terwijl de luitenant het papier las was hij zich bewust van haar aanwezigheid. Aanvankelijk, toen ze net in de kazerne was geplaatst, had hij het niet prettig gevonden een vrouw onder zijn bevel te hebben, want hij was bang dat haar aanwezigheid een bron van conflicten zou worden en tot spanningen zou leiden bij de rest van de agenten, allemaal mannen. Maar in de paar maanden dat hij haar aan het werk had gezien, was hij haar oplettendheid en organisatievermogen gaan waarderen; ze spaarde zichzelf niet, niet tijdens de training en niet tijdens de diensten. De ernst waarmee ze haar taken uitvoerde, tot de meest alledaagse aan toe, beviel hem, de nadrukkelijke, energieke manier waarop ze verdachten op hun rechten wees, zo anders dan de vermoeide routine van de oudgedienden beviel hem, en zelfs haar rijstijl beviel hem, de aandacht waarmee ze elk van haar bewegingen uitvoerde. Hij liet haar regelmatig rijden als hij in de auto zat, iets wat hij nooit eerder iemand had toegestaan. Verder veranderde ze in burgerkleding, minder stijf dan het uniform, in een aantrekkelijke vrouw. Hij had haar weleens met Ortega zien praten, buiten de kazerne. Hoewel ze heel verschillend waren, vroeg hij zich af of er tussen die twee iets meer bestond dan pure kameraadschap, en het verbaasde hem dat een van de mogelijke antwoorden hem absoluut niet beviel. Misschien was het niet verstandig van hem geweest hen zo vaak samen in te zetten: een jonge man en een jonge vrouw samen 's nachts op patrouille over eenzame wegen. Als deze zaak achter de rug was moest hij er nog maar eens goed over nadenken.

8

Hij nam zijn tweede kop koffie aan de keukentafel, wachtend tot het tijd was om de winkel te openen. Rocío was net weg om Alba naar school te brengen en hij was alleen thuis. Hij had een sigaret opgestoken en nam het programma van die dag door, terwijl hij tevergeefs probeerde te vergeten dat zijn dochter ook die morgen weer nat wakker was geworden. Voor de zoveelste maal hield hij zichzelf voor dat haar probleem niet noodzakelijkerwijs met de scheiding te maken had, dat die terugval misschien werd veroorzaakt door de spanning van de eerste schooldagen met een nieuwe juf – hoe moeilijk was het niet voor Alba om aan een vreemde te wennen – en dat het over zou gaan zodra ze aan de nieuwe gang van zaken gewend was. Hij was zelf als kind in het begin van het schooljaar ook altijd met knikkende knieën naar school gegaan, haast meegesleurd door zijn moeder of María, hij moest letterlijk van hun rokken losgetrokken worden en het duurde altijd even voordat hij zijn angst voor een nieuwe leerkracht, die hij elk jaar weer doodeng had gevonden, kwijt was. Het kon ook anders, kinderen van gescheiden ouders waren juist vaak sterk, vrolijk, briljant op school, rustiger en met meer verantwoordelijkheidsgevoel dan de ouders die hen hadden verwekt, alsof ze die door hun vroegtijdige evenwichtigheid een lesje wilden leren.

Maar hij wist dat het beeld van die natte lakens hem de hele morgen zou achtervolgen en dat hij er bij alles wat hij deed aan zou moeten denken. Hij associeerde het altijd met Dulces afwezigheid, die nu al zo lang duurde dat zijn verlangen begon te veranderen in wrok, want elke keer dat het gebeurde was ze er weer niet en moest hij het zelf oplossen, zonder enige steun. Zo 's morgens verdween ieder spoor van heimwee of begrip, en bleef slechts die opgekropte wrok jegens zijn ex-vrouw over, die hij met niemand kon delen. Hij voelde zich alsof hij de allereerste man was die een parachute moest testen en uit een vliegtuig de leegte in werd gegooid. Hij probeerde zichzelf ervan te overtuigen dat in de tijd waarin hij leefde, de eenentwintigste eeuw, de wereld genoeg te bieden had om zijn problemen op te lossen, of op zijn minst voldoende genoegens bood om ze van tijd tot tijd te vergeten. Maar tijdens zijn val vond hij niets om zich aan vast te klampen.

Hij verlangde naar het ogenblik dat er weer vrede tussen hen zou zijn. Zoals dat was gebeurd met de andere gescheiden stellen in zijn omgeving verwachtte hij dat de oude conflicten ooit vergeten zouden zijn en dat ze elkaar zonder haat en verwijten zouden kunnen zien, als twee oude vrienden die om hun vriendschap te redden voor elkaar verbergen hoe gekwetst ze zich voelen, en anderen of het lot de schuld geven van hun onmin.

De bel ging en hij stond op om de deur open te doen, in de veronderstelling dat Alba of Rocío iets was vergeten en terugkwam om het te halen, maar zij waren het niet.

In de deuropening stonden twee agenten van de guardia civil, een man en een vrouw, heel jong nog. Ze vroegen zijn naam en, met een zakelijk soort neutraliteit die niet vriendelijk of bedreigend was, of ze hem even konden spreken. Dat er toch iets intimiderends aan hun optreden was, kwam niet door hun houding maar door hun uniform.

'Wat is er aan de hand?' vroeg hij, toen ze in de woonkamer waren.

'Niets bijzonders, maakt u zich niet bezorgd', zei de vrouw. 'We willen u alleen iets vragen over uw vader. Over zijn werk.'

'Mijn vader ... mijn vader is al jaren dood', zei hij zonder het trillen van zijn stem te kunnen onderdrukken. Daar waren ze dan. Ondanks al zijn moeite hadden ze hem toch weten te vinden.

'Dat weten we. Daarom komen we ook met ú praten', zei de man, zijn schouders bewegend alsof zijn overhemd knelde, alsof het hem niet prettig zat, of het te warm was in dat huis met die gesloten ramen, waar nog niet was gelucht en een lauwe geur van biscuitjes en babylotion hing, maar waar het ook heel licht naar urine rook, typisch voor huishoudens met kleine kinderen.

'Wat wilt u weten?'

'Ik veronderstel dat u weet dat er een week geleden op een school een moord is gepleegd.'

'Natuurlijk, dat weet iedereen toch. Het is het gesprek van de dag in Breda.'

'Wij denken dat het wapen dat is gebruikt uit de rechtbank afkomstig is waar uw vader heeft gewerkt', kwam nu de vrouw tussenbeide, terwijl de man hem aankeek. Ze vielen elkaar niet in de rede en braken niet in op elkaars vragen, alsof ze om de beurt spraken, volgens een bepaald systeem waar hij geen idee van had. 'Het was een zeldzaam type, met kogels uit dezelfde tijd.'

'En?'

'Bezat uw vader een wapen?'

'Nee', loog hij.

Ze keken hem zwijgend aan, zonder blijk te geven van teleurstelling of vreugde. De vrouw maakte een aantekening in een boekje en terwijl beide agenten even zwegen, alsof ze niet goed wisten hoe ze verder moesten, keek zij om zich heen naar de inrichting van de kamer en bewoog de man zijn spieren in zijn groenige uniform, een toonbeeld van kracht dat in schril contrast stond met haar vrouwelijkheid.

'Weet u dat zeker?' vroeg de man, met een vasthoudendheid die misschien alleen zijn manier was om te waarschuwen dat ze nooit meteen geloofden wat hun werd verteld.

'Mijn vader is overleden toen ik nog maar twaalf was. Als hij een ... wapen had gehad', corrigeerde hij zichzelf snel, zich ervan bewust dat hij bijna een kardinale fout had gemaakt: een enkel woord dat hem kon redden of veroordelen, 'zou hij me dat niet hebben verteld. Mijn moeder is een maand geleden gestorven. Ze had veel dingen van hem bewaard, maar daar zat geen wapen bij.'

'En hebt u hem ooit over iets dergelijks horen praten? Over een verzamelaar, of een liefhebber.'

'Niet dat ik me herinner. Verder heb je toch een vergunning nodig? Ik weet zeker dat mijn vader die nooit heeft gehad. We hebben daar tussen zijn papieren niets van gevonden.'

'Het waren andere tijden. Wat wij zoeken is uit het depot van de rechtbank verdwenen op een nogal … onorthodoxe wijze', verklaarde de vrouw een beetje vaag. En uit dat kleine terzijde meende Julián Monasterio op te kunnen maken dat hun bezoek deel uitmaakte van een routineonderzoek en dat hij niet meer verdacht was dan ieder ander.

'Ik denk niet dat het bij mijn vader is terechtgekomen. Hij was een rustige man, een grijze ambtenaar, eerlijk en efficiënt voorzover ik weet. Hij had het niet zo op dat soort dingen. Hij hield niet eens van jagen.'

Hij zweeg, bang om zich te laten gaan en veel meer te vertellen dan hem werd gevraagd. Vervolgens reikten de beide agenten hem de hand en liepen naar de deur.

'Het spijt me dat ik niet meer heb kunnen betekenen.'

De man draaide zich om en voegde eraan toe: 'Wat we u zojuist hebben verteld is vertrouwelijke informatie. Praat er alstublieft met niemand over.'

'Akkoord. Ik zal er rekening mee houden.'

Hij deed de deur achter hen dicht, luisterde naar het geluid van de lift en liep naar het raam om van achter de gordijnen naar buiten te kijken. Hij zag hoe ze in een auto stapten en wegreden. Opgelucht liep hij snel naar de telefoon en belde María om haar te vertellen over het bezoek dat hij zojuist had ontvangen en wat er allemaal was besproken. Waarschijnlijk zouden ze haar ook komen opzoeken en dan mochten ze elkaar niet tegenspreken.

'Ik had je toch gezegd dat we het beter konden inleveren, ook al zou dat een boete betekend hebben', antwoordde ze, op die verwijtende ouderezustoon die ze nog steeds niet kon laten.

'Ik weet het en je hebt gelijk. Maar we hadden nooit kunnen denken dat er zoiets zou gebeuren en nu kunnen we niet meer terug. Het enige wat ik vraag is om als ze je komen opzoeken, ook te vertellen dat je vroeger bij ons thuis nooit het bestaan hebt horen noemen van een wapen. O ja, en heb het niet over een pistool of een revolver, want zij vragen alleen naar een wapen.'

Aan de andere kant van de lijn bleef het stil. María, die altijd goed was in het voorspellen van problemen maar minder in het verzinnen van oplossingen, was waarschijnlijk nog aan het piekeren over de risico's en de gevolgen voor haarzelf als ze meeging in de gril van haar jongere broer. Zoals alle mensen met een sterk karakter en een methodische geest was ze ervan overtuigd dat het toeval zijn smerigste streken bewaart voor de zwakkeren, voor mensen die achteloos zijn, voor de ongelukkigen.

'Het is het beste wat we kunnen doen', drong hij aan.

'Waar heb je het nu?'

'In de kluis op de bank, bij de arras, de kleine sieraden van papa en wat van mijn eigen papieren', antwoordde hij. Dat was de moeilijkste leugen. Toen hij besloot het pistool te houden, had hij wel verwacht te moeten liegen, maar niet dat hij zijn eigen zus leugens zou moeten verkopen. Hij dacht aan de detective die hij in dienst had genomen en bad in stilte dat die snel iets zou ontdekken wat een eind zou maken aan al die spanning. Wat zou zijn zus doen als ze erachter kwam dat het pistool uit de kluis was verdwenen en dat het waarschijnlijk was gebruikt om een man in zijn nek te schieten? Hij was er niet van overtuigd dat ze bereid zou zijn om dan nog steeds haar mond te houden.

'Weet je dat zeker?'

'Dat heb ik toch al gezegd. Twee dagen geleden ben ik er nog geweest om wat papieren op te bergen. Het pistool was er nog steeds, verstopt in het boek.'

'Oké', hoorde hij haar met een berustende zucht zeggen. 'Als ze komen, zal ik zeggen dat ik niets weet van een pistool.'

'Van een wapen', verbeterde hij haar.

'Van een wapen. Maar als het hiermee nog niet is afgelopen moet je je wel bedenken dat ik bij deze versie zal blijven. Ik heb je vanaf het begin al gezegd dat het beter was om het in te leveren en dat ik er niets mee te maken wilde hebben.'

'Bedankt, María. Maak je er alsjeblieft geen zorgen over. Het is de moeite niet waard.'

Toen hij de telefoon nog maar net had neergelegd en zijn kalmte probeerde te hervinden, rinkelde de telefoon, vlak naast zijn oor, als een dier dat als het wordt losgelaten meteen opspringt, zonder je een moment van rust te gunnen. Hij durfde niet meteen op te nemen, bang voor weer een slecht bericht. Overal om hem heen leefden mensen die gelukkig waren, die nooit de neiging hadden hun telefoon kapot te smijten, de boodschapper te doden. Overal om hem heen leefden mensen die gelukkig waren, die felicitaties ontvingen voor van alles en nog wat, geïnviteerd werden op feesten waarvoor ze niet hadden gedacht gevraagd te worden, mannen die werden gebeld door vrouwen die graag een paar uur met hen wilden doorbrengen, te lachen en te genieten, werden uitgenodigd door vrienden om mee te gaan naar de film of een voetbalwedstrijd of gewoon om even een paar minuten bij te praten. Maar voor hem was de telefoon de afgelopen weken te vaak een directe verbinding geweest met het ongeluk. Vandaar dat hij hem opnam met de tegenzin van iemand die weinig goeds verwacht.

'Goedemorgen. Kan ik Julián Monasterio spreken?' klonk een mannenstem.

'Daar spreekt u mee.'

'Ik bel namens de school van uw dochter Alba.'

Wat is er nu weer aan de hand, vroeg hij zich af. Hij was nog zo bezig met de vorige twee gesprekken dat hij het telefoontje van de school onmiddellijk associeerde met het pistool, een nieuwe complicatie, iets wat hem in verband bracht met de moord op de docent. En niet alleen hem. Als hij van het begin af aan ergens bang voor was geweest, dan was het wel voor de eventuele gevolgen die het voor zijn dochter kon hebben, de ebstroom van de orkaan die hij had ontketend, die haar zou kunnen treffen met al zijn smerige modder. Hij kon Alba niet nóg meer belasten, hij kon niet toestaan dat ze het idee had dat haar gelukkige kindertijd – de jaren waar ieder kind van haar leeftijd toch recht op had – voor haar al voorbij was. Het was al erg genoeg dat ze zo bang was, die volwassen blik van een kind van nog maar zes.

'Is er iets?'

'Niets ernstigs, maakt u zich geen zorgen', zei de man. Hij moest de bezorgdheid in zijn stem hebben opgevangen en haastte zich hem gerust te stellen. 'Ik bel alleen om een afspraak met u te maken om een keer over Alba te praten.'

'Maar is er iets aan de hand?'

'Nee hoor. Ik ben de decaan, en haar juf en de logopediste denken dat het goed voor Alba zou zijn als ze wat extra aandacht kreeg. Individueel. Voor een tijdje. Uw dochter schijnt zich een beetje vreemd te gedragen in de klas.'

'Vreemd?'

'Een beetje. Gisteren verraste de conciërge haar tijdens de lesuren buiten het schoolterrein, op weg naar huis. Ze weigert om met de juf te praten en schijnt tegen haar klasgenootjes ook niet veel te zeggen. We denken dat het goed voor haar zou zijn als we haar een aantal uren per week uit haar klas halen en proberen haar te helpen. Maar we leggen het liever niet allemaal uit over de telefoon. Ziet u gelegenheid hiernaartoe te komen? Dan kunnen we er uitgebreid over praten.'

'Jawel. Wanneer?'

'De lessen zijn om één uur afgelopen.'

'Akkoord. Ik zorg dat ik er ben.'

Hij belde naar de winkel om Ernesto te vertellen dat hij wat later zou komen. Zijn werknemer zei niets, maar aan de wat bitse manier waarop hij reageerde, merkte hij wel dat hij er niet blij mee was. Er waren die morgen verschillende klussen die af moesten en om dat voor elkaar te krijgen zou Ernesto zich opnieuw in allerlei bochten moeten wringen. Julián Monasterio wist dat hij soms meer van hem vroeg dan redelijk was en dat de jongen nog zou vertrekken als hij dat bleef doen, maar de laatste weken kon het niet anders. Alles leek tegen hem samen te spannen: hij had er nooit van gehouden om werk door te schuiven dat hij eigenlijk zelf moest doen, maar nu deed hij het steeds; hij werkte graag rustig, maar op dit moment leek alles hem boven het hoofd te groeien. Woorden waarvan hij voorheen nauwelijks had geweten dat ze bestonden – pistool, moord, diefstal, verlating, scheiding – kwamen nu zo vaak langs dat ze binnen afzienbare tijd pijnlijk gewoon voor hem zouden zijn.

Hij ging op de bank liggen en stak nog een sigaret op. Hij was nog maar nauwelijks twee uur uit bed en was al doodmoe van alle doorgemaakte spanning. Hij probeerde de problemen op een rijtje te zetten – de vragen van de twee agenten, de duidelijke tegenzin van zijn zus om zijn medeplichtige te worden, het telefoontje van de school en zijn gesprek met Ernesto – en liep na of hij iets verkeerds gezegd of gedaan had wat hij nog recht kon zetten. Maar alles liep door elkaar in zijn geest. Over alles hing de schaduw van zijn ongeluk, van Dulces afwezigheid en de doffe pijn die dat nog steeds in hem veroorzaakte. En al die narigheid veroorzaakte een soort permanente besluiteloosheid, waardoor hij niet helder genoeg kon denken om in te schatten of hij nu goed of juist verkeerd had gereageerd op al die problemen.

Alles was tegelijkertijd over hem heen gevallen, een belasting waaronder hij haast bezweek. En opnieuw zei hij tegen zichzelf dat hij overeind moest zien te blijven tot de problemen waren opgelost of het hem niet meer kon schelen. Alle ongeluk en alle vreugde, het zijn niet meer dan vluchtige episodes in de dagelijkse routine, hield hij zichzelf voor, en je hoeft alleen maar rustig af te wachten tot het verdriet of het genot voorbij is. Maar voor de eerste keer was hij bang dat als hij dat te vaak tegen zichzelf zei, er een moment zou komen dat die woorden hem niet meer de troost, de kracht en de hoop zouden schenken die hem tot dat moment op de been hadden gehouden.

Maar beetje bij beetje, sigaret na sigaret, realiseerde hij zich dat het probleem met zijn dochter belangrijker was dan de rest en dat hij het te lang voor zich uit had geschoven, dat hij de houding van zijn vrouw had overgenomen en hetzelfde excuus gebruikte om het niet serieus te hoeven nemen: 'Je zei zelf ook niet veel toen ik je leerde kennen.' Hij voelde een steek van berouw over zijn nalatigheid: hij had geen idee wat zijn dochter deed, die vijf uur per dag op school. Hij wist niet eens hoe haar nieuwe juf heette. Alba had het hem verteld, maar hij had niet aandachtig genoeg geluisterd om het te onthouden. Hoewel hij haar alle zorg en bescherming gaf die ze nodig had besefte hij nu dat hij te weinig belangstelling voor haar school had getoond. Hij had zich beperkt tot wat routinevragen over wat ze die dag had gedaan, haar gezegd goed haar best te doen en lief te zijn voor de juf en haar klasgenootjes. Natuurlijk, hij had keurig alle schoolspullen gekocht die ze nodig had, de briefjes getekend om toestemming te geven voor schoolreisjes en buitenschoolse activiteiten, op tijd de ouderbijdrage betaald, maar weinig meer dan dat. Hij had dit schooljaar nog niet één keer in haar schriften of schoolboeken gekeken en had haar nooit gevraagd of ze ergens hulp bij nodig had.

Om één uur zou hij er zijn om met haar juf te praten.

Toen hij dat eenmaal had besloten liep hij naar de telefoon en belde het nummer van de detective, om hem te vertellen over het bezoek van de guardia civil. Wat zij hadden ontdekt zou complicaties met zich mee kunnen brengen, als ze iemand vonden die het zich nog herinnerde en kon getuigen dat zijn vader dat pistool cadeau had gekregen. Cupido nam niet op en hij liet op zijn voicemail de boodschap achter dat hij hem dringend moest spreken.

9

'Ik weet dat ik geen schuld heb aan alles wat er is gebeurd. Waarom raak ik dat schuldgevoel dan niet kwijt?' fluisterde ze, terwijl ze zichzelf in de spiegel van haar werkkamer bekeek. Ze zat op het kleed, met haar rug tegen het bureau geleund, uitgeput, terwijl het schooljaar nog maar nauwelijks was begonnen. Sinds Larreys dood sliep ze slecht, ze was al moe als ze 's morgens op school kwam en het kostte haar de grootste moeite de oefeningen keer op keer met de kinderen te herhalen.

Nog nooit had ze zo weinig plezier in haar werk gehad. Ze was niet zoals veel van haar collega's, die al naar de klok keken als ze nog maar net begonnen waren en vanaf het eerste moment de uren telden tot de dag voorbij zou zijn, de dagen tot de volgende vakantie en de jaren die ze nog te gaan hadden tot aan hun pensioen.

Ze had het tot dan toe niet slecht gedaan, meende ze. Als er iets was wat je nodig had in haar vak, dan was dat geduld. Geduld om kinderen die alle reden hadden om wantrouwig te zijn weer vertrouwen te geven, geduld om hun mond, die vaak hermetisch gesloten was, open te krijgen, geduld om ze zover te krijgen dat ze wilden praten en ze te leren alle woorden die ze konden bedenken ook goed uit te spreken. Ze was zich ervan bewust dat leerlingen, al waren ze nog zo begaafd, zich correct moesten kunnen uitdrukken, anders redden ze het sociaal niet en werden ze uitgelachen of voor gek gezet. Ze kende een aantal superslimme kinderen die zo gauw ze kans hadden gezien van school waren gegaan, omdat het hun niet was gelukt hun spraakgebrek de baas te worden, waardoor ze zich schaamden. Hun beperking maakte hen onzeker, en hun spraaksysteem kon het tempo van hun gedachten niet bijbenen. Het was eigenlijk merkwaardig, dacht ze, dat terwijl al haar collega's op school een constant gevecht leverden om de leerlingen stil te houden, haar werk eruit bestond ze juist aan het praten te krijgen.

Hoewel sommigen van haar collega's – Julita Guzmán, Jaime De Molinos – vanwege dit contrast enigszins op haar vakgebied neerkeken, was ze ervan overtuigd dat ze goed was in haar werk, geduldig, efficiënt, warm, en geliefd bij de leerlingen. Het gevoel van trots en zelfbewustzijn dat ze hieruit putte gaf haar kracht en energie om op dezelfde weg voort te gaan. Voor haar was haar werk niet alleen een manier om te zorgen dat er aan het eind van de maand weer geld op haar bankrekening stond, zoals dat misschien gold voor bankbediendes of loodgieters, die met levenloos materiaal werkten – geld en water – dat ongevoelig was voor pijn. Het onderwijsvak eiste een speciale gevoeligheid, omdat het werkmateriaal gevormd werd door kinderdromen. Wat zij boven alles wilde was dat die dromen zo lang mogelijk gelukkig zouden zijn, dat de onvermijdelijke monsters zo lang mogelijk werden weggehouden. Ze vond dat niemand de enige, korte periode van geluk in zijn leven ontzegd zou mogen worden, de tijd dat een rubberen balletje, een molentje, een zak snoep, een knuffel of een kus genoeg is om puur geluk te veroorzaken.

Ze moest wel erkennen dat ze soms een beetje te zelfingenomen was met haar professionele kwaliteiten. Ze stelde prijs op erkenning van haar collega's en deed haar best om een goede indruk op haar leerlingen te maken. Die ijdelheid had ze nooit helemaal onder controle weten te krijgen, hoewel ze zich er wel van bewust was dat kinderen het makkelijkst iets leren als het onderwijs weinig nadrukkelijk is. Als een klein stekje uitgroeit tot een hoge, sterke boom, is het gat waarin het werd gepoot niet langer zichtbaar, of het ruwe snoeiwerk, dat nodig is om een mooie kroon te doen ontstaan, de inkeping, van het enten; de oppervlakkige wortels moeten worden ondergeploegd om de boom te dwingen zijn voedsel dieper te zoeken. De naam van de tuinman staat niet in de bast gekerfd … het beste onderwijs maakt van een kind een onafhankelijk, evenwichtig mens zonder littekens van straf en vernedering, zonder dat leraren er een te sterk stempel op hebben gedrukt.

Toen ze drie jaar geleden begon had ze, zoals iedere nieuwkomer, in haar onzekerheid geprobeerd te rade te gaan bij de collega's met wie ze zich het meest verwant had gevoeld. De gemiddelde leeftijd van de docenten lag heel hoog en veel van hen waren bijna aan hun pensioen toe: de school stond in het hart van Breda en mensen werkten er graag vanwege de makkelijke bereikbaarheid en het niveau van de leerlingen, die over het algemeen uit de bemiddelde middenklasse afkomstig waren, met ouders die hechtten aan een goede opleiding. De school kende lang niet zo veel ernstige ordeproblemen als scholen in de buitenwijken. In provinciesteden als Breda leefde men nog rond het centrale plein; de families die er vanouds al woonden waren nog niet uit het oude centrum weggetrokken om plaats te maken voor een krachtige, woekerende, onstuitbare stroom immigranten en ontheemden, die er haast op lijken te wachten tot de grote huizen in de stadscentra in verval beginnen te raken om zich daar te kunnen vestigen, in het hart van de stad. Dankzij haar specialisme had ze minder competitie dan de gewone leerkrachten, en had zij ondanks haar gebrek aan ervaring de aanstelling gekregen.

Met Larrey en Nelson had ze het van het begin af aan goed kunnen vinden, en niet zozeer omdat ze de jongste leden van het korps waren – hoewel ze ook al tegen de veertig liepen – als wel omdat zij ook van hun werk leken te houden en niet alleen maar zeurden als ze het erover hadden. Van de rest wist ze het zonet nog niet. Er zaten zeker goede vakmensen tussen, maar voor de meeste collega's leek het alleen een manier om hun geld te verdienen, de ene keer vermoeiender dan de andere, met niet al te lange werkdagen en veel vakantie.

Het vorige schooljaar was ze er, te laat, achter gekomen dat ze zich ook in Nelson had vergist, dat ook hij bij de mensen hoorde die hun vak beschouwden, als iets wat ver van hen afstond, een vervelende klus waarin ze nooit méér zouden investeren dan hun tijd. Waarom had ze het zover met hem laten komen? Waarom was ze er niet mee opgehouden voordat het een gevaarlijk spel werd?

Het had haar een aantal maanden gekost om daar een antwoord op te vinden, dat overigens weinig troost bood; zo veel tijd had het gekost voordat ze had begrepen dat je in een clandestiene relatie als die van hen – een jonge vrouwelijke leerkracht en een aantrekkelijke getrouwde collega, een relatie die stoelt op heimelijkheid, op de prikkel van het risico, gestolen kusjes, handen die elkaar even aanraken in het voorbijgaan op de gang, op de ontdekking dat voorzichtigheid net zo stimulerend kan zijn als liefkozingen, op heimelijk blikken tijdens een vergadering in de wetenschap dat geen van de veertig gezichten om hen heen iets vermoedt van die geheime relatie – niet halverwege terug kunt krabbelen, maar altijd verder moet, verder dan in een relatie die is gesanctioneerd door het sacrament en de gewoonte. In een geheime verhouding kunnen minnaars zich niet beperken tot wat ze al weten van liefde en genot, ze moeten verder gaan dan wat hun bekend is. In een geheime verhouding bestaat er nauwelijks een grens tussen lippen en tanden, tussen een kus en een beet, tussen tederheid en wreedheid. En op de dag dat een geheime verhouding routine wordt, is het eigenlijk afgelopen, want stabiliteit hebben ze al elders – misschien saai, maar niet zo onbevredigend of ongelukkig dat ze hun vaste partner in de steek laten – want bij twee gelijke opties zal zo'n minnaar altijd kiezen voor de situatie die sociaal acceptabel is en die gemak en rust garandeert.

Verder dacht ze toen dat ze verliefd op Nelson was en volgde ze hem in alles. Niet dat ze zich slachtoffer voelde, absoluut niet, want hun relatie was intenser en bevredigender geweest dan wat ze ooit eerder had meegemaakt. En hoewel hij altijd de initiatieven had genomen, waren alle beslissingen gemeenschappelijk geweest, waren ze het er samen over eens. Vandaar dat ze niet het gevoel had dat ze hem iets te verwijten had. Pas toen ze zwanger werd kwam ze erachter dat, als het onverhoeds misgaat, de vrouw over het algemeen aan het kortste eind trekt. Een man kan dan veel eerder en gemakkelijker de bescherming van de schaduw zoeken.

Nelson had geweigerd een andere oplossing te overwegen dan een abortus. Toen ze hem vertelde dat ze twijfelde, dat ze het kind misschien wilde houden, zonder verder iets van hem te eisen – geen hulp, geen gezelschap, geen achternaam, en al helemaal geen geld – leek hij bij zijn argumentatie alleen aan haar te denken, alsof hij het alleen maar voor háár bestwil deed, en niet omdat hij doodsbang was om alles aan zijn vrouw te moeten vertellen, dat zijn collega's het te weten zouden komen, zijn hele omgeving. Hij had het nauwelijks over zichzelf, alsof het het ergst voor háár zou zijn als ze die zwangerschap doorzette. Hij wist dat als hij met typisch mannelijke argumenten was aangekomen – haar verweet dat ze niets had gebruikt om het te voorkomen, of zijn vaderschap in twijfel trok – ze nooit naar hem geluisterd had en het kind zou hebben laten komen.

Toen ze haar besluit eenmaal had genomen – het pijnlijkste wat ze ooit had meegemaakt – had ze de abortus gepland in de paasvakantie: ze maakte een afspraak in de kliniek voor de eerste dag van de vakantie, zodat ze de rest van de dagen bij zou kunnen komen van de pijn die ze verwachtte, om te huilen en de sporen van haar tranen te wissen.

Uiteindelijk bleek het niet nodig te zijn. Ze wilde graag geloven dat het de spanning was geweest van die twee weken wachten, alsof haar lichaam eenmalig de regels van het eigen metabolisme negeerde en had besloten ditmaal alleen te gehoorzamen aan haar wil. Toen ze op een morgen wakker werd met een intense buik-pijn en zag dat de lakens waren besmeurd, dacht ze aanvankelijk nog dat haar met die donkere plek met bloedstolsels een paar angstige, depressieve dagen vol tranen bespaard waren gebleven. Een paar uur later wist ze wel beter. Want het verlies van die kleine follikel, die niet eens op vlees leek, het was een soort donkerbruin membraampje, bezorgde haar een ondraaglijk gevoel van leegte dat niet in verhouding stond tot het formaat. Zo nu en dan bleef ze zomaar ineens onbeweeglijk staan en voelde ze het bloed door haar lichaam razen, op zoek naar een parel die ze had verloren. Andere keren, als ze over straat liep of in de supermarkt in de rij voor de kassa stond, had ze het gevoel alsof alle andere vrouwen, alleen door haar aan te kijken, konden raden wat er met haar aan de hand was, en als iemand iets aardigs tegen haar zei of vriendelijk naar haar lachte, wat in haar verbeelding iedere beschuldiging of afkeuring logenstrafte, kon ze haar tranen nau-welijks inhouden.

De weken daarna waren vreselijk geweest, ze voelde zich als

een zoetwatervis die in zee wordt gesmeten – het lijkt dezelfde vloeistof, want het is water waarin hij is teruggegooid en hij kan zwemmen – en die het zout langzaam maar zeker voelt aankoeken in zijn kieuwen en niet genoeg adem krijgt. Iedere keer dat ze een moeder met een baby in een kinderwagen zag werd ze overweldigd door een tweeslachtig gevoel van tederheid en schaamte dat ze niet makkelijk van zich af kon schudden. Dan probeerde ze niet na te denken, maar dat lukte vaak niet. Ze stelde zichzelf zwanger voor: haar buik die tegen het aanrecht zou botsen als ze de afwas deed; ze zou niet meer zo makkelijk op het kleed in haar werkkamer kunnen gaan zitten en goed moeten uitkijken als ze het schoolplein overstak als de jongens er aan het voetballen waren; ze zou positiejurken dragen, panty's zonder elastiek en gemakkelijke, platte schoenen; haar lippen zouden een beetje gevoelig zijn, alsof ze waren gebarsten van de kou, en haar sproeten zouden donkerder worden.

Na de vakantie hielp haar werk haar uit haar depressie. De enige die alles wist en haar had kunnen helpen was Nelson, die haar alleen zo nu en dan een vriendelijk woord toewierp, bijna altijd gehaast, alsof hij nu alles achter de rug was bang voor haar was, bang om met haar alleen te zijn of haar recht aan te kijken. Bij haar in de buurt verloor hij al zijn zelfvertrouwen, zijn glans en gevatheid.

Wat Gustavo betreft, ze had geen idee of hij wat doorhad, maar gezien zijn gedrag dacht ze eigenlijk van wel. Als hij geen lessen had kwam hij vaak naar haar kamer om een praatje te maken, haar onbeduidende anekdotes te vertellen die tijdens zijn lessen waren voorgevallen, de kleine ongevallen die op het sportveld plaatsvonden en waar hij zich zo druk om kon maken. Hij nodigde haar in de pauze uit om koffie te gaan drinken en soms wachtte hij haar na school op, en hij had haar een keer, toen het alweer een paar weken achter de rug was, meegenomen op een van die fietstochten van hem waar hij zo dol op was. Zijn hulp was als die van een dokter die zijn patiënt een placebo voorschrijft en de tijd een ziekte laat genezen waar geen ander geneesmiddel voor bestaat dan het verstrijken van de dagen.

Op een ochtend in mei, twee maanden later, toen ze in de spiegel keek voordat ze naar haar werk ging, stond ze verbaasd over de zelfverzekerde, aantrekkelijke vrouw die ze tegenover zich zag, temeer daar ze zich niet bewust was geweest van die verandering, of er speciaal iets voor had gedaan. Ze droeg een shirtje met korte mouwen en een rok die net boven haar knieën viel, vrolijke, jeugdige kleren die haar een optimistisch gevoel gaven. Ineens realiseerde ze zich dat je vreselijk ziek kon zijn, dat je, als je gewond raakte of werd getroffen door de dood van iemand van wie je houdt, een paar weken later toch weer net zo vrolijk kon lachen als voorheen. Toen ze haar laaggehakte schoenen aantrok, kwamen er heel even weer pijnlijke herinneringen in haar omhoog, maar die wist ze te bezweren door opnieuw naar zichzelf in de spiegel te kijken. Ze was zich bewust van haar aantrekkelijkheid en het enige wat ze nog moest proberen was of haar lichaam weer net zo intens en makkelijk zou reageren op de aanrakingen van iemand anders. Want op een gegeven moment was ze bang geweest dat ze voor altijd zou opdrogen en verschrompelen, als Afrikaanse vrouwen bij wie samen met hun clitoris ook hun vermogen tot het voelen van genot wordt weggesneden. Ze wist dat iedere wond een litteken achterlaat, dat ieder ongeluk je voorzichtiger maakt; ze wist dat je na ieder verdriet vreest dat het weer gebeurt, en was bang dat ze niet ongehavend door alle narigheid was heen gekomen. De eerste weken had ze gezworen nooit meer met een man naar bed te gaan. Maar nu, het voorjaar op zijn mooist, twijfelde ze aan de wijsheid van dat besluit, want ze wilde zeker weten dat alles in haar lichaam nog functioneerde, dat er geen enkel plekje was waar het bloed niet stroomde. Ze voelde zich als een klein meisje dat na een pijnlijke val haar wonden telt en schoonmaakt, maar daarna meteen haar benen weer strekt om te proberen of ze verder kan rennen.

Het was begin juni. De twee collega's die dat jaar met pensioen gingen hadden iedereen uitgenodigd voor een etentje met een feest erna. Het was de eerste keer dat ze uitging sinds het was gebeurd, en hoewel ze meer had gedronken dan normaal, was alcohol niet de enige reden dat ze aan het eind van de avond – onopvallend, zodat haar collega's het niet merkten – het herhaalde aanbod van Moisés haar naar huis te brengen accepteerde. Toen ze de deur opendeed en hem binnenvroeg was ze zich volledig bewust van wat ze deed. Die nacht had ze het goed gehad met Momo, heel goed zelfs. Sinds hij een paar maanden daarvoor op school was komen werken had ze wel gemerkt dat hij naar haar keek, dat hij graag met haar praatte en haar gezelschap zocht, en ze had zijn aanbod een avondje samen uit te gaan tot twee keer toe vriendelijk afgewezen. In het begin vanwege Nelson en later vanwege haar nare herinneringen. Maar toen ze de deur achter hem sloot wist ze heel goed wat er zou gaan gebeuren.

Ze wilde de nacht met hem doorbrengen. Ze hadden een paar nummers samen gedanst en ze had zich tot hem aangetrokken gevoeld; zijn brede schouders, zijn warme, schone uitstraling, zijn frisse jeugd – hij was zes jaar jonger dan zij – zijn hele verschijning stond tijdens dat etentje waar de twee jubilarissen jaloerse geluk-wensen van hun collega's in ontvangst namen, in scherp, haast beledigend contrast met het beginnende verval van de rest. Naast hem leken zelf Larrey en Nelson kleurloos, oud en een beetje uit-geblust, alsof ze een slapeloze nacht achter de rug hadden.

Maar het was meer dan alleen lichamelijke aantrekkingskracht geweest. Toen ze er later over nadacht, besloot ze dat ze ook aan die opwelling gehoor had gegeven omdat ze de behoefte had ge-voeld terug te keren naar haar eigen jeugd, naar de Rita van vijf jaar geleden, om het stekelige hier en nu, dat haar helemaal niet beviel, even te kunnen ontkennen.

Nelson was ontegenzeggelijk aantrekkelijk, met zijn verzorgde, kundige handen, met zijn ervaring, maar Moisés had een elas-tisch, onschuldig lichaam waar de tijd nog geen vat op had gekre-gen. Zijn gemillimeterde haar, zijn wat lange bakkenbaarden en het kleine zilveren oorringetje maakten hem aantrekkelijk en fris, in tegenstelling tot de grijze, gestandaardiseerde elegantie van de rest van de feestgangers. Ze had zo'n vermoeden dat hij speciaal voor haar was gekomen, want verder kende hij eigenlijk niemand. Misschien hadden ze hem een formele uitnodiging gestuurd, of hem net als de andere medewerkers in het voorbijgaan gevraagd, maar zonder te verwachten dat hij ook zou komen opdagen, misschien had hij van de gelegenheid gebruikgemaakt om haar buiten schooltijd te kunnen ontmoeten, zonder al die kinderen en dat geschreeuw om hen heen.

Hij paste in geen van de groepjes, en tijdens het eten deed hij zijn mond nauwelijks open, maar hij leek aandachtig overal naar te luisteren. Ze zag hem ietwat geforceerd lachen om alle afgezaagde grappen, zijn verveling verbergend. Hij zat bij haar in de buurt, aan de lange tafel, en ze zag dat hij nauwelijks wijn dronk en zich zo bescheiden gedroeg dat het soms haast gespeeld leek, hoewel het de oudere docenten die in de buurt zaten leek te overtuigen: een sterke jonge vent met een geschoren hoofd als van een gevangenisboef die er toch niet bedreigend uitzag, die een oorringetje droeg en toch niet verwijfd was. Hij gedroeg zich steeds bescheiden en niemand die iets had gemerkt van zijn belangstelling voor haar.

In bed was alles goed gegaan. Ze was zonder problemen opgewonden geraakt en had zijn ritme gevolgd: het ging een beetje te snel, maar een half uur later deden ze het nog een keer. Zelfs 's morgens vroeg, voordat hij wegging, was ze nog een keer klaargekomen, rechttoe rechtaan en intens, hoewel ze er op dat tijdstip eigenlijk niet zo van hield omdat ze dan niet kon toegeven aan die diepe, helende slaap die haar altijd overviel als ze seks had gehad. Het was goed geweest, zeker, ze had de test doorstaan, maar één nacht was genoeg geweest. Momo was haast nog een kind bij haar vergeleken, en ze wist dat het bij een vluchtig avontuur moest blijven, dat dit nooit een diepe relatie kon worden die haar hart zou raken. Het was niet zozeer het verschil in leeftijd als wel het verschil in geloof, ideeën, gewoonten, ontwikkeling, teleurstellingen, moraliteit en ambities. Zelfs als haar leven tien jaar stil zou liggen, als ze in coma lag bijvoorbeeld, en Momo gewoon had doorgeleefd, zou dat verschil er nog steeds zijn als zij wakker werd.

Een paar dagen later, toen hij aandrong op nog een afspraak, had ze hem gezegd dat er geen tweede nacht zou komen. Ze had niet het gevoel dat ze hem iets verschuldigd was: ze had hem niets gevraagd wat zij hem ook niet had gegeven. Momo had eerst nog wat tegengesputterd, maar leek het geaccepteerd te hebben toen hij met een laatste omhelzing afscheid nam.

Er werd op de deur geklopt en ze stond op voordat ze reageerde. Matilde Cuaresma kwam het meisje brengen over wie de decaan met haar had gesproken. Ze verwachtte haar. Het meisje keek met grote schrikogen de kamer rond, die zo anders was dan de rest van de lokalen, met het kleed op de vloer, de manshoge spiegel, de Pinocchiolamp, de vrolijke, kleurige inrichting. Een kamer die zo anders was dan de rest van de school dat het net was of iemand hem had gestolen uit een huis waar gelukkige kinderen woonden en hem zo in zijn geheel had verplaatst.

'Dit is de leerling over wie ik het met je heb gehad. Jullie hebben een afspraak.'

De vrouw duwde het meisje een beetje naar voren, beslist maar voorzichtig, zoals je doet met een hond die je van plan bent achter te laten, of een schijnbaar gedweeë kat die zomaar ineens een hoge rug kan opzetten, met zijn haren omhoog, en dan met zijn harde, vlijmscherpe nagels en tanden dreigt. 'Ik heb geen idee wat er met haar aan de hand is, maar ik heb haar nog geen woord horen zeggen.'

'Nou ja, dat is toch niet zo gek, het schooljaar is nog maar een paar dagen aan de gang', antwoordde zij, een beetje geïrriteerd door de gewoonte van sommige collega's kinderen al bij het minste of geringste probleem naar haar door te schuiven, alsof ze zelf niet in staat waren er iets op te verzinnen, zonder hun in de klas genoeg tijd te gunnen om zelf over hun verlegenheid of nervositeit heen te komen.

'Corona vindt ook dat je haar moet zien', antwoordde ze. 'Ze was in groep 1 en 2 al heel stilletjes, maar nu lijkt ze helemaal niets meer te zeggen.'

Rita hurkte glimlachend voor het kind neer, pakte haar handen en vroeg: 'Hoe heet je?'

Het meisje bleef naar de grond staren, haar honingkleurige ogen met groene stippeltjes haast helemaal verborgen achter haar lange wimpers, en ze weigerde haar aan te kijken, met die koppigheid die ze zo goed kende en die ze na een paar weken haast altijd wist te doorbreken.

'Ik heet Rita, dat vind ik zelf een vreselijke naam. Wil jij me niet vertellen hoe jij heet?'

'Ze heet Alba Monasterio', antwoordde haar juf ongeduldig.

'Alba. Dat is een mooie naam, zeg. Ik denk dat ik mezelf ook maar zo ga noemen. Zo zou ik ook wel willen heten.' Ze gaf haar een aai over haar bol.

Het meisje sloeg haar ogen op om haar voor het eerst aan te kijken, om erachter te komen of haar gezicht net zo vriendelijk was als haar woorden.

'Ze lijkt autistisch', kwam Matilde Cuaresma opnieuw tussenbeide.

Rita keek naar haar op, zonder haar ergernis te verbergen over het feit dat ze zo'n ernstige diagnose durfde te stellen, waar het meisje bij was nota bene, zonder na te denken over de mogelijke gevolgen voor een kind.

'En met de andere kinderen?' vroeg ze.

'Daar praat ze ook niet mee. Tijdens de pauzes is ze meestal alleen. Verder heeft de conciërge haar gisteren buiten het hek van straat geplukt, toen ze op weg naar huis was.'

Misschien dat ze niet praat, dacht ze, maar ze hoort nu alles. En wat moet je nu terugzeggen op dit soort commentaar?

'Het is beter dat je haar nu al ziet, in het begin van het schooljaar, voordat er meer tijd overheen gaat en er niets meer aan te doen is', zei ze. Nu klonk ze wat vriendelijker, alsof ze echt bezorgd was. Maar terwijl ze aardig probeerde te doen leek haar afkeer van het meisje toe te nemen, haar misprijzen omdat het kind het in haar hoofd durfde te halen zich af te zonderen en te zwijgen, en niets van de anderen wilde weten. 'Het is een kind van gescheiden ouders, weet je', voegde ze eraan toe.

'Dat heeft hier niets mee te maken', antwoordde ze, terwijl ze zich oprichtte.

'We hebben de vader gewaarschuwd. We hebben een afspraak met hem gemaakt voor vandaag. Hij is om één uur hier.'

Ze haalde diep adem toen Matilde Cuaresma de kamer uit

liep. Nelsons nieuwe beleid leek niets veranderd te hebben.

Ze ging naast het meisje op het kleed zitten en begon met haar te praten, haar iedere keer dat ze iets vroeg bij haar naam noemend: 'Alba, Alba, Alba.' Wat ze leuk vond, hoe haar vriendjes en vriendinnetjes heetten. Het meisje zei geen woord terug, en knikte ja of schudde met haar hoofd van nee, haar kalme ogen strak op het kleurige tapijt, die bruine ogen met groene vlekjes, als de blaadjes van de populier in het najaar, vlak voordat ze gaan vallen. Waar ben je bang voor? vroeg ze zich af. Hoe kan ik je ervan overtuigen dat het zal verdwijnen zodra je me alles vertelt? Ze streek haar nog een keer over haar hoofd en omdat er al een half uur voorbij was bracht ze haar terug naar de klas. Ze zou met de vader praten en een gaatje voor haar maken in haar rooster.

Toen ze terugkwam zag ze dat Moisés naast de deur op haar stond te wachten. Hij had wat papieren in zijn hand en gaf haar er een van. Het was een uitnodiging voor een docentenvergadering en toen ze de agenda las zag ze dat die geen van de veranderingen bevatte die Nelson voor zijn benoeming beloofd had.

Moisés liep achter haar aan de kamer in en trok de deur achter zich dicht. Rita onderdrukte een gebaar van irritatie. Sinds het begin van het schooljaar had ze niet meer onder vier ogen met hem gesproken en ze was niet van plan dat nu wel te doen. Ze had een nacht met hem geslapen, maar vóór de zomer had ze hem al heel duidelijk gemaakt dat het afgelopen was en dat het geen zin had er opnieuw over te beginnen.

'Rita.'

'Ja', antwoordde ze. Maar aan de manier waarop hij haar naam had genoemd, heel zachtjes, alsof hij iemand voorzichtig wilde wekken, kon ze al raden wat er ging komen.

'Heb je zin om vanavond mee uit te gaan?' vroeg hij, met die lach die zo veel succes had bij de leerlinges van veertien, vijftien jaar, die in de pauzes zijn gezelschap zochten. Het was zijn eerste, directe vraag, dringend door het verlangen en de verliefdheid die er zo helder in doorklonken. Maar van die nuance was hij zich niet bewust: hij was nog te jong om zomaar te kunnen genieten van een prettig avontuurtje, zonder dat in verliefdheid te laten ontaarden.

'Nee, Momo, dat is geen goed idee, daar hebben we het al over gehad.'

'Heb je het druk? Als het iets thuis is, kan ik misschien wat voor je doen.'

Hij had haar een keer geholpen met het ophangen van schilderijen en het verplaatsen van een aantal meubels, en had duidelijk genoten van die alledaagse, huishoudelijke karweitjes samen. Ze hield haar flat graag schoon en netjes en had de neiging de boel iets te vaak om te gooien; maar die naïeve manier van zich opdringen, die haar in het verleden misschien vertederd zou hebben, vond ze nu lomp en een beetje irritant na alles wat er op school was gebeurd.

'Nee, er is bij mij in huis niets voor je te doen. Daar gaat het niet om. Het moet gewoon afgelopen zijn tussen ons. Het heeft geen zin', antwoordde ze. Ze probeerde haar groeiende ergernis jegens alles en iedereen die morgen in te houden.

'Voor mij wel.'

Veel vrouwen boven de dertig zouden misschien zwichten voor die smekende, hulpeloze blik, vochtig en vol onschuld. Misschien zouden ze de behoefte voelen hem aan hun borst te drukken en zijn korte, schone haren te strelen. Maar zij realiseerde zich dat ze haar moederinstinct, als ze dat tenminste nog had na alles wat er was gebeurd, maar beter niet kon laten wekken door iemand die zijn tanden al had en die al kon praten en lopen. Voor het eerst liet ze zich niet vermurwen en bekeek ze Moisés met andere ogen. Hij verlangde er oprecht naar om bij haar te zijn, dat stond buiten kijf, maar ze kende hem goed genoeg om te weten wanneer hij toneel speelde. Er school iets berekenends in zijn gedrag, in de manier waarop hij zijn uiterste best deed om zijn zin te krijgen. Waarom heeft hij eigenlijk dienstgeweigerd ... vroeg ze zich ineens af, was het omdat hij oprechte morele bezwaren heeft tegen het dragen van een wapen of is het uit louter gemakzucht, om onder de strenge discipline uit te komen, het harde militaire leven, een paar nachten wachtlopen. En net zoals ze bij haar leerlingen deed, als ze uit de gewoonste zinnen die klanken haalde die haar precies lieten zien waar hun spraakprobleem zat, zo haalde ze uit haar eerdere gedachten drie woorden – een wapen dragen – die, ineens, als een magneet die onder een vel papier door wordt gehaald en het ijzervijlsel dat erop ligt in beweging brengt, het beeld terugbrachten van Gustavo Larrey, dood in die kamer, naast het bureau, met de kleine kogelwond in zijn nek die nauwelijks had gebloed. Een jongen van nog maar net twintig, zou die een man kunnen vermoorden, zou die daarna lachend en met vaste stem een vrouw kunnen vragen met hem uit te gaan en hem te omhelzen?

Maar wat is er met me aan de hand? vroeg ze zich af, een beeld wegduwend dat zo weerzinwekkend was dat ze haar ogen dicht moest doen en erin wrijven om alles weg te kunnen vagen wat ze had gezien. Vertrouw ik dan niemand meer? Verdenk ik alleen de kinderen die hierheen komen om door mij geholpen te worden nergens van?

'Nee, Momo', herhaalde ze, niet in staat andere woorden te vinden. Ze bedacht dat er voor een man en een vrouw allerlei manieren bestonden om uitdrukking te geven aan lust en begeerte, maar dat er maar heel weinig woorden waren om iemand af te wijzen zonder de ander pijn te doen en tegelijkertijd ieder weerwoord uit te sluiten en geen enkele twijfel te laten bestaan.

'Het is Nelson, hè?'

'Wat zeg je?' ze schreeuwde het haast uit. Ze had steeds geprobeerd om aardig te blijven, maar nu werd ze bekropen door een blinde woede. Want ze verdomde het om een onbeschoft joch zover te laten gaan, hem stenen in de diepte te laten gooien om te zien wat voor monsters die zouden wekken. Want hij kon niets weten. Ze waren altijd zó voorzichtig geweest dat zelfs als iemand iets vermoedde, er nog niets te bewijzen zou zijn.

'Zijn jullie weer samen?' drong hij aan. De toon in zíjn stem was ook veranderd, alsof hij was aangestoken door haar woede. Hij klonk nu haast als een jaloerse minnaar, die een verklaring eiste.

'We zijn niet weer samen omdat we nooit samen zijn geweest. En als ik ooit met iemand samen ben, heb jij het recht niet mij ter verantwoording te roepen. Wat denk je wel? En nu, eruit alsjeblieft.'

Ze zag hem nog even aarzelen, alsof hij nog iets wilde zeggen, alsof hij, net als haar leerlingen, de juiste woorden niet kon vinden. Uiteindelijk boog hij zijn hoofd en vertrok, de deur achter zich sluitend.

Haar benen trilden en ze moest zich aan de tafel vasthouden om niet te vallen. De bel die het eind van de lessen aankondigde leek van heel ver te komen, en de stemmen van de kinderen op de gang klonken als de onwezenlijke echo van op hol geslagen paarden. Ze ging in de stoel zitten om te wachten tot iedereen weg was en de hele school stil zou zijn; ze was niet bang voor grote, lege, galmende ruimtes, integendeel, het waren kleine, afgesloten kamers waarin ze zich ongemakkelijk voelde.

Ze wilde niemand zien en had geen zin in het routineuze 'tot morgen', van collega's die haastig vertrokken, opgelucht dat het werk er weer op zat en dat ze even niet naar eindeloos zeurende kinderen hoefden te luisteren. Ze realiseerde zich dat ze niemand had om mee te praten, niemand om haar hart bij uit te storten, geen schouder om op uit te huilen. Haar ouders woonden in een andere stad – maar hun zou ze toch niets hebben kunnen vertellen – en de twee of drie vriendinnen met wie ze gewoonlijk uitging zouden er niets van begrijpen. Die zouden haar bevreemd maar ook een beetje beledigd aankijken omdat ze het al die tijd voor hen had verzwegen, misschien zelfs een beetje geïrriteerd omdat ze zelf niets hadden geraden. Ze zouden haar troosten maar ook een beetje beknorren – en geen van hen zou vragen of ze gelukkig was geweest zolang het duurde, en of ze misschien nog iets konden doen om haar te helpen. Daar had ze allemaal niets aan. Was Gustavo er nog maar, op het sportveld of in het kamertje naast het gymlokaal, om tegen haar te kletsen, haar met die vriendelijke, milde blik van hem aan te kijken! Ze miste hem verschrikkelijk.

Er werd op de deur geklopt. Ze was bang dat het Moisés weer was. Ze had gezien dat hij eigenlijk nog iets wilde zeggen voordat hij de kamer uit liep. Maar er kwam een man van een jaar of vijfendertig binnen, donker, van middelmatig postuur. Ze zag iets vertrouwds in hem, niet zozeer in zijn trekken als wel in de manier waarop hij de kamer in zich opnam voordat hij verder kwam, met een zekere behoedzaamheid, zoals je een werkplaats binnenloopt waar met uiterst kwetsbaar of gevaarlijk materiaal wordt gewerkt. Toen hij zijn ogen neersloeg naar het kleed, herkende ze het gebaar. Zijn dochter had hetzelfde gedaan, een half uur eerder.

'Ik ben de vader van Alba Monasterio. Vanmorgen hebben ze me gebeld om me uit te nodigen voor een gesprek. Ik hoop dat ik u niet heb laten wachten.'

'Ga zitten, alsjeblieft. En als je er geen bezwaar tegen hebt, stel ik voor dat we elkaar tutoyeren', zei ze.

'Goed. Graag zelfs.' En hij voegde eraan toe: 'Wat is er met Alba?'

Zijn stem verraadde een bezorgdheid die haast grensde aan fysieke pijn. Hij zat op het randje van zijn stoel, alsof hij bang was iets te horen wat zo vreselijk was dat hij meteen actie zou moeten ondernemen om het probleem op te lossen. Hij is ook al bang, dacht ze, overspoeld door een plotseling gevoel van sympathie. Net als zijn dochter. Net als ik.

'Alba is vanmorgen bij me geweest. Ik ben de logopediste van de school. Haar juf maakt zich zorgen om haar omdat ze nauwelijks praat in de klas. Ze zegt niets, vraagt niets, geeft geen antwoord als haar iets wordt gevraagd. En ze lijkt zich ook niet op haar gemak te voelen met haar klasgenootjes.'

De man knikte, naar het kleed starend, zijn hoofd een beetje scheef, en ook daarin leek hij op zijn dochter.

'Het is altijd al een heel stil kind geweest. Maar nu ...'

Toen hij even aarzelde waagde Rita het een uiterst gevoelige vraag te stellen, een vraag waarop niet alle ouders even goed reageerden; soms weigerden ze erop in te gaan of logen ze, want het was een heikel, vaak zelfs moreel beladen onderwerp, en uiteindelijk waren ze hier op een school en niet in een kerk. Maar ze wist ook dat het makkelijker voor hen was om open kaart te spelen met háár – ze ervoeren haar meer als therapeut dan als docent – dan met de andere leerkrachten, die zich altijd meer zorgen maakten om het lesprogramma dan om de persoonlijke omstandigheden van kinderen die niet mee konden komen; ze deden altijd hun uiterste best om hun klas homogeen en compact te houden, terwijl dat voor een groep van meer dan vier kinderen eigenlijk niet te doen is.

'Is er thuis iets gebeurd?'

De man hief zijn hoofd en keek haar aan voordat hij antwoord gaf: 'Ja, te veel zelfs, de afgelopen vier maanden. We zijn nog maar met zijn tweetjes, zij en ik. Haar moeder is weg. En een paar weken geleden is haar oma overleden, met wie ze heel close was. Ik denk dat de veranderingen te veel voor haar zijn en dat ze zich een beetje verloren voelt. Maar thuis praat ze wel, hoewel ze het soms lastig vindt om uit te leggen wat er aan de hand is. Ik bedoel, het is geen lichamelijke beperking, ze is niet autistisch of zo.'

'Natuurlijk niet.' Ze was blij dat hij als eerste dat vreselijke woord over zijn lippen had gekregen. En ze was dankbaar voor de rest van de informatie, zich ervan bewust hoe moeilijk het moest zijn geweest om niets achter te houden. 'Natuurlijk is er geen sprake van autisme. Ik denk dat het op zich niets ernstigs is. Na wat je me hebt verteld, vind ik het niet verwonderlijk dat Alba zich in zichzelf heeft teruggetrokken. Maar voor haar eigen bestwil moeten we haar weer naar buiten zien te lokken.'

'Hoe?'

'Door te praten. Door veel met haar te praten. In de klas, met een nieuwe juf die ze niet kent en al die kinderen die op haar letten, voelt ze zich geremd. Dat is niet meer dan normaal. Hier zijn we maar met ons tweeën. Ik ga elke dag een half uur met haar aan de gang. Misschien kun jij haar thuis een beetje helpen als ze achter raakt met haar schoolwerk.'

'Natuurlijk, als dat het beste voor haar is', zei hij na een paar seconden.

'Ik denk het wel. En ook thuis moet je met haar blijven praten, vragen hoe het op school gaat, wat voor vriendinnetjes ze heeft, wat ze in de klas doet, of ze het naar haar zin heeft. Praat over dingen die ze snapt en hou problemen die ze nog niet kan begrijpen voor haar weg. Het is zo voor de hand liggend dat we het soms vergeten: niet alleen Alba, maar alle kinderen hebben behoefte aan goede voorbeelden, aan conflictvrije rolmodellen, in de jaren waarin ze moeten leren hoe je met je gevoelens omgaat.'

Ze zweeg. Even was ze bang dat ze vervallen was in het jargon dat ze altijd probeerde te vermijden als ze met niet-vakgenoten sprak. Maar de vader van het meisje – hij had zijn naam niet genoemd – knikte met korte hoofdbewegingen.

'Met haar blijven praten', herhaalde hij. Hij stond met een opgelucht gebaar op, alsof hij iets veel ergers had verwacht. 'Ik weet niet hoe ik je kan bedanken voor je goede zorgen.'

'Dat hoeft niet, het is mijn werk en ik word ervoor betaald. Maar misschien kun je het me komen vertellen als je enige verandering in haar opmerkt. Ten goede of ten kwade.'

'Dat zal ik doen.'

Bij de deur, toen hij op het punt stond te vertrekken, draaide hij zich om en vroeg op dezelfde bezorgde toon als in het begin: 'Is er al nieuws over de … de dode?' hij koos voor het minst harde woord.

De vraag verbaasde Rita niet, want die werd haar elke dag wel gesteld. Er was in Breda geen interessanter nieuws dan een gewelddadige dood, en deze keer had dit nieuws de speelplaats van de school in een soort publieke roddelhoek veranderd, tot wanhoop van alle leerkrachten en met name van het directieteam, dat in alle verklaringen bleef volhouden dat de moord een tragische samenloop van omstandigheden was geweest, eenmalig uiteraard, met een oorzaak die buiten de school gezocht moest worden. Toch schenen de moeders daar nog niet zo overtuigd van te zijn, want die bleven langer dan normaal op het schoolplein hangen nadat ze hun kinderen hadden gebracht, alsof ze hun beschermende aanwezigheid wilden verlengen. Ze had gezien hoe sommigen van hen zelfs met een smoes het gebouw binnenkwamen om daarna bezorgd en nieuwsgierig voor de deur van de nog steeds verzegelde kamer te gaan staan, met dezelfde macabere nieuwsgierigheid waarmee mensen na een dodelijk ongeval heel langzaam langs de verongelukte auto rijden en naar de nauwelijks door dekens bedekte lijken op het asfalt staren.

'Nog niets', antwoordde ze. 'We zijn er allemaal van in de war. Eergisteren was hier zelfs een privédetective. Maar niemand schijnt iets te weten.'

'Ik hoop maar dat het gauw is opgelost.'

'Dat hoop ik ook. Voor ieders rust.'

Toen ze het geluid van zijn passen op de trap hoorde wegsterven, realiseerde ze zich dat iedereen al weg moest zijn en dat ze alleen was. Ze pakte haar map en toen ze de kamer uit stapte botste ze in de deuropening tegen Nelson aan. Ondanks zichzelf schrok ze en ze slaakte een klein gilletje.

'Je laat me schrikken!'

'Het spijt me. Ik was er net ook al, maar toen ik hoorde dat je met iemand zat te praten, heb ik gewacht tot je alleen was.'

'Kom binnen. Wat kan ik voor je doen?'

'Het heeft niets met school te maken. Ik wil gewoon even met je praten.'

Ze kon nauwelijks een glimlach verbergen toen ze dacht aan al het bezoek van die ochtend. Iedereen wilde iets van haar, haar gezelschap, haar hulp of haar troost, geen mens die zich afvroeg of zij misschien ook iets nodig had. En al die bezoekers voelden een beetje als indringers: Matilde Cuaresma, die haar een zesjarig meisje overhandigde alsof het een gevaarlijk beestje was waar ze geen raad mee wist, Momo, die om een afspraakje bedelde, en nu Nelson ...

'Zeg het maar.'

Hij deed de deur achter zich dicht, alsof hij meer privacy wilde, alsof hij bang was dat iemand – in het gebouw dat inmiddels al leeg moest zijn – hen zou afluisteren.

'Ik heb de laatste dagen op je gelet en ik vind je behoorlijk gespannen. En bedrukt. Dat is ieder van ons en jij natuurlijk helemaal, dat begrijp ik. Ik weet dat Gustavo en jij goed bevriend waren.'

'Ja.'

'Als ik je ergens bij kan helpen.'

Ondanks zijn vriendelijke toon voelde Rita dat die woorden niet meer dan holle frasen waren, en dat ook hij niet kwam om iets te geven maar om te vragen. Er sloop een zekere treurigheid in haar glimlach, die zich uitbreidde naar haar mond en haar ogen. Ze vroeg zich af of ze er echt zo hulpeloos uitzag; of die neiging van mannen zich op te dringen aan vrouwen die zwak of ongelukkig leken louter instinctief was, alsof ze zich er op een dierlijk, primitief niveau van bewust waren dat gelukkige vrouwen veel minder makkelijk beschikbaar waren.

'Als je wilt, kunnen we een keer na school afspreken. Om te praten.'

Ze herinnerde zich dat Moisés bijna dezelfde woorden had gebruikt en antwoordde met dezelfde weigering, waar ditmaal een venijnige ironie in doorklonk.

'Nee, dat is geen goed idee.'

'Wat is er met je, Rita? Je doet zo vijandig.'

'Jij weet heel goed wat er met me is. Wat er met me gebeurd is. En dat wil ik nooit meer. Ga nu, alsjeblieft. Het heeft geen zin alles weer op te rakelen.'

Nelson liep met snelle, beledigde stapjes weg en zei in de deuropening: 'Het lijkt wel of je dezelfde Rita niet meer bent.'

'Natuurlijk ben ik dezelfde Rita niet meer. Maar dat is jullie schuld', antwoordde ze. Haar eigen woorden maakten dat ze ineens een ontzettende zin had om in huilen uit te barsten.

'Jullie? Is er nog iemand?'

Ze kon zich niet meer inhouden en twee tranen biggelden over haar wangen.

'Het is altijd hetzelfde met jullie. Jullie kunnen een vrouw haast alles vergeven: dat ze je fortuin en je tijd verspilt, dat ze drinkt, stom of nukkig is. Maar jullie kunnen er niet tegen als je trots wordt aangetast. Het is altijd hetzelfde. Jullie zijn in staat een moord te plegen om dingen te weten te komen die maar beter verborgen kunnen blijven.'

Ze veegde haar tranen weg terwijl hij de deur achter zich dichtsmeet.

10

Hij zette zijn helm op en fietste in de richting van de Mayorga-weg. Hij had zich laten uitleggen waar Saldaña woonde, de enige ouder van de schoolraad die de avond na de vergadering het café op hetzelfde tijdstip had verlaten als de docenten en dus als enige mogelijkerwijs terug naar school had kunnen gaan.

Hij had geen idee wat hij van dit gesprek kon verwachten. Na de ingehouden, afgemeten, voorzichtige woorden van de leer-krachten met wie hij had gesproken, verwachtte hij nu iets heel anders. Iemand die leeft van wat het land opbrengt, van de harde, eenzame strijd met de aarde, zonder er zeker van te zijn of die inspanning vruchten af zal werpen, zou kunnen antwoorden in eenlettergrepige woorden, met een energiek hoofdschudden om iets te bevestigen of te ontkennen, en kunnen herhalen wat de an-der zegt om geen eigen mening te hoeven formuleren: primitieve voorzichtigheid vermengd met boerenslimheid.

Ontspannen reed hij de tien kilometer naar de Lebrón, waar aan de overkant een gebied was met hier en daar een boerenhuis, elk op zo'n acht tot tien hectare, met maïs, tomaten, fruit en gras-land, gewassen die altijd dorst hebben en die tot dertig jaar gele-den – vóór de bouw van het stuwmeer – niet gedijen in Breda, maar die nu explosief groeiden op het geïrrigeerde land. Het gaf een ongewoon hoge opbrengst, alsof de grond zelf eeuwenlang voedingsstoffen had opgeslagen en alleen water nodig had gehad om overvloedige oogsten voort te brengen.

Saldaña's huis, aan de weg, kon je haast niet missen: het was een met zorg gebouwde constructie – twee vleugels, met een ve-randa, terrassen, een bliksemafleider en een satellietschotel – een echt huis, anders dan de rest, die meer deed denken aan opslag-plaatsen, een soort schaftruimtes, grove gebouwtjes, solide en donker, niet geschikt voor permanente bewoning. Verder was het terrein vóór het huis, hoewel het er nu verwaarloosd bij lag, niet langgeleden een tuin geweest, iets wat verder iedere landbouwer in Breda als een belachelijke verkwisting beschouwd zou hebben. Aan de indeling, breedte en opzet van de verpieterde bloembedden was nog te zien hoe ruim de tuin was ontworpen, iets heel ongebruikelijks in een gebied waar land gewoonlijk alleen maar als productiemiddel wordt gezien. Een aantal bomen om schaduw te geven, wat verpieterde rozenstruiken, verwilderde seringen, de resten van geraniums en wat verhoute tuinplanten die het verdomden om te sterven – met dezelfde koppigheid waarmee een mooie vrouw de ontberingen van een schipbreuk zou kunnen weerstaan, in de hoop haar vroegere schoonheid te herwinnen zodra ze door een schip werd gered en de kapitein haar uitgenodigde voor het diner aan de officierstafel: door die tuin had het huis meer weg van een villa dan van een eenvoudige boerenwoning. Achter in de tuin was zelfs een zwembad. Het was vies, met blaadjes die aan de oppervlakte dreven, die als kleine gouden schilfertjes die weigerden te zinken, glansden in de zon. Cupido zag dat de helft van de grote lap grond achter het huis met maïs was beplant, overrijpe kolven en bladeren die een grauwbruine kleur vertoonden, waardoor ze op zwaarden leken. Op de andere helft groeiden fruitbomen – appels, peren en perziken – die geen vruchten meer droegen.

De plek leek bewoond te worden door iemand die leeft van het land maar ook de genoegens van de stad weet te waarderen: het zwembad, de tuin, de schotelantenne, de bliksemafleider, de airco, het landschap, de rust en het isolement. Een symbiose van landarbeid en beschaving, iets wat elders misschien al heel gewoon was maar hier in Breda, een stad die gefundeerd leek op een behoefte aan verdediging, onverzettelijkheid en soberheid, nog als nieuw en ongebruikelijk werd beschouwd. De boeren die Cupido kende waren van de oude soort: zwijgzame, koppige, wat schuwe mensen, die zich erop voor lieten staan dat ze zonder maar één steek te voelen een bijenkorf met hun eeltige handen konden pletten, een kalf konden doodslaan met één klap op de kop en een kilo gerookt spek verzwelgen zonder er daarna last van te hebben.

Hij stapte van zijn fiets en riep voor het hek dat er volk was.

Er kwam onmiddellijk een man de veranda oplopen; hij had een volle bos haar maar leek voortijdig grijs te zijn geworden, waardoor het moeilijk was om zijn leeftijd te schatten. Hij wenkte hem verder en de detective legde de dertig meter die hen scheidden lopend af. De man droeg de blauwe overall die tot een jaar of twintig geleden alleen door fabrieksarbeiders of bouwvakkers werd gedragen, maar die voor het boerenwerk zo praktisch was gebleken dat tegenwoordig iedereen op het platteland erin loopt. Toch was er iets vreemds aan hem, alsof zijn sterke, maar schone handen en zijn gladgeschoren gezicht in tegenspraak waren met die grove kleding.

De detective noemde zijn naam en vertelde hem de reden van zijn komst. Hij stond nog steeds met zijn fiets aan de hand, terwijl Saldaña hem vanaf de hoogte van de veranda aanhoorde. Naast een van de steunpalen bewoog de losse kabel van de bliksemafleider heen en weer in de wind.

'Door wie wordt u voor deze opdracht betaald?' vroeg hij uiteindelijk. 'Door de school?'

'Nee, door een van de ouders.'

'Maar er is toch geen ouder vermoord', antwoordde hij.

Cupido keek hem aarzelend aan, hij begreep niet goed wat de man daarmee bedoelde, maar hij had het gevoel dat die opmerking ergens wel hout sneed.

'Komt u binnen', gebaarde hij ineens vanuit de hoogte, en hij liep naar de voordeur om die open te maken.

De detective zette zijn fiets tegen de veranda en liep achter hem aan naar binnen. Hij accepteerde een biertje, en terwijl Saldaña het in de keuken ging halen keek hij om zich heen. Hij zag niets van de landelijke prullen die je zou verwachten – oude koffiemolens of verzamelingen roestige sleutels, stillevens met jacht- of keukentaferelen, gereedschap waarvan je geen idee meer had waar het voor had gediend, houten jukken of vergeelde aardewerken borden – waarmee de bewoners van veel voormalige boerenhuizen lijken terug te grijpen op de archaïsche levenswijze waaraan eerdere bewoners zich met zo veel moeite hadden ontworsteld. In de boekenkast naast de schouw stonden op zijn minst honderd boeken en Cupido bekeek de titels; veel schrijvers die hij hier niet had verwacht: Tolstoj, Cervantes, Euripides, García Márquez. Hij pakte een brievenboek van Kafka en sloeg het open bij een bladzijde met een omgevouwen hoekje. Hij zag een paar onderstreepte regels: 'Maar het is alsof ik op school ben, de meester die op en neer loopt, de hele klas al klaar met zijn werk en al naar huis, behalve ik, ik word doodmoe en de fouten in mijn wiskundewerk worden alleen maar erger, en ik hou de meester op. Natuurlijk zal ik er uiteindelijk voor moeten boeten, zoals voor alles waar je de leraren mee beledigt.' Toen hij voetstappen hoorde sloot hij het boek en zette het op zijn plaats terug. Zijn ogen bleven rusten op een ingelijste foto op de schouw, Saldaña, een blonde vrouw en hun twee kinderen, veronderstelde hij: een jongetje van vier of vijf en een puber.

'Mijn vrouw is er niet. Ze werkt in Breda en haalt na haar werk onze zoon van school', zei hij, toen hij Cupido's nieuwsgierigheid opmerkte.

Cupido wilde het gesprek niet beginnen als een ondervraging, of trucs gebruiken om een ander, ook al was deze in eerste instantie van plan zich op de vlakte te houden, aan het praten te krijgen. Hij wist dat de drang van zijn gesprekspartners om erachter te komen wat hij wilde weten vaak sterker was dan zijn eigen nieuwsgierigheid, vandaar dat het nergens voor nodig was dwingend als een inquisiteur te werk te gaan. Natuurlijk waren er mensen die weigerden zijn vragen te beantwoorden, maar het kwam maar heel weinig voor dat ze niet naar zijn vragen wilden luisteren, al was het alleen maar omdat ze nieuwsgierig waren naar wat hij niet wist. Verder deed hij zijn uiterste best niet uit de hoogte over te komen – veel ondervragers worden arrogant gevonden, want zij zijn degenen die bepalen welke informatie wel en niet ter zake doet, zij bepalen uiteindelijk de richting van het gesprek.

Hij had het gevoel dat met Saldaña die basisstrategieën niet zouden werken. De man tegenover hem leek onverschillig. Niet argwanend, niet geïntrigeerd, alleen onverschillig.

'Goed, wat wilt u weten?'

'Die avond, na de vergadering, bent u tegelijk met de docenten weggegaan. U had geen zin meer nog even met de andere ouders van de schoolraad in het café te blijven hangen?'

'Dat klopt. Ik ben vroeg naar huis gegaan. Ik had de andere ouders niets te zeggen. De leerkrachten ook niet, trouwens.'

'Maar u zit in de schoolraad. Dat doe je toch vrijwillig.'

'Ja, natuurlijk. Maar weet u een betere manier om te controleren of ze hun werk naar behoren doen?'

En opnieuw keek Cupido hem verbaasd aan. Het was niet bepaald gebruikelijk om hardop je minachting uit te spreken voor een beroepsgroep die door de media over het algemeen werd hooggeacht en opgehemeld, hoewel overheid noch maatschappij ook maar iets deed om het leraarschap in zijn waarde te laten of het beroep aantrekkelijker te maken. Lovende woorden waar niets mee werd gedaan. Een onoplosbare contradictie: hoe was het mogelijk dat in een tijd waarin eindelijk algemeen werd geaccepteerd dat permanent onderwijs voor iedereen het beste middel is om het volk op te heffen en te bevrijden, het aanzien van het leraarschap nog nooit zo laag was geweest.

'Wat hebt u tegen de school?'

'Heeft niemand u dat verteld?'

'Nee.'

'Onder andere dat ze mijn zoon hebben vermoord.'

'Op school?' vroeg hij, opnieuw verbaasd.

'Hebt u zelf kinderen?'

'Nee', antwoordde Cupido.

Saldaña keek hem aan met dezelfde blik als toen hij op de veranda zo ver boven hem had gestaan. Misschien speet het hem dat hij hem binnen had gelaten, misschien vroeg hij zich af of de ernstige woorden die hij zojuist had gesproken enig begrip zouden vinden bij een man zonder een gezin, die naar zijn huis was gekomen met een fietsbroek aan en die juist betaald werd om alles wat tegen hem werd gezegd in twijfel te trekken. Toch ging hij verder.

'Ik weet dat mijn zoon een moeilijk kind was. Al heel jong was hij vreselijk druk. Zo'n kind dat alles wil pakken en proberen, dat een stoel naar het raam sleept om naar buiten te leunen, dat achter ieder stopcontact een schat vermoedt. Zo'n kind dat de omgeving terroriseert als je hem ergens mee op bezoek neemt. Ik heb zelf ook zo mijn problemen met hem gehad, maar uiteindelijk luisterde hij altijd, als je je geduld maar niet verloor.'

Hij keek Cupido aan om te zien of hij hem begreep. De detective moedigde hem met een knikje aan om door te gaan.

'Ondanks de nodige problemen is hij de eerste paar schooljaren redelijk doorgekomen. Hij is wel een keer blijven zitten. Maar toen hij ouder werd verergerde de situatie. Hij hield niet van leren en het lukte daar op school niemand om hem duidelijk te maken dat we nu eenmaal allemaal weleens dingen moeten doen die we niet zo leuk vinden. Toen zijn cijfers kelderden werd hij regelmatig de klas uit gestuurd, een strafmaatregel die hij aanvankelijk akelig en vernederend vond, maar al gauw als een bevrijding voelde omdat er op de gang niemand was die hem in de gaten hield. Uiteindelijk zorgde hij er zelf wel voor dat ze hem de klas uit stuurden. De eerste keer dat hij drie dagen werd geschorst was toen hij een docent had uitgescholden die hem naar het scheen ooit voor gek had gezet. U moet niet denken dat ik zijn gedrag nu achteraf wil goedpraten. Ik wil alleen de zaak in evenwicht trekken. Het schooljaar daarop wilde hij net zo graag de klas uit gestuurd worden als zij hem eruit wilden zetten. Ik zag het gebeuren, maar was niet in staat de situatie te doorbreken. Natuurlijk heb ik hem aangespoord om zijn best te doen en geduld te hebben, maar het was zonneklaar dat hij niet meer te motiveren was. En toen ...' hij stopte, aarzelend om door te gaan.

'Ja?' vroeg Cupido.

'En toen, in de klas, bij die decaan, is er iets gebeurd wat ik nooit zal vergeten. Mijn zoon had een duizendpoot mee de klas in genomen. Een levende, maar in een glazen potje. Hij was altijd met dat soort beesten bezig. Op de een of andere manier had Corona er lucht van gekregen. Als er iemand was die een smerig beest bij zich had, moest hij die onmiddellijk door de wc gaan spoelen. Bent u weleens door een duizendpoot gestoken?'

'Nee.'

'Het is heel pijnlijk, net zoiets als de steek van een schorpioen. En je houdt er altijd een litteken aan over, net als van hechtingen na een operatie.' Hij zweeg even. 'Mijn zoon heeft hem in zijn broekzak weggestopt. Hij was bereid de pijn te verdragen om niet te hoeven toegeven aan de leraar. Zijn dijbeen was helemaal rood en gezwollen toen hij thuiskwam, maar ik heb hem geen kik horen geven.'

Saldaña keek naar de foto op de schoorsteenmantel en vervolgde: 'Niet lang daarna hebben ze hem definitief van school gestuurd en moest er, omdat de wet dat voorschrijft, een andere school voor hem worden gezocht. Alle scholen waar hij min of meer op zijn plaats zou zijn geweest, hielden hun deur voor hem gesloten. Ik veronderstel dat ze telefonisch navraag hebben gedaan om erachter te komen wat voor soort kind hij was, dat smerige, konkelende ons-kent-ons-systeem. Het schoolsysteem beschouwt een leerling die herhaaldelijk is geschorst net zoals de maatschappij iemand ziet die in de gevangenis heeft gezeten: zo iemand heeft een stempel en wordt nergens meer geaccepteerd. Maar u weet dat vast veel beter dan ik.'

Cupido negeerde de persoonlijke toespeling en bewaarde zijn zwijgen. Maar natuurlijk wist hij het. Hij had zelf ook een strafblad en had ooit zijn vingerafdrukken moeten laten nemen. Hij wist maar al te goed hoeveel moeite het hem had gekost zijn weg weer te vinden. En nog steeds waren er mensen in Breda die hem liever naar een andere stad zagen vertrekken.

'De school suggereerde nog om hem op een internaat te doen, ver van hier: zo'n geïsoleerd oord ergens op het platteland dat met militaire discipline wordt gerund, of een tuchthuis waar ze jongens opsluiten die nergens meer te handhaven zijn. Verder was de oude school in de buurt van het kerkhof er nog als alternatief. Dat was de enige school die bereid was hem te accepteren. Weet u welke ik bedoel?'

'Ja', antwoordde hij. Iedereen kende die school; hij stond in Casas del Obispo, de achterstandswijk van Breda. Ze hadden er indertijd een gebouwtje neergezet van acht klaslokalen, die bij gebrek aan onderhoud vochtig en aftands waren geworden.

Een oud, klein schooltje, met ruiten die om de haverklap werden ingegooid, smerige muren die onder de graffiti zaten en een gaanderij die soms was bevuild met stront, met maar een kleine staf, leerkrachten die overspannen raakten omdat ze het werk niet aankonden. De wijk waar de leerlingen met hun ouders woonden was een getto: voortijdig verouderde sociale woningbouw waarnaar Breda iedereen die zich niet naar de regels voegde verbande. Veel mensen die er woonden hadden ooit in de gevangenis gezeten of in de prostitutie gewerkt.

'Hoewel hij nog minder dan een jaar naar school moest, had ik hem daar achteraf gezien niet heen moeten laten gaan. Maar ik dacht dat het misschien goed voor hem zou zijn om te zien dat er kinderen waren die veel minder hadden dan hij, die het moeilijker hadden. Verder was het maar voor de rest van dat schooljaar. Het jaar daarop zou hij naar een vervolgopleiding gaan.'

Hij zweeg. Zijn mond was droog en hij nam een lange teug van zijn bier. Hij leek moed bijeen te schrapen voordat hij aan het pijnlijkste deel van zijn verhaal begon.

'Maar mijn zoon was nog te jong om lering te trekken uit dat soort dingen. De eerste paar maanden vroegen we steeds hoe het ging. Hij klaagde minder en werd zo te zien wat rustiger, de nieuwe school leek hem goed te doen. We vonden het wel een beetje vreemd dat hij zo stil werd, maar we belazerden onszelf, we zeiden tegen elkaar dat het met pubers nu eenmaal zo gaat: ze voelen zich vreselijk op een plek waarvan wij hopen dat ze er gelukkig zijn en lijken daarentegen op te bloeien in een afgrijselijke omgeving. Toen we erachter kwamen was het te laat. We hadden de oorzaak van zijn zogenaamde rust verkeerd ingeschat. Eerst hadden we het helemaal niet door, want hij had altijd wat zakgeld. Pas veel later begonnen er dingen uit huis te verdwijnen. Maar hij had al veel langer uit de tuin gestolen: kilo's fruit of hele kisten, en andere producten die we kweekten. Toen hij het ons later vertelde waren we stomverbaasd dat hij ons zo geraffineerd had weten te belazeren. Later nam hij daar de moeite niet meer voor, en verdwenen er waardevollere zaken – dingen die je zo goed wegbergt dat je het pas veel later merkt als ze er niet meer zijn. Het ging heel snel bergafwaarts. Hij was zestien jaar, en al na een paar maanden kon hij zonder de spuit niet meer leven. Altijd een aansteker, een lepel en een injectiespuit in een zak van zijn jack. Mijn vrouw en ik hebben wanhopige pogingen gedaan om hem ervanaf te krijgen. We bewaakten hem, zorgden dat hij nooit alleen was, waren altijd bij hem. We probeerden hem onophoudelijk duidelijk te maken dat hij zichzelf naar de verdommenis hielp, met als enig resultaat dat hij nog onrustiger werd en zich nog schuldiger voelde, waarna hij weer een ontzettende behoefte kreeg aan een shot om die gevoelens te sussen. Ik heb hem zelfs beneden in de kelder opgesloten: het was alsof hij de muren met zijn hoofd in wilde beuken. Toen we onszelf eindelijk durfden toe te geven dat we waren verslagen, brachten we hem naar een ontwenningskliniek. Ook omdat we hoopten dat hij ons niet langer zo zou haten. Maar we waren weer te laat. Hij was ziek. Misschien dat ze hem nu beter zouden kunnen helpen, maar vier jaar geleden bestond er nog geen goede therapie.'

En opnieuw zweeg hij even. Hij dronk de rest van zijn bier en vervolgde zijn verhaal, dat pijnlijk, maar ook helend voor hem moest zijn, het verhaal over hoe het ongeluk zijn huis was binnengeslopen en zijn idyllische toekomstbeeld had vernietigd. Hij had gehoopt dat zijn leven rijker zou zijn dan dat van een eenvoudige landarbeider die in het zweet zijns aanschijns de stad van voedsel voorziet, in ruil voor wat muntjes die hij angstvallig onder een steen verbergt. In het begin had hij zijn relaas gedaan op de neutrale toon van iemand die ervan uitgaat dat degene die naar hem luistert hem en zijn motieven toch niet kan begrijpen, maar Cupido's zwijgende aandacht stimuleerde hem. Het was meer dan vertellen, hij leek alles opnieuw te beleven.

'In het begin, vlak na zijn dood, waren we er zo kapot van dat we niet meer goed konden nadenken. De leegte die hij achterliet in huis, de open plaats aan de eettafel, zijn lege kamer, het was onvoorstelbaar. Zijn afwezigheid was zo pijnlijk dat iedere poging tot rationaliseren erdoor werd opgeslokt. Maar met het verstrijken van de tijd begin je de oorzaken te begrijpen en realiseer je je wie er schuld hebben. Ik weet wat de mijne is. Ik weet ook dat als ze op zijn eerste school anders met hem waren omgegaan, als ze hem niet van school hadden gestuurd, de rest nooit was gebeurd. Ik rouw nu al vier jaar om mijn zoon en kan mezelf nog steeds niet vergeven, vandaar dat zij niet het recht hebben mij te vragen hen te vergeven. Zolang ik nog niet eens in staat ben om te berusten kan niemand me vragen te vergeten. In de commissie waarin over zijn schorsing is besloten hadden De Molinos, Nelson, Larrey en nog wat mensen zitting. Ik weet dat Larrey de enige in dat gezelschap is geweest die voor hem is opgekomen, die ervoor pleitte hem nog één kans te geven. Hem ben ik alleen maar dankbaar.'

Na zijn bezoek aan de boerderij van Saldaña reed hij verder naar het zuiden, zoals hij had gepland, het protest van zijn benen en longen negerend, die altijd tegensputterden als hij de weg naar de steile hellingen van de Yunque en de Volcán insloeg, waar het de mens niet was gelukt de natuur naar zijn hand te zetten. De klim eiste al zijn krachten en zo veel concentratie dat hij onmogelijk nog aan iets anders kon denken. Hij moest Saldaña's woorden uit zijn hoofd zien te krijgen, dan pas zou hij kunnen nadenken over de relatie tussen de leerkrachten en de enige ouder die bij de vergadering aanwezig was geweest die die avond mogelijkerwijs Larrey nog had gezien. Het eerste gedeelte van zijn onderzoek was nu klaar. Het bestond altijd uit gesprekken met iedereen die bij de zaak was betrokken, als een dokter die, nog voordat hij resultaten van analyses, scans en röntgenfoto's heeft, de patiënt vraagt naar de symptomen, naar wat hij er zelf van denkt, naar zijn manier van leven, zijn allergieën en pijnen, naar operaties die hij heeft gehad, naar zijn gezondheid, nu en in het verleden. En net als een goede dokter ging hij heel voorzichtig te werk en paste hij op te vroeg een diagnose te stellen, uit angst een verkeerde therapie voor te schrijven die schadelijke neveneffecten zou hebben, die het herstel alleen maar konden vertragen.

Eigenlijk voelde hij zich een beetje uit het lood geslagen, want hij had geen idee hoe hij verder moest. Hij kon zich bij deze moord geen motief voorstellen en wist niet waar hij de schuldige moest zoeken, of waarom Larrey was neergeschoten. Hij had te veel misdaden gezien, van allerlei soort, om niet te weten dat ze nooit hetzelfde waren, en dat er geen enkele algemene regel bestond. Iedere zaak was anders dan de vorige, ieder motief veroorzaakte zijn eigen schade, vroeg om zijn eigen methode. Soms was het makkelijk om de motieven te ontdekken voor een moord; andere keren was het vinden van de moordenaar juist eenvoudig en bleef het motief lang in nevelen gehuld. Maar ditmaal was alles hem een raadsel: niemand leek ook maar enige reden te hebben om Larrey neer te schieten. Zeker, sommige betrokkenen hadden uitgebreid verteld over de mensen die ze haatten – met het prijzen van degenen die ze wel mochten waren ze veel vlugger klaar, alsof haat meer ruimte innam dan vriendschap – maar er was niemand die zich negatief over Larrey had uitgelaten.

Toch was het zijn werk om valse schijn te ontmaskeren. Hij was zich ervan bewust dat het leven zo lang duurt dat iedereen weleens een fout maakt of een ander benadeelt; hij was zich ervan bewust dat iedereen wel een geheim meedraagt waarvoor hij zich schaamt, en dat mensen vaak tot alles in staat zijn om dat voor de wereld te verbergen. Zijn beroep liet als geen ander zien welke krachten de mens ertoe aanzetten anderen kwaad te berokkenen. Overigens had dit hem wel aan het denken gezet: hoelang zou hij dit werk kunnen volhouden zonder zijn laatste sprankje hoop te verliezen, hoelang zou hij nog kunnen blijven geloven in het goede? Hij had de donkere kant van zo veel mensen moeten doorgronden dat hij wist dat er, zelfs voor de normaalste, rustigste en onopvallendste mensen, maar weinig nodig was om de grens van het kwaad te overschrijden. Soms dacht hij aan de uitspraak van Warhol, dat iedereen ooit in zijn leven de gelegenheid kreeg voor zijn eigen *fifteen minutes of fame*, maar hij geloofde daar niet in. Hij geloofde daarentegen dat mensen, als ze maar zeker wisten dat er geen straf zou volgen, die vijftien minuten zouden gebruiken om een onherstelbare misdaad te begaan. Je kon maar beter geen wapen bij de hand hebben als je tijdens jouw vijftien minuten je onschuld niet wilde verliezen.

In de zaak waar hij op dat moment mee bezig was, had iemand

die gelegenheid gekregen, en niet geaarzeld om er daadwerkelijk gebruik van te maken. En alles wees erop dat diegene een van hún gezichten had: Nelsons knappe gezicht, Rita's gevoelige, geschrokken gezichtje, het gezicht van De Molinos, de voormalige directeur – met die slachtofferblik, die gewonde trots – Julita Guzmáns wantrouwige gezicht, dat van Saldaña, uitgeblust en triest, het nette, passieve gezicht van Corona of dat van Moisés, met die energieke uitstraling. De aanwezigheid van die dienstweigeraar op die school was oncontroleerbaar, anachronistisch en bevreemdend, maar de andere zes waren die avond eerder uit de kroeg vertrokken. Ieder van hen had verklaard regelrecht naar huis te zijn gegaan. Elk van die zeven mensen had Larrey kunnen volgen naar de directeurskamer.

Hij was bij een eindeloos, recht stuk weg aangekomen dat nauwelijks omhoog leek te gaan, maar waarop hij zich bij vorige gelegenheden had verkeken en zich helemaal stuk had gereden omdat hij zijn krachten niet goed had verdeeld. Hij fietste niet graag op wegen met lange, rechte stukken: ze benadrukten de eenzaamheid van het landschap, misten de verrassing van bochten en waren gevaarlijk omdat de waakzaamheid van fietsers en automobilisten verslapte.

Toch fietste hij door, zonder uit het zadel te komen, met zijn hoofd diep gebogen en geholpen door wat wind in de rug. Ondanks dat kwam hij adem tekort toen hij boven was, en hij moest even stoppen om bij te komen. In tegenstelling tot het traject dat hij net had afgelegd, ging de weg aan de andere kant steil naar beneden, zo steil dat je, als je snelheid oppikte en je liet gaan, het gevoel had dat je van de aarde zou kunnen opstijgen en over de korenvelden vliegen. Hij had het geïrrigeerde land nu achter zich gelaten. Het water van de Lebrón dat vanuit het stuwmeer werd aangevoerd was een aantal kilometers terug, in de laatste bevloeiingskanaaltjes, al minder en minder geworden, net genoeg om daar nog wat grasland en minder dorstige gewassen als zonnebloem en soja te voeden. Het kondigde de overgang aan naar karigere, drogere gebieden die zich uitstrekten over een heuvelachtig terrein: rustige golven, veroorzaakt door dezelfde geologische krachten die dertig kilometer verder naar het noorden een heftige strijd hadden gevoerd om twee haast identieke kolossen, de Volcán en de Yunque, op te stuwen. Hij rustte nog even op de top, naast de greppel, om naar het braakliggende land in de verte te kijken, naar de groene vlekken van het struikgewas dat harder, ruiger en taaier was dan wat voor boom dan ook, en naar het dorp dat een naam droeg die hem als kind zo had geïntrigeerd en beangstigd: *Silencio.* Toen draaide hij zich om en liet zich naar beneden vallen, terug naar Breda.

Hij had geen idee hoe hij verder moest. Het enige wat hij nog kon doen was naar de bank te gaan, om te controleren of een van die zeven gezichten daar wellicht ook een kluis had gehuurd. Als daar een naam uit kwam, had hij misschien iets om op verder te gaan. Maar om die gegevens van de bank los te krijgen had hij een rechterlijk bevel nodig, en daar kon hij, een detective met niet meer connecties met de wet dan zijn vriendschap met luitenant Gallardo, wel naar fluiten. Dat kon alleen Gallardo. En dan zou hij de luitenant moeten vertellen hoe hij wist dat het pistool uit de kluis was verdwenen, en in dat geval zou hij de naam van zijn cliënt moeten prijsgeven, terwijl geheimhouding de eerste voorwaarde was geweest toen hij de opdracht had aangenomen … Te veel problemen. Tenzij, dacht hij, de luitenant bereid was de identiteit van de eigenaar van het wapen strikt geheim te houden. Gallardo zou alleen bereid zijn die prijs te betalen als hij ervan overtuigd was op die manier de schuldige te kunnen vinden. Goed, hij kon het altijd proberen, zei hij tegen zichzelf toen hij de eerste huizen van Breda zag opdoemen. Hij moest alleen zijn cliënt zover zien te krijgen dat hij hem toestond de onderhandelingen te beginnen.

Hij was moe toen hij in de garage van zijn fiets stapte. Op de teller op zijn stuur las hij af dat hij haast zeventig kilometer had gereden. Niet slecht, hoewel hij op dat moment het gevoel had dat als hij ook nog maar één stap zette zijn benen van zijn heupen zouden vallen.

Hij ging naar boven, douchte zich en warmde een kant-en-klaarmaaltijd op. Hij at die de laatste tijd steeds vaker. Voordat hij Julián Monasterio's nummer koos, luisterde hij de boodschappen op zijn voicemail af. Zijn cliënt was hem voor geweest: hij wilde hem zo gauw mogelijk spreken.

Julián Monasterio nam de telefoon na één keer rinkelen al op. Zijn stem klonk ongeduldig toen hij zei: 'We moeten elkaar meteen spreken. Er is iets gebeurd. Kunt u naar de winkel komen?'

'Ik ben er over tien minuten.'

Hij liet zijn vuile bord op tafel staan en vertrok. De winkel was al gesloten, maar Julián Monasterio verwachtte hem en deed open zodra hij hem door het etalageraam zag. Achter de balie stonden twee bureaus boordevol computers, sommige zonder beschermkap, en hoewel het een winkel was waar de meest geavanceerde technologie werd verkocht, hing er ook iets van de sfeer van een ouderwetse werkplaats, waar mechanisch gepriegel nog niet was geschrapt van de lijst van natuurlijke handelingen van de mens. In een hoek lagen oude apparaten opgestapeld, die misschien nog uitstekend functioneerden maar al verouderd waren, met onvoldoende geheugen en snelheid om er de laatste veeleisende programma's op te draaien. Cupido bedacht vluchtig dat er geen ontkomen aan was: de mens kon in zijn drang om vooruit te komen niet anders dan afval achterlaten. De voortgang van onze beschaving houdt gelijke tred met de toename van ons afval. Het is de ultieme prijs die we voor de vooruitgang moeten betalen.

'De guardia civil is vanmorgen bij me geweest. En man en een vrouw, heel jong. Ze weten dat het pistool op onrechtmatige wijze uit de rechtbank is verdwenen, maar ze weten niet bij wie het terecht is gekomen. Ze ondervragen iedereen die daar veertig jaar geleden werkte. En hun kinderen.'

'Wat hebt u gezegd?'

'Het enige wat ik kon zeggen. Dat ik nergens iets vanaf wist, dat ik mijn vader nooit heb horen zeggen dat hij een wapen had.'

'Denk u dat ze u geloofden?'

'Ik denk het wel.'

Cupido knikte kort, om hem gerust te stellen. Maar hij was er niet zeker van dat Gallardo het bij die ene poging zou houden.

Hij kende hem, en wist dat hij, als hij geen antwoorden vond, keer op keer terug zou komen om weer helemaal overnieuw te beginnen.

'Daarna bleef ik erover piekeren. Ik weet natuurlijk niet zeker of een van mijn vaders collega's of iemand die daar werkte niet heeft geweten wie het heeft meegenomen. Een aantal van hen is waarschijnlijk al dood, en anderen weten er misschien niets van. Maar wat als ze iemand vinden die zich wel wat herinnert?'

De detective veronderstelde dat ze allebei hetzelfde beeld voor ogen hadden. Een oude man die ondanks zijn zichtbare breekbaarheid en onschuld een bedreiging vormde, lijdend aan allerlei kwaaltjes, die nauwelijks nog zijn huis uit komt en, als hij dat al doet, altijd dezelfde wandeling maakt, die de naam vergeet van iemand met wie hij praat, die vergeet zijn medicijnen in te nemen, zich niet herinnert wat hem de vorige dag is overkomen of wat hij heeft gezien, maar nog precies, tot in de kleinste details, als in steen gegrift, weet wat er tientallen jaren geleden heeft plaatsgevonden: een zonnestraaltje dat zijn bureau in dat kantoor zo lang geleden oplichtte, de verdachte wiens naam hij ooit opnam, die hij had aangekeken, van wie hij wist dat hij ondanks alles onschuldig was, en ook wie een pistool dat in een boek verstopt zat uiteindelijk in zijn bezit had gekregen.

'Als iemand het zich herinnert,' antwoordde hij, 'zal het niet makkelijk zijn ze ervan te overtuigen dat u er niets van wist. Ik ken de luitenant. Ze zullen zich erin vastbijten.'

Julián Monasterio boog moedeloos zijn hoofd, en de detective voelde opnieuw een scheut van medelijden; hij had met hem te doen, met zijn beklagenswaardige onmacht om een probleem onder ogen te zien dat nooit een probleem had hoeven zijn, met zijn neerslachtigheid, waardoor elk nieuws als een schok komt.

'Dus, wat kan ik doen?'

'Onderhandelen', zei Cupido, hoewel hij bang was dat de ander zijn woorden verkeerd zou begrijpen. Zijn cliënt vroeg gered te worden, en wat hij voorstelde was een eervolle nederlaag.

'Ik heb niet veel te bieden.'

'Net zoveel als zij, lijkt me.'

'Wat dan?' Hij toonde de palmen van zijn lege handen om te laten zien dat hij niets had, niet eens de trouwring waar alleen het kleine witte stukje huid aan zijn ringvinger nog van getuigde.

'U hebt me verteld dat er op de dag dat u uw kluis open liet staan, iemand buiten de ruimte stond te wachten, maar dat u niet hebt omgekeken en dus niet kunt weten wie het was of hoe hij eruitzag.'

'Ja.'

'De luitenant zou er heel wat voor overhebben om te weten waar het pistool vandaan komt. Want wie het ook heeft weggenomen, hij moet daar ook een kluis hebben gehuurd. Als Gallardo weet wie dat is zou hij een stuk verder zijn. Er zijn niet zo heel veel mensen die Larrey neergeschoten kunnen hebben. Als een van hen ook een kluis bij dezelfde bank heeft, zou dat een heel verhelderende samenloop van omstandigheden zijn, denkt u niet?'

'Maar dan zien ze ook mijn naam op die lijst staan. En na het bezoek van vanmorgen zou hun duidelijk worden van wie het pistool is. En dan zullen ze zich ook afvragen waarom ik het niet eerder ben komen vertellen, meteen toen ik merkte dat het was gestolen. Ik denk niet dat ze me erg welgezind zullen zijn na alles wat er is gebeurd.'

'Maar dat is nu precies wat ik voorstel; onderhandelen. Een afspraak, buiten de kazerne, zonder getuigen, niets zwart op wit. We vertellen hem dat we weten waar het pistool vandaan komt, maar dat we niet weten wie het heeft gestolen. Dat zal hij zelf moeten zien uit te vinden, en dan kan hij er alle eer voor opstrijken. Het enige wat wij willen is dat de werkelijke eigenaar, van wie het is gestolen, volledig buiten beeld blijft.'

'Zonder dat zelfs mijn naam wordt vermeld?'

'Zonder dat zelfs uw naam wordt vermeld.'

'Denkt u dat ze dat accepteren? Hij vertegenwoordigt de wet, zou hij dat accepteren?' vroeg hij, met dezelfde argwaan als de eerste dag, toen hij nog had gehoopt dat hij het geluk aan zijn zijde had.

'De wet gooit het op akkoordjes met mensen die heel wat

meer op hun geweten hebben', zei Cupido.

Soms moest hij een opdracht aannemen van mensen die hij niet mocht, die informatie voor hem verzwegen, of hem net zo minachtend behandelden als ze een hond of een ongediertebestrijder zouden behandelen, die zich schaamden om met hem gezien te worden en niet konden wachten tot ze van hem af waren. Maar voor Julián Monasterio had hij vanaf het begin de sympathie gevoeld die hulpeloze, onzekere mensen wel vaker in hem wekten. Hij kende hem natuurlijk niet goed, maar vermoedde door zijn manier van doen dat zijn probleem veel dieper ging dan het verlies van een pistool, en dat de afstraffing die hij ontving niet in verhouding stond tot zijn vergrijp.

'Bent u er echt van overtuigd dat ze me er verder buiten zullen houden?' vroeg hij nogmaals.

'Ik weet zeker dat de luitenant bereid zal zijn een deal met u te sluiten. En verder loopt u hoe dan ook het risico dat ze u op de een of andere manier op het spoor komen.'

Julián Monasterio stond op en staarde even door de etalageruit naar buiten. De straat was praktisch leeg. Een paar voorbijgangers haastten zich voorbij. Hij dacht aan zijn dochter. Als hij niet opschoot zou hij te laat zijn om haar nog te zien, om te vragen hoe het gegaan was met de nieuwe juf, haar een kus te geven voordat ze weer terug naar school ging.

'Ik zal erover nadenken', zei hij, zich omdraaiend naar Cupido. 'Gun me één dag om erover na te denken. Morgen krijgt u mijn antwoord.'

II

Hij haalde alle onderdelen uit de koffer. Het was een klein, zacht koffertje van zwart leer, zoals iemand die de huur komt innen bij zich heeft, of een ambtenaar die zijn papieren overal mee naartoe wil kunnen nemen zonder dat iemand vermoedt wat erin zit. Hij legde ze op de tafel en begon ze in elkaar te zetten, altijd in dezelfde, rituele volgorde, die voor hem net zo heilig was als de delen van de mis voor een priester: de beker, het onderstuk, het bovenstuk, het tonnetje en het mondstuk. Toen het instrument in elkaar zat aaide hij het liefdevol, en pas toen was hij toe aan het belangrijkste en bevestigde hij het riet aan de onderkant van het mondstuk, zonder dat het te strak zat.

Er waren heel wat dingen in zijn leven die hij kon missen: een eigen huis, zijn vrouw, de auto, geld en werk, al die dingen die zoveel mannen die hij kende achternajoegen, bereid om zichzelf te bedriegen en die leugens te accepteren. Maar zonder het instrument dat hij nu in zijn handen hield kon hij niet, dat stukje hol ebbenhout met zeventien gaten.

Dit was het mooiste moment van de dag, een uur voor zonsondergang. Hij was dan al terug van school en had koffiegedronken met zijn vrouw, waarbij hij zijn ongeduld voor haar moest zien te verbergen en moest doen alsof hij luisterde naar haar gebruikelijke geklaag en geroddel om haar te laten geloven dat hij het ook interessant vond wat er op het televisiescherm gebeurde, in die stompzinnige programma's die 's middags werden uitgezonden waar zij zo gek op was, waarin gewone mensen, met een vrijmoedigheid die hem altijd een plaatsvervangend gevoel van schaamte bezorgde, over hun intiemste problemen kwamen praten. Zodra hij het gevoel had dat hij genoeg tijd aan haar had besteed om ieder verwijt van verwaarlozing kort te sluiten, vertrok hij naar zijn geluiddichte muziekkamer en liet haar alleen achter, terwijl ze uitgestrekt op de bank de ene sigaret na de andere opstak, zonder schoenen aan haar voeten, zo loom en vadsig dat het leek of het haast al te veel inspanning was om het kopje koffie naar haar lippen te brengen. Maar loomheid in een vrouw vraagt om stijl, dacht hij bij zichzelf toen hij wegliep en haar schoenen op het kleed zag staan. En een bepaalde leeftijd. Hoewel een vrouw die de dertig is gepasseerd nog in de bloei van haar leven is en niet langer de energie van de jeugd bezit, kan ze toch nog met opgeheven hoofd door het leven gaan en actief zijn, heel actief zelfs als ze opgewonden is, gestimuleerd door een genereus gebaar of de belofte van genot. Voor die tijd duidt loomheid op bittere gevoelens, en nog later verliest het alle charme en getuigt het alleen nog maar van luiheid.

Zodra hij de deur achter zich had gesloten haalde hij de onderdelen van de klarinet uit zijn koffertje, zette hem in elkaar, liefkoosde hem even en blies een b. Altijd hetzelfde ritueel. Dan pas kon hij zich ontspannen en voelde hij een diep welbehagen bezit van hem nemen. De buitenwereld van de school, met het schelle gekrijs van de kinderen, de kleinzielige afgunst en de apathie van zijn collega's, en ook de binnenwereld van zijn huis, aan de andere kant van de muur, vervaagden beetje bij beetje. Als een zachte borstel veegden de opklinkende tonen moeiteloos maar onverbiddelijk alle treurige platheid die hem omringde weg. Vergeleken met die warme, fluwelen muziek waren alle menselijke geluiden schril en overbodig. Een onvolmaakt organisme dat grove klanken uitstoot; de fonetische kwaliteit van de menselijke stem was beklagenswaardig armoedig. Zelfs de geluiden van de natuur, van het water of de wind konden niet wedijveren met het adagio waarmee Mozart alle generaties musici vóór hem en na hem heeft bewezen dat het destijds geminachte blaasinstrument het op kon nemen tegen het klavechord. Het kleine muziekstuk vervulde hem met een gevoel van welbehagen dat hij nooit in iets anders had ervaren, het omvatte hem als een soort rustgevende, helende luchtbel waarin de pijn in zijn hoofd en zijn rug verdween en zijn stress wegzakte. In de buitenwereld, waar hij zich moest bewijzen, was hij altijd gespannen en diep ongelukkig. Zodra de klanken uit de beker stroomden, duwden de noten van het adagio tegen de muren. Ze hieven het plafond omhoog, maakten de kamer groter en vaagden met hun krachtige energie de hele wereld uit tot er niets meer van over was dan een oneindig prisma, ontdaan van alles wat geen melodie was, met hem in het midden, blazend, blazend, blazend, tot hij het gevoel had dat zijn kaken ontwricht raakten en zijn lippen verkrampten.

Hij had al heel jong leren spelen. Zijn vader was klarinettist in het plaatselijke fanfareorkest in een stadje in het oosten van het land. Hij was er alleen nog maar terug geweest voor vluchtige familiebezoekjes. Zijn vader had hem om te beginnen een oude Es-klarinet gegeven. Hij had hem maar een beetje aan laten rommelen en hem alleen zo nu en dan een advies gegeven waaraan hij tegenwoordig nog met vertedering terugdacht. Hij had erop aangedrongen dat hij de klarinet om te beginnen eerst moest liefkozen, alsof het een vrouw was, maar, had hij gezegd, aan het eind moest je hem hanteren als een zeilboot. Je moest hem aan je mond zetten alsof je hem kuste, het riet zacht maar beslist tegen je lippen drukken, die vochtig moesten zijn maar niet vol spuug mochten zitten. Vervolgens, naarmate het instrument zelf meer op gang kwam, hoefde je het alleen nog maar te volgen, het te laten klinken en alle wind te geven die het vroeg, een briesje of een orkaan, zon of regen, voor een concert of voor een middag in de arena.

Toen hij de basistechniek onder de knie had was hij in een jazzbandje gaan spelen, want twintig jaar geleden was dat de muziek van vooruitstrevend links. In die kringen werd met een olympische minachting neergekeken op het primitieve hoempaparepertoire van de plaatselijke orkesten, en ook voor de vele popgroepen die in die tijd uit de grond schoten, voordat die scene ten gronde ging aan de harddrugs, had men nauwelijks een goed woord over. Ieder jaar ging hij samen met drie kameraden de festivals van San Sebastián en Vitoria af, in de hoop er iets op te steken en de enorme afstand die hen van Paquito d'Rivera of Perry Robinson scheidde te verkleinen. Het waren jaren van eindeloos repeteren, van een blind vertrouwen in hun eigen mogelijkheden.

En toch hield hun enthousiasme niet lang stand – voor hem net lang genoeg om zich te realiseren dat hij het met zijn magere longen en zijn karige talent nooit ver zou brengen. De band hief zichzelf wegens gebrek aan succes na drie jaar op. Ze hadden er genoeg van; ze gingen op muzikaal gebied maar heel weinig vooruit, werden nauwelijks gezien en gewaardeerd door de meisjes en kregen het maar niet voor elkaar om vier originele, swingende akkoorden samen te voegen tot een melodie die de mensen aan het dansen kreeg.

Het was in die tijd dat hij de rijkdom van de klassieke muziek ontdekte, alsof de jazz een springplank was geweest die hem via Bessie Smith, Duke Ellington en Charlie Parker naar de oudste, diepste wortels van ieder instrument had gekatapulteerd. Hij ging steeds meer terug in de tijd en genoot – misschien ook omdat hij niet langer iets probeerde te spelen wat niet op de notenbalk stond – intens van de klassieke muziek, meer dan voorheen van de jazz. Mozart, Schubert, Schuman en Brahms waren als enorme, diepe rivieren, met oevers, stroomgebieden en wateren die hun geheimen nooit helemaal zouden prijsgeven; bij hen vergeleken waren Goodman of Armstrong niet meer dan kabbelende beekjes die, hoewel ze helder, vitaal en vol nuances waren, de zee nooit zouden bereiken.

Op een dag hoorde hij een uitvoering van het adagio van Mozarts klarinetconcert. De luttele zeven minuten dat het stuk duurde dacht hij omringd te zijn door engelen; voor hem was het het subliemste muziekstuk dat ooit was geschreven. Het melodische spel tussen de klarinet en de violen, de manier waarop de klarinet een frase begon die de snaren vervolgens overnamen … het was van een onuitsprekelijke perfectie. Maar zelfs als de klarinet zich terugtrok leek hij nog te blijven, op de achtergrond, om te waken over het spelen van de andere orkestleden. En dat hele spel van uitdagen, van vragen en antwoorden vond plaats in het eerste deel en nam nog geen drie minuten in beslag, want daarna was het opnieuw de klarinet die, nu definitief, de leiding nam van het stuk, alsof hij niet tevreden was over de prestaties van de rest en hen tot zwijgen bracht om alleen verder te gaan, in een glorieuze uitbarsting. Pas aan het eind stond hij het de violen toe om weer mee te spelen.

Hij had het met zo veel enthousiasme ingestudeerd dat hij het nooit meer was vergeten; hij hoefde niet in de partituur te kijken; hij wist het als hij een fout maakte. Bijna altijd als hij zich in zijn geluiddichte muziekkamer opsloot begon hij zijn oefeningen met het adagio. De eerste noten van het akkoord – c f a, a f g – waren als een schommel die hem van de grond tilde en ineens de lucht in gooide, zonder tussenstapjes. En ook nu begon hij ermee.

Maar ditmaal kreeg hij het juiste ritme niet te pakken, het gevoel van welhagen wilde maar niet over hem komen. Hij probeerde rust te vinden door zijn handen te openen en te sluiten en zijn buikspieren te spannen. Toen probeerde hij het opnieuw.

Tien minuten later voelde hij zich nog steeds gespannen en onhandig. Zijn vingers vielen routinematig op de kleppen en de toongaten, meer als die van een typist dan die van een musicus.

Toen hij er een akkoord uit wrong, voelde hij het riet tussen zijn tanden splijten, en een bamboesplinter boorde zich pijnlijk in zijn tong. Hij deed zijn mond open en spuugde in zijn handpalm: zijn speeksel was rood. Met een verbaasd gebaar legde hij de klarinet op tafel – dit was hem nog nooit overkomen – en ging op de chaise longue liggen om zijn ogen een paar minuten te sluiten en even nergens aan te hoeven denken …

Het lukte hem niet, hij kreeg de school niet uit zijn gedachten. Sinds hij het directeurschap op zich had genomen, had hij geen moment rust gekend; hij had met de grootste zorgvuldigheid officiële brieven beantwoord, documenten, examenstatistieken, evaluatierapporten en absentielijsten geordend, de calorieën van het schoolmenu berekend … hij hield zich met de kleinste details bezig. Als hij thuiskwam zoemde het nog rond in zijn hoofd: werk dat maar half af was, zaken die niet konden wachten, onbeantwoorde telefoontjes. Hij dronk dan een kop koffie met zijn vrouw en deed haar halfslachtig verslag van zijn dag, waarbij hij voor haar probeerde te verbergen dat het reilen en zeilen van de school hem eigenlijk nauwelijks interesseerde; hij maakte zich meer zorgen om zijn collega's, hij vond dat die net zo hard zouden moeten werken als hijzelf. Na de presentatie van zijn voorstellen aan de schoolraad en zijn verkiezing tot directeur kon hij de zaken niet laten voor wat ze waren. Hij zou een tijdlang minstens een deel van zijn voorstellen moeten uitvoeren. Maar het lukte hem niet de moed bijeen te schrapen om de aangekondigde hervormingen in gang te zetten en de confrontatie aan te gaan met zijn collega's, van wie het merendeel neigde naar luiheid. Eigenlijk kwam het erop neer dat hij de continuïteit voor alles stelde. Hij had zelfs niemand uit het oude managementteam vervangen, en die starheid maakte hem nerveus, hij voelde zich daar schuldig over. Verder had hij het gevoel dat na de dood van Larrey op al zijn bewegingen werd gelet en dat iedere fout die hij maakte zou worden uitvergroot. Hij was doodsbang voor een eventuele nieuwe ramp – een ongeluk op het schoolplein of een toename van het aantal kinderen dat bleef zitten – omdat men zou kunnen denken dat sinds hij de leiding had alles misliep.

Hij was veertig en niet van plan nog te verhuizen naar een andere stad. In Breda zou hij zijn pensioen afwachten en oud worden. Het was al te laat om nog van baan te veranderen en een nieuw leven te beginnen dat meer strookte met zijn idee van geluk. Hij had jarenlang tevergeefs om overplaatsing gevraagd naar Madrid of naar een van die grote, lichte steden in zijn geboortestreek. Maar toen had hij nog niet genoeg dienstjaren. Nu wel, maar waarom zou hij het nu nog doen? Waarom komen goede dingen altijd te laat, vroeg hij zich af. Vol haat dacht hij terug aan alles wat De Molinos hem in de acht jaar van zijn directeurschap in de weg had gelegd, al die belemmeringen, al die tegenwerking, met zo veel vasthoudendheid dat het haast wel opzettelijk geweest moest zijn, om te voorkomen dat hij een goed cv op zou bouwen, alsof de man hem vanaf het eerste jaar dat hij daar werkte als een mogelijke bedreiging had gezien, als een potentiële vijand. Natuurlijk, inmiddels wáren ze vijanden, en hij had nooit onder stoelen of banken gestoken dat zijn pogingen om De Molinos onderuit te halen niet zozeer met geld en macht te maken hadden als wel met zijn wraakgevoelens. Want als die vent hem niet zo had tegengewerkt, had hij zich kunnen omscholen, en dan was hij wel in aanmerking gekomen voor overplaatsing. Docenten Engels werden nauwelijks gevraagd, er waren bijna geen vacatures en de concurrentie was fel. Maar hij had zonder al te veel problemen muziekdocent kunnen worden en dan had hij overal terechtgekund. Hij had twee keer een verzoek ingediend om op cursus te mogen en beide keren had De Molinos, die als directeur het recht had mensen voor te dragen, nitwits uit zijn eigen kring naar voren geschoven, mensen die het verschil tussen een achtste en een tweeëndertigste noot niet kenden, geen instrument bespeelden en van Mozart waarschijnlijk niet meer wisten dan wat ze hadden gezien in *Amadeus*.

Maar waarom dan die geschokte, geringschattende blik in de ogen van die oude klootzak toen hij hem – toen ze met z'n tweeën in zijn kamer waren – verteld had dat hij zich verkiesbaar ging stellen? Die spottende grijns had zijn besluit, waarop hij toen nog terug had kunnen komen, definitief gemaakt. Was hij zó zeker geweest van zijn zaak dat hij die aangekondigde uitdaging niet eens serieus had genomen?

Maar het ergste van alles was dat zijn diepe haat voortkwam uit allerlei pietluttigheden, dat zijn bitterheid geen grootse, machtige oorzaak had, niet was gegrond in een passie die een dergelijke intense haat rechtvaardigde. Het feit dat gehakketak over het werk zo veel wrok had gevoed was het ultieme bewijs van de middelmatigheid die zijn leven bepaalde.

Hij stond ineens op. Hij wilde niet aan Rita denken, want als hij over dit soort dingen zat te piekeren kwam hij uiteindelijk altijd bij haar terecht; hij was niet in staat zijn gedachten te stoppen voordat ze haar bereikten en bezoedelden. Hij duwde zijn vingertoppen tegen de rand van de tafel en drukte ze naar achteren tot hij voelde dat de pijn zijn polsen bereikte. Zijn handen deed hij een paar keer open en dicht voordat hij de klarinet weer pakte. Toen hij in zijn handpalm spuugde was zijn speeksel niet langer rood, alsof zijn bittere gedachten ook het bloeden van zijn tong hadden gestelpt. Hij pakte een nieuw, zachter riet en bevestigde het aan het mondstuk. Hij plaatste de partituur op de muziekstandaard, sloeg de eerste bladzijde op en ging recht op zijn kruk zitten, precies in het midden van de geluiddichte kamer, van plan net zolang door te gaan tot hij zich weer volledig ondergedompeld voelde in zijn muziek.

Aanvankelijk kwamen de noten er met tegenzin uit, hij moest ze dwingen. Hij voelde dat hij niet genoeg lucht had om tijdens een crescendo de spanning vast te houden, alsof zijn middenrif werd afgekneld door een brede riem, waardoor hij niet diep genoeg kon inademen en onvoldoende zuurstof binnenkreeg. Hij speelde nóg langzamer, nóg langzamer, tot hij tevreden was. Pas toen ging hij terug naar het begin, naar die eenvoudige, zo belangrijke noten – c f a, a f g – en net op het moment dat iedere vinger op het juiste moment op de juiste klep drukte, zijn neusvleugels zich opensperden om de lucht gretig in te ademen en hij de eerste golven van welbehagen tot in zijn tenen kon voelen, hoorde hij de deur opengaan en zag hij zijn vrouw haar hoofd om de hoek steken om te vragen: 'Wat wil je eten?'

Geërgerd liet hij de klarinet zakken, maar hij liet niets blijken van zijn ergernis, zoals hij de laatste jaren had geleerd, sinds hij had aanvaard dat het meisje dat hij zich ooit had gedroomd of gefantaseerd, verdwenen was; het meisje dat hem als ze van een reis terugkwam om de hals vloog en op zijn lippen kuste, en altijd een buitenlandse lp of een partituur voor hem meenam; het meisje met wie hij langgeleden tranen had geplengd op hun naakte huid, had gehuild om zo veel genot en zo veel geluk; het meisje dat tegenwoordig, haast zonder dat hij het had gemerkt, zonder dat hij het kon begrijpen, een vrouw was geworden die hij zijn rug toekeerde als ze gingen slapen en in wie hij alle interesse had verloren, een proces dat net zo onherroepelijk was als zijn buikje, zijn dunner wordende haar en de grijzende slapen die hij nog tot een paar maanden terug voor onmogelijk had gehouden.

'Het maakt me niet uit, ik heb niet zo'n honger.'

Hij zag dat ze zich omdraaide zonder de deur te sluiten, gehuld in die elegante oranje badjas, die echter niet kon verhullen dat haar rug dikker begon te worden, haar hals wat rimpeliger, haar schouders gebogen, en dat ze die hoekige frisheid was verloren waarvan hij zo had gehouden. Ze liep tegenwoordig met haar hoofd wat naar voren, alsof haar kraag tegen de achterkant van haar hals schuurde. Sinds vorig jaar was alles definitief bekoeld tussen hen. Ze hadden het nog maar nauwelijks over belangrijke dingen, uit angst daarin hun eigen ellende weerspiegeld te zien; ze hadden het nog maar nauwelijks over wat ze lazen of droomden, over waar ze kwamen en gingen, over hun dagelijkse beslommeringen, want er was niets meer wat ze deelden. Ze hadden elkaar de rug toegekeerd en zelfs in bed was het alweer even geleden dat hij was overgestoken naar de linkerkant, waar zij altijd lag. Misschien als ze kinderen hadden gehad … Maar ook die kans op warmte en geluk was te laat gekomen. Toen Rita hem had gezegd dat ze zwanger was had hij het haast niet kunnen geloven. Hij herinnerde zich de bezoeken aan de klinieken, vijftien jaar geleden, die in het begin nog hoopgevend waren geweest, maar later steeds korter en teleurstellender, de gynaecologen die hen onderzochten en met vragen waren gekomen die niemand anders zou durven stellen, voor wie ze zich moesten uitkleden en die hun bloed en zijn zaad hadden onderzocht. Hij herinnerde zich dat hij het een beetje vernederend had gevonden zich als proefkonijnen aan hen over te leveren toen ze na een aantal jaar – vol genot en geluk – nog steeds niet zwanger was. Een eindeloze reeks onderzoeken en tests, berekeningen en grafieken leidde tot een eenduidige conclusie: het was niet waarschijnlijk dat ze kinderen zouden krijgen, hoewel misschien over een paar jaar, met de voortschrijdende wetenschap … Ze waren jong – zeiden al die dokters – heel jong, en hormoonniveaus konden in de loop van de tijd zomaar ineens veranderen. Een verandering in de stofwisseling, een grillige klier die plotsklaps voluit begint te functioneren door de een of andere stimulans waarvan de wetenschap nog steeds niets begrijpt, kon alles zomaar wijzigen. Ze moesten afwachten wat het lichaam deed, het geen obsessie laten worden, drongen ze aan, en het blijven proberen, genieten van hun jeugd en hun geluk. Als er met een jaar of drie, vier nog niets was gebeurd, zouden ze misschien een hormoonbehandeling kunnen proberen. In de Verenigde Staten en Italië werden daarmee bij kinderloze stellen al verbazingwekkende resultaten behaald …

Na de eerste consulten waren ze stomverbaasd geweest, en van streek. Zodra ze buiten kwamen vielen ze elkaar in de armen en begeerden ze elkaar wanhopig, niet in staat te begrijpen waarom hun prachtige lichamen, die geschapen leken voor het genot, veroordeeld waren tot onvruchtbaarheid. En dus wachtten ze die eerste jaren af en in tegenstelling tot wat ze hadden gevreesd, veranderde hun onvruchtbaarheid niet in een obsessie maar vergaten ze het, of hadden ze het er althans niet meer over. Indertijd hielden ze nog van elkaar, ze hadden het goed samen, er gingen maar weinig dagen voorbij dat ze de liefde niet bedreven en ze hadden alles wat hun hartje begeerde. En nu, nu, hoe was het mogelijk dat die onuitgesproken vijandschap was ontstaan tussen een man en een vrouw die elkaar vijftien jaar geleden zo hadden bemind, zo hadden bewonderd, en er zo zeker van waren geweest dat hun liefde voor eeuwig zou zijn en dat ze buiten elkaar niets anders nodig hadden, zelfs geen kind? Wat was er fout gegaan? Wat was er gebeurd waardoor een man en een vrouw die vijftien jaar geleden gelachen zouden hebben om alle boze voorspellingen en alle bedreigingen van buiten, elkaar nu de rug toekeerden en het licht uitdeden om elkaar niet te hoeven zien? Want zijn verhouding met Rita was de oorzaak niet geweest, het was niet eens een excuus. Het was het onontkoombare gevolg van een vermoeidheid die diepere wortels had, zoals rook het gevolg is van vuur, en pijn van een klap in je gezicht ... Natuurlijk was het te laat, en toen hij zei dat hij niet van kinderen hield had zij geantwoord met een vraag die hij nog steeds in zijn oren hoorde naklinken: 'Waarom ben je dan verdomme in het onderwijs gegaan?'

Hij stopte de onderdelen van de klarinet weer in het koffertje en liep naar de keuken. Zijn vrouw was sla aan het wassen en hij haalde een stronk selderij en een prei uit de koelkast. In de asbak naast de spoelbak lag een brandende sigaret; de donkere rook kwam in haar ogen en ze moest ze half dichtdoen, wat haar gelaatsuitdrukking harder maakte. De laatste maanden was ze te veel aangekomen. Een vrouw van een jaar of veertig vergeef je een paar extra pondjes, die maken haar soms zelfs nog aantrekkelijker. Hij had haar grote borsten in hun beginjaren enorm opwindend gevonden, maar inmiddels deden ze hem denken aan twee grote taarten die niet meer helemaal vers zijn en die je met een opgeblazen gevoel laten zitten. Ze werd met het jaar ziekelijker en kreeg steeds meer aanvalletjes en pijntjes, meer flauwekulziektes waartegen ze steeds meer medicijnen gebruikte. Ondanks het feit dat ze er baat bij vond had ze veel last van bijverschijnselen, zodat ze zich nooit meer helemaal fit voelde.

Hij kon het niet laten haar te vergelijken met Rita, die op haar veertigste nog steeds een knappe vrouw zou zijn. Zíj zou nooit voortijdig oud worden. Waarom had hij niet bij zijn vrouw weg gedurfd? Niet nu, nu ze gevangen zaten in hun onverschilligheid, maar eerder, in de jaren daarvoor, toen zij een periode van heftige jaloezie had doorgemaakt en hij voor het eerst inzag dat zij zich zó aan hem vastklampte dat ze in zijn schaduw veranderde, waardoor ze hem van zich afstootte en zijn ontrouw op den duur onvermijdelijk was.

'Je kunt de tafel dekken. Ik ben zo klaar', zei ze, op de groente wijzend.

Haast opgelucht bij haar uit de buurt te zijn, bracht hij het tafelkleed naar de eetkamer, en spreidde het uit over de tafel. Het waren de enige woorden die ze nog wisselden, opmerkingen over het huishouden, over boodschappen of geld, onbenullige verhalen over kennissen of kleine voorvalletjes op het werk. Er zou een moment komen, bedacht hij, dat ze het geen van tweeën meer zouden kunnen verdragen, dat ze het niet meer zouden kunnen verbergen, dat ze niet meer net zouden kunnen doen of die woorden en die gedeelde taken noodzakelijk en ondersteunend waren: het wassen van wat slablaadjes, een knoop aanzetten, elkaar van tijd tot tijd vergezellen naar een onbeduidend, provinciaals concert. Hij staarde even naar de rood-groene lijntjes van het tafelkleed zonder ze te zien, zich er nogmaals over verbazend hoezeer hij was veranderd, een parodie op de man die hij ooit was, een man die ooit schoon en eerlijk was geweest maar die nu kleurloos en een beetje smerig was, die een ratjetoe van doeltreffende zinnen had voortbracht waarmee hij een jonge vrouw maandenlang had weten te misleiden.

12

'Je wilt me alweer spreken?' vroeg Gallardo terwijl hij hem de hand reikte.

'U ziet het. Het is blijkbaar onvermijdelijk dat we van tijd tot tijd praten.'

Ze hadden afgesproken op neutraal terrein, in het café van het Europahotel. Het drama dat in het El Paternósterpark had plaatsgevonden was inmiddels drie jaar geleden en het hotel zat in het weekeinde weer vol, zeker sinds het een vermelding in de Michelingids had. Hij had niet naar de kazerne willen gaan en had Gallardo zelfs durven vragen niet in uniform te komen, om-dat het voorstel dat hij hem ging doen in strijd was met de strenge militaire regels waar de luitenant zo op gesteld was.

'Maar ik kan niet zeggen dat ik blij ben je te zien. Het betekent altijd extra werk als jij zo opduikt', zei hij met een geforceerde iro-nie die zijn nieuwsgierigheid en zijn ongeduld niet kon verhullen.

'U weet zelf maar al te goed hoezeer u me nodig hebt.'

De luitenant lachte zuinig, met een scheve mond, terwijl hij in een van de diepe fauteuils van het café ging zitten.

'Niet lang meer. Jullie privédetectives hebben niet veel moge-lijkheden meer over. Op dezelfde manier als jullie smerige beroep anderhalve eeuw geleden is ontstaan, toen het leger zich ineens niet meer mocht bezighouden met civiele delicten, zal er, als wij dat binnen een paar jaar ook niet meer mogen, voor jullie ook geen ruimte meer zijn. Misschien is het een troost voor je dat we tegen die tijd allebei op zoek moeten naar een nieuwe baan.'

'Ik denk niet dat ze jullie naar huis sturen, want jullie zijn de enige ambtenaren die als ze weinig te doen hebben toch met plezier worden uitbetaald.'

'Je vergist je. De toekomst is aan laboratoria en satellieten, aan DNA en GPS, aan al die verdomde afkortingen die niet eens echte namen zijn.'

Er kwam een ober naar hen toe en ze bestelden koffie. Gallardo wachtte even tot hij weg was voor hij verderging: 'Uiteindelijk zullen we niet méér te doen hebben dan het verkeer regelen, op straat patrouilleren en als bodyguard dienstdoen. Het is nu al zo dat als er echt iets aan de hand is, ze het bijna nooit meer aan ons overlaten. Van Madrid krijgen we meestal te horen dat we niets aan mogen raken. Tegenwoordig stelen de laboranten de show: ze nemen een monster en een paar uur later kunnen ze je vertellen om wie het gaat: welke leeftijd, welke sekse, wat ze eten en wat ze doen, hoe hun ouders waren en hoe hun kinderen zullen zijn. Vreselijk. Wij hoeven ze dan alleen nog maar te arresteren. Onderzoek en intuïtie beginnen uit de tijd te raken. Hoewel ik vermoed dat er altijd wel smerige zaakjes overblijven waar ze ons voor nodig zullen hebben. Maar waarover wilde je me spreken?' onderbrak hij zichzelf.

'Over die leerkracht die op die school is vermoord.'

'Zit jij daar nu ook al in te wroeten?' vroeg hij, geërgerd vanwege zijn bemoeienis maar ook nieuwsgierig naar wat hij wist.

'Ja.'

'En?'

'Ik heb informatie. Er moet iets te regelen zijn.'

De luitenant schudde zijn hoofd, alsof die woorden zijn vrees bevestigden.

'Ik dacht het al. Al dat gedoe om deze ontmoeting kon eigenlijk niets anders betekenen.'

'Maar wat wilt u dan? Dat ik het schriftelijk toelicht?'

'Zit me niet te zieken, Cupido. Je lijkt meer op een zakenman dan op een detective. En het ergste is dat het niet eens je eigen spullen zijn die je probeert te verkopen. Wat voor een rotzooi heb je nu weer in de aanbieding?'

'Iets wat u dichter bij uw kapiteinsster brengt', antwoordde hij lachend, Gallardo's commentaar negerend. De luitenant kon – net als wel meer politiemensen die hij kende – van het ene in het andere uiterste vervallen: of hij deed zijn best als een minister te klinken, reglementen en voorschriften aanhalend, of hij vloekte als een gevangenisboef. Militairen leken dol te zijn op de meest vulgaire taal.

'Hou op met dat gezeik. Wat weet je?'

'Ik vertel het alleen op mijn voorwaarde.'

'Je weet heel goed dat er over sommige zaken niet onderhandeld kan worden.'

'En u weet heel goed dat ik voor alles loyaal ben aan mijn opdrachtgever. Ik weet zeker dat de man onschuldig is', antwoordde hij. Hij was zich ervan bewust dat zijn woorden nogal plechtstatig klonken, maar hij wist ook dat dit soort taalgebruik, dat aan ouderwetse normen en waarden appelleerde, de beste manier was om hem te overtuigen.

De luitenant keek hem even recht in zijn ogen, seconden die Cupido veel te lang leken te duren.

'De laatste jaren denkt iedereen in dit land een deal met de wet te kunnen sluiten en de regels van het spel naar eigen hand te kunnen zetten. Maar begrijp me goed, ik ga je niet meer geven dan jij te bieden hebt', zei hij uiteindelijk. 'Ik hoop dat het de moeite waard is. Wat is je voorwaarde?'

'Dat de naam van mijn cliënt geheim blijft en er niets naar de pers wordt gelekt. Er zijn mensen in zijn omgeving die er meer onder te lijden zouden hebben dan hijzelf. Kinderen. Mijn cliënt', zei hij, hoewel dat woord hem altijd een beetje vreemd in de oren klonk, 'neemt persoonlijk de verantwoordelijkheid voor een fout die eigenlijk nauwelijks iets te betekenen had. Eigenlijk niets', benadrukte hij.

'Is er sprake van een misdrijf?'

'Een misdrijf? Nee', loog hij. Hij wist dat het achterhouden van een wapen dat wel was. Voor mensen met een wapenvergunning was het echter alleen een administratieve overtreding, maar dat was op dat moment een nuance die er weinig toe deed.

'Ik zal doen wat ik kan.'

Cupido knikte lichtjes. Die belofte was genoeg.

'Ik weet waar het pistool vandaan komt. Een Belgische FN, model 1900. Met geluiddemper.'

Een sluwe, verheugde blik sloop in de ogen van de luitenant. Al zijn sporen waren doodgelopen, hij had niets om op door te gaan, en met een zaak die muurvast zat was dit nieuws meer dan hij had kunnen hopen.

'Waarvandaan?'

'Uit de bankkluis waarin mijn cliënt het pistool bewaarde. Hij beging de fout zijn kluis open te laten, of beter gezegd, niet goed af te sluiten. Een kans van één op duizend, één op een miljoen, maar het is gebeurd. En iemand heeft het pistool weggenomen voordat het bankpersoneel erachter kwam dat de kluis nog open was. Mogelijk iemand die stond te wachten tot hij de ruimte met de kluisjes binnen kon gaan. Maar mijn cliënt weet niet wie dat is geweest. Hij heeft niet achteromgekeken.'

De detective lichtte hem verder in over alle details die hem bekend waren – de dood van de moeder en de erfenis, de datum van de diefstal, het pistool dat in een boek verstopt had gezeten, de naam van de bank – en probeerde te rechtvaardigen waarom zijn cliënt zijn verlies niet was komen aangeven: 'Hij kon zich eenvoudig niet voorstellen dat de dief het daarvoor zou gebruiken. Hij is niet zo iemand die alleen maar het slechtste verwacht van de rest van de mensheid en daarom altijd op zijn hoede is, niet zo iemand die nooit vergeet alle deuren af te sluiten', concludeerde hij.

'Hoe heet hij?'

'Julián Monasterio. Zijn vader heeft tot zijn dood op de rechtbank gewerkt, jaren geleden. Het ziet ernaar uit dat een collega hem het pistool cadeau heeft gedaan, dat vanaf toen bij het familie-erfgoed hoorde. Voor mijn cliënt had het alleen sentimentele waarde. Zijn naam moet u bekend voorkomen: hij is een paar dagen geleden door twee van uw agenten ondervraagd.'

'En toen heeft hij opnieuw gezwegen.'

'Natuurlijk heeft hij toen weer gezwegen. Hij was al te ver gegaan om nog makkelijk terug te kunnen. Na alles wat er was gebeurd, wie zou dat verhaal nog geloven: dat hij zijn kluis slecht had afgesloten en dat iemand een pistool van hem had gestolen dat in een boek zat verstopt maar verder alle andere dingen – geld en een zakje met sieraden en munten – had laten liggen? Niemand die hem zou geloven. En toch is dit misschien het enige in dit hele verhaal wat vaststaat. Verder is mijn cliënt een onzekere man, die aarzelt over iedere stap die hij zet. Zijn vrouw heeft hem een paar maanden geleden in de steek gelaten. Hij heeft een dochtertje van zes, voor wie hij in zijn eentje zorgt.'

'Oké, oké, een bedroefde, angstige vader die zijn dochter probeert te beschermen, zoals duizenden andere vaders, sinds de vrouwen erachter zijn dat zij ook van huis weg kunnen lopen zonder dat ze in handboeien terug naar hun echtgenoot worden gevoerd. Maar het is niet veel wat je me te bieden hebt. Het schept nog steeds geen duidelijkheid', begon hij te onderhandelen.

'Maar het helpt misschien wel. De dief van het pistool heeft een kluis in dezelfde bank. U kunt checken of een van de verdachten een kluis bij de bank heeft.'

De luitenant leunde eindelijk achterover in de diepe leren stoel. Zijn hoofd, met die onverzettelijk dichterbij sluipende kale plekken, glom in het licht van de lamp. Het kostte Cupido altijd moeite zich daar de typische driekanten hoed van de guardia civil op voor te stellen. Gallardo had zich weten aan te passen aan de guardia civil nieuwe stijl, die niet langer automatisch werd geassocieerd met duistere, bloedige praktijken. Er stond een soort berekenende tevredenheid op zijn gezicht te lezen, en de detective wist dat alle voorwaarden die hij had voorgesteld zouden worden geaccepteerd.

'Alleen een rechter kan dit soort informatie opvragen. Het kost me een paar dagen om een rapport op te stellen en de rechter ervan te overtuigen dat we zo'n lijst nodig hebben. Er is niets ergers dan een bank die informatie over klanten loslaat. Nee, dat is niet waar,' onderbrak hij zichzelf, 'jíj bent erger.'

'U hebt niets te klagen', antwoordde de detective. 'Ik geef altijd meer dan ik vraag.'

Hij had de hele morgen doorgewerkt, zonder pauze, en had een groot deel van zijn kleine klusjes afgekregen. Het was bijna één uur, het tijdstip dat Alba's school uitging. Hij had beloofd dat hij haar zelf zou ophalen, in plaats van Rocío. Hij vroeg Ernesto de winkel te sluiten en wandelde het kleine stukje van de winkel naar school.

Op het schoolplein stonden veel moeders op hun kinderen

te wachten. Hoewel er ook een enkele vader tussen zat, waren het grotendeels vrouwen, alsof zorg en aandacht voor kinderen nog steeds een voornamelijk vrouwelijke bezigheid was. Ze waren bijna allemaal jong, stonden in groepjes te kletsen en leken vrolijk en gelukkig. En misschien waren ze dat ook, misschien voelden ze zich echt gelukkig in dat rustige, bedaarde bestaan waarin de kinderen de hoofdrol speelden en de indeling en de vorm van hun leven bepaalden.

De paar keer dat hij Alba vorige schooljaren zelf had gehaald, was de wandeling terug naar huis altijd heel knus geweest. Zijn dochter, blij dat hij haar haalde, vertelde dan over wat er die dag was gebeurd, hoe blij ze was geweest met een complimentje voor een goed gelukte tekening, of hoe boos de juf tijdens de pauze op een klasgenootje was geweest. Nu ze nog maar met hun tweetjes waren, dacht hij, moest hij dat eigenlijk wat vaker doen.

Toen de bel ging stroomden de kinderen meteen naar buiten. Eerst de kleintjes, die een beetje verward om zich heen keken, net als iemand die na de voorstelling de bioscoop of de schouwburg verlaat en in een onbekende straat terechtkomt. Maar zodra ze tussen de volwassenen een bekend gezicht zagen, verloren ze al hun onzekerheid en renden ze erheen om een kus en een knuffel te krijgen, een glimlach, lieve woordjes. Daarna volgden de oudere leerlingen, die zich anders gedroegen. Zij kwamen druk pratend met elkaar naar buiten, zonder op de rest te letten, een beetje neerbuigend naar de kleintjes kijkend, die nog door hun ouders moesten worden gehaald.

Alba kwam als een van de eersten van haar klas naar buiten en Julián Monasterio wilde maar al te graag geloven dat ze dat deed omdat ze wist dat hij op haar wachtte. Hij bukte zich om haar een kus te geven en nam haar rugzak over, die eigenlijk veel te zwaar was voor haar tengere rug, en ze liepen hand in hand de speelplaats af.

'Hoe was school vandaag?'

'Goed hoor', antwoordde ze laconiek. Ze dekte zich altijd in als je haar naar gevoelens of ervaringen vroeg.

'Ben je vandaag weer bij Rita geweest?'

Het meisje keek hem met haar grote ogen vragend aan – met de kleur van de blaadjes van de populier in het najaar, vlak voordat ze gaan vallen, en met die lange wimpers waarvan hij vaak zei ze zo mooi te vinden, net waaiers. Wat wist hij van haar nieuwe juf dat hij haar bij haar voornaam noemde? Hoe kende hij haar? Want vroeger was het altijd haar moeder geweest die de contacten met school onderhield.

'Ja', antwoordde ze weer met één lettergreep.

'En wat hebben jullie gedaan?' drong hij aan. Hij deed zijn best om belangstellend te klinken, niet bezorgd, argwanend of opdringerig.

'Een beetje gepraat.'

Goed, heel goed, zei hij tegen zichzelf. Hij voelde een golf van dankbaarheid jegens Rita door zich heen gaan. Hij durfde niet goed te vragen waarover ze hadden gepraat, hoewel hij dolgraag zou weten hoe Rita het voor elkaar had gekregen zo vlot door Alba's verdediging heen te breken, maar hij hield zich in. Hij wilde haar niet onder druk zetten.

'Volgens mij vindt ze me aardig', voegde ze er ineens aan toe, nog steeds met voorzichtige, aarzelende woorden, nog steeds te onzeker om voluit te vertrouwen. Maar die kleine stap was al een enorme sprong voorwaarts.

'Wat fijn!' riep hij uit, en hij stelde voor: 'Zullen we voordat we naar huis gaan, naar Rocío, eerst ergens wat drinken? Lijkt je dat wat?'

'Ja hoor.'

Ze gingen aan een tafeltje op een terras zitten en hij bestelde een vermout, frisdrank en een schaaltje olijven. Julián Monasterio zag zijn dochter met smaak van de olijfjes eten, haar vingers en haar mond vet van de olie, terwijl ze aandachtig naar een paar meisjes keek die aan de overkant van de straat in het park aan het spelen waren.

'Waarom ga je ook niet even spelen?' vroeg hij.

Alba schudde zwijgend haar hoofd.

'Toe maar', drong hij aan. 'Ik wacht hier wel op je.'

'Ik ken ze niet.'

'Wat maakt dat nu uit? Zo maak je vrienden.'

'Nee', zei ze vastbesloten.

Hij was net van plan om af te rekenen en nog even langs de winkel te gaan voordat Ernesto zou sluiten, toen hij Rita de hoek om zag komen. Ze had een blauwe map onder haar arm en toen ze hen zag stopte ze om gedag te zeggen.

'Hoe gaat het, Alba?' Ze streek over haar haren.

'Goed', fluisterde het meisje.

'Ben je iets lekkers aan het drinken?'

Het meisje knikte zonder op te kijken, zonder iets te zeggen. Julián Monasterio wachtte even voordat hij tussenbeide kwam: 'Wil je ook iets drinken, een biertje, een vermout?'

Rita stribbelde nog even tegen, bang dat hij haar woorden verkeerd had uitgelegd en zei iets over haast, maar Julián Monasterio stond al op om een stoel voor haar aan te schuiven.

'Ik denk dat na al dat gepraat met de kinderen een drankje je keel goed zal doen', zei hij, een beetje verrast over de beslistheid waarmee hij optrad.

'Nou, graag dan.'

Ze kwam bij hen zitten, en terwijl de ober de bestelling bracht, babbelde ze wat tegen Alba, die nauwelijks antwoordde, alsof ze nu haar vader erbij was alle verantwoordelijkheid voor het gesprek bij hem had neergelegd en hij de antwoorden moest geven.

Rita leek er echter geen last van te hebben. Ze bleef aardig en geduldig, en nam genoegen met Alba's hoofdbeweginkjes, alsof ze net zoveel waard waren als een uitgebreide zin.

Julián Monasterio zat achterovergeleund in zijn stoel naar hen te kijken. Hij herinnerde zich wat ze tijdens hun gesprek had gezegd: 'En ook thuis moet je met haar blijven praten, vragen hoe het op school gaat, wat voor vriendinnetjes ze heeft, wat ze in de klas doet, of ze het naar haar zin heeft.' Hij vond dat Rita's benadering iets helends had, dat het Alba goed deed. Haar houding leek van binnenuit te komen en deed zo natuurlijk aan dat het niet alleen het gevolg kon zijn van haar professionaliteit. De paar keer dat hij te maken had gehad met kinderen met het syndroom van Down of een andere handicap, had hij altijd het gevoel gehad dat zijn vriendelijkheid opgelegd was, niet écht, en dat iedereen – ook die kinderen zelf – merkten dat hij zich niet gewoon gedroeg. Hij was altijd wat ongemakkelijk in het contact met dergelijke kinderen. Maar Rita's gedrag deed in geen enkel opzicht onecht aan.

'Waarom ga je niet even spelen?' vroeg hij nogmaals, toen de ober de drankjes bracht.

Deze keer ging Alba wel op zijn voorstel in, alsof ze begreep dat haar vader iets met Rita te bespreken had wat niet voor haar oren bestemd was. Hij bracht haar naar de overkant van de straat en liep terug naar het terras. In de zandbak ging Alba in de buurt van de meisjes met haar handen in het zand graven, net als zij, maar zonder contact te durven maken, afwachtend of ze haar zouden vragen mee te spelen. Het leek wel of ze had besloten niets meer van de wereld te willen, uit angst afgewezen te worden; of ze genoegen nam met wat haar werd aangeboden.

'Hoe gaat het met Alba?' vroeg hij.

'Het is niet makkelijk', zei ze, terwijl ze naar de overkant van de straat keek, naar het kind dat daar zat te spelen, tevergeefs wachtend op een uitnodiging om mee te doen. 'We hebben een beetje gepraat. Over wat ze graag doet. Ze heeft me verteld dat ze van zwemmen houdt, in het zwembad en in zee.'

'Dat klopt. Het lijkt wel of ze zich zekerder voelt als ze in het water drijft dan op vaste grond. We gingen in de zomer altijd een maand naar zee. Maar het leek me dit jaar, nu we nog maar met zijn tweetjes zijn, niet zo'n goed idee', voegde hij eraan toe. Hij was zich ervan bewust dat hij zich op moeilijk terrein begaf, waar hij niet graag mensen toeliet.'

'Was het in die tijd dat Alba minder begon te praten?'

'Het is nooit zo'n kind geweest dat je in de rij voor de kassa van de supermarkt de oren van het hoofd kletst, of in wachtkamers alle volwassenen aan het lachen maakt. Maar inderdaad, toen haar moeder vertrok,' ging hij verder, 'werd ze nog stiller.' Hij realiseerde zich ineens dat hij haar naam niet had gebruikt, Dulce, noch een van die woorden waar je 'ex' voor zet, die nog iets van een band suggereren. 'De oorzaak ligt niet alleen bij mij of bij haar, we weten het geen van beiden te doorbreken.'

'En haar moeder, woont ze in Breda?'

'Nee. Ze is naar een andere stad verhuisd. Ze komt haar twee weekeinden per maand halen.'

Zijn antwoord verbaasde haar, want meestal waren het de mannen die op een dag hun koffers pakten en hun vrouw met de kinderen lieten zitten. En net als tijdens hun eerste ontmoeting op school voelde ze een golf van sympathie in zich opkomen en wilde ze helpen: 'Het valt vast niet altijd mee. Het moet weleens moeilijk zijn.'

'Moeilijk? Het is altijd moeilijk', antwoordde hij. Hij durfde haar niet aan te kijken en wendde zijn blik naar zijn dochter, die nog steeds in haar eentje in de zandbak speelde.

'Maar ik red me wel. Je voelt je als een stuk hout dat voor de helft onder water zit. Als je er vanboven naar kijkt, is het net of het in het midden gebroken is. Toch bestaat het uit één stuk. Doorweekt, maar niet gebroken. Ik weet niet meer hoe dat verschijnsel heet. Jij weet het vast wel.'

'Refractie, geloof ik.'

'Refractie', herhaalde hij het woord langzaam. 'Je kijkt naar jezelf en denkt eerst dat je gebroken bent, of gewond. Dan voel je met je hand op de plek waar je denkt dat de wond zit en merk je tot je stomme verbazing dat je ondanks alles nog helemaal intact bent, dat alles er nog is, ingewanden, organen, je hart en je botten.'

Hij zweeg, het verbaasde hem zichzelf zo te horen praten, en dat hij de voorzichtigheid en de achterdocht die tussen een man en een vrouw die elkaar nauwelijks kennen bestaan zo snel achter zich had gelaten. Hij pakte zijn glas, niet zozeer omdat hij dorst had als wel om zijn verlegenheid over die vertrouwelijkheid die er tijdens hun toevallige ontmoeting was gegroeid. Het glas was leeg.

Het was voor het eerst sinds Dulce weg was dat hij zo rustig, zo intiem met iemand had gepraat. Hij zocht geen troost of medelijden, ditmaal kostte het geen moeite om niet te klinken als een gewond dier dat jankt om te worden geaaid. Maar hij bezondigde zich ook niet aan die oppervlakkigheid waarmee hij gescheiden mannen en vrouwen wel grappen had horen maken over hun mislukte huwelijk; met een geforceerde luchtigheid die aan het belachelijke grensde vertelden ze verhalen over allerlei intieme details. Het was voor het eerst dat hij over zijn ex-vrouw had gepraat met iemand die haar niet kende en daarom zijn versie van het verleden accepteerde zonder die tegen te spreken. Het was voor het eerst dat hij datzelfde verleden achter zich leek te hebben gelaten, dat het begraven leek in de onverdraaglijke hitte van die zomermaanden en hem niet langer bedreigde als een dolle hond.

Heel even vroeg hij zich echter af of hun gesprek misschien zo'n intieme wending had genomen doordat hij zich fysiek tot haar aangetrokken voelde. Hij vond Rita leuk, hij vond haar heel leuk, van haar ongelakte nagels tot de sproetjes op haar neus en wangen, van de manier waarop haar handen het glas pakten tot de vorm van haar lippen: hoewel haar mond wat strak leek, was haar tong, die haar lippen zo nu en dan bevochtigde, een belofte van warmte en zachtheid. Uitnodigend om te kussen. Maar zij, waarom luisterde zij zo aandachtig naar hem? Hij had geen idee of ze het afgelopen half uur bij hem was blijven zitten omdat ze hem aardig vond of uit een soort plichtsgevoel dat bij haar beroep hoorde. Of zou de openhartigheid van haar vragen misschien voortkomen uit een belangstelling die meer was dan eenvoudige professionele nieuwsgierigheid?

Rita had aanvankelijk verrast naar hem geluisterd, het was vreemd daar ineens zo te zitten, op een terras, achter een drankje, met een man die ze nauwelijks kende. Ze kon zelfs niet op zijn naam komen, alleen Alba's achternaam, hoewel ze zich die tijdens dat half uur dat ze daar samen zaten uit alle macht probeerde te herinneren; zijn naam had immers op de papieren van zijn dochter gestaan. Toen ze afscheid namen wist ze nog steeds niet hoe hij heette. Wat ze écht bijzonder vond, maar ook troostrijk, was de waardigheid waarmee hij haar zijn ingewikkelde persoonlijke situatie had uitgelegd. Hun vertrouwelijkheid was heel natuurlijk geweest, zonder dat een van hen de ander had proberen te dwingen. En ondanks de triestheid van zijn verhaal was het niet deprimerend geweest, want zijn eerlijkheid en warmte hadden het ongemakkelijke gevoel dat ze anders zou hebben gehad weggenomen.

Ze was des te meer verrast doordat hun gesprek volledig tegengesteld was aan wat ze normaal meemaakte. Op school bestond de stilzwijgende afspraak je niet te bemoeien met het privéleven van collega's – en dat betrof alles wat te maken had met gevoelens, familiezaken, ideologische kwesties, kortom, bijna alles wat ertoe doet in het leven. Vragen naar een persoonlijk probleem of naar je gemoedstoestand was taboe. De gesprekken beperkten zich tot het weer en sport, tot kwaaltjes en pijntjes, tot geklaag … over hoe langzaam het schooljaar opschoot, over de ordeproblemen met sommige leerlingen, over de bemoeizucht van de ouders – terwijl zij eigenlijk vond dat de meeste ouders veel te weinig belangstelling hadden voor wat hun kinderen deden op school. Misschien dat er daarom op school geen echte vriendschappen ontstonden, op een enkele uitzondering na. Gustavo Larrey was haar enige vriend op school geweest, maar die was nu dood. En ze had een tijdje gedacht – ten onrechte – dat ze ook met Nelson bevriend was. Tot ze op deze school was komen werken had ze altijd gedacht dat je vanzelf iets ging voelen voor de mensen met wie je dagelijks een paar uur optrok. Maar dat was niet zo. Op deze school had ze geleerd dat veertig personen twintig of dertig jaar kunnen samenwerken zonder dat er tussen hen iets ontstaat wat verder gaat dan uitwisselingen van beleefdheden. Ze had zich er uiteindelijk in geschikt dat een school blijkbaar niet de geëigende plek was voor het ontwikkelen van warme gevoelens. Alleen met de kinderen, met die haast angstige kinderen die naar haar kamer werden gestuurd, kon ze aan haar gevoelens toegeven zonder dat ze verwonderd werd aangekeken. Daar kon ze toegeven aan haar behoefte aan lichamelijk contact, waaraan ze zo gewend was: een arm aanraken als begroeting, een kind over de bol aaien als een oefening goed was uitgevoerd, of ondersteunen als het zich heel moe voelde of niet meer kón van het lachen. Toen ze dat in het begin weleens spontaan bij een collega had gedaan, had ze gemerkt hoe die als reactie hun arm spanden of een schouder terugtrokken, alsof dergelijke gebaren volslagen ongepast waren in deze omgeving. En zo had ze haar spontaniteit leren te beteugelen, en ze had het gevoel dat ook zij zo langzamerhand werd geaccepteerd als lid van het Buitengewoon Serieuze Gilde van de Gematigdheid.

En precies vanwege dat contrast tussen de dorre gang van zaken op school en de intimiteit van het gesprek met Alba's vader had ze zo genoten van hun ontmoeting. Ze hadden warm afscheid genomen en toen ze voordat ze vertrok het meisje, dat naar hen terug was gekomen toen ze het zat was om op een uitnodiging te wachten, een kus gaf had hij gezegd: 'Ik kom Alba gauw weer van school halen. Dan zien we elkaar vast weer.'

'Natuurlijk. Ik verheug me erop.'

Toen ze uit elkaar gingen had geen van beiden een nieuwe afspraak geopperd, maar zij had het stellige gevoel dat ze elkaar snel terug zouden zien en dat het ook dan niet bij een eenvoudige begroeting zou blijven.

Op weg naar huis voelde ze een soort lichtheid die niet alleen het gevolg was van de twee vermouts die ze had gedronken. Toen ze voor de deur van haar flat stond was ze verbaasd dat ze er al was. Ze herinnerde zich niets van de wandeling naar huis omdat ze had lopen nadenken over zijn woorden en gebaren. Het was alsof haar diepe eenzaamheid in het half uur dat ze met hem had gepraat wat minder overweldigend was geworden. Sinds Gustavo's dood was ze somber geweest, en nu had ze ineens gemerkt – het was egoïstisch, daar was ze zich van bewust – dat ze zich gesteund voelde als een ander ook somber was. Ze had zich tijdens die ontmoeting als een blinde gevoeld die ergens in een straat op een bankje zit en net zo'n stok als de hare over de stoeptegels aan hoort komen. Het was alsof ze elkaar hadden herkend en daarom aan de praat waren geraakt. Ze was achtentwintig en als ze niet uitkeek zou het in de omgeving waarin zij werkte – waar iedereen verwacht dat achter iedere ontboezeming het verzoek om een gunst schuilt – niet lang duren of ook zij zou sceptisch en vol wantrouwen reageren op dergelijke ontboezemingen.

Ze trok andere kleren aan en waste haar handen, en terwijl ze in de spiegel keek realiseerde ze zich dat ze hem dankbaar was en graag iets terug wilde doen. Voor het eerst in haar leven voelde ze zich aangetrokken tot een man die hulpeloos leek, minder sterk dan zij zelf. Ze had het gevoel dat zij hem troost en zekerheid kon bieden bij zijn problemen. 'Misschien word ik oud en begin ik een vaag, moederlijk instinct te ontwikkelen', zei ze met een kokette glimlach tegen de spiegel.

Die laatste woorden brachten haar onmiddellijk de akelige periode die ze net achter de rug had in herinnering, en haar mond trok weer strak. Wat voor soort pijn was dat die elke keer als ze er weer aan dacht nog steeds even diep en heftig leek te zijn, en weigerde over te gaan met het verstrijken van de tijd? 'Niet aan denken, niet aan denken', herhaalde ze, 'denk liever aan …' Ze probeerde nogmaals zijn naam naar boven te halen, maar ze kon de klanken of de lettergrepen die bij zijn gezicht hoorden niet oproepen. Ze wist dat het een simpele naam was, makkelijk uit te spreken, maar niet heel gewoon. Ze probeerde er een paar hardop uit, maar tevergeefs. Ze woonde alleen en er was niemand die haar kon horen.

13

Het duurde even voor haar ogen gewend waren aan het plotselinge donker van de kerk, een moment dat haar altijd een heel kort, maar intens gevoel van angst bezorgde: ze kon niet meer zien wat er in het licht van de straat gebeurde, maar nam ook in het donker van de kerk nog niets waar. Op dat overgangsmoment voelde ze zich als een blinde aan de rand van een afgrond, overgeleverd aan de genade van iedere ziende die haar over de rand kon duwen als hij dat wilde. Ze voelde zich met de maand onhandiger en kwetsbaarder, en trager in haar reacties; ieder schooljaar kostte het haar meer moeite het hectische tempo van haar leerlingen bij te benen, die met de dag sneller, harder, sterker en onafhankelijker werden.

Op dat tijdstip, om half zeven 's avonds, verdween de zon langzaam in de smalle, gebrandschilderde ramen, trok de kleine kerk zijn klokkentoren in en rolde zich op in het donker, als een slak in zijn huisje. Alleen het roosvenster absorbeerde nog iets van het steeds schaarser wordende licht en spreidde het langzaam over het atrium uit, als een klamme, trage mist, die de temperatuur een paar graden deed zakken.

Julita Guzmán onderdrukte een huivering en liep naar de pilaar waarin een wijwaterbekken was uitgehouwen. De weerkaatsing van een van de laatste zonnestraaltjes veroorzaakte merkwaardige lichtjes die in het water spiegelden, alsof er vlindertjes uit het bekken omhoogkwamen. Ze doopte haar middelvinger in het water en sloeg langzaam een kruis. Op haar voorhoofd en haar lippen bleef wat vocht achter.

De kerk was bijna leeg. Een paar donkere, knielende figuren leken te bidden of iets te vragen aan het kruis of de heiligen die onbewogen vanuit hun nissen op hen neerkeken. Zonder hun kant uit te kijken liep ze naar haar eigen plekje, aan het uiteinde van een bank in de voorste helft van de kerk, een uitgesleten stuk hout dat ze haast als haar eigen bezit beschouwde. Van die plek kon ze makkelijk de straat in glippen bij de zeldzame gelegenheden dat de kerk haar te vol werd, bijna altijd tijdens de uitvaartmis van een gestorven collega, maar ook een keer die van een ex-leerling die van school was gestuurd en een paar jaar later was overleden aan een ziekte waar zij nooit aan zou lijden en waarvan ze zelfs de naam nauwelijks dorst te noemen. Verder zat ze er ook dicht bij de biechtstoel en kon ze van die plaats zien of pater Lucas er was. Ze ging graag biechten op dit soort doordeweekse dagen, als ze niet hoefde te wachten en er zeker van kon zijn dat de priester aandacht zou schenken aan haar kleine zonden die ze keurig in volgorde opdreunde, zoals de catechismus dat voorschreef. Tijdens het weekeinde was het te druk in de kerk, dan waren er te veel losbandige lieden die van mening waren de verlossing op een simpele manier te kunnen verdienen, door alleen hun zondagsplicht te vervullen, en verder ergerde ze zich aan de schaars geklede, oneerbiedige, luidruchtige toeristen. Ze had het gevoel dat pater Lucas op dat soort dagen geen geduld met haar had, omdat hij het zat was steeds hetzelfde verhaal te moeten aanhoren. Julita Guzmán hield zichzelf voor dat pater Lucas niet bereid was om zich in het weekeinde met haar en haar onbetekenende zonden bezig te houden omdat er dan zo veel andere mensen naar de kerk kwamen met een met zonden belaste ziel: krenkingen, hovaardigheid, oneerlijkheid, leugens, wellust. Hoewel ze ook wel had meegemaakt dat hij, terwijl zij in haar bank zat te wachten, uitgebreid de tijd nam om meisjes of jonge vrouwen de biecht te horen. Ze twijfelde, dat kon ze niet helpen, ze verdacht hem ervan haar daar te laten zitten om naar verhalen en geheimen te luisteren die intiemer waren dan … Uiteindelijk was de priester een man. En ze wist zeker dat er geen enkele man op de wereld bestond die zo kuis en ascetisch was dat hij dat soort vertrouwelijkheden uit de mond van een vrouw kon weerstaan.

De vrouw die nu achter het raampje zat te knikken was oud. Het zou niet lang duren. Julita Guzmán begon een Onze Vader te bidden, zich concentrerend op de tekst waarin ze nog steeds fouten maakte. Ze was gehecht geweest aan het oude gebed, dat haar nog steeds plechtiger en effectiever leek. Toch kwam er al voor ze klaar was met het gebed een gevoel van rust over haar, daar in die haast lege kerk, de enige publieke ruimte waar ze zich op haar gemak voelde en vrede kon vinden.

Ze had altijd aan een soort pleinvrees geleden, en met het ouder worden was die nog toegenomen. In ruimtes met meer dan dertig mensen raakte ze in paniek, voelde ze zich als een veertje dat is overgeleverd aan de genade van een naderende kudde op hol geslagen buffels. Als ze er niet onderuit kon zich in een menigte te begeven, zocht ze een muur om met haar rug tegen te kunnen leunen, bleef ze in de buurt van de uitgang en probeerde ze ieder lichamelijk contact te vermijden. Voor een vrouw als zij, die nooit had bemind, nooit was aangeraakt door een ruwe mannenhand, was de aanwezigheid van zo veel mensen ondraaglijk. Ze was ervan overtuigd dat de wereld te vol was en dat dat de reden was dat mensen veel te dicht op elkaar zaten – hun monden dicht bijeen, hun adem, hun speeksel, heupen die langs elkaar strijken in volle straten, billen tegen buiken in wachtende rijen – en dat al die bandeloosheid en geweld voorkomen zouden kunnen worden als ze een veilige afstand tot elkaar in acht zouden nemen. Nabijheid van anderen, dacht ze, is de eerste voorwaarde voor besmetting, en omdat er in ieder menselijk wezen virussen aanwezig zijn, zowel in fysiek als moreel opzicht, geeft afstand de beste bescherming als totale afzondering onmogelijk is.

Daarom gaf ze de voorkeur aan kleine, oude kerkjes, daar kwam ze liever dan in de plechtige, pronkerige kathedraal, waar ze zich geïntimideerd voelde door de overdaad aan graven op de grond, door de hoogte en de grandeur van de koepels, altaarstukken, kapelletjes, pilaren, orgels, priesterkoren en het traliewerk. Die kerkjes hadden het juiste formaat en ademden de juiste sfeer, want aan het andere uiterste had ze ook een hekel: moderne parochiekerken in de nieuwbouwwijken, opgetrokken uit cement, met tegels op de vloer en bakstenen muren die niets hadden van de grandeur van naakte natuursteen. 'En ik zeg u dat gij Petrus zijt, en op deze rots zal Ik mijn gemeente bouwen.'

Eindelijk kwam de oude vrouw de biechtstoel uit en Julita Guzmán nam haar plaats in. Ze trok haar lange grijze rok een stukje op om makkelijker op het rode, sleetse ribfluweel van de bidstoel te kunnen knielen en fluisterde dezelfde woorden als altijd. Door het traliewerk hoorde ze de vermoeide stem van de priester antwoorden, en na een pauze die haar langer leek dan nodig was, dacht ze in zijn laatste zin ingehouden gapen te horen.

Ze hield altijd dezelfde volgorde aan; ze nam alle tien geboden een voor een door, dan wist ze zeker dat ze niets vergat. 'Vereer naast mij geen andere goden.' Dat had ze niet gedaan, ze hield van hem en als ze het had gekund, zou ze zijn voorschriften de hele aarde hebben opgelegd, slechts geholpen door een legioen geslachtsloze engelen, gewapend met heilige olie en het offermes. 'Misbruik de naam van de HEER, uw God, niet.' Haar liploze mond durfde zijn naam alleen te stamelen als ze bad en de catechismus las, met zo veel eerbied dat ze zich soms, als ze zijn naam fluisterde, voelde branden als een braambos. 'Houd de sabbat in ere.' Dat deed ze niet alleen op de zondagen, die zo vaak tot een schijnvertoning werden gemaakt door de rumoerige, naar parfum ruikende mensenmassa; ze ging al tientallen jaren iedere avond naar de mis, en in die jaren had ze alle aflaten verdiend die er te verdienen waren, maar ondanks dat voelde ze zich nog niet volkomen zeker van haar verlossing. 'Toon eerbied voor uw vader en uw moeder.' Ofschoon die al jaren dood waren, herdacht ze hen iedere Allerzielen, en haar geheugen was zo scherp dat ze zich niet alleen hun gezicht voor de geest kon halen, maar ook de strenge morele erfenis die ze haar hadden meegegeven. 'Pleeg geen moord.' Ze vreesde de rode kleur van het bloed, en was zelfs bang om in contact te komen met het bloed van een onschuldig kind, en had nooit iemand gedood, hoewel ze soms schrok van de kracht waarmee ze kon haten en ze een aantal van haar medemensen dood had gewenst. 'Pleeg geen overspel.' Kuis, dat was ze al heel lang, en zelfs in haar jeugd had ze nooit haar dijen of haar lippen geopend, een kuise vrouw in een overspelige stad. 'Steel niet.' Ze had nooit gestolen, nog geen speld, nog geen sinaasappel, en zelfs in haar functie als secretaresse, waarin ze de fondsen van de school beheerde en ze er makkelijk mee zou zijn weggekomen, had ze nog niet één peseta in haar eigen zak gestoken, zich nooit iets toegeëigend. 'Leg over een ander geen valse getuigenis af.' Ze loog nooit opzettelijk, hoewel ze wel moest toegeven dat ze niet altijd de héle waarheid vertelde, niet alles wat ze wist. 'Zet uw zinnen niet op het huis van een ander, en evenmin op zijn vrouw, zijn slaaf, zijn slavin, zijn rund of zijn ezel, of wat hem ook maar toebehoort,' en uit haar nachtmerries was alles verdwenen wat ze als onzuiver beschouwde, de begeerte van de wolvin, de vochtigheid van het varken. 'Zet uw zinnen niet op wat u niet toebehoort.' Ook daar gehoorzaamde ze aan, ze begeerde niets wat niet van haarzelf was, niet zozeer omdat ze in de loop van de tijd alles al bijeen had gegaard wat ze nu en in de toekomst nodig had, als wel omdat ze voor haar geestelijk welbevinden geen behoefte had aan tastbare zaken, geen díngen, die je een ander zomaar af kon nemen.

Haar biecht was dus een triomfantelijke wandeling over de paden van de deugd. De paar obstakels die ze tegenkwam, waren niet meer dan dagelijkse zonden: ze had zich niet genoeg gehouden aan de plicht liefdadigheid te bedrijven, of niet gevochten tegen haar neiging tot luiheid. Ze had niet veel tijd nodig in het biechthokje. Maar er was wel degelijk iets waar pater Lucas moeite mee zou hebben gehad als hij haar had gevraagd of ze dat extra gebod had geëerbiedigd, dat niet op de stenen tafelen van Mozes voorkwam en alle andere geboden overbodig maakte: 'en uw naaste als uzelf.' Soms, met een aan heiligschennis grenzende vrijpostigheid, vroeg Julita Guzmán zich af waarom Jezus die vijf woorden er zo nodig aan had moeten toevoegen, terwijl Hij toch ongetwijfeld ook wel geweten moest hebben dat er naasten bestaan van wie je onmogelijk kunt houden. Soms kostte het zelfs moeite hen niet te haten. Hoewel ze verder alles uit het Oude en het Nieuwe Testament letterlijk opvatte, had ze er moeite mee die vijf woorden niet als een allegorie te zien. Ze moesten haast wel een geheime, figuurlijke betekenis hebben. Want dat gebod was te veeleisend, het was onmogelijk dat te eerbiedigen: het was al zo moeilijk om van één menselijk wezen te houden, laat staan van al je naasten.

Maar dan verfoeide ze zichzelf, vanwege haar gebrek aan geloof, haar zwakheid, haar arrogantie; hoe haalde ze het in haar hoofd te twijfelen aan de waarheid van de heilige teksten, juist nu het zo nódig was vast te houden aan de doctrine, in deze tijden waarin iedereen zelf dacht te kunnen uitmaken wat wel of wat niet zondig was.

Ook nu schonk ze geen aandacht aan dat laatste gebod en wachtte ze de routineuze absolutie van de priester af. Ook haar penitentie was hetzelfde als altijd.

Pater Lucas schoof het donkerrode gordijntje opzij en kwam de biechtstoel uit. Ze zag hem traag en moeizaam de treden naar het altaar opgaan. Er waren nog wat mensen gekomen om de mis bij te wonen, maar veel te weinig, vond Julita Guzmán. Het gemompel waarmee de eerste woorden van de priester werden beantwoord kon de ruimte van de kerk niet vullen, uitgebluste stemmen, die in treurig contrast stonden met het geschreeuw van de kinderen buiten en het toeteren van de auto's, geluiden die de intimiteit van die heilige ruimte binnendrongen als het krachtige ruisen van de zee, zonder enig respect voor het plechtige karakter van de liturgie.

De misdienaar sloeg het boek open op de gemarkeerde bladzijde. De priester boog zich er heel dicht overheen en begon het epistel van die dag voor te lezen: 'De mensen probeerden kinderen bij hem te brengen om ze door hem te laten aanraken, maar de leerlingen berispten hen. Toen Jezus dat zag, wond hij zich erover op en zei tegen hen: "Laat de kinderen bij me komen, houd ze niet tegen, want het koninkrijk van God behoort toe aan wie is zoals zij".'

Julita Guzmán schoof een beetje ongemakkelijk heen en weer op haar bank, ongemakkelijk, want er gebeurden die middag te veel verontrustende dingen. En ze moest ook nog een uur catechismus geven! Er waren niet genoeg mensen die dat konden en ze had toegezegd het te doen omdat pater Lucas zó had aangedrongen dat ze niet had kunnen blijven weigeren zonder hem te bekennen dat ze eigenlijk een hekel aan kinderen had, dat ze, net als de discipelen in de bijbelse parabel, hen liever zo veel mogelijk op afstand hield. Want hoe kon ze de priester vertellen dat ze zichzelf uit weerzin en angst aan Nelson had verkocht toen hij haar vroeg haar secretaressewerk voort te zetten, dat ze verraad had gepleegd aan de vorige directeur, met wie ze twintig jaar lang in vriendschap en harmonie had samengewerkt. Hoe zou ze dat ooit iemand kunnen vertellen? Kinderen waren duivelse wezens, en hun gezichten hadden meer gemeen met de waterspuwers van de kroonlijsten dan met de roze engeltjes die op de glorieuze schilderingen van de altaarstukken rond de Heilige Maagd fladderden. De eerste kunstenaar die hen zo vol onschuld had geschilderd moest volledig onwetend zijn van hun wreedheid, hun koppigheid en hun klunzigheid: ze wist zeker dat hij nooit vijf uur per dag opgesloten had gezeten met vijfentwintig kinderen die uitzinnig waren van opwinding door hun spelletjes, hun ruzietjes en het contact met de rest.

Misschien was het vroeger anders geweest, waren ze toen gehoorzaam en beleefd, in de tijden dat je ze nog de zweep mocht geven – zonder wreedheid maar vastberaden – zonder dat ouders kwamen zeuren alsof zij er zelf van langs hadden gekregen en zelfs dreigden naar de politie te lopen en de desbetreffende leraar met foto, naam en toenaam in alle kranten van het land te kijk te zetten, alsof hij een misdaad had begaan. Maar dat was al lang geleden, een gouden tijdperk, toen in de pedagogiek discipline als het hoogste goed gold.

En wat kon zij in 's hemelsnaam uitrichten tegen de tijdsgeest, tegen die samenzwering van rebellerende kinderen en ouders?

Pater Lucas deelde de communie al uit. Ze had het niet eens gemerkt en stapte haastig haar bank uit om nog op tijd te zijn, voordat de andere drie of vier vrouwen de communie al hadden ontvangen. De bevende hand van de priester legde de heilige hostie op haar tong en Julita Guzmán liep langzaam terug, met gebogen hoofd, terwijl het ongedesemde brood aan haar droge, dorre verhemelte vastplakte omdat ze niet genoeg speeksel had om het te bevochtigen.

Ze bleef als enige in de kerk zitten toen de mis voorbij was. De kinderen zouden zo komen. Op haar bankje zat ze te overdenken wat ze hun vandaag zou proberen bij te brengen. Voordat Nelson de macht had overgenomen had ze regelmatig op school kopieën van bijbelse teksten, van religieuze gedichten of heiligenlevens gemaakt. Bij De Molinos was dat nooit een punt geweest; ze kon het trouwens ook verantwoorden tegenover haar eigen geweten, want ze deed het niet voor haar eigen gewin maar voor het welzijn van de geloofsgemeenschap. Maar nu durfde ze niet meer. Hoewel Nelson haar had gevraagd haar werk net zo zelfstandig te blijven uitvoeren als voorheen, kon ze zich dergelijke vrijheden nu niet meer permitteren, niet vanwege geld, want het was een volslagen onbetekenend bedrag dat ze op die manier voor de kerk aan de publieke middelen onttrok, maar omdat ze zich er ongemakkelijk bij voelde. De vorige keer was ze naar een copyshop gegaan om bladzijden uit een van haar oude, vergeelde boeken met gebeden en heiligenlevens te kopiëren, en had ze de spottende blikken opgevangen die uitgewisseld werden; de jonge meisjes achter de balie, met roodgestifte lippen en gelakte nagels, besteedden aan haar nauwelijks aandacht, maar waren allerliefst tegenover de mannelijke klanten, zo breed glimlachend dat ze zich had afgevraagd wat mensen eigenlijk te lachen hadden, en waarom zij het op dat moment deden.

Pater Lucas verscheen weer in de deuropening van de sacristie. Hij liep naar haar toe en overhandigde haar de sleutel. Julita Guzmán wist al wat hij zou gaan zeggen.

'Ik moet nu weg. Ik ben erg moe vandaag. Wilt u afsluiten en morgen de sleutel terugbrengen?'

Het was al vaker gebeurd, maar ze dorst niet te weigeren. Hoewel ze het de eerste keer een hele eer had gevonden – het godshuis te mogen bewaken – vond ze het inmiddels niet prettig om alleen in de kerk achter te blijven. Als ze het moest doen, werd ze met elk licht dat ze doofde angstiger, ze was bang voor de klamme stilte van de stenen, voor de botten die onder de grafstenen begraven lagen, voor de geur van de zojuist gedoofde kaarsen en voor de bloedende littekens van de oude beelden.

'Gaat het goed met de lessen?' vroeg de priester. Aan de manier waarop hij het vroeg kon je merken dat hij alleen een bevestigend antwoord wenste te horen, dat zijn rust niet in gevaar zou brengen.

'Ja hoor, hoewel het nog beter zou gaan als de kinderen een beetje meer interesse toonden.'

'Dat is de tijdsgeest', antwoordde hij. Die dooddoener gebruikte hij altijd als hij niets meer te zeggen had of geen zin had in een verder gesprek.

Julita Guzmán keek hem na toen hij naar de deur liep, donker en gebogen, op weg naar zijn kamer in de pastorie. Op zulke momenten leek hij ontzettend oud; ze betreurde het dat er zo weinig roepingen waren dat de kerk gedwongen was zulke aftandse oude mannen in dienst te houden in plaats van hen met pensioen te sturen. Want jonge mensen wezen tegenwoordig alles wat maar met kerk en sacristie te maken had radicaal af. En als ze zich al geroepen voelden hun medemensen te helpen, dan staken ze hun energie liever in van die ngo's, die lekenorganisaties die het apostolaat in wezen meer kwaad dan goed deden omdat ze zich op het werkterrein begaven dat traditioneel de dienaren van het Vaticaan toebehoorde.

Ineens ergerde het haar dat de kinderen zo laat waren. Het was nog donkerder geworden en ze liep naar de sacristie om wat kaarsen aan te steken. Er waren niet al te veel lichtpunten en de peertjes waren ook nog eens zwak, maar hun helderheid ervoer ze meteen als een troost. Ze deed wat geld in het offerblok en ontstak een aantal kaarsen op een oude standaard die in een hoekje was weggestopt tussen de nieuwe panelen met elektrische lichtjes. Ze hield nog steeds van de verschaalde wierook- en wasgeur, hoewel je die nog maar nauwelijks waarnam, omdat hij werd overstemd door de agressieve geuren van de schoonmaakmiddelen en de mix van de parfums die tegenwoordig haast alle vrouwen op deden, of ze nu jong waren en net van school kwamen of zo oud dat hun make-up niet kon verbloemen dat ze de leeftijd hadden om grootmoeder te zijn. Ze blies de lucifer uit toen ze de voetstappen en de stemmen van de eerste kinderen hoorde. Daar waren ze eindelijk.

Ze wachtte tot ze in de banken zaten en het geklets verstomde. Voor haar was de kerk, nog meer dan het klaslokaal, een plaats van stilte, maar zelfs in de kerk waren ze niet makkelijk tot bedaren te krijgen. Ze stond op het punt een kruis te slaan en met de les te beginnen toen ze ineens zag dat Marta ontbrak, het meisje dat altijd met de meeste aandacht naar haar luisterde. Ze was pas negen jaar maar gaf blijk van zo veel goedheid, intelligentie en geloof in God dat ze haar tegenover pater Lucas had beschreven als een ruwe edelsteen die ze met zorg moesten omgeven. Het meisje leek voorbestemd om in de toekomst de Heilige Kerk te dienen.

'Waar is Marta?' vroeg ze. 'Is ze ziek?'

De kinderen keken elkaar aan, zonder te durven antwoorden.

'Beatriz', ze wendde zich tot een van Marta's vriendinnetjes. 'Waar is ze?'

'Ze heeft gezegd dat ze niet meer komt', antwoordde het meisje fluisterend.

'Hoezo, komt ze … niet meer?' vroeg ze voorzichtig, bang voor wat ze te horen zou krijgen.

'Nee.'

'Maar waarom? Wat is er gebeurd?'

'Haar ouders zijn Jehova's getuigen geworden.'

'Jehova's getuigen? Zomaar ineens?'

'Ja', herhaalden verschillende kinderen, haast fel, alsof ze, nu het hoge woord eruit was, niet konden wachten om alles te vertellen.

Haar knieën trilden zo dat ze in de stoel moest gaan zitten die voor de banken stond. Het was de zoveelste keer dat zij, ondanks haar leeftijd, haar positie, ondanks alles wat ze had geleerd in vijfendertig jaar achterdocht, in haar relatie met kinderen aan het kortste eind trok.

De kinderen verstomden toen ze de teleurstelling en het verdriet op haar gezicht lazen. Het ging verder dan haar normale ongeduld, als zij ondeugend waren of zich misdroegen. Ze zaten rustig en stil op hun bank, een beetje geschrokken door de manier waarop de juf hen aankeek, alsof Marta's desertie hún schuld was, alsof ze allemaal lid van een sekte waren geworden. Maar even later zagen ze de juf moeizaam van haar stoel opstaan, hem wegschuiven en voor het altaar neerknielen. Toen hoorden ze haar zeggen: 'Laten we allemaal een Onze Vader bidden, in de hoop dat Marta terugkeert op het pad der waarheid.'

De kinderen waren al vertrokken. Ze zette de stoel weer terug. Toen ze langs het altaar liep knielde ze en sloeg langzaam een kruis. Ze was doodmoe. In de sacristie deed ze het licht uit, en in het schemerduister, waar de vleermuizen zo van houden, liep ze naar de uitgang.

Toen ze eenmaal buiten stond draaide ze de sleutel moeizaam viermaal om in de zware deur. Het was erg donker op straat, alsof het graniet van de muren het kleine beetje licht dat de straatlantaarns gaven opslokte. Ze versnelde haar pas en liep verder naar de bredere straat wat verderop, waar nog veel mensen waren, hoewel de kou die laatste dagen in september al vroeg was ingevallen. Ze stak de straat over bij de stoplichten en toen ze de overkant bereikte zag ze Moisés langskomen met een meisje. Ze liepen hand in hand. Hij leek háár niet te hebben gezien, en geheel tegen haar gewoonte in keek Julita Guzmán even om, om te zien of het hetzelfde meisje was met wie hij twee jaar geleden iets had gehad. Dat was ze. Het meisje woonde in een flat tegenover haar en een paar maanden geleden, toen ze boodschappen deed, had ze haar horen zeggen dat ze het had uitgemaakt met haar vriendje. Julita Guzmán was blij dat het weer goed was gekomen.

Toen Moisés op school was komen werken had ze hem aanvankelijk niet vertrouwd. Natuurlijk, dat was haar basishouding ten opzichte van ieder menselijk wezen dat in staat was snel te praten of te bewegen, maar bij deze knaap had ze er alle reden voor. Ze kende zijn ouders en wist dat hij van heel jongs af aan veel alleen thuis was gelaten omdat ze een café dreven dat haast al hun tijd en energie opslokte. Zij was van mening dat de opvoeding van een kind gebaseerd moest zijn op controle, discipline en regelmaat, en dat een kind dat op zo'n jonge leeftijd op die manier aan zijn lot werd overgelaten een toekomstige tijdbom was. Toch leek Moisés tot nu toe een gedisciplineerde jongen, die zich zonder problemen aanpaste. Zijn manier van kleden verafschuwde ze natuurlijk, zijn kaalgeschoren hoofd, dat ringetje in zijn oor. En het feit dat hij dienstweigeraar was vond ze nog veel erger. Maar het had niet lang geduurd of ze was hem door zijn werk op school gaan waarderen. Zij had hem tenminste nooit op luiheid kunnen betrappen, want hij deed altijd wat ze vroeg, zonder te klagen, zelfs dingen die eigenlijk niet tot zijn taken behoorden omdat daar de vaste staf voor was, zoals het maken van fotokopieën of het stempelen van zeshonderd rapporten. In de pauzes, als een kind huilde of zich had bezeerd, was Moisés – ze weigerde hem Momo te noemen, zijn bijbelse naam was te mooi om die tot zo'n smakeloos koosnaampje te verbasteren – niet te beroerd ze te helpen, waarbij hij soms onder het bloed kwam te zitten, iets waar alle leerkrachten een hekel aan hadden. Verder was hij heel schoon op zichzelf, en dat had haar altijd verbaasd, want zij had leren kleding en oorringetjes bij mannen altijd geassocieerd met gebrek aan hygiëne, maar bij hem was dat absoluut niet het geval. Het duurde niet lang of ze had zijn aanwezigheid in haar kamer geaccepteerd en ze wist nu al dat ze hem zelfs zou missen als zijn tijd er over een maand of twee, drie weer op zat.

Het deed haar plezier dat hij weer bij zijn vriendinnetje was. Het meisje leek een jaar of wat ouder dan hij en kon wellicht een tegenwicht vormen voor zijn jeugdige fouten. Aan het eind van het vorige schooljaar had ze in de buurt wat geruchten opgevangen, en even was ze bang geweest dat hij iets met Rita had.

Zij ging eigenlijk nooit naar de leraarsfeesten; ze bezocht alleen de afscheidsdiners wanneer iemand met pensioen ging, want dat waren haast plechtige gelegenheden, waarbij je niet verstek kon laten gaan zonder het feestvarken voor het hoofd te stoten. De uren in het restaurant duurden altijd lang. Het was niets voor haar, dat luidruchtige, een beetje dronken feestgedruis. Ze kon niet lachen om de grove, schuine grappen die werden verteld en durfde haar stem niet te verheffen om er een intelligente opmerking over te maken, als die op zo'n moment al in haar opkwam. Ze at weinig en dronk geen alcohol. Ze probeerde op haar plaats te blijven zitten, maar als het niet anders kon, liep ze op haar tenen. Niemand die op haar lette en zij kon iedereen in de gaten houden.

Tijdens het laatste afscheidsetentje hadden Moisés en Rita vlak bij haar gezeten en ze had wel gezien hoe ze samen lachten, hoe ze van tijd tot tijd samenzweerderige blikken uitwisselden boven hun glas, boven de stukken rood vlees, boven de starende ogen van de vissen, zo intiem en intens dat ze het nauwelijks hadden weten te verbergen, vreselijk ongepast voor een docente en een jonge dienstweigeraar. De weken daarna, tot het eind van het schooljaar, had ze goed op hen gelet als ze hen samen tegenkwam in de gang of met hen in één ruimte was, ze had de toon van hun stem en de manier waarop ze elkaar aankeken bestudeerd. En hoewel ze nooit meer iets bijzonders had gemerkt was ze hen er toch van gaan verdenken dat ze ... Ze kon het gewoon niet zeggen. Het was zo'n akelig, pijnlijk woord: minnaars! Het brandde in haar mond, iedere lettergreep een roodgloeiend stuk ijzer tussen haar lippen.

Uiteindelijk had ze haar verdenkingen laten varen, maar er was nog een schaduw van twijfel blijven hangen, die nu door de ineengestrengelde handen van de twee mensen die daar over de stoep wegliepen, definitief werd weggenomen.

Alsof die kleine ontdekking haar moed had geschonken, sloeg ze een smal, donker zijweggetje in om de route af te snijden, langs dichtgetimmerde werkplaatsen en braakliggende stukken grond, waar eigenlijk nooit auto's kwamen.

Ze had er meteen spijt van; niet alle straatlantaarns brandden en ze vond de donkere, verlaten straat, zonder portalen van bewoonde huizen, eng. Ze wilde niet omkijken. Ze drukte haar tas tegen zich aan en versnelde haar pas. Haar vermoeidheid voelde ze niet meer, maar toen ze aan het eind van de straat kwam en het kruispunt bereikte waar haar eigen wijk begon, waar het licht van de cafés op de straat viel en het geluid van auto's die in beide richtingen reden weerklonk, voelde ze zich ineens uitgeput, als een oud paard dat een race had moeten rennen waarvoor het eigenlijk de snelheid en het uithoudingsvermogen niet meer bezat.

Ze ging haar huis binnen en sloot de deur met twee grendels en een ketting. Ze beefde zo dat ze voor het eerst dat prille najaar de verwarming aanstak.

14

Het was de eerste dag dat er 's middags ook school was, en Alba zat vlak naast haar. Ze waren allebei moe, dat laatste uur, en daarom had ze haar gevraagd een tekening te maken van wat ze wilde, maar ze had daarbij ook aangegeven dat een tekening van haar familie leuk zou zijn. Aanvankelijk had Alba geaarzeld, onbeweeglijk tegenover het witte papier, alsof haar spieren en pezen zich verzetten en haar pols en hand tegenhielden om vrij over het papier te bewegen, alsof het kind een valstrik vermoedde in de poging haar met een potlood te laten vertellen wat ze met woorden weigerde.

Rita vroeg zich af of ze er niet een beetje te snel mee was geweest haar iets te vragen wat alleen haarzelf maar interesseerde. Sinds de dag dat ze met Julián Monasterio op dat terras had gezeten terwijl Alba alleen in de zandbak van het park speelde, was hij niet uit haar gedachten geweest. Ze was zijn naam niet meer vergeten; hij had op het puntje van haar tong gelegen en de ochtend daarna wist ze hem weer, met die nadrukkelijke voorlaatste lettergreep die in het begin een beetje hard klonk, maar een onverwachte zachtheid kreeg als je zijn naam herhaalde. Het was geen permanente of opdringerige aanwezigheid in haar gedachten, maar meer een lichte, subtiele schaduw, als de tere geur van een parfum die je alleen opmerkt bij een terloopse beweging of wanneer je iets heel smerigs ruikt en je er ineens weer aan denkt en je pols naar je neus brengt, als een bescherming tegen de stank van buiten. Ze zag zijn beeld regelmatig voor zich, zonder dat ze zich bewust was waarom, maar wat ze wel wist was dat het altijd licht was als hij verscheen, op een heldere, transparante manier, met open handen, om te laten zien wat hij bij zich had, niet zoals wanneer ze in het verleden aan Nelson en Moisés had gedacht, die altijd stiekem in de schaduw langs de muren glipten en haar het gevoel gaven – dat realiseerde ze zich nu pas – dat ze iets scherps in hun handen verborgen.

Ze was zo nieuwsgierig naar hem dat ze de verleiding niet had kunnen weerstaan. Die … hoe moest ze het eigenlijk noemen – 'ontmoeting' was te weinig, 'vriendschap' was overdreven – met de vader van het meisje was op een merkwaardige manier begonnen, haast intiem, of niet intiem, misschien was dat niet het juiste woord, maar toch op zijn minst vertrouwelijk. Twee volwassen mensen begonnen normaal eerst over gewone dagelijks zaken om dan beetje bij beetje, áls het al gebeurde, gevoeligere onderwerpen aan de orde te laten komen. Maar dat gesprek – en ze wist ook niet precies hoe het was gebeurd – was direct naar de kern van hun zorgen en problemen gegaan. Vandaar dat ze de dag daarna de behoefte had om de gewone dingen van zijn dagelijkse leven te weten te komen, om die aanvankelijke onbalans in evenwicht te brengen. Ze wist verder zo goed als niets van hem, niets over zijn werk, zijn huis, zijn smaak, wat hij deed als hij vrij was en niet voor zijn kind hoefde te zorgen. Ze had het gevoel de ingewikkelde architectuur van een huis te hebben doorgrond, zonder enig idee van de simpelere, zichtbare dingen: de voorgevel, de deur, de ramen.

Ze was bang dat hij zich met die ontboezemingen misschien enigszins ongemakkelijk voelde, als iemand die tijdens een opwindende avond met veel drank te veel over zichzelf heeft verteld en zich de volgende dag bezorgd afvraagt wat de anderen met die informatie zouden gaan doen. Het was zes dagen geleden, en ze had hem niet meer gezien. Alba werd altijd door de vrouw die op haar paste – hij had verteld dat ze Rocío heette – opgehaald.

Vandaar dat ze nu Alba had gevraagd om een tekening van haar familie of haar huis te maken. Terwijl zij een boek opensloeg en net deed of ze las, zag ze dat het meisje eindelijk was begonnen.

Op de voorgrond, in het midden van het papier, had ze een rechthoekig zwembad getekend, met een dubbele lijn, alsof ze bang was dat het water eruit zou stromen. In het zwembad dreef zij zelf aan de oppervlakte. Ondanks haar nog onhandige vingertjes had ze het poppetje een gelukkige uitdrukking gegeven, een glimlach op haar gezicht, met daaromheen een aureool van waterdruppeltjes die uit haar haren vielen.

Rita had haar zonder iets te zeggen geobserveerd, wachtend tot de vader op het vel papier zou verschijnen, erop vertrouwend dat de tekening het beeld dat zij zich van de relatie tussen Julián Monasterio en zijn dochter had geschapen, zou bevestigen: dat van een hechte band, misschien iets té hecht, en daarom niet bevorderlijk voor hun beider evenwicht. Een band als een muur, opgericht om de wereld buiten te sluiten.

En inderdaad, hij was de volgende die ze tekende, buiten het zwembad, met zijn gezicht naar het water. Alba had PAPA onder zijn voeten geschreven, alsof ze zich ervan bewust was hoe moeilijk het voor anderen was om hem te herkennen en ze er geen enkele twijfel over wilde laten bestaan wie dat was, daar zo dicht bij haar. Het gezicht van de man glimlachte niet, maar had ook niets dreigends of akeligs. Het was rustig, onbeweeglijk, neutraal, opmerkelijk evenwichtig door de volledige symmetrie van zijn gelaatstrekken. Maar Rita zag dat ze in zijn ooghoeken merkwaardige halve cirkeltjes had getekend, als overdreven gezwollen traanklieren. Toen ze haar nieuwsgierigheid niet langer kon bedwingen en vroeg wat dat waren, antwoordde Alba dat het de kleine gaatjes waren waar tranen door naar buiten komen.

Ze trok de vinger waarmee ze had gewezen terug, alsof ze bloed had aangeraakt, te ver was gegaan in haar nieuwsgierigheid. Ze was ontroerd door dat detail dat een kant van de vader onthulde die ongetwijfeld diepe indruk op het kind had gemaakt. Die twee gezwollen traanklieren voegden een droevige noot toe, zonder dat de tekening er in haar geheel zwaarmoedig door werd. Ze was blij dat het portret hem niet liet zien als een gebroken man die al niet meer kon geloven in het geluk. Toch vroeg ze zich wel af hoe vaak het kind hem had zien huilen.

Daarna verschenen er aan de bovenkant van het papier twee jongens, op de achtergrond, met een roodgroene bal tussen hen in, voetballend, blijkbaar niet al te zeer geïnteresseerd in het zwembad. Toen ze vroeg wie dat waren gaf Alba gaf haar de namen van haar twee neefjes.

Het verbaasde haar niet dat ze haar moeder als laatste tekende.

Ze vermoedde dat de manier waarop ze haar zou gaan tekenen – hoe gedetailleerd of hoe vaag, hoe groot, op welke plek – de moeilijkste beslissing was in deze hele tekening. Alba had even getwijfeld en op een gegeven moment had ze haar aangekeken, alsof ze op het punt stond te zeggen dat ze al klaar was of dat ze er niets meer bij wilde tekenen.

Maar zij had haar ogen strak op het boek dat ze niet las gehouden en deed net of ze niets merkte van haar getwijfel, om haar op die manier tot een beslissing te dwingen. Toen zette het meisje het potlood op de linkerkant van het papier en hield het even daar. Daarna tilde ze het potlood weer op. Op het papier stond alleen een zwarte stip. Alba kon uitstekend tekenen en ze veronderstelde dat het geen technisch probleem was dat haar ervan weerhield haar moeder af te beelden – als het om haar moeder ging – maar dat ze zich afvroeg of ze haar moeder in een tekening kon opnemen waar haar vader ook al was. Uiteindelijk, met een beslist gebaar, begon ze het lichaam te tekenen, benen, armen – in een van de armen een pakje dat op een cadeautje leek – en een hoofd. Onder dat poppetje schreef ze geen naam.

'Ik ben moe', zei ze toen ze klaar was.

'Goed, dan stoppen we ermee. Wil je vertellen wat je hebt getekend?'

'Papa', wees ze met de punt van het potlood. 'Ik. Mijn neefjes. Mama.'

'En het zwembad? Hebben jullie een zwembad thuis?'

'Nee, dat is van mijn neefjes.'

'Vragen ze je om te komen spelen?

'Soms.'

'En neemt mama een cadeautje voor je mee?'

'Ja.'

Ze keek naar het vrouwenfiguurtje. Ze had haar heel ver van de vader af getekend, zo dicht aan de linkerkant dat haar rechterarm er nauwelijks op paste. Ze had lang haar en droeg een korte rok. Hoewel ze haar niet kleiner had gemaakt dan de rest en haar net zo gedetailleerd had afgebeeld, leek ze er niet echt bij te horen, ver weg van het zwembad dat de rest van de personen met elkaar verbond, starend naar dingen die niet op het papier stonden, alsof daarbuiten iets gebeurde wat haar meer interesseerde.

'Ik vind het een mooie tekening. Mag ik haar hebben?'

'Ja.'

'Ik hang haar op het prikbord,' ze stond op en prikte de tekening op het kurk, 'dan kan iedereen zien hoe goed jij kunt tekenen.'

Alba lachte flauwtjes en begon de potloden in hun doos weg te bergen, ze heel zorgvuldig op kleur leggend. De bel ging. Rita aaide haar over haar haren en liet haar gaan.

Ze stak een sigaret op en rookte langzaam, moed verzamelend voor de komende docentenvergadering. Het was niet toegestaan om in de lokalen te roken, en zij overtrad die regel alleen aan het eind van de middag, als er geen kinderen meer kwamen en de schoonmaaksters er bijna waren om de ramen open te gooien, te vegen en te stofzuigen.

Ze liep de trap af, naar de docentenkamer. Ze waren er bijna allemaal al, sommigen zwijgend, anderen pratend in kleine groepjes. Het was de eerste vergadering na Larreys dood, en hoewel iedereen dagenlang over hem had gepraat en er druk was gespeculeerd over zijn dood, sprak nu niemand zijn naam hardop uit. Niemand wilde opvallen of de algemene aandacht trekken, maar de grote rechthoekige tafel dwong hen elkaar aan te kijken. Het idee dat een van hen, zo dichtbij, bloed aan zijn handen kon hebben – of de mogelijkheid dat de anderen dat van iemand dachten – maakte het tot een vreemde vergadering.

Al gauw kwamen ook Nelson, Julita Guzmán en het kleine groepje mensen dat nog op de gang was achtergebleven naar binnen. Terwijl normaal tijdens de vergaderingen altijd om stilte moest worden verzocht, leek iedereen nu op het moment te wachten dat Nelson het woord nam. Ieder besluit dat hij nam zou zorgvuldig worden gewogen, in de hoop dat het de lijn van zijn toekomstige beleid zou onthullen, net zoals de maatregelen waartoe een ministerraad de eerste keer dat de ministers na de algemene verkiezingen bijeenkomen besluit, meer zeggen over de intenties van de regering dan het hele verkiezingsprogramma.

Julita Guzmán sloeg de notulen van de vorige vergadering open om ze voor te lezen en ter goedkeuring voor te leggen, maar Nelson gebaarde haar nog even te wachten.

'Voordat we beginnen wil het directieteam alle aanwezigen bedanken voor uw terughoudendheid tijdens de laatste twee weken, en de waardigheid waarmee u de vreselijke tragedie die ons is overkomen hebt weten te dragen. En ik denk dat ik namens alle aanwezigen spreek als ik nogmaals zeg dat deze vreselijk daad door iemand van buiten de school moet zijn gepleegd. We zijn de luitenant dan ook dankbaar voor de discretie waarmee hij zijn taak uitvoert en voor de wijze waarop hij de aanwezigheid van politie in de school heeft weten te beperken; we hebben hem onze erkentelijkheid betuigd in een brief die ter inzage ligt voor iedereen die hem wil lezen.'

Hij zweeg en zijn blik ging even de hele kring rond, alsof hij er zeker van wilde zijn dat ze niet alleen luisterden, maar dat het tot hen doordrong dat er voortaan op een andere manier vergaderd zou worden, formeler en plechtiger, met een nadrukkelijke presentatie en zorg voor details: substantieel anders dan De Molinos' stijl, die wat grover, korter en autoritairder was geweest, omdat hij een hekel aan retoriek had en de zaken altijd op een zo direct mogelijke wijze had proberen op te lossen.

'Ik weet dat we allemaal aangeslagen zijn door Larreys dood, en dat zal ook nog wel een tijd zo blijven. Maar een school moet het belang van de leerlingen voorop stellen, en het is van fundamenteel belang dat zij van dit alles zo weinig mogelijk merken. De beste manier om dit te bereiken is ervoor te zorgen dat alles weer zo gauw mogelijk normaal draait. Laat iedereen zijn werk goed doen; de luitenant, maar wij ook. Laten we de lessen zo efficiënt mogelijk uitvoeren en ervoor zorgen dat het rooster strikt wordt aangehouden. Dat is de beste steun die we de kinderen kunnen bieden. En daarom, ook al zullen we het nooit vergeten, zullen wij als managementteam geen woord meer zeggen over de kwestie van Larreys dood, tenzij er nieuwe feiten uit het onderzoek naar voren komen. Ik denk dat hijzelf, die zo veel om de leerlingen gaf, het hiermee eens zou zijn.'

Rita zag iedereen knikken, een soort golf van instemming die begon aan Nelsons rechterkant, haar passeerde, de tafel rondging en uiteindelijk bij Julita Guzmán stokte, als een wave die langs de tribunes van een voetbalstadion gaat. Iedereen leek het eens te zijn met de passende woorden van de nieuwe directeur, die ze later buiten school zouden kunnen herhalen, misschien dat hun eigen wensen er beter in werden verwoord dan ze dat zelf konden.

De secretaresse begon de notulen van de vorige vergadering voor te lezen, maar Rita kon haar gedachten er niet bij houden. Nelsons woorden, die een officiële aanmoediging waren om Larrey te vergeten, bleven in haar hoofd rondspoken. Hij had hoffelijk, meelevend geklonken, het was zelfs een soort eerbetoon, maar toch was het een aanmoediging om te vergeten, waar iedereen het mee eens leek te zijn. In eerste instantie hadden ze de moord als een wrede, pijnlijke gebeurtenis ervaren, maar nu, nu het eerste verdriet daarover was weggezakt en er nog geen spoor van de moordenaar was, bleef er een ongemakkelijke onrust over die je maar beter kon negeren totdat anderen – de luitenant of die detective die een keer op school was komen rondsnuffelen – het probleem hadden opgelost. Larrey was dood en natuurlijk moest je meeleven met zijn familie, maar waarom zou je blijven jammeren, zíj waren uiteindelijk allemaal zelf nog wel in leven. Ze keek om zich heen en bedacht dat haar collega's helemaal niet zo aangeslagen waren als Nelson had gezegd. Over een paar weken zou niemand nog aan hem denken, aan de manier waarop hij was gestorven, dat hij zijn haar nooit grijs zou zien worden. Ze zaten al naar Julita Guzmán te luisteren, die de notulen voorlas, en ze was ervan overtuigd dat geen van hen ook maar de mogelijkheid overwoog overplaatsing naar een andere school aan te vragen, die niet bevlekt was met bloed. Ze hadden het hier naar hun zin, een saaie betrekking waar ze rustig op hun pensioen konden wachten. En als een enkeling het na schooltijd, als het wat later was geworden dan normaal, misschien nog een beetje griezelig vond om door de donkere, stille gangen van de school te lopen, dan won hun gemakzucht het ongetwijfeld van hun onrust.

Julita Guzmán was nog steeds bezig met de notulen, routine-matig punten voorlezend die geen mens zich meer herinnerde. Rita wist dat er geen bezwaren zouden zijn, omdat iedereen deze vergadering zo snel mogelijk achter de rug wilde hebben. Op dat moment besloot ze dat zij in ieder geval wél overplaatsing zou vragen. Ze kon daar niet meer blijven, ze kon niet leven in de schaduw van deze gebeurtenissen. Het kon haar niet schelen waarheen, een buitenwijk van een grote stad, of misschien naar een dorp aan de kust, waar 's zomers de zon stralend scheen en grote blonde mensen die van de zee hielden en een andere taal spraken vakantie kwamen vieren, en waar in de winter een zoute, krachtige wind de klaslokalen ventileerde.

Naast haar hoorde ze de stem van Matilde Cuaresma, die een jongere collega vertelde over een probleem dat ze tijdens haar lessen met een leerling had gehad. De notulen waren niet interes-sant en hier en daar werd zacht gepraat. Een paar zinnen die de vrouw van De Molinos uitsprak kon ze heel duidelijk opvangen. Ze vond het hier – in de docentenkamer nota bene, de plek die het hart van de school moest zijn, waar al het goede vandaan moest stromen, zoals van het altaar in een kerk of de reactor in een kerncentrale – haast obsceen klinken: 'Dat soort kinderen kun je maar het best in de hoek zetten, met hun gezicht naar de muur. Dat vinden ze het ergst.'

Ook Rita luisterde niet meer naar de secretaresse. Dat gefluis-terde commentaar naast haar maakte haar ongemakkelijke ge-voel alleen nog maar groter. Als ze de kinderen zagen als lastige vijanden die je ten koste van alles moest zien te temmen, dan waren alle besluiten die in de vergadering werden genomen zin-loos. Niet meer dan waardeloze stukken papier, besluiten om de autoriteiten een rad voor ogen te draaien, waarvan ze zich niets meer aantrokken zodra ze de deur van hun lokaal achter zich dichttrokken. Ze zei nog tegen zichzelf dat heus niet al haar col-lega's zo waren, dat het uiterst onrechtvaardig was om dat niet te erkennen. Maar ze voelde zich op dat moment zo neerslachtig dat ze even niet eerlijk kon zijn. Terwijl Julita Guzmán de laatste zinnen van de notulen las, gleed haar blik langs de gezichten van haar collega's rond die grote, rechthoekige tafel. Ze konden een uitdrukking van verveling en ongeduld maar nauwelijks verbergen. Dat moesten nu de steunpilaren van het openbaar onderwijs zijn. Ze voelden zich als groep zo zeker en waren zo zelfingenomen dat geen van hen op zijn vijftigste meer van zijn vak wist dan op zijn twintigste, ze waren zo tevreden over hun eigen kundigheid, opleiding, toewijding en resultaten dat de meesten van hen hun eigen kinderen naar particuliere scholen stuurden. Met een schok realiseerde ze zich ineens waarom kinderen van leraren haast nooit voor het vak van hun ouders kiezen. Behalve dat het beroep weinig maatschappelijk aanzien genoot, moesten ze er van jongs af aan over hebben horen klagen, over de ondankbaarheid van de werkomgeving, over dat dagelijkse gevoel van onbehagen dat haast grensde aan bitterheid. Gezien dat soort boodschappen was het begrijpelijk dat geen van haar collega's kinderen had die hun ouders wilden opvolgen in het leraarsvak, in een soort familietraditie zoals je wel bij advocaten, artsen of architecten ziet, bij wie het vak per generatie aan prestige wint.

Nelson had opnieuw het woord genomen. Hij was nu overgegaan tot de orde van de dag: informatiebijeenkomsten voor de ouders, buitenschoolse activiteiten, details op het gebied van de interne organisatie, kleine administratieve en organisatorische veranderingen.

Na een kwartier was hij al uitgesproken. Rita had er meer van verwacht. Was dat alles? Waren dat de verbeteringen waarop hij, toen hij nog geen directeur was, zo had gehamerd? Ze keek om zich heen, verwachtte commentaar, een vraag, een suggestie, een teken van teleurstelling dat de hare bevestigde, waaruit zou blijken dat zij niet de enige was, maar iedereen hield zijn mond, allang tevreden dat er geen grote veranderingen werden aangekondigd. Zelfs De Molinos leek enigszins verrast dat deze docentenvergadering maar zo weinig verschilde van de vergaderingen die hij tot een paar weken geleden had voorgezeten.

Terwijl hij sprak had Nelson niet één keer in haar richting gekeken, alsof hij bang was de teleurstelling in haar ogen te lezen.

Alles kabbelde rustig zo voort tot ze bij het laatste punt van de agenda aankwamen, onder het vage kopje 'Overige zaken'. Corona, als decaan, nam het woord om iedereen te herinneren aan de data van de schoolfeesten, en hij gaf een toelichting bij de informatie en de aankondigingen die ze al op schrift hadden ontvangen.

'De fluor is ook gekomen', voegde Nelson aan zijn verhaal toe. 'Mag ik u eraan herinneren die wekelijks aan de kinderen uit te delen? De conciërge zal een fles naar iedere klas brengen.'

'Mij hoeft hij niets te brengen. Ik peins er niet over me daarmee bezig te houden. De gezondheid van de kinderen is een zaak van hun ouders, en die moeten er zelf maar voor zorgen.'

Het was de eerste keer dat De Molinos het woord nam en iedereen keek hem aan, bevreemd over de harde toon bij zoiets onbetekenends. Rita bedacht dat zijn verzet tegen Nelson waarschijnlijk niet zozeer te maken had met de kleine moeite de kinderen een minuut met fluor te laten spoelen; hij had behoefte een van Nelsons voorstellen af te wijzen, het was een manier om zich af te zetten tegen zijn nieuwe, ondergeschikte positie.

'Laat er maar iemand van de gemeente komen om het uit te delen. Het is niet onze verantwoordelijkheid om te voorkomen dat een kind rotte tanden krijgt. Misschien die van de ouders of de tandarts, maar bij ons hoort die niet thuis. Het is al moeilijk genoeg om ze rekenen, taal en godsdienst bij te brengen zonder dat we ons ook nog eens met hun lichamelijke verzorging moeten bezighouden.'

Rita had een snel, afdoend antwoord van Nelson verwacht dat De Molinos' verzet in de kiem zou smoren. Ze had zich doodgeërgerd aan zijn laatste zinnen. Door het bijzondere karakter van haar werk, dat vaak dicht tegen therapie aan zat, trok ze het zich persoonlijk aan. Ze had zelf weleens gesteld dat het net zo belangrijk was om de kinderen te leren geweld te haten als hun natuurkundige wetten bij te brengen. Respect voor anderen en een hygiënische levenswijze waren minstens zo belangrijk als aardrijkskundige concepten: beide soorten onderwijs konden niet zonder elkaar. Ze kon zich niet voorstellen dat iemand van natuurwetenschappen kon houden, van wiskunde of taal, zonder te vertrouwen op de kracht van het woord boven geweld, zonder tegelijkertijd te streven naar een schone, hygiënische manier van leven, of naar de rust die voorkomt uit een geordend wereldbeeld waarin voor ieder wezen en ieder ding een eigen plek is. En Nelson was het altijd met haar eens geweest. Daarom was ze zo verbaasd over het verzoenende, schijterige antwoord dat hij gaf: 'We komen er vast wel uit.'

Ze ging rechtop in haar stoel zitten, benieuwd naar de regeling die hij zou voorstellen. Ze keek naar Manuel Corona, de decaan. Maar ook Corona leek niet bereid de discussie aan te zwengelen, terwijl hij toch degene was die altijd zo hamerde op de noodzaak van een goede hygiëne op school en zelf het goede voorbeeld gaf met al zijn pietluttigheid.

'We hebben genoeg fluor voor alle kinderen. We kunnen de ouders een brief schrijven. Als ze het willen kunnen ze de fluor voor hun kinderen mee naar huis krijgen en er zelf voor zorgen dat ze het thuis krijgen toegediend', stelde Nelson voor.

'Dat lijkt me beter. Ze kunnen ons toch niet dwingen dit soort taken op ons te nemen', voegde iemand er nog aan toe.

Ze hoorde het allemaal stomverbaasd en met een groeiend gevoel van schaamte aan. Misschien was dit concrete geval een slecht voorbeeld, maar het kon wel degelijk van hen worden verwacht dat ze hun leerlingen goede gezondheidsgewoonten bijbrachten. Net zoals er ook niet zwart op wit in het lesprogramma stond dat ze de schoenveters van een driejarig kind moesten strikken voordat het een trap van vijfentwintig treden afging maar het toch deden. Maar wat ze het ergerlijkst vond was dat het uitgerekend Nelson was die dit … lapmiddel, ze kon er geen ander woord voor verzinnen, had voorgesteld.

'Goed. Dat is dan afgesproken. We reiken de fluor uit aan de ouders die erom vragen en vergeten het verder.'

'Ik denk niet dat we het verder moeten vergeten', hoorde ze zichzelf ineens zeggen. Het kostte haar moeite de woede die ze in zich voelde opwellen in te houden, te verbergen hoe boos ze was op de meesten van haar veertig collega's, die haar met verbaasde gezichten aankeken. 'Hoelang draait dit gezondheidsprogramma al?'

'Een jaar of tien, twaalf', antwoordde Manuel Corona.

'En tot nu toe hebben we er altijd aan meegedaan?'

'Ja.'

'Dan denk ik dat het geen goed idee is om een van de weinige goede gewoonten die we er bij de leerlingen in hebben gekregen los te laten.'

'Ik denk ook niet dat tien of twaalf jaar genoeg is om er een gewoonte in te stampen', antwoordde iemand, blijkbaar niet in staat een grapje van sarcasme of boosaardigheid te onderscheiden.

'Aan de andere kant weten we dat de kinderen die het juist het meest nodig hebben het niet zullen krijgen, de kinderen wier ouders zelfs nooit een tandenborstel voor hen hebben aangeschaft', voegde ze er nog aan toe, het commentaar negerend. Een ander moment was ze misschien te geremd geweest om dergelijke woorden uit te spreken met al die mensen die haar aankeken, maar ze was nu zo opgewonden dat ze vond dat het aansloot op wat ze eerder had gezegd.

Nelson keek haar aan alsof hij probeerde uit te vinden wat de kortste weg door het bos was, zonder te weten welk pad hij zou kiezen.

'Dan kom je die rommel toch ook in mijn klas uitdelen', hoorde ze Jaime De Molinos opnieuw het woord nemen, nadat hij op stilte had gewacht. Dergelijke kwaadaardige opmerkingen snoerden haar altijd de mond.

'Goed, goed', kwam Nelson verzoenend tussenbeide. 'Doen jullie allemaal maar wat je goeddunkt, deel het uit in de klas of geef het mee.'

Afwezig en moe, zwijgend, zat ze de rest van de vergadering uit zonder te luisteren, maar even later zag ze de rest opstaan en vertrekken. Ze had geen enkele aantekening gemaakt: beter dan wat dan ook weerspiegelde het witte vel papier de leegte die ze binnen in zich voelde. Niemand had gesproken om haar te steunen, en die algemene onverschilligheid herinnerde haar eraan dat er meer dan één manier bestond om haar te kwetsen. Ze sloeg haar map dicht zonder de anderen aan te kijken, tegen zichzelf zeggend dat ze te veel ophef maakte over iets onbetekenends, dat ze het niet te dichtbij moest laten komen. Maar het bleef steken. Oké, zei ze tegen zichzelf, zodra het mogelijk was zou ze overplaatsing aanvragen.

Terug in haar kamer stond ze haar tas in te pakken toen Nelson binnenkwam, de deur achter zich sluitend.

'Wat wil je?'

'Je was van streek na de vergadering.'

'Natuurlijk was ik van streek. En jij komt me nu natuurlijk vertellen dat ik me geen zorgen hoef te maken.'

'Precies.'

Ze keek hem aan, zoekend naar de woorden die ze tijdens de vergadering niet had kunnen uitspreken.

'Ik vind het ongelooflijk zoals je bent veranderd. Als ze me een paar weken geleden hadden gezegd dat je tijdens een docentenvergadering De Molinos zou gaan verdedigen, dat je je achter zijn gemakzucht en zijn ideeën over kinderen, over wat een school is, zou stellen, dan had ik ze niet geloofd.'

'Zo is het niet, Rita. Dat weet je best. Een school is nu eenmaal geen slagveld waar je je vijand moet zien te verpletteren. Soms is het nodig om toe te geven in kleine zaken om belangrijkere kwesties door te kunnen zetten.'

'Dat heb ik wel vaker gehoord, in betere bewoordingen. Maar het zijn precies die schijnbaar onbetekenende zaken die het verschil maken tussen een plezierige, goed geleide school en een crèche of een opvoedingsgesticht. Dat heb ik je volgens mij ook ooit eens horen zeggen.'

'Wat ik bedoel is dat het geen zin heeft je op te winden over zoiets onbetekenends. Het is niet eens bewezen dat fluor werkt.'

'Nee, natuurlijk niet. Zelfs niet bij kinderen die pas bij een tandarts terechtkomen als hun tanden al rotten en er niets meer aan te doen valt. Dit is een openbare school, geen luxe internaat. Sommige kinderen zullen alleen fluor krijgen als wij het ze hier geven. Of kan het jou soms ook al niet verdommen dat een deel van de kinderen cariës heeft?'

Ze wist dat ze overdreef, maar ze was zo overtuigd van haar gelijk dat het haar niet meer kon schelen. Ze liep naar de deur om te vertrekken, maar Nelson bewoog niet. Ze zag hoe hij zijn hand – de linkerhand, die ze ooit zo aantrekkelijk had gevonden – hief en die zachtjes op haar arm legde.

'Ik denk dat je de zaak opblaast, en dat is niet goed. Je kunt toch niet strenger tegen je collega's zijn dan tegen je leerlingen.'

'Natuurlijk kan ik dat. Ik heb geen enkele reden om streng tegen mijn leerlingen te zijn', ze schudde zijn hand af. 'Laat me erdoor, alsjeblieft.'

'Rita, ik begrijp heus wel dat je overstuur bent. Jij en Larrey waren goede vrienden en ik weet hoezeer je op hem gesteld was. Maar ik begrijp niet waarom je je op mij moet afreageren. Ik heb hem niet vermoord, en het is ook mijn schuld niet dat het is gebeurd.'

'Jij hebt nergens schuld aan, Nelson, helemaal nergens aan', siste ze. Ze was er ineens doodmoe van om in haar eentje te moeten vechten tegen dat onbehagen dat iedereen toch moest voelen maar waaraan niemand iets probeerde te doen. Ze duwde hem zachtjes opzij en vertrok.

Het werd al donker. Zelfs de kinderen die altijd nog op het schoolplein bleven spelen waren al naar huis en het hele schoolterrein was verlaten. Ze liep alleen, denkend aan De Molinos' sarcastische uitnodiging naar zijn klas te komen om zijn werk te doen. Waarom moest ze overal kwaadaardige mensen ontmoeten? vroeg ze zich af. Waarom moest ze zo vaak in de problemen komen met haar collega's terwijl ze toch alleen maar oprecht probeerde te zijn en haar werk goed te doen, terwijl je daar eigenlijk alleen maar waardering voor zou verwachten? Een vriend als Larrey zou ze op school nooit meer vinden, maar ze konden toch op zijn minst beleefd tegen haar zijn? Ze kende niemand in Breda, ze was voor haar werk verhuisd. Ze had haar familie achtergelaten, haar stad en haar vrienden. In haar oude woonplaats had ze ook teleurstellingen te verwerken gehad, maar ze had erop vertrouwd dat het in die nieuwe plaats allemaal in orde zou komen, en dat als zij niemand kwaad deed, anderen het haar ook niet zouden doen. Maar, zei ze tegen zichzelf, op een gegeven moment kom je erachter dat het kwaad en de boosaardigheid overal vandaan komen, zonder dat je ook maar iets gedaan hebt om het uit te lokken.

Ze kwam langs het terras tegenover het park waar ze zes dagen eerder met Julián Monasterio iets had gedronken en ineens moest ze met een onverwachte intensiteit aan hem denken. Het was zo sterk dat ze even stil bleef staan. Wat zou ze hem nu graag tegenkomen en dan wat met hem kletsen, zittend op een van die witte stoelen, met een drankje in haar hand. Ze was er zeker van – zonder concrete bewijzen – dat híj haar nooit, wat er ook gebeurde, belachelijk zou maken.

In plaats regelrecht naar huis te gaan, wandelde ze via een omweg naar zijn zaak, in een van de winkelstraten in de buurt van het plein. Er zat een jongere man aan een bureau naast hem, zijn werknemer, vermoedde ze.

Ze had geen enkele reden om naar binnen te staren en stond op het punt door te lopen toen hij opstond om iets te pakken en haar aan de andere kant van het raam zag. Hij liep naar haar toe, deed de deur open en kwam bij haar op straat staan, alsof hij had geraden dat ze daar niet was voor iets wat met computers te maken had en hij niet wilde dat zijn werknemer meeluisterde. Op zijn gezicht maakte een eerste, vluchtige uitdrukking van vreugde plaats voor onzekerheid, bezorgdheid haast, dezelfde kwetsbaarheid die ze tijdens hun vorige ontmoetingen ook een paar keer had gesignaleerd en die in haar de behoefte had gewekt hem gerust te stellen. Ze begreep dat hij bang was dat ze iets over Alba kwam vertellen, dat de lessen niet goed gingen, of dat ze niet vooruitging. Ze begroetten elkaar en Rita haastte zich te zeggen: 'Ik kwam toevallig langs en hield even stil om te kijken. En toen zag ik dat je er was.'

'Kom je nu pas van school?' vroeg hij, op haar tas wijzend.

'Ja.'

'Zo laat?'

'We hadden een vergadering.'

Julián Monasterio keek om naar de winkel, waar Ernesto nog op een toetsenbord bezig was. Zijn eigen computer stond ook nog aan.

'Ik moet nog iets afmaken en dan ga ik naar huis om te kijken of alles goed is met Alba. Zullen we daarna iets afspreken, samen iets drinken? Een hapje eten?' stelde hij voor.

'Graag', zei ze.

Ze spraken een tijd en een plek af en namen afscheid met een veelbelovend, opbeurend 'tot straks'.

15

De eerste weken na zijn scheiding, als je in de steek gelaten worden tenminste een scheiding kon noemen, had Julián Monasterio zich al die plaatsen voorgesteld waar Dulce nu was, zonder hem: landen, bergen en stranden die ze ooit samen hadden willen ontdekken, treinen en boten waarover ze hadden gedroomd maar die ze nooit hadden genomen. Hij stelde zich voor hoe ze over het zand van een strand liep, met haar arm om een man die op zijn beurt zijn onderarm op het stukje rug vlak boven haar billen liet rusten, boven het sensuele bewegen van haar heupen; lachend in de camera op een plekje met zonovergoten oude stenen; slapend met haar hoofd tegen de hoofdsteun, terwijl de man reed, tijdens een lange reis naar een van die buitenlandse steden waar híj haar mee naartoe had moeten nemen: Parijs, Venetië, Praag, Boedapest, Istanboel.

Hij voelde dat hij nog steeds van haar hield, zelfs als hij haar vervloekte, als hij keer op keer 'hoer, hoer, hoer, hoer' zei, tot hij die woorden, die hij nog niet tegen de meest verdorven vrouw zou durven zeggen, in zijn mond voelde branden. Daarna zweeg hij, geschrokken van zijn eigen wanhoop, uitgeput van alle woede, verdriet en schaamte. Maar als dan twee of drie uur later de wekker ging en hij al zijn krachten moest verzamelen om uit bed te komen, nog voor hij zich bezorgd afvroeg of Alba's lakens weer nat zouden zijn, gingen zijn eerste gedachten opnieuw uit naar zijn ex-vrouw. Nog doodmoe en slaperig stelde hij zich voor dat Dulce zomaar ineens weer thuiskwam, met in de koffers alles wat ze eerder had meegenomen, en dat ze haar spullen weer in de kasten legde alsof ze nooit was weggegaan. En hij wist niet of hij haar moest vergeven of de deur in haar gezicht dichtgooien, met dezelfde woorden die een paar uur eerder in zijn mond hadden gebrand.

Maar met de komst van het licht nam zijn pijn af, alsof zijn verdriet een soort kwijl was dat door de duisternis van de nacht

werd afgescheiden. Dan zei hij tegen zichzelf dat als ze terugkwam, hij haar zou kunnen vergeven en de maanden vergeten
waarin ze zijn bestaan zo miserabel had gemaakt, want de tien
jaren die ze hem gelukkig had gemaakt hadden veel langer geduurd. Zonder die tien jaar zou het hout van Alba's bed nog een
boom zijn. Als hij daarna in de winkel kwam stortte hij zich op
zijn werk, koffiedrinkend en rokend – hij at nauwelijks, hij had
het gevoel of zijn mond vol as zat – en dwong hij zichzelf achter
de computers om die te repareren of met programma's te laden.
Met zijn auto bezorgde hij de computers tijdens die slapeloze
zomer persoonlijk bij de klanten thuis, zwetend over de in het
zonlicht glinsterende straten van Breda, die bleek zagen als een
overbelichte foto. Met bezwete nek en natte oksels stond hij bij
zijn klanten voor de deur, die hun bestelling nog maar een paar
uur eerder hadden geplaatst en hem verbaasd aankeken over die
prompte levering. Mensen die hem kenden en wisten dat zijn
vrouw ervandoor was – met de snelheid die Breda in de loop der
eeuwen had ontwikkeld om niet alleen banale roddels maar ook
de meest smerige laster rond te pompen – dachten waarschijnlijk
dat hij zichzelf met die overdreven werklust strafte voor de fouten die zijn huwelijk hadden doen mislukken, maar hij trok zich
niets aan van hun medelijdende of spottende blikken. Het viel
hem wel op dat iedereen heel snel met betalen was, zonder enige
discussie over de rekening, alsof ze zo snel mogelijk van hem af
wilden zijn, of ze de last die hij te dragen had op die manier probeerden te compenseren.

Vervolgens nam hij de cheque of de bankbiljetten in ontvangst
en keerde terug naar de hitte van de gloeiende straten onder een
harde, schone hemel. Ooievaars vlogen om de hoge, metalen to-
renspitsen, alsof ze door magneten werden aangetrokken. Nu de
herfst aanbrak en hij alles om zich heen goud zag worden, realiseerde hij zich pas hoezeer Breda hem die afgelopen zomer was
voorgekomen als een bleke, slapeloze, zwijgende plek, platgesla-
gen door de stralen van die enorme zon. Toen hij een keer stil-
hield voor de etalage van een boekwinkel om het zweet van zijn
voorhoofd te vegen, had hij achter het glas een aantal foto's van

de meest schilderachtige plekken van de stad uitgestald gezien: de kerk en de toren, het slingeruurwerk, het paleis van de familie De las Hoces, een balkon met bloembakken met geraniums, wat ambachtswerk ... Het duurde even voordat hij zich realiseerde dat het om Breda ging, verbaasd over die foto's, die veel meer glans en kleur bezaten dan de bleke, onbeduidende, saaie realiteit die hij waarnam.

Hij was ook een keer op een dode ezel gestuit. Hij had het beest de middag daarvoor al in de straten in de buurt van de markt zien rondzwerven, waarbij het zich niets aantrok van het toeterende verkeer dat moest stoppen om hem voorbij te laten gaan, met die langzame, waardige, majestueuze gang die de naderende dood zelfs de minst gracieuze dieren kan verlenen. Hij was niet gebrandmerkt en droeg geen tuig, op een zweterige leren band om zijn hals na, zo breed en donker als de band waar een barbier zijn mes op scherpt. De verschijning van een ezel in het centrum van de stad deed anachronistisch aan, in het begin van het derde millennium, een dier dat, vergeleken bij computers die alle kennis van de wereld bevatten, haast prehistorisch leek.

De ezel was in elkaar gezakt in de steeg waar de vrachtwagens op weg naar de markt door moesten, de doorgang blokkerend, met hordes vliegen over zijn hele lijf, van zijn anus tot zijn bek, waarin je zijn tanden zag zitten, zo groot en geel als dominostenen. Het duurde lang voor de brandweer het kadaver kwam opruimen. Hij had geen idee waarom, maar hij had moeten denken aan het sprookje van de Bremer stadsmuzikanten, en stelde zich voor hoe de haan, de kat en de hond hun onhandigste, meest naïeve metgezel aan de genade van de dieven hadden overgeleverd om hun avontuur – waarbij de ezel hen alleen maar ophield – voort te zetten.

En als zijn werkdag erop zat en hij 's nachts niet kon slapen, lag hij te piekeren wat Dulce nodig had gehad dat hij haar niet had kunnen geven. Hij zocht in zijn herinneringen naar voortekenen die hem hadden kunnen waarschuwen dat ze van plan was ervandoor te gaan, maar hij kon niets vinden wat afschuwelijk of verdrietig genoeg was om haar gedrag te rechtvaardigen.

Andere keren vroeg hij zich af voor wat voor man ze hem had verlaten. Hij had hem maar één keer vaag gezien, vanaf het balkon van zijn flat, toen Dulce Alba was komen halen en de man in de auto op hen was blijven wachten. Een donker gezicht achter de voorruit, maar verder had hij geen idee, niet van zijn postuur, zijn leeftijd of zijn manier van doen. Hij kon zich háár wel duidelijk voorstellen, hoe ze naast hem lag, naakt, net zoals bij hem, in dezelfde houdingen. En hoe opwindender die waren geweest, des te ondraaglijker en pijnlijker de beelden, en des te moeilijker het hem viel ze uit zijn verbeelding te weren.

En nacht na nacht viel hij pas tegen zonsopgang in slaap, zonder een bevredigend antwoord te vinden in een heel gamma van veronderstellingen, allemaal even bitter; zonder te weten of het mislukken van hun relatie te wijten was aan te weinig tederheid of aan een gebrek aan hartstocht die de verstikkende keurigheid waarmee ze zich die laatste tijd tegenover elkaar in bed hadden gedragen misschien had kunnen doorbreken.

In die bezeten zoektocht naar fouten had hij zich bij zonsopkomst ineens iets herinnerd van vele jaren geleden, helemaal in het begin van hun relatie, toen ze nog niet eens getrouwd waren. Een onbeduidende opmerking waarvan hij nu, tien jaar later en na alles wat was gebeurd, nóg niet wist of ze het er onbedoeld had uitgeflapt – zoals hij het indertijd had opgevat – of dat ze hem had willen uitproberen, hem als het ware zand in zijn ogen had geworpen om de snelheid en de intensiteit van zijn reflexen te testen. Maar je sluit je ogen niet steeds op tijd en het zand wordt niet altijd tegengehouden door je wimpers, zei hij tegen zichzelf. Ze hadden elkaar een paar dagen niet gezien, want zij was naar het noorden geweest om haar ouders op te zoeken. Toen ze terug was kwam hij naar de flat die ze met vriendinnen deelde, een etage met tapijten op de vloer, overal kussens, posters aan de muren, met rotan meubels en een doorzichtig badkamergordijn. Ze deden de deur van haar kamer achter zich dicht en trokken elkaar vol ongeduld de kleren van het lijf. Dulce moest al zijn klaargekomen zonder dat hij het had gemerkt, en hij herinnerde zich de woorden die ze hem met een verbluffende vanzelfsprekendheid in zijn oor fluisterde: 'Als je wilt kun jij nu klaarkomen.' Het was voor het eerst dat hij haar dat woord had horen gebruiken, dat in die tijd nog een ongemakkelijke hardheid had, haast iets obsceens. Tot dan toe hadden ze op een indirecte manier over seks gepraat – maar ze hoefden er niet veel over te praten, ze deden het gewoon heel veel – zoals minnaars dat doen, gebruikmakend van een soort metaforische privétaal, als een soort geheim, intiem ritueel dat de rest van de wereld buitensluit. Dulce had het woord zo gemakkelijk in de mond genomen dat hij meteen had vermoed dat het niet voor het eerst was dat ze het gebruikte, hoewel hij het haar nog nooit had horen zeggen. En het was niet moeilijk daaruit af te leiden dat die woorden bedoeld waren geweest voor iemand anders. Maar hij had toen al geleerd vrouwen te wantrouwen die volwassen waren geworden zonder ooit een fout te hebben gemaakt. Hij was zo vol zelfvertrouwen in zijn liefde voor haar dat hij daarmee alle relaties bedoelde die ze vóór hem had gehad. Hij hield zichzelf voor dat ook zij een verleden had, en dat hij daarin niet voorkwam, en dat hij als hij dat zou ontkennen juist die eigenschappen zou negeren die hadden gemaakt dat hij verliefd op haar was geworden. En toch had hij ondanks al zijn rationalisaties een steek van jaloezie gevoeld, die zo heftig was dat hij het zich tien jaar later nog kon herinneren.

Dat soort verre, halfvergeten details kwamen tijdens die zomernachten in zijn herinnering terug, als hij hongerig en dronken door de stad zwierf, die zo heet was als een zinken dak, of als hij puffend van de hitte lag te draaien in zijn bed, steeds een ander plekje zoekend in een zinloze poging niet te veel te zweten. Uiteindelijk begon hij Dulce ervan te verdenken altijd een geheime kant aan haar leven te hebben gehad waar ze hem nooit had toegelaten, zoals toeristen in kloosters alleen de mooiste, aantrekkelijkste delen van het gebouw te zien krijgen, maar nooit in het hart van het gebouw of in de kelders mogen komen, dat deel van het gebouw dat de nieuwsgierige reiziger eigenlijk ook gezien moet hebben om te kunnen zeggen dat hij het klooster écht kent.

Toch kon Julián Monasterio niet beweren dat hij helemaal geen weet had gehad van die andere kant van Dulce. Er waren perioden geweest dat hij het gevoel had dat er iets niet goed zat, maar hij had zich nooit kunnen voorstellen wanneer of op welke manier dat tot uiting zou komen. Soms had hij een glimp van die onbekende Dulce op kunnen vangen, als ze in een van haar neurotische fasen zat, waarin ze net zo makkelijk in depressies of humeurigheid schoot als in euforie. In zo'n periode bestond er voor Dulce geen gulden middenweg: dan weer voelde ze zich de ongelukkigste vrouw van de wereld, dan weer kon ze haar geluk niet op. Niets van wat ze om zich heen had kon ze nog waarderen, al was het nog zo mooi, goed en geweldig, ze voelde zich alleen nog aangetrokken door duistere, onbereikbare zaken. 's Morgens kon ze vol energie opstaan en de meest ambitieuze projecten aanpakken om 's avonds zo uitgeteld te zijn dat ze tot niets meer in staat was … Maar zodra ze weer tot zichzelf kwam en ze zich verzoenden in een nacht van liefde en vrijen, vergat hij die voortekenen van het ongeluk.

Sinds haar vertrek had hij niets meer met vrouwen gehad, en hij was een beetje zenuwachtig om zijn afspraak met Rita, over een uur. Misschien was hij wel veranderd in iemand die na een mislukte liefde het verschil niet meer ziet tussen de vrouw die hem heeft verraden en al die anderen.

Nadat hij zich had geschoren ging hij onder een gloeiend hete douche staan om de spieren in zijn nek en schouders te ontspannen, die stijf waren van al die uren achter de computer. Hij schrobde zich net zolang tot hij zich helemaal schoon voelde. Toen Dulce pas weg was had hij zich voorgenomen goed voor zichzelf te blijven zorgen, te stoppen met roken, te sporten en te reizen, zichzelf voorhoudend dat als hij in gelukkige tijden wel was gevaren bij een gezonde levenswijze, het hem zeker goed zou doen nu hij zich zo ongelukkig voelde. Maar hij had zich er niet aan gehouden. Hij was zich ervan bewust dat hij al binnen een paar maanden zijn verzet tegen de gevaren van het vrijgezellenleven had opgegeven: hij was niet meer zo schoon op zichzelf als vroeger, zag er wat sjoemeliger uit, hij at ongezond en gehaast en begon bepaalde eigenaardigheden en eenzelvige gewoonten te ontwikkelen die het contact met anderen bemoeilijkten.

Toen hij zijn deodorant pakte nam hij zich voor om zich voortaan ook zo op te doffen voor een etentje met zijn vrienden of met zijn zus María, maar hij wist best dat hij het nu deed om goed voor de dag te komen op zijn afspraakje met Rita, omdat hij wilde dat zij hem aardig en aantrekkelijk zou vinden. Dat leek hem genoeg voor die avond; het leek hem te veel gevraagd om meer te eisen. Hij zou alles rustig over zich heen laten komen, haast was nergens goed voor. Hoelang zou het nog duren voordat hij weer eens met iemand zou vrijen, vroeg hij zich af, met een verrassende onverschilligheid voor iemand die tien jaar lang een vrouw in zijn bed had gehad en nu al een aantal maanden alleen was. Hoelang zou het nog duren voordat hij iemand zou kussen en gekust zou worden, zou liefkozen en geliefkoosd worden, iemand zou verleiden in plaats van een mond en een paar gespreide benen te huren? Niet alleen maar neuken, dat kon hij doen wanneer hij maar wilde.

Die zomer had hij Alba op een avond bij zijn zus gelaten, had de auto gepakt en was ver weg gegaan, in de hoop dat de liefkozingen van een ander hem de vrouw naar wie hij nog steeds verlangde zouden kunnen doen vergeten. Na twee uur rijden stopte hij voor een kleurig verlichte club langs de weg: een plek ver weg van de wereld. Hij aarzelde nog even, zonder uit de auto te stappen, die hij op een donker plekje parkeerde. Toen hij daar zo zat, met de motor en de lichten uit, vond hij het verband tussen zijn eenzaamheid en wat hij van plan was te gaan doen ineens niet meer zo vanzelfsprekend. Maar hij was dat hele eind niet gereden om meteen weer terug te gaan, vandaar dat hij naar binnen ging. Hij probeerde de zekerheid en de nonchalance uit te stralen die hij zich bij een bordeelbezoeker voorstelde. De inrichting, het meubilair dat er helemaal niet uitzag alsof het van de vlooienmarkt kwam, het feit dat het er op het eerste gezicht schoon was en dat de vrouwen, die tamelijk jong waren, er goed uitzagen ... het verbaasde hem, want hij had zich zo'n club heel anders voorgesteld: donker, ranzig en haast illegaal. Hij zag ook geen griezelige mannen die op uitsmijters of pooiers leken. De meisjes die niet bezet waren zaten aan de bar of naast de jukebox te wachten, en benaderden hem niet met agressieve of obscene voorstellen, zoals hij had gevreesd. Ze leken niet eens al te veel op hem te letten. Ze bleven op veilige afstand, alsof ze wisten dat hij even wat tijd nodig had om een whisky te drinken en zijn heftig steigerende hart tot bedaren te laten komen. Pas na tien minuten, toen hij zich al begon af te vragen of hij soms zelf het eerste gebaar moest maken, kwam er een jonge, blonde – geblondeerd waarschijnlijk – vrouw op hem af die hij – misschien door de whisky, door de omgeving die hij opwindend begon te vinden, of door haar laag uitgesneden bloes en haar korte rokje – niet onaantrekkelijk vond. Ze begroette hem met een kus op zijn wang en vroeg hoe hij heette. Hij stond op het punt zijn naam te noemen toen hij in een opwelling van voorzichtigheid besloot een valse naam op te geven, ervan overtuigd dat zij trouwens niet anders verwachtte. Glimlachend herhaalde de vrouw zijn naam en haar overtuigende glimlach verbaasde hem, want hij had gedacht dat een vrouw die elke nacht zo'n tien tot vijftien mannen over zich heen krijgt, vol walging zou zitten. Ze moest wel heel goed zijn om dat zo te kunnen verbergen.

Hij betaalde wat ze vroeg, zonder zich af te vragen of het weinig of juist veel te veel was, want hij had geen idee wat hij kocht, en volgde haar de trap op naar een nogal anonieme kamer. Hij trok zijn kleren uit terwijl de vrouw in de badkamer iets onduidelijks deed. Hij legde alles opgevouwen neer op de stoel en sloop op blote voeten naar het bed. De lakens leken schoon en hij ging op bed zitten, geduldig wachtend, terwijl zijn geslacht ondanks zijn onrust, de onbekende plek en zijn bewoonster begon te groeien.

Naakt had de vrouw veel van de weelderige sensualiteit die ze aan de bar tentoon had gespreid verloren, en ze leek hem nu eerder weerloos, haast kwetsbaar. Misschien was het opzettelijk zo gearrangeerd en maakte het deel uit van een sinds het begin aller tijden geperfectioneerd scenario om de klanten tevreden te stellen: gedurfde beloftes van genot beneden en boven zachtaardigheid en gewilligheid. Glimlachend kwam ze naast hem liggen en zonder hem te vragen naar zijn voorkeuren of wat hij wilde, ervan uitgaand dat dit het was wat hij van haar verwachtte, pakte ze zijn geslacht van onderen vast, rolde er een condoom over uit en begon het, op dezelfde manier als dieren hun eten natmaken voordat ze het verslinden, te likken en met spuug te bevochtigen. Daarna nam ze hem gulzig in haar mond, alsof ze honger of dorst had.

De kus op zijn wang waarmee ze hem had begroet was de enige kus van die avond. En na afloop, toen hij zich haastig afdroogde omdat hij zo snel mogelijk wilde vertrekken, had hij zich voor het eerst afgevraagd hoelang het zou duren voor hij de liefde weer zou bedrijven. Niet neuken: dat kon elk moment. Een vrouw in zijn armen houden, haar zonder enige haast kussen, zij en hij, een hele nacht, naakt, tot de volgende morgen. Terwijl hij terugreed bedacht hij dat het leven als vrijgezel allerlei mogelijkheden bood, ongetwijfeld, maar hij realiseerde zich op dat moment ook dat híj er absoluut de voorkeur aan gaf zijn leven met iemand te delen, ondanks alle beperkingen.

Hij hoorde hoe de voordeur openging en hoe Rocío vlak daarna Alba gedag zei, die in de woonkamer bijna klaar was met eten. Hij had haar vanuit de zaak gebeld om te vragen of ze die avond wilde oppassen, en ze had zonder tegensputteren ja gezegd.

Julián Monasterio kwam de slaapkamer uit, aangekleed en fris gedoucht, en Rocío keek hem aan zonder haar nieuwsgierigheid te kunnen verbergen. Het was de eerste keer sinds Dulce weg was dat hij een nieuw overhemd had aangetrokken en werk van zichzelf had gemaakt voordat hij uitging, maar ze zei er niets van. Ze pakte Alba's bord en bracht het naar de keuken.

'Ik moet nu gaan, anders ben ik te laat. Geef me een kus.' Hij boog zich voorover naar zijn dochter.

'Ga je uit eten?' vroeg ze. Het was duidelijk dat ze dit niet leuk vond.

'Ja.'

'Alleen?'

'Nee. Met vrienden', loog hij, en niet omdat Rocío meeluisterde, maar omdat hij geen idee had hoe het kind zou reageren als hij vertelde dat hij met haar juf uitging. Voor de zoveelste keer realiseerde hij zich hoe moeilijk het was om met haar te praten, om de grens te trekken tussen voorzichtigheid en leugens. Hij veegde met het servetje de ketchup in haar mondhoeken weg. Was Rita nu maar hier om te vertellen wat hij moest doen. Ineens bevroor zijn beweging en bleef hij met het servetje in zijn hand staan, verbaasd over die gedachte. Want hij realiseerde zich dat het de eerste keer was dat hij niet aan Dulce had gedacht bij iets wat over zijn dochter ging, terwijl zij tot dan toe degene was geweest tot wie hij zich had gericht. Als hij niet precies wist hoe hij dagelijkse problemen moest oplossen, vroeg hij zich altijd af wat zijn ex-vrouw in zijn plaats zou hebben gedaan en betrok hij haar als het ware in al zijn afwegingen. Maar ditmaal was het Rita aan wie hij als eerste had gedacht.

'Kom je laat terug?'

'Een beetje. Maar Rocío blijft bij je slapen, voor als je iets nodig hebt.'

Alba gaf geen antwoord. Het was duidelijk dat Rocío, hoewel ze op haar gesteld was en zich veilig bij haar voelde, op geen enkele manier een vervanging voor haar vader was. Julián Monasterio zette de gedachte aan de natte lakens van de volgende morgen van zich af, gaf haar een kus en vertrok.

Het was niet ver naar het café waar ze hadden afgesproken en hij ging er lopend heen. Het was ongebruikelijk koud voor begin oktober en er was bijna geen mens op straat. Door de smalle straatjes van het centrum joeg een ijzig koude wind, die de adem en de geur van de herfst al in zich droeg, alsof hij die aankondiging van verval in het voorbijgaan in het El Paternósterpark had meegenomen om in Breda iedereen eraan te herinneren dat de zomer voorbij was en er de komende maanden niets goeds van het weer te verwachten viel.

Omdat hij toch praktisch langs de winkel kwam maakte hij een kleine omweg om te controleren of alles in orde was. Dat deed hij wel vaker, hij vond het leuk om van buiten naar de etalage te kijken als de zaak al dicht was, als een willekeurige voorbijganger die even stilhoudt om naar de prijzen en de spullen te kijken. Het licht was aan. Achter in de ruimte, zijn bureau met zijn stoel. Op diezelfde plek had Rita hem twee uur eerder zien werken, misschien had ze een paar minuten nieuwsgierig naar hem staan kijken voordat hij haar opmerkte. Wat had ze gezien, vroeg hij zich af. Om een lelijke paal midden in de etalage te camoufleren had hij er een spiegel aan opgehangen en hij ging zo staan dat hij zichzelf erin kon zien. De laatste paar maanden was het gezicht dat hij in de spiegel zag zo angstig en verward geweest dat hij zichzelf vaak niet herkende, als een ontdekkingsreiziger die na vele jaren tussen de wilden geleefd te hebben in de beschaving terugkeert en zich kapot schrikt als hij in de eerste spiegel kijkt die hem wordt voorgehouden. Maar nu las hij in het gezicht dat boven de stijve kraag van zijn overhemd oprees geen angst meer, wel onrust. En Rita moest hetzelfde gezien hebben: een man van zesendertig jaar, met ietwat gebogen schouders van al die uren achter de computer, maar nog sterk, met dik, kortgeknipt haar, zoals alleen mannen zich kunnen permitteren die niet hoeven te verbergen dat ze al kaal aan het worden zijn. Als je hem kritisch bekeek was hij misschien niet echt knap – zijn lippen wat smal en zijn neus aan de grote kant, maar zijn gezicht had toch een bepaalde aantrekkelijkheid, een man met een ascetische uitstraling, zonder een grammetje overbodig vet, iemand die door veel verdriet was gegaan en streng was voor zichzelf, met diepe lijnen in zijn gezicht geëtst die daarvan getuigden. Maar ook las hij in dat gezicht, in die twintig vierkante centimeter huid, een gebrek aan energie en een pessimisme die hem níét bevielen. Met gesloten ogen wreef hij over zijn gezicht, alsof hij die trekken van zijn gezicht wilde vegen om het daarna vanaf de buitenkant weer helemaal opnieuw op te bouwen. Maar toen hij zijn ogen weer opende was er niets veranderd. Hij zei tegen zichzelf: Dat ben ik. Ik heb al zesendertig jaar achter de rug en moet nog steeds leren om gelukkig te zijn. Om niet al te ongelukkig te zijn.

In het café bestelde hij een biertje. Zij had zich ook met zorg gekleed voor de gelegenheid, zag hij toen ze binnenkwam. Niet alsof ze naar een galafeest ging, maar haar huid glansde en ze had een discrete, lichtrode lipstick op die de rimpeltjes om haar lippen verzachtte, kleine streepjes die verdwenen als ze lachte; het was of ze wilde vertellen dat ze zich mooi had aangekleed voor hem, maar het tegelijkertijd niet wilde laten merken. Die terughoudendheid beviel hem: zware make-up en opvallende jurken, hoe beroemd de ontwerper ook mocht zijn, had hij altijd ongemakkelijk en overdreven gevonden.

Vanaf het moment dat ze de afspraak hadden gemaakt was Julián Monasterio zenuwachtig geweest: het was jaren geleden dat hij met een andere vrouw dan Dulce uit was geweest, en hij was bang om saai of oninteressant te zijn of terug te vallen in de onhandigheid van zijn eerste afspraakjes, toen hij nog jong was en in zijn verlangen om grappig te zijn altijd in banaliteiten verviel die hij later betreurde.

Eigenlijk was hij nooit erg grappig of spraakzaam geweest, niet zo iemand die zich de leuke verhalen of de grappen van anderen eigen kon maken. Hij kon erom lachen, maar later herinnerde hij ze zich niet goed meer, laat staan dat hij ze net zo leuk kon navertellen. Hij had altijd goede vrienden gehad die dat wel konden en het met zo veel verve deden dat hij zich op de achtergrond kon houden, en in die rol had hij zich altijd het best gevoeld. Verder had hij gemerkt dat zijn zwijgzaamheid tijdens die eenzame laatste maanden nog was toegenomen. Hij had de neiging heel kort te reageren als bekenden hem groetten of iets tegen hem zeiden, alsof er een samenhang was tussen Alba's stilte en iets wat verborgen had gezeten in hemzelf, iets wat ineens, na vele jaren begraven te zijn geweest, weer naar boven komt.

Maar toen Rita in het café verscheen vielen al die angsten van hem af. Een beetje verbaasd merkte hij dat hij zich vanaf het eerste moment bij haar op zijn gemak voelde; en dat maakte al het andere makkelijker. Na een paar minuten realiseerde hij zich dat hij niet twee keer nadacht voordat hij praatte, maar haar alles vertelde wat in hem opkwam. Ze dronken een biertje en hij stelde voor de auto te nemen en ergens buiten Breda te gaan eten, in een klein restaurant vlak bij het El Paternósterpark. Overdag was het er aan de drukke kant met wandelaars en passanten, maar 's avonds heerste er een vreemde, landelijke rust, die nog werd versterkt door de stilte en de eenzaamheid van het park. Het was niet al te ver, een kilometer of acht, maar wel ver genoeg om ze het gevoel te geven dat ze de stad achter zich lieten, en om die avond geen bekende gezichten tegen te komen die ze liever niet wilden zien.

Voor Julián Monasterio was het een beetje verwarrend haar naast zich te weten in de donkere binnenwereld van de auto. Hij was vergeten dat die kleine ruimte, hoe alledaags en mechanisch ook, twee vreemden dichter bijeen kon brengen, alsof parfum intenser werd, de sfeer intiemer. De acht of tien minuten dat de rit duurde voelde hij niet alleen hoe het verlangen, de opwinding, de lichte nervositeit, het onzekere flirten, de twijfels en de onverschrokken moed van zijn eerste afspraakjes als jongeman weer in hem opkwamen, maar ook zijn voorzichtigheid, onzekerheid en lafheid van de laatste maanden. Hij voelde zich op dat moment jonger, maar ook ouder dan toen, maar als iemand hem had gevraagd dat nader toe te lichten, zou hij niet weten hoe.

'Hier ben ik nog nooit geweest', zei Rita toen ze er waren.

'Je vindt het vast leuk.'

Ze stapten uit de auto en ze bleef even roerloos naast het portier staan, kijkend naar de gebroken lijn die de horizon scheidde van de toppen van de Volcán en de Yunque. Zo nu en dan verscheen er een vluchtige vonk aan de hemel, als een sintel van gloeiend heet materiaal die te veel was in de harmonie van de sterrenhemel. De wind schudde de takken van de pijnbomen en de eiken door elkaar in de nacht, en de bewegende takken maakten de kou nog tastbaarder. Rita deed haar armen over elkaar om zich te beschermen tegen de wind, die in een onbehaaglijke vasthoudendheid door haar haren blies. Julián Monasterio had het liefst beschermend zijn jas om haar heen geslagen, hij had geen enkele haast het restaurant binnen te gaan, dat stil en verlaten leek. Hij voelde zich goed, hij zag dat ze naar de donkere bergen keek, vol vertrouwen in de man die achter haar stond te wachten, zich niet bewust van de kleine dreiging van al die dieren die overdag onder de beschermende stenen leven maar die nu vast al uit hun holen tevoorschijn waren gekomen.

Toen ze eindelijk naar binnen gingen was er niemand in de kleine eetzaal. Misschien waren ze al dicht, want niet alle lichten brandden en een aantal stoelen was op de tafels gezet. Het was er ordelijk maar tegelijkertijd ook chaotisch, zoals een huis eruitziet op de dag voor een verhuizing. Ze riepen dat er volk was, en er kwam een vrouw naar hen toe die hen verrast welkom heette.

'Ik had u niet gehoord', zei ze.

'We zouden graag een hapje eten', zei Julián Monasterio.

De vrouw keek vragend achterom, in de richting van de keukendeur, naar een man in kokskleren, die knikte.

'We stonden op het punt dicht te gaan, want we verwachtten niemand meer. Maar ga zitten', zei ze, naar twee stoelen wijzend. 'U bent onze laatste gasten van dit seizoen.'

'Is dat niet een beetje vroeg?' zei Rita.

'Nee hoor, vanaf begin oktober komen er niet veel mensen meer. Maar maakt u zich geen zorgen', voegde ze eraan toe, toen ze hun aarzeling zag. Ze haalde een aansteker uit haar zak en stak de kaars die midden op tafel stond aan, met hetzelfde gastvrije gebaar waarmee een goed gastheer het haardvuur ontsteekt voor zijn dierbaarste gast. Omdat er geen tocht stond groeide de vlam recht omhoog, zonder te trillen. 'Onze laatste gasten. Het zou niet goed zijn u met een lege maag weg te sturen. Zoiets brengt alleen maar ongeluk. We maken er iets speciaals van, hoewel we niet meer alles hebben wat op de kaart staat.'

Toen ze het kleine restaurant verlieten, was het nog kouder geworden. Maar ze voelden zich tevreden, een beetje euforisch zelfs, door die combinatie van wijn, lekker eten en een goed gesprek. En de rust in het restaurant had ongetwijfeld bijgedragen aan hun behaaglijke gevoel, zij tweeën de enige gasten, verwend door de kok, die zelfs aan hun tafel was komen vragen of alles naar wens was, en door de vrouw bediend als edellieden in de vorige eeuw, alsof ze begreep hoe belangrijk het voor hen was dat de avond vlekkeloos verliep.

Toen ze bij de auto kwamen draaide Rita zich opnieuw om en bleef, net zoals voor het eten, onbeweeglijk, in dezelfde houding en op dezelfde plek kijken naar de lichtverschijnselen boven de bergtoppen, die nu hoger en steiler leken. De wind ruiste nog steeds door de takken van de eiken. Ze bewogen heen en weer, waardoor vage schaduwen ontstonden, als vreemde dieren, in het licht van de maan, die inmiddels hoger boven de krater van de Volcán stond, aangetrokken door de heldere oktobersterren.

Julián Monasterio bleef even naar haar staan kijken. Hij was zich ervan bewust dat hij maar één stap naar voren hoefde te doen om haar te kunnen omhelzen, en die mogelijkheid wond hem meer op dan hij voor mogelijk had gehouden toen hij thuis wegging. Verder had hij het gevoel dat hij door de omstandigheden, door de manier waarop de avond was verlopen – het eten in dat verlaten restaurant, de maan en de bergen, de groene muur van het El Paternósterpark, de eenzaamheid – maar twee alternatieven had: de eerste was te blijven waar hij was en afwachten tot Rita in de auto stapte; de tweede was zelf actie ondernemen, maar als hij dat deed kon hij niet anders dan haar in zijn armen nemen. Zonder verder nog te aarzelen, trok hij zijn colbertje uit, stapte naar voren, legde het om haar schouders en liet zijn handen daar rusten, terwijl hij voelde hoe de wind haar haren liefkozend langs zijn knokkels blies.

Toen hij het onbekende, geheimzinnige terrein betrad dat ieder onbekend lichaam is, werd hij overspoeld door een dubbel gevoel, als een conquistador die, wanneer hij een nieuw land betreedt, een paradijs hoopt te ontdekken waar hij kan blijven, maar ook het gevoel heeft dat hij zijn vorige vaderland verraadt. Heel even was de herinnering aan Dulce haast overweldigend, maar zodra Rita tegen hem aan kwam staan verdween die weer.

'Dank je wel', zei ze toen ze het jasje over haar schouders voelde.

Daarna bleven ze nog even staan, in de stilte, dicht tegen elkaar, maar niet in elkaars armen, kijkend naar de duisternis en luisterend naar het dof klinkende geruis van de wind in de bomen.

'Het lijkt allemaal een beetje onwezenlijk vanavond', fluisterde hij in haar oor.

'Het is een vreemde, verrukkelijke avond', antwoordde ze zachtjes, haar gezicht naar hem toe draaiend.

Julián Monasterio wist dat die woorden over hem gingen. Tijdens het eten had hij de afstand tussen hen steeds kleiner voelen worden. Maar nu, hier buiten, zonder de aanwezigheid van de man en de vrouw in het restaurant, merkte hij pas hoe vertrouwd ze elkaar al waren. Hij kon er niet langer omheen dat hij naast een vrouw stond op wie hij verliefd kon worden – vroeger zou hij 'verleiden' hebben gezegd – en die verliefd op hem zou kunnen worden als hij dat wilde. En het risico dat hij liep was het ongetwijfeld waard: alles waar hij de laatste maanden naar had verlangd, las hij nu in Rita's ogen.

Ze kusten elkaar langzaam, in elkaars armen nu, zonder iets te zeggen, zo nu en dan hun koude wangen tegen elkaar wrijvend, langs elkaars haren strijkend, hun nek, even afstand nemend om naar de lippen te kijken die ze net hadden gekust, alsof ze een zichtbare zoetheid zochten.

'Laten we gaan', zei hij ineens. Nu hij eenmaal een beslissing had genomen voelde hij zich verbazingwekkend zeker van de volgende stappen. Alsof hij zich ineens dingen herinnerde die hij was vergeten, wist hij dat hij nu actie moest ondernemen. Hij moest iets doen met die gevoelens die hun kussen hem ontlokten. Hij kon dit niet zomaar laten, de beloftes verloren laten gaan voor ze een kans hadden gekregen, hoe diep zijn angst voor nieuwe emotionele verwikkelingen ook zat. Misschien dat er nooit meer in zou zitten dan een fletse afschaduwing van zijn leven met Dulce, maar hij wist ook dat als ze die nacht niet bij elkaar bleven, die heerlijke momenten misschien nooit meer terug zouden komen en zouden oplossen in het niets. Misschien verdiende hij ook geen tweede kans als hij haar aanbod afhield en steeds maar bleef dubben of hij het wel zou doen. Hij wist intuïtief dat dit een moment van passie was met maar twee mogelijkheden: doorgaan of stoppen. Rustig afwachten om een andere keer verder te gaan, op dezelfde plek, onder dezelfde omstandigheden was geen optie.

'We kunnen naar een hotel gaan', stelde hij voor. Neutraal terrein maakte het makkelijker, dacht hij. Hij kon zich zo vier of vijf redenen voorstellen waarom Rita hem niet nu al mee naar haar flat wilde nemen, en geen van die redenen leek hem zorgwekkend, geen van die redenen maakten hem onzeker. Maar hij hoorde haar zeggen: 'Ik ga liever naar mijn eigen huis.'

Ze stapten in de auto en reden over de praktisch verlaten weg terug naar Breda, soms elkaars hand vasthoudend, die ze met ineengestrengelde vingers op hun benen lieten rusten.

In de flat kusten ze elkaar weer en ze bleven kussen terwijl ze elkaars kleren uittrokken; ze stopten alleen als er een stukje lichaam vrijkwam dat gekust of geliefkoosd moest worden omdat het zo mooi was, zo lief, alsof ze wilden genieten zonder zich te haasten. Ze hadden de hele nacht voor zichzelf, er zeker van dat er om hen heen, in die slapende stad, niemand was die naar hen zou vragen.

Julián Monasterio had haast nooit gehoor gegeven aan plotseling opkomende, intense gevoelens; als iets diepe indruk op hem maakte deed hij juist vaak een stapje terug om even te wachten tot hij zijn emotionele evenwicht weer terug had, voordat hij weer verderging. Maar deze keer, nadat hij in het restaurant tot een besluit was gekomen, liet hij zich helemaal gaan. Ze waren allebei al naakt en Rita's lichaam bracht hem in het geheel niet in verwarring maar gaf hem een diep gevoel van vrede.

Hun liefkozingen waren verschillend. Die van hem waren voorzichtig: hij raakte haar lichaam aan, nog enigszins beduusd van vreugde en dankbaarheid, zonder dat hij zijn lippen net zo'n belangrijke rol dorst te laten spelen als zijn handen. Rita's liefkozingen daarentegen waren, zonder nu heel gedurfd te zijn, opwekkend en aanmoedigend voor de ander: de nauwelijks merkbare manier waarop ze haar dijen iets opende als zijn hand op haar knie bleef rusten, zoals ze met het puntje van haar tong zijn mond binnendrong, die eerste, simpele penetratie, schijnbaar zonder gevolgen, die echter zo duidelijke aangeeft dat de rest van het lichaam beschikbaar is.

Alles ging goed, goed genoeg, en de tweede keer was nog beter. Toen ze het nog een keer deden, hadden ze zich allebei laten gaan zonder zich ook maar enigszins in te houden, zonder die aanvankelijke behoedzaamheid die, omdat je ook denkt aan het genot van de ander, het lastig maakt je eigen genot na te jagen. En toen het zuchten en kreunen wegstierven hadden ze het gevoel elkaar door en door te kennen, elkaars lichaam en karakter, want als mensen zich in de liefde naakt en weerloos aan elkaar overgeven, onschuldig en zonder schaamte, onthullen ze elkaar ook hun ziel.

Toen Julián Monasterio terugkwam uit de badkamer ging hij naast haar liggen. Het bloed dat zijn geslacht had doen opzwellen keerde langzaam terug naar zijn hart, en hij voelde dat welbehagen over zich komen waarvan hij had gevreesd dat hij het voor altijd kwijt was. Vol verbazing begreep hij op dat moment dat hij weer zou kunnen geloven in het woord 'geluk', dat het ondanks alles toch een echte betekenis zou kunnen hebben, dat het niet slechts een misleidende samenstelling van twee lettergrepen was, iets waar een mens zinloos naar streeft om zijn ongeluk te vergeten en overeind te blijven. Hij stak twee sigaretten aan en reikte Rita er een aan. Buiten was het geluid van het verkeer weggestorven, de straten leken verlaten, alsof alle inwoners van Breda sliepen. Je hoorde alleen de wind langs het raam blazen, achter de gordijnen. En zij waren al aan het praten over wat er die avond was gebeurd, ervoor wakend dat geen woord, geen gebaar hen uit het paradijs verdreef waarheen de tederheid van hun lichaam hen had gevoerd, wanneer je opengaat voor de ander. Weggezonken in die heerlijke loomheid die geen vermoeidheid is, lagen ze te praten, liefkoosden ze elkaar, wezen ze plekjes op hun lichaam aan die ze niet mooi vonden, hopend dat de ander dat tegen zou spreken en het vlees kuste waar ze zelf ontevreden over waren. Op die momenten van trage, luie liefkozingen, niet meer gedreven door de gretigheid van de begeerte, vol welbehagen, liggend in het bed dat de warmte van hun lichaam droeg, probeerden ze alles wat onvolmaakt, vulgair of gewoon was, mooi te maken.

16

Cupido haalde het pistool uit zijn holster en bracht het naar zijn neus. Het rook licht naar vet dat een beetje ranzig was, en naar ijzer of staal, die uit het diepst van de aarde afkomstige geur die zware metalen nooit kwijtraken, al worden ze nog zo bewerkt of schoongemaakt. Geen kruitgeur, want het was alweer heel lang geleden dat hij het had gebruikt, tijdens een trainingssessie op een schietbaan in de hoofdstad waarbij je op zwarte silhouetten moest schieten. Hij had nog nooit op een mens geschoten en wist zeker dat hij dat ook nooit zou doen, vandaar dat hij zich soms afvroeg waarom hij eigenlijk zo nodig een pistool moest hebben.

Hij bewaarde het boven op de kast, zonder verdere veiligheids-maatregelen; hij kon zich niet voorstellen dat er bij hem werd ingebroken en er waren geen nieuwsgierige kinderen in zijn flat. Hij had ooit een wat dubieuze vrouw leren kennen – vrouwen waren voor hem als de lucht die je ademt, die je nodig hebt om niet te stikken maar ook niet te lang in je longen kunt houden – die hem had gevraagd of hij, met zijn soort werk, altijd gewapend was. Hij antwoordde dat hij nooit gewapend was maar wel thuis een pistool had liggen. Hoewel hij toen even had gedacht dat ze zou weigeren met hem mee te gaan, bleek dat pistool juist een reden voor haar te zijn om het wel te doen, alsof het wapen een begeerte bij haar wekte waartoe ze eerst niet in staat had geleken. Vervolgens waren ze naar zijn flat gegaan, waar ze meteen in bed waren gedoken. Cupido hoopte nog dat ze het zou vergeten, maar de vrouw – een mooie, jonge vrouw die niet langer twijfelde en precies wist wat ze wilde – vroeg hem haar het pistool te laten zien. Eerst weigerde hij nog, alsof ze een grapje maakte, maar de vrouw drong aan, waarbij ze hem aankeek op een manier die leek te suggereren dat ze in ruil bereid was alles te doen wat hij wilde. Cupido, die er al heel lang achter was dat het in bed al-lemaal beter gaat als beide partijen tevreden zijn, gaf uiteindelijk toe, hoewel hij zich er een beetje ongemakkelijk onder voelde; bij liefde en seks, zeker bij dit soort fetisjen, kwam je nu eenmaal voor de raarste verrassingen te staan.

Het was hem vaker opgevallen hoezeer gezichten kunnen veranderen als mensen een wapen vasthouden; dat dan angst en opschepperigheid, zenuwen en soms zelfs agressie naar boven komen. De vrouw had het ongeladen pistool op haar hand gewogen, had eraan geroken en de schoonheid ervan geprezen, en het gladde, donkerblauw glanzende metaal suggestief geliefkoosd; de detective raakte er zo opgewonden van dat hij geen moeite had alles te doen wat ze wilde. Ze vroeg hem het pistool te pakken en het vast te blijven houden terwijl ze seks hadden, alsof het wapen – waar toch een zekere dreiging en macht van uitgingen, ook al was het niet geladen – een derde, onmisbaar element was in een merkwaardige ménage à trois. En hij moest toegeven dat het niet slecht was geweest, die nacht. Het contrast tussen dat koude metaal en hun brandende lijven, de obscene woorden, de onbeschaamde wijze waarop de vrouw alles deed wat ze hem had beloofd, waren ook voor hem uiterst opwindend geweest.

Hij legde het wapen op tafel en zocht in de metalen archiefkast naar zijn vergunning. Die was al vijf maanden verlopen. Hij haalde de formulieren die hij had aangevraagd uit de enveloppe en begon ze in te vullen, met het gevoel dat het eigenlijk overbodige, onnodige moeite was, want als iets niet met gedachten en woorden kon worden opgelost, lukte dat met een pistool ook niet.

Hij had er een vreselijke hekel aan. Dat gestempelde stuk papier verplichtte hem weer van alles en nog wat in te vullen: hij moest voldoen aan een hele reeks eisen die bedoeld waren mensen ervan te weerhouden een wapen aan te schaffen, te voorkomen dat iemand in een vlaag van woede aan een wapen kon komen. Hij moest aantonen dat hij lichamelijk en geestelijk in orde was, met het pistool kon omgaan, het kon onderhouden en wist hoe het bewaard moest worden, en dat hij geen crimineel verleden bezat. Die laatste eis was de eerste keer dat hij een vergunning aanvroeg nog een groot probleem geweest, en zijn aanvraag was pas na een paar maanden ingewilligd, toen hij had aangevoerd dat hij voor zijn werk niet zonder kon. Gelukkig had hij het nooit nodig gehad. Hij vulde zijn bankgegevens in voor de leges die betaald moesten worden en voegde alles bij de papieren van het pistool, waarop het merk, het type, kaliber en serienummer stonden vermeld en die verrassend veel op autopapieren leken. Het hele pakket, samen met het wapen waarom het ging, zou hij naar luitenant Gallardo brengen. Dat zou de afhandeling wat makkelijker maken, en dan kon hij hem meteen vragen hoe het onderzoek op de bank was verlopen.

Als Cupido aan een ingewikkelde zaak werkte, probeerde hij zich alleen daarop te concentreren, zoals nu met de zoektocht naar het pistool van Julián Monasterio. Hij deed dan alles wat in zijn macht lag om een oplossing te vinden, met dezelfde inzet als een vader wiens kind is ontvoerd: hij dacht aan niets anders en geen moeite was hem te veel: hij telefoneerde, legde vele kilometers af als dat nodig was, ondervroeg iedereen die hij op zijn weg vond en klopte overal aan. En toch kwam het ook wel voor dat hij door de aard van een bepaald onderzoek – na intens drukke perioden, een nacht of twee, drie haast zonder slaap, dagen van vruchteloos wachten – gedwongen werd op dezelfde manier te werk te gaan als kleine aannemers, loodgieters en klusjesmannen, kleine zelfstandigen die ook afhankelijk zijn van opdrachten en daarom niets kunnen laten schieten, omdat op een periode van extreme drukte tijden kunnen volgen waarin ze niets te doen hebben. Daarom zeggen ze nergens nee op en werken ze op verschillende fronten tegelijk, vaak tot grote ergernis van hun klanten. Ook Cupido nam heel soms een makkelijk klusje voor tussendoor aan, dat hij dacht te kunnen oplossen door een of twee nachten wakker te blijven. Terwijl iedereen om hem heen sliep, zich amuseerde of de liefde bedreef, verborg hij zich ergens in een donker hoekje of vouwde zich op in zijn auto. Toen hij even tijd overhad omdat het onderzoek naar de cliënten van de bank nog liep, had hij een eenvoudige zaak opgelost. Het ging om diefstallen in een boekhandel. De vrouw van wie de winkel was zat er vreselijk mee in haar maag; het was haar en haar personeel niet gelukt er een eind aan te maken, ondanks het feit dat ze hun klanten constant in de gaten hielden. Cupido had zich een paar dagen als een verstokte lezer voorgedaan, een bibliofiel met een diepe interesse in nieuwe titels, facsimilés, literaire prijzen, bestsellerlijsten en de marketingtrucs van uitgevers om hun boeken op de opvallendste plekken in etalages en vitrines te krijgen. Hij was altijd een gretig lezer geweest en als zijn werk het toeliet las hij nog steeds veel, en hij vond het dus geen straf om een aantal uren in de winkel door te brengen, met de teksten van schrijvers die hij bewonderde om zich heen. Bladerend door boeken kwam hij passages of dichtregels tegen waar hij om moest lachen of die hem aan het denken zetten. In een van de tragedies van Euripides las hij dat de misdaad niet loont, en in een dichtbundel van Francisco Brines kwam hij de gedachte tegen dat vragen waar geen antwoord op bestaat, steriel zijn. Zoals zo vaak wanneer hij poëzie las, had hij het gevoel dat die woorden voor hem persoonlijk bedoeld waren. Het feit dat de zaak van Julián Monasterio muurvast zat, dat hij geen idee had hoe hij verder moest en afhankelijk was van het werk van iemand anders, maakte dat hij zich afvroeg of hij het wel goed had aangepakt, of hij geen vragen had gesteld waar geen antwoord op bestond en of hij daarom niet andere vragen aan andere mensen moest stellen. Want tot dan toe had hij alleen maar geïsoleerde gegevens die hij niet met elkaar in verband kon brengen en waar hij dus niets aan had: een man die doodgeschoten was op de enige dag dat hij geen trainingspak aanhad, een pistool dat uit een bankkluis was gestolen dat waarschijnlijk voor de moord was gebruikt, en een klein netwerk van haat en ambitie. Feiten die een schaduw over het hele onderzoek leken te werpen, op dezelfde manier als de zwakke straatlampen die in zijn jeugd op de hoeken van de straten hingen maar een heel klein plekje verlichtten, waardoor de duisternis in de rest van de straat nog veel ondoordringbaarder werd. Dit was altijd de moeilijkste fase in een onderzoek, als hij een handvol gegevens had verzameld maar die nog niet met elkaar in verband kon brengen om er een hypothese uit te destilleren. Het maakte dat hij zich onmachtig voelde.

Maar toen had hij 's middags gezien hoe een vrouw een boek

onder haar trui stopte. Toen ze naar buiten wilde lopen, botste hij tegen haar op en viel het boek op de grond. Ze was familie van de eigenaresse en kwam vaak even langs om gedag te zeggen. Geen mens die aan haar had gedacht als de mogelijke dief. Het was even een ongemakkelijk moment voor iedereen en zoals wel vaker gebeurde, had hij zich er zelf door besmet gevoeld, wat maakte dat hij zijn werk als detective haatte.

De bel van de voordeur ging, en even aarzelde hij of hij wel zou opendoen, want hij had geen zin om weer te moeten luisteren naar een nieuw probleem uit de mond van een man of een vrouw die hem natuurlijk weer in zijn of haar problemen zou betrekken. Toen hij uiteindelijk besloot het toch maar te doen, bleek het luitenant Gallardo te zijn, in burger en met een aktetas onder zijn arm.

'Kom binnen', zei hij.

Maar Gallardo was er al, om zich heen kijkend met de openlijke nieuwsgierigheid van iemand die gewend is om overal binnen te komen zonder dat hij wordt tegengehouden. Hij ging in de stoel van de cliënten zitten en wachtte tot Cupido aan de andere kant van het bureau had plaatsgenomen.

'Dus hier werk je.'

'Ja. Had u dit niet verwacht?' antwoordde hij, toen hij zag dat ook de luitenant op iets anders had gerekend, iets minder huiselijks, met meer verwijzingen naar zijn werk: een kamer met een ventilator met grote houten schoepen aan het plafond, en een kapstok met een regenjas en een pistoolholster eraan. En met in een kamertje ernaast een secretaresse met een bedrieglijk onschuldig, sensueel uiterlijk. 'Veel meer heb je niet nodig voor dit werk.'

'Meen je dat? Zonder ons zou jij nergens zijn. Je denkt toch niet dat een bank jou een lijst met hun cliënten zou geven?'

'Hebt u hem?'

'Ja.'

'En?'

'Niemand van de school, noch een van hun partners of familieleden heeft een kluis bij die bank.'

Dit ontmoedigende nieuws maakte Cupido opnieuw duidelijk hoezeer hij in het duister tastte. Hij was bang in een onzekere, teleurstellende fase te zijn beland waarin de dagen verstrijken zonder dat je een stap vooruitkomt. Teleurstellingen wennen nooit, zei hij tegen zichzelf. Als hij niet gauw iets ontdekte, zou hij nog een dag of drie wachten, en dan zou hij naar Julián Monasterio gaan om hem te vertellen dat hij muurvast zat en dat al zijn moeite niets had uitgehaald; hij had alleen maar gesloten deuren aangetroffen, waarachter zich overigens niet eens veel merkwaardigs leek te bevinden.

'Maar we hebben wel een naam', voegde de luitenant eraan toe, met een glimlach waarin hij niet alle ironie wist te leggen die hij had gewenst.

Cupido begreep dat hij hem met dat grapje iets betaald wilde zetten en beteugelde zijn ongeduld. Nu wist hij waarom de luitenant er zo merkwaardig vergenoegd had uitgezien toen hij zijn huis betrad. Na tien jaar met de guardia civil te maken hebben gehad, kon hij aan hun lichaamstaal zien als het niet opschoot met een onderzoek in de kazerne. Het waren bepaald geen mensen met een filosofische inslag die daar leefden, en daarom ging het ze niet goed af met vragen te leven waarop ze geen antwoord hadden. Het was zelfs zo dat als een onderzoek tegenviel, de burgerbevolking uiteindelijk ook last van hun ongenoegen kreeg: een enorme starheid bij boetes voor verkeersovertredingen, chagrijnige, overspannen agenten door een te grote werkdruk, politievoertuigen die met zwaailichten en loeiende sirenes veel harder reden dan was toegestaan. Het kwam doordat hij zo had zitten piekeren, anders had hij meteen kunnen zien dat Gallardo iets had ontdekt en hem daarom thuis was komen opzoeken.

'Saldaña heeft een kluis in dezelfde bank, met dezelfde voorwaarden als jouw cliënt. Een boer met een kluis in de bank ...' herhaalde hij, zijn verbazing benadrukkend.

Cupido vond het ook merkwaardig, het was wel de laatste naam die hij op de lijst had verwacht. Maar als Saldaña Larrey had neergeschoten, dan was het logisch dat het schoolhek open was blijven staan tot de conciërge het na zijn bezoek aan het ziekenhuis had gesloten, met het idee dat iemand het moest zijn vergeten. Saldaña had immers geen sleutels.

'En de bank, houden ze daar niet bij wanneer cliënten gebruikmaken van hun kluis?' vroeg hij, om zeker te weten dat er niets over het hoofd werd gezien.

'Nee, ze treden slechts op als schatbewaarder. Een cliënt komt, identificeert zich, vraagt de tweede sleutel en krijgt die. Dat is het. Ben je weleens in zo'n ruimte geweest?'

'Nee.'

'Het lijkt misschien vreemd, maar voor mij was het ook de eerste keer. Ze schakelen zelfs de videocamera daarbinnen uit tijdens de openingsuren van de bank. Wat zou ik graag eens een kijkje nemen in die kluisjes, om te zien hoeveel miljoenen aan zwart geld, hoeveel compromitterende documenten, hoeveel duidelijk illegale spullen ze bevatten, hoeveel bedrog.'

'En het bankpersoneel dat die dag aanwezig was, herinneren zij zich niets?'

'Helemaal niets. Het is ook alweer anderhalve maand geleden. Verder is het in augustus gebeurd, en toen was er een plaatsvervangende manager die de vaste klanten niet kent. Maar onze man herinnert hij zich wel, Julián Monasterio, en diens verhaal heeft hij bevestigd: zijn kluis heeft tot de volgende morgen opengestaan. We weten nu tenminste zeker dat hij de waarheid spreekt.'

'Dat wist ik steeds al. Het is allemaal veel te absurd. Iemand die zoiets verzint zou weten dat niemand zijn verhaal zou geloven.'

Maar op dat moment ging het niet langer om Julián Monasterio, maar om Saldaña. Zijn naam op de lijst van de bank leek zijn aanwezigheid op te roepen, tussen Cupido en de luitenant in, het beeld van een donkere, trieste man met ruwe handen maar ook met een zekere verfijning in uiterlijk en gedrag. De intrede van de moderne technologie op het platteland lijkt die verandering te veroorzaken: dergelijke boeren hebben niet langer zo'n dikke, gegroefde huid, hun haar lijkt niet meer op dat van hun paarden, hoewel ze nog steeds enorm sterk zijn en met een bepaalde waardigheid en adeldom bewegen of fysieke arbeid verrichten; wanneer ze echter niet actief bezig zijn, lijken ze te krimpen en krijgen ze iets onbeduidends.

'En nu?' vroeg Cupido.

'Ik ga met hem praten. Ik heb een arrestatiebevel.'

Hij stond op en ze namen afscheid. De detective was graag met hem meegegaan, om uit Saldaña's eigen mond een bekentenis of een ontkenning te horen, maar hij wist dat de luitenant hem niet mee zou vragen op een officiële missie, dat hij hem ook niet mee kón vragen. Hij liep met hem mee naar de deur en keek hem na toen hij de trap nam, niet de lift. Het zag ernaar uit dat de zaak was opgelost zonder dat hij er een al te grote rol in had gespeeld, maar hij vond het wel best zo. Heel even voelde hij zich als een toneelknecht bij een gezelschap dat op tournee is in de provincie die, als het doek voor de laatste keer valt, weet dat hij het decor moet gaan afbreken.

Hij ging weer naar binnen, belde Julián Monasterio en vertelde hem hoe de zaken ervoor stonden.

Alba was op het verjaardagsfeestje van een van haar neefjes en Julián Monasterio was alleen thuis. Hij had hoofdpijn, maar stak toch een sigaret op en ging op het balkon staan. Er stond een nare, koude wind tussen de gebouwen. Een paar vogels boven hem vluchtten nerveus weg van de rook en vlogen terug naar de bescherming van de bomen. Op straat ontstaken de automobilisten hun lichten terwijl ze reden, verbaasd over de snelheid waarmee de herfst de schemering opslokte.

Cupido's telefoontje had hem gerustgesteld, hij durfde voorzichtig te hopen op een goede afloop, hoewel hij nog niet helemaal gerustgesteld was. Als hij over hun gesprek nadacht, zag hij dat nog niet alles was opgelost. Hij vertrouwde het niet helemaal en hoopte dat het gauw achter de rug was; pas dan zou hij volledig kunnen ontspannen.

Hij drukte zijn sigaret uit in een van de bloembakken die nog op het balkon stonden, vol aarde maar zonder planten. Daar had Dulce altijd voor gezorgd, en soms zag hij haar voor zich, hoe ze gebogen over de planten had gestaan, de rozen, de geraniums en de margrieten, de ficussen en de grote yucca die maar groeide en groeide in een enorme pot, en een plant waarvan hij de naam kwijt was, met blauwe bloemen met blaadjes die zo teer waren dat ze aan vlindervleugeltjes deden denken. Hij herinnerde het zich nog precies; hoe ze met een zak potaarde in de weer was om planten te verpotten, met een gieter in haar hand stond waarin ze een bepaalde hoeveelheid vloeibare mest had gedaan, met een spuitbus met insectenverdelgingsmiddel in de weer was, of met een snoeischaar dode blaren en twijgjes af knipte, die ze vervolgens in vuilniszakken stopte. Hij had het altijd heerlijk gevonden om haar na afloop in zijn armen te nemen en te zoenen, aan haar vingers te snuffelen, waar de nederige, harige geraniumblaadjes een verrukkelijk luchtje hadden achtergelaten dat zich mengde met haar eigen lichaamsgeur.

Voor haar planten zorgen was een van de weinige huishoudelijke klusjes die ze met plezier deed; ze had nooit veel zin in de rest, in de eeuwige afwas, achter Alba aan opruimen, bedden opmaken, vegen ... hoewel ze het alleen tijdens het weekeinde hoefde te doen, want de rest van de week zorgde Rocío overal voor. Maar met de planten zag hij dat het meer was dan alleen een fysieke handeling, dat ze er iets van zichzelf in stopte. Vanaf het moment dat ze zich met de snoeischaar over de eerste bloempot boog tot ze een paar uur later klaar was, als ze een sigaretje opstak en rustig en tevreden naar de zwarte, losgewerkte aarde keek en naar de planten die als gezuiverd waren, vrij van ongedierte en onkruid, waren er allerlei gevoelens op haar gezicht te lezen geweest, teleurstelling, verdriet, enthousiasme, twijfel, wantrouwen, berekening, illusie en hoop. Daarna zou ze nog een aantal dagen naar het balkon teruggaan om van het resultaat van haar werk te genieten tot de planten die glans – het resultaat van het mesten en snoeien – langzaam verloren, en dan keek ook zij er een tijdlang niet meer naar om, tot ze weer de geest kreeg. Zoals een liefhebberij, meer nog dan werk, een bepaalde stijl van kleden of een huis laat zien wie iemand is, was haar liefde voor haar planten een getrouwe weerspiegeling van haar karakter.

Toen ze vertrok had ze de meeste potten achtergelaten, hoewel ze had kunnen weten dat hij er niet naar zou omkijken en dat de miniatuurtuintjes die ze op de balkons van het huis tot bloei had gebracht uiteindelijk zouden verpieteren.

En zo was het ook gegaan. Toen ze net weg was had hij ze nog water gegeven en ze een paar keer bemest, toen hij nog dacht dat het een voorbijgaande bevlieging was en dat het niet lang zou duren voor ze weer thuis was. En dan zou ze haar huis terugvinden zoals ze het had achtergelaten, met haar lievelingsfruit in de koelkast, de krant van die dag in zijn rieten mandje, de potten op de balkons barstensvol bloemen en twee kussens op het schone, net opgemaakte bed, de lakens zo strak getrokken dat je er een appeltje overheen kon laten rollen zonder dat er ook maar één rimpel ontstond.

Maar later, toen de dagen verstreken en hij begreep dat ze niet terug zou komen, gaf hij ook die zorg op, net zoals hij zijn haar tot over zijn oren had laten groeien, geen nieuwe kleren meer kocht en zijn schoenen nauwelijks nog poetste. Het was ook een soort wraakneming, die verwaarlozing van de planten, de geur van die stervende bloemen. 'Kijk eens wat ik heb gedaan met die rotzooi waar jij zo van hield', mompelde hij soms als hij op het balkon een sigaret stond te roken. En dan drukte hij woest zijn peuk uit in de verdroogde aarde, alsof het haar huid was waar hij het vuur op uitmaakte, diezelfde huid die hij in zijn dromen van de vorige nacht zo hartstochtelijk had gekust en geliefkoosd. Dan schrok hij ineens van zijn reactie en vluchtte gauw het huis weer in, en had hij spijt van die gewelddadige opwelling die absoluut niets voor hem was, bang dat iemand hem vanuit een ander raam had kunnen zien en dat zijn bewegingen zijn gedachten hadden verraden.

Een van de weekeinden dat Dulce Alba was komen halen, toen ze nog naar boven liep en niet alleen maar aanbelde en in de auto bleef wachten tot het kind beneden kwam, met de smoes dat ze haast had of geen parkeerplek had kunnen vinden, had ze vanuit de woonkamer de verwaarloosde bloembakken gezien met alleen nog wat sprieten en verdorde blaadjes. Ze had er even naar gekeken, met een belangstellende blik op haar gezicht die hij beter vond passen bij een botanist die geïnteresseerd de gevolgen van een droogte op een veld bestudeert dan bij een verdrietige bezitter. Hij stond naast haar, in afwachting van een verwijt, of op zijn minst een opmerking die hem in de gelegenheid zou stellen haar lik op stuk te geven. Hij had er van tevoren over nagedacht en had zijn antwoord al klaar, woorden die haar iets van zijn verdriet zouden laten zien. Maar Dulce had haar hoofd afgewend, alsof ze niet anders van hem had verwacht. Haar onverschilligheid had hem meer gekwetst dan welk protest of welke kritiek dan ook, want het betekende dat het haar al niets meer kon schelen wat er gebeurde met het huis waar ze ooit had gewoond.

En zo verdween in het huis waar ze ooit had gewoond alles wat aan haar herinnerde. Eerst de planten in de bloembakken, later het dienblad naast de tv waarvan ze graag at als ze geen zin had om van de bank op te staan. Toen hij de aanblik daarvan niet meer kon verdragen, was ook dat in de prullenbak verdwenen, gevolgd door een haarspeld die hij ergens onder een kussen had gevonden, een ingelijste foto – het was zinloos om die nog langer te bewaren – of aan haar gerichte zakelijke brieven en rekeningen, die langzamerhand steeds minder kwamen.

Het verdriet om haar vertrek was zeker nog niet helemaal verdwenen, maar hij merkte dat het tenminste niet meer zo schrijnend was. Hij vroeg zich af in hoeverre Rita te maken had met het voorzichtige vertrouwen waarmee hij de toekomst op dat moment tegemoetzag. Na hun eerste afspraakjes was ze een weekeind weggegaan om haar ouders te bezoeken, en ze hadden afgesproken elkaar maandag te bellen, als ze weer terug was. Maar het was al laat en ze had nog niet gebeld. Hij had ook niet geprobeerd om háár te bereiken. De paar dagen dat hij haar niet had gezien hadden hem voorzichtig gemaakt, en hij had zitten piekeren over eventuele nadelen van een te overhaaste relatie, zonder dat hij tijd had gehad zich in te dekken. Hij was bang te snel in het diepe te zijn gesprongen, per slot van rekening had hij tot nog maar een paar maanden geleden met een andere vrouw samengeleefd van wie hij hield en met wie hij een dochter had.

Misschien was het leeftijdsverschil van acht jaar ongunstig, misschien was Rita gewend aan makkelijke, snelle relaties, hield hij zichzelf voor, zich verzettend tegen het ongemakkelijke gevoel dat hem overviel bij die laatste gedachte, want hij kon zich haar voorstellen met een man naast zich die jonger was dan hij. En misschien, kwam zelfs even de gedachte bij hem op, was dat reisje naar haar ouders wel een voorwendsel geweest om een vriendje in haar geboortestad op te zoeken.

Maar meteen daarna verwierp hij dat idee weer, en hield hij zichzelf voor dat hij daarmee moest ophouden, en dat hij iets moest doen aan die eeuwige onzekerheid, aan dat verlammende, giftige wantrouwen dat altijd op de loer lag.

Toch weerhield het hem ervan haar te bellen. Het zou niet genoeg zijn te vragen hoe de reis was geweest en of ze het leuk had gehad bij haar ouders. Ze zouden het over hen tweeën moeten hebben, elkaar vertellen dat ze de ander hadden gemist, dat ze naar elkaar hadden verlangd, er zou een nieuwe afspraak gemaakt moeten worden. Hij werd er vreselijk onzeker van, want als hij heftig en hartstochtelijk met dergelijke gevoelens over de brug kwam zou hij als een onvolwassen puber klinken; als hij het onderwerp vermeed, zou hij koud en kil lijken, en dat laatste wilde hij in ieder geval vermijden.

Hij ging terug naar binnen en maakte het medicijnkastje open, op zoek naar iets tegen zijn hoofdpijn. Het zat vol potjes en flesjes met de hoestdrankjes en de antibiotica, de pijnstillers en de laxeermiddelen van Dulce. Ze slikte veel te veel medicijnen, om het minste of geringste. Als ze zich niet goed voelde zocht ze haar toevlucht tot remedies die altijd nutteloos bleken, want de oorzaak pakte ze nooit aan: ze nam een hoestdrankje, maar bleef twee pakjes sigaretten per dag roken; ze nam iets tegen maagpijn, maar bleef het onrijpe fruit eten waar ze zo van hield, of het snoep, dat ze helemaal niet verdroeg ... Er zijn nog zo veel van haar dingen in huis, dacht hij; het is zo moeilijk om alle sporen uit te wissen, om alles wat ze heeft achtergelaten weg te gooien, schoon te maken, uit te wissen! Ze heeft tien jaar in dit huis gewoond. Tien jaar! Je kijkt naar de houdbaarheidsdatum van een medicijn en denkt dat het nog een eeuwigheid duurt voordat het zover is; je weet zeker dat het voor die datum op is! Maar de tijd gaat te snel en ook medicijnen bederven. Iets wat ooit goed voor je was, is waardeloos geworden, waardeloos, waardeloos, volkomen nutteloos.

Hij liet twee aspirientjes in een half glas water vallen, en terwijl ze oplosten pakte hij een plastic zak om alles wat onbruikbaar of over datum was in weg te gooien. Daarna was het kastje zo goed als leeg. De zekerheid dat hij niets van wat hij zojuist had weggegooid ooit terug zou zien, vervulde hem met een zachte weemoed, totaal verschillend van de aanvallen van haat en verdriet die een dergelijke actie een paar weken eerder veroorzaakt zou hebben.

In die maalstroom van emoties wilde hij graag geloven dat hij zich van al die dingen uit het verleden ontdeed in een proces om ruimte te creëren voor iets nieuws, voor iets beters. Hij had genoeg moed verzameld om zich van zijn herinneringen te ontdoen, en rustig en geduldig af te wachten wat er zou gebeuren. Een verhouding als die met Rita, iets wat tijdens de zomermaanden ondenkbaar zou zijn geweest, leek hem nu een reële mogelijkheid, en op den duur misschien zelfs net zo'n levensvoorwaarde voor hem als zijn liefde voor Dulce dat was geweest. Want, zei hij tegen zichzelf, ik weet zeker dat Rita te maken heeft met dit nieuwe gevoel van vrede. Hij stak nog een sigaret op en bedacht dat hij nu wel genoeg had geaarzeld. Hij draaide haar nummer.

'Hallo. Ik stond net op het punt je te bellen', zei Rita, en haar vriendelijke stem zwaaide met één haal al die fatalistische bedenkingen van die middag van tafel.

'Hoe heb je het gehad?'

Ze begon te vertellen over het weekeinde, stond stil bij onbetekenende voorvallen, bij kleine familiedingetjes waarbij ze uitweidde over familieleden alsof hij hen persoonlijk kende, net zo ontspannen en natuurlijk alsof ze niet via de telefoon maar in levenden lijve met elkaar communiceerden, een teken dat ze haar gesprekspartner volledig vertrouwde. Terwijl hij naar haar luisterde werd Julián Monasterio bekropen door het gevoel dat bij haar zijn wanhopige pessimisme zinloos was, dat hij ermee moest ophouden achter ieder nieuw bericht iets akeligs te verwachten. Ze praatte met hem alsof ze elkaar al jaren kenden, en terwijl hij naar haar stem luisterde, die hem zonder enige terughoudendheid in haar persoonlijke leven en dat van haar familie betrok, bedacht hij dat zijn verdere leven misschien niet per se een opeenvolging van ellende hoefde te zijn, dat hij misschien zelfs momenten van geluk zou kunnen ervaren die zich aan hem zouden openbaren als het stralende landschap dat zich prachtig en eenzaam voor je ogen uitstrekt als je de top van een berg bereikt.

'En jij?' vroeg ze. 'Wat heb jij gedaan?'

Heel even was hij in de verleiding om te zeggen: Ik heb je gemist, maar hij hield zich in, want dat was niet helemaal waar, hoewel het ook niet helemaal gelogen was. Hij voelde zich onhandiger en langzamer in zijn reacties dan zij. Net als na de eerste nacht die ze samen hadden doorgebracht was hij de laatste dagen bang geweest dat het voor haar slechts een experiment was geweest. En als je niet voorzichtig genoeg was ging je er bij experimenten in de liefde aan onderdoor en brandde je je vleugels.

Maar nu hij haar opnieuw aan de telefoon had, realiseerde hij zich hoe graag hij haar wilde zien. En hij zei tegen zichzelf dat als het precies om dat detail ging – de continuïteit van je gevoelens, of de ander nu wel of niet in de buurt is – als dát het verschil uitmaakte tussen liefde en seksuele aantrekkingskracht, hij niet echt verliefd was op Rita. Zijn gevoelens waren te zeer afhankelijk van hoe dichtbij of hoe ver weg ze was, ze waren niet zo autonoom, geen krachtige passie die zich niets aan lijkt te trekken van afstand, wil of de omstandigheden. Vandaar dat zijn antwoorden vaag waren: hij had behoorlijk aangepakt op de zaak, had dingen met Alba gedaan, was met haar naar het zwembad geweest, had het huis een beetje opgeruimd.

'Zullen we iets afspreken voor morgen?' vroeg ze.

'Prima. Rond een uur of negen?'

'Oké.'

Ze spraken af waar ze elkaar zouden ontmoeten en namen afscheid.

Het was inmiddels donker geworden in huis. Het enige licht dat door de luxaflex naar binnen viel was afkomstig van de straatlantaarns. Hij leunde achterover in zijn stoel, stak nog een sigaret op en legde zijn voeten op het bijzettafeltje, genietend van dat vredige moment in het schemerdonker, peinzend over Rita's woorden. Hij had het gevoel alsof ze hem het kostbare cadeau dat ze hem een aantal dagen eerder zelf had geschonken nogmaals had gegeven. Hij was het kwijtgeraakt met zijn geaarzel, met zijn twijfels en zijn nervositeit. Nu ze het hem voor de tweede keer overhandigde, werd Julián Monasterio overspoeld door het gevoel dat die relatie weleens zo belangrijk zou kunnen worden dat ze zijn toekomst, zijn plannen, zijn hele bestaan kon veranderen.

Hij doofde zijn sigaret toen het vuur het filter bereikte, sloot zijn ogen en liet zich wegzinken in een diepe, genietende rust. Dankzij de twee aspirientjes was zijn hoofdpijn gezakt. Hij moest even zijn weggedommeld en had geen idee hoe zijn geheugen opnieuw het beeld van de roltrap in zijn geest had teruggebracht, het grote labyrint van zwarte banden die vanuit donkere kelders naar boven rezen, elkaar in de lucht kruisten en verder omhooggingen, tot ze verdwenen in een onwezenlijke, bergachtige achtergrond, als in een surrealistisch schilderij waar de menselijke gestalten klein en onbetekenend zijn vergeleken met de grootsheid van de dingen. Op de plek waar hij stond zag hij uiteengereten lichamen, maar zonder sporen van bloed of tekenen van geweld: een rij hoofden die zich leken voort te bewegen zonder dat ze pijn leden, als pompoenen op de lopende band van een fabriek, een reeks benen die in de verte uit het gezicht verdwenen op een plek waar twee banden samenkwamen en elkaar kruisten als de bladen van een schaar, of vrouwen die, zonder dat de band van hoogte leek te veranderen, steeds kleiner werden, alsof er plakjes van afgeschaafd werden. Hij ging zelf ook op een van de banden staan, maar nu had hij niet langer het gevoel dat ze hem een verkeerde kant op voerden, in de richting van een zwarte, diepe, draaiende trechter die alles verzwolg. Ditmaal kon hij niet zien waar hij uiteindelijk terechtkwam. Ineens voelde hij een schok en alles stopte, de lopende banden en de figuren die getransporteerd werden, in een onpeilbare stilte, alsof iets onzichtbaars, iets machtigs, op een knop had gedrukt en de hele wereld voorlopig was stilgevallen.

17

Wat kon de wet tegen hem beginnen als hij toch al dood was? Hij had gelogen over wat er die avond was gebeurd en nu was hij er niet helemaal zeker van of ze er toch misschien niet achter zouden komen. Maar, al kwamen ze erachter, wat kon hem nog gebeuren? Hij keek op van het bloembed dat hij aan het omspitten was en keek nogmaals de weg af, alsof hij de auto al verwachtte te zien. Het kon nooit erger zijn dan wat hem al was overkomen. Hoe dan ook, vrede zou hij toch niet vinden.

In de vier jaar na de dood van zijn zoon waren er een paar momenten geweest waarop hij had gedacht alles te kunnen vergeten: een ochtend, toen hij aan het ploegen was, nadat hij wel honderd keer met de tractor heen en weer was gereden, met een massa koereigers achter zich aan die op de voren neerstreken om zich te goed te doen aan de vette wormen die tevoorschijn kwamen, en zijn vermoeidheid, de eentonigheid van het werk en het geluid van de motor hem in een soort trance brachten waarin de buitenwereld vervaagde; een andere keer tijdens de avondschemering, in de boomgaard, de geur van het rijpe fruit om hem heen, onder een hemel met rode wolken, alsof de top van de Volcán ze in brand had gestoken. Maar al snel was de pijn weer teruggekomen. Een pijn die hij niet kon terugbrengen tot gedachten en die daarom niet te bestrijden was met ideeën, woorden of troost van anderen. Hij schatte in dat hij nog zo'n vijfentwintig, dertig jaar voor de boeg had en hij was ervan overtuigd dat die pijn altijd bij hem zou blijven, tot het laatste moment, gevoed door de vreemdste zaken. De laatste vergadering van de schoolraad en de terugblik op de afgelopen periode hadden hem met een ondraaglijke helderheid de dood van zijn zoon tot in de kleinste details weer in herinnering gebracht.

En toen, hoe kón hij regelrecht naar huis gaan die avond, zonder van die gelegenheid gebruik te maken, zij tweeën, verder niemand, zonder getuigen die tussenbeide konden komen om zijn intense haat en minachting tot bedaren te brengen. Hoe kón hij zonder iets te zeggen terug naar de boerderij gaan – waar ze hem allemaal het liefst zo gauw mogelijk naartoe zagen verdwijnen – nu er op die vergadering een andere directeur was gekozen. Er zouden vast en zeker nog meer veranderingen volgen; misschien zou Corona zelfs de functie verliezen die hem in staat had gesteld de schorsing van zijn zoon te orkestreren.

Toen hij zag dat de decaan en De Molinos nog even treuzelden, was hij tegelijk met de andere leerkrachten uit het café vertrokken. De rest van de ouders hing nog aan de bar, eindeloos doorzanikend over het beleid van de directie, de belachelijk lange vakanties van docenten en hun neiging zich te onttrekken aan hun verantwoordelijkheid, kortom, hun eeuwige repertoire klachten die ze nooit hardop durfden te uiten of op schrift te stellen. Hij wist precies waar Corona woonde. Hij had hem ooit eens gevolgd. Vandaar dat hij er eerder was dan de man zelf en hem in de hal van het flatgebouw opwachtte, met zijn rug tegen de muur geleund, in het donker de woorden herhalend die hij al zo lang had willen zeggen. En een paar minuten later, toen hij die grote, dikke gestalte in het licht van de straatlantaarns in de deuropening zag, kwam hij naar voren en strekte zijn hand uit om het licht aan te knippen. Hij genoot van Corona's verrassing, van de angst die hij in zijn ogen zag opvlammen. 'U hier? Is er iets?' zei hij. En aanvankelijk had hij niets geantwoord. Hij was hem strak aan blijven kijken zonder een woord te zeggen, misschien wel een minuut lang, om hem die onzekerheid goed te laten voelen, de angst dat hem iets onherstelbaars ging overkomen terwijl er niemand was die dat zou kunnen verhinderen. Het licht was automatisch uitgegaan en hij strekte opnieuw zijn hand uit om op het knopje te drukken. Toen hij zich omdraaide had Corona een stap naar achteren gedaan, in de richting van de deur. Hij stond in zijn witte, dikke handen te wrijven alsof er iets in zat, iets smerigs, of zweet. 'Maar is er iets?' vroeg hij nogmaals, ditmaal met een smekende toon in zijn stem, maar ook met een scherpe angst die je haast kon zíén, alsof zijn woorden waren onderstreept met die felrode kleur waarmee zij zo graag en zo meedogenloos de fouten in de schriftjes van hun leerlingen verbeterden. Hij keek hem zwijgend aan. Hij had geen enkele haast met zijn antwoord, hij genoot van Corona's angst. Buiten hoorden ze over het trottoir iemand naderen, met energieke stappen. Corona draaide zijn hoofd iets om, in de hoop dat diegene voor de deur zou stoppen, wat een eind zou maken aan de situatie. Hij wilde er zo graag vandoor dat het net was of híj daar woonde en Corona een op heterdaad betrapte indringer was. Maar de voetstappen gingen verder en toen het geluid was uitgestorven had hij gemompeld: 'Ik denk nog iedere dag aan mijn zoon. En vanavond, op school, was de herinnering sterker dan ooit.' Opnieuw zweeg hij, en bedacht hoe vreemd het was dat hij dit – wat hij tegen niemand zei – nu uitgerekend tegen hém had gezegd, tegen de man die de meeste schuld droeg aan zijn dood. 'Het was niemands schuld. Het was vreselijk, maar het was niemands schuld', hoorde hij hem antwoorden. En weer ging het licht uit, maar nu wachtte hij even voordat hij het weer aandeed, want ook hij wilde dat er wat gebeurde, dat Corona een beweging zou maken die hem aanleiding zou geven hem iets aan te doen. 'Het spijt iedereen op school diep dat het zo is afgelopen', bleef Corona volhouden, alsof hij in het donker de stilte niet verdroeg en op antwoord hoopte om te kunnen peilen of hij niet dichterbij was gekomen. Of misschien probeerde hij zijn persoonlijke verantwoordelijkheid af te schuiven met dat 'iedereen'. En dat was natuurlijk ook zo, dacht hij toen, Corona was niet de enige die schuld droeg, er waren veel mensen met wie zijn zoon al die jaren, vijf uur per dag, te maken had gehad, die hem hadden kunnen leren wat hij had moeten leren en niet had geleerd: al die uren, al die dagen en weken en maanden, al die jaren, voor niets. Maar hij wilde dat minstens één van hen, degene die er het meest bij betrokken was geweest, in naam van alle anderen iets van zijn pijn en vernedering zou voelen, in naam van al die mensen die altijd op hem hadden neergezien, die hadden gedacht dat hij ongevoelig was voor verdriet, een simpele boer wiens lot het was de stad van voedsel te voorzien, vuile handen te hebben, met een door al die inspanning gehard lichaam. Hij wist dat dat het beeld was dat ze van hem hadden: een in corduroy geklede boer, met als hoogste doel in het leven gefotografeerd te worden naast het grote vetgemeste varken of de enorme fokstier waarmee hij op een veekeuring in de prijzen was gevallen.

Hij deed het licht nogmaals aan en wachtte even. Hij was ervan overtuigd dat Corona op zijn knieën zou gaan en alles zou doen wat hij zei. Hij deed een paar stappen naar voren en zag hoe hij zijn handen hief om hem af te weren. Toen het licht weer uitging gaf hij hem met vlakke hand een klap, één vernederende klap, niet eens hard, niet eens gewelddadig, alleen maar vernederend. Daarna bleef hij even onbeweeglijk staan, om te luisteren naar Corona's ademhaling, waar doodsangst in doorklonk. De man stond tegen de muur gedrukt, op een meter van zijn hand, in afwachting van de volgende klap.

Ineens werd hij zich bewust van het groteske van de hele situatie. Ook dit zou zijn pijn niet verlichten. Wraak en zijn merkwaardige metgezellen – gewelddadigheid, pijn, smerigheid, schaamte, soms zelf bloed – waren smakeloze, zo niet bittere gerechten, die geen genot gaven. Tastend in het donker vond hij de deur en ging naar buiten zonder nog om te kijken.

En Corona had dit incident verzwegen, want een paar dagen later had de luitenant, en later die lange detective, er niet naar gevraagd. Geen van beiden had naar die ontmoeting in de hal gevraagd, en hij was er zelf ook niet over begonnen. Vanaf dat moment had hij begrepen dat Corona zijn vernedering liever verzweeg, zelfs als hij daarmee het risico liep op de lijst van verdachten terecht te komen. Des te beter, dan bleef hij het gevoel houden dat ze hem verdachten, dat ze op hem letten, tenminste, tot die moord opgehelderd was, als dat ooit zou gebeuren.

Toen hij de hak weer in de aarde sloeg, voelde hij opnieuw een stekende pijn in de achterste spieren van zijn dijen, alsof er vanuit zijn rug een touw werd aangetrokken dat met een haak vastzat in zijn knieholte. Die spieren waren ontstoken en soms voelde het aan alsof ze dienstweigerden. Verder namen zijn klachten toe nu de kou terugkwam. Achter zijn rug hoorde hij zo nu en dan de losse kabel van de bliksemafleider tegen de muur slaan. Hij negeerde de pijn en ging weer aan het werk. Een paar dagen geleden had hij ineens een merkwaardige aandrang gevoeld om de tuin weer aan te pakken. Na de dood van zijn zoon had hij de bloementuin aan zijn lot overgelaten, alsof het iets oneerbiedigs, iets obsceens was om de kleurige rozenpracht, de bedden met hortensia's, de blauweregen, de seringen en de geraniums te blijven verzorgen terwijl zijn hart nog diep in de rouw was. Het terrein waar de tuin was geweest, tussen het hek en het huis, was zo overwoekerd door onkruid, verwilderde struiken en plantenresten dat hij op het punt had gestaan alles met de tractor onder te ploegen, waarmee hij het werk van vele jaren teniet zou hebben gedaan. Maar nu had hij de behoefte de tuin weer in ere te herstellen en schaamde hij zich over zijn eerdere vernielzucht. Bloemen waren nooit onverenigbaar geweest met de dood. Integendeel, de gestorvenen leken van bloemen te houden, ze waren het beste teken van respect. Het kon hem steeds minder schelen of de oogst groot of klein was, maar soms verbaasden zijn eigen gedachten hem: dat een roos eigenlijk altijd lekkerder ruikt dan een appel, een bosje seringen altijd mooier is dan een maïskolf, een klaproos altijd helderder glanst dan een korenaar. Hij voelde zich meer verbonden met de teerheid en de vergankelijkheid van bloemen dan met de kracht van het graan. Hij zei tegen zichzelf dat bloemen, zelfs als je ze plukt of als ze sterven, het beste van zichzelf geven, hun delicate geur. Geteelde gewassen daarentegen – graan, groente, fruit, peulvruchten – verrotten en vergaan in een explosie van schimmel, stof, smerigheid, wormen en muizen. Hoeveel gestolen uren had hij niet in de aanleg en het onderhoud van die schitterende tuin gestoken, die echter, toen hij er niets meer aan deed, op een dramatische manier was gestorven. Het onkruid daarentegen – zonneroosjes, ganzenvoet, kweek en riet, bestand tegen zowel de kou als de hitte – leek wel vanzelf te groeien, en kreeg zonder enige hulp takken die zo sterk waren als speren en zo scherp als dorens. De wereld, hield hij zichzelf voor, is niet gemaakt voor gevoelige wezens; alleen de sterken verdragen aardvlooien, roest, hagel, verwaarlozing en brak water.

Toen hij de hak hief om hem opnieuw op de aarde neer te

laten komen, zag hij een doodsbange worm die meelijwekkend langzaam in de aarde terug probeerde te kruipen. Hij pakte hem op en legde hem op de palm van zijn hand. Toen zag hij weer dat litteken op die koude, magere dij voor zich, en hij had het gevoel of zijn eigen dij werd gebrandmerkt met een gloeiend stuk ijzer. Hij streek over de koude, donkere, weke rug van de worm, bukte en stopte hem voorzichtig terug in de omgewerkte aarde.

'Toe maar, aan het werk', zei hij, terwijl hij keek hoe het kleine, bruine lijfje koppig, gedreven door angst, terugkroop in de aarde.

Waarom had zijn zoon het gedaan? Waarom was hij zo wraakzuchtig geweest dat hij de schapenschaar mee van huis had genomen en een paar gaten in het vel van de hond had geknipt – hij kon er immers niet mee omgaan. Het waarom van die wrede daad zou voor altijd een onbeantwoorde vraag blijven. Hij had hem altijd voorgehouden dat je nooit zomaar een levend wezen mocht mishandelen, dat je al het leven om je heen moet respecteren, want hij was ervan overtuigd dat iemand die bij zijn volle bewustzijn een weerloos dier iets aandoet, bijna net zo makkelijk een menselijk wezen kwaad kan berokkenen. En hij had altijd gedacht dat zijn zoon die boodschap had begrepen en tot de zijne had gemaakt, want hij had hem nooit een dier kwaad zien doen. Hij had altijd gedacht dat zijn zoon een gezonde, natuurlijke relatie had met dieren, zonder angst maar met de nodige voorzichtigheid, zonder minachting maar ook zonder overdreven sentimentaliteit. Van jongs af aan had hij hem ingeprent geen onnodige offers te brengen – nooit een slak vertrappen, de vleugels van een vlinder niet aanraken, van de staart van een hagedis afblijven, het tere schedeltje van een vogeltje niet vermorzelen – want in ieder dier dat zinloos wordt geofferd verlies je een bondgenoot als er dieren langskomen die werkelijk gevaarlijk zijn. En zijn zoon leek het te hebben begrepen, en had hém zelfs weleens op zijn kop gegeven als hij iets onzorgvuldigs deed. Waar was dan die haat jegens Corona's hond vandaan gekomen, waarom die wreedheid? Tenzij zijn woede niet gericht was geweest tegen de hond, en het dier slechts een plaatsvervangend slachtoffer was geweest omdat degene die hij écht haatte onbereikbaar was.

Hij hoorde het geluid van een motor, nog vóór de bocht, en keek weer op, afwachtend. Hij zag eerst de groene motorkap, daarna de glanzende voorruiten waarachter hij niets kon onderscheiden en vervolgens de hele auto, met wit-groene strepen en lampen op het dak die niet aanstonden. Hij had het idee dat ze te langzaam of te voorzichtig reden, alsof de wagen zweefde, zonder zich te realiseren dat het zijn eigen ongeduld was dat dit moment op een onverdraaglijke manier vertraagde. Het beeld leek te verstarren tot een soort luchtspiegeling, wat nog werd versterkt door de vettige gloed van het asfalt.

De auto maakte een flauwe bocht en stopte voor het hek. De luitenant die hem drie weken geleden had ondervraagd en twee agenten, een van hen een vrouw, stapten uit.

Hij strekte zijn rug om de pijn in zijn botten te vergeten en liet de hak op de grond liggen. De worm was alweer in de aarde verdwenen.

Toen de luitenant het hek opendeed en met de twee anderen achter zich aan naar voren liep, hoorde hij achter zich de voordeur opengaan. Hij keek om en zag zijn vrouw naar hem kijken, met ogen waar nog steeds angst in stond te lezen, met oogleden die begonnen te trillen zodra een onbekende het terrein op kwam lopen. Naast haar zijn jongste zoon, zijn enige zoon.

'Ga naar binnen. En neem het kind mee.'

'Wat komen ze nu weer doen?'

'Ga naar binnen. Met het kind.'

Hij begreep nauwelijks wat de luitenant snel en ongeduldig tegen hem zei, alsof hij lang op dat ene moment had gewacht, maar hij begreep wat hij wilde door de paar woorden die hij herkende van de films op tv – inhechtenisneming, advocaat, het recht om te zwijgen. Maar eigenlijk hadden ze helemaal niets hoeven zeggen, hij wist toch wel waarvoor ze kwamen. Hij had ook gezien dat de luitenant de andere man wegwuifde, die hem een paar handboeien om wilde doen die als bij toverslag ineens in zijn handen waren verschenen. Hij mocht nog even met zijn vrouw praten – ze was weer in de deuropening verschenen – een aanbod dat hij afwees, en vervolgens werd hij door de twee agenten naar de auto geleid.

Hij was helemaal niet bang. Wat kon de wet tegen hem beginnen als hij al dood was? Wat konden zij hem nog aandoen? Hij was gewend om alleen te zijn, en bezat het boerengeduld dat voortkomt uit de rust waarmee je wacht op het ontkiemen van een zaadje of op het rijpen van het fruit. Het deed hem dus niets dat ze hem drie uur lieten wachten in die kamer zonder ramen of spiegels, met alleen een traliewerk in de deur waarachter hij nog niemand had gezien. Een stalen tafel en drie stoelen maakten het enige meubilair uit. Onder de stoel waarop hij zat had zich op de vloer een kring gevormd van de donkere aarde die bij het opdrogen uit zijn laarzen was gevallen. Zo nu en dan hoorde hij geluid van buiten, de motor van een auto, de echo van voetstappen waarvan hij niet kon zeggen of ze kwamen of gingen, het gorgelen van een toilet dat werd doorgetrokken, en eenmaal het peinzende gekras van een kraai. Maar hij werd niet ongeduldig en was ook niet bang. Hij was alleen nieuwsgierig naar wat zij wisten en waarom het zo lang had geduurd voordat ze hem waren komen halen.

De deur ging open en de twee agenten die de luitenant eerder hadden vergezeld kwamen naar binnen. De vrouw droeg wat papieren en kwam tegenover hem zitten, maar de man bleef tegen de deuropening leunen en nam hem van top tot teen op. Hij keek zo aandachtig naar de aarde op de vloer dat het leek of hij verwachtte dat er een sikkel of een hak uit zou oprijzen. Het boordje van zijn overhemd stond open, alsof het bloedheet was, en hij had zijn mouwen opgerold, waardoor zijn gespierde, getrainde onderarmen zichtbaar waren. Hij liep weg uit de deuropening en sleepte de derde stoel naar een hoek van de kamer: hij zag eruit als een bokser die zich voorbereidt op het gevecht.

'Waar is het pistool?' Hij was de eerste die sprak, vanuit zijn hoek, met een te harde stem voor die kleine ruimte.

'Welk pistool?' antwoordde hij, zonder te begrijpen waar hij het over had.

De agent schudde gelaten zijn hoofd.

'Je komt deze kamer niet uit voordat je ons vertelt waar het is of tot wij het zelf hebben gevonden. Dus je zegt het maar. Of je vertelt het ons en dan zijn we gauw klaar, of we sturen een paar bulldozers naar die kloteboerderij van je om alles overhoop te halen wat je ooit hebt geplant, tot het één grote woestenij is. Ik durf te wedden dat je het ergens onder een fruitboom hebt begraven.'

Dat dreigement liet hem volledig onverschillig, en hij keek de agent aan met een kille blik die de minachting voorbij was. De boerderij kon hem niet schelen omdat er niets was wat hem nog interesseerde. Al tijdenlang stond hij 's morgens op met het gevoel dat het leven één grote, onontkoombare tragedie was, en dat alles wat hij probeerde om eraan te ontkomen hem onherroepelijk dichter naar de ontknoping zou voeren. Hij gaf om niemand, niet om zijn vrouw, niet om het kind dat nog leefde. Zijn hart was dood en het beeld van zijn vernielde gewassen en fruitbomen was niet schrijnend genoeg om hem uit zijn onverschilligheid te wekken. Alleen toen hij dacht aan de bloembedden waar hij net die middag met de hak doorheen was gegaan, schoot er even een ongemakkelijk gevoel door hem heen.

'Waar is het pistool?' drong de agent aan.

'Ik heb geen pistool. Ik heb er ook nooit een gehad', ontkende hij. Het idee was absurd, want wat hij ook had willen doen, een pistool had hij daar niet bij nodig gehad.

'Laten we bij het begin beginnen', kwam de vrouw tussenbeide.

Zwijgend las ze even in de papieren die ze voor zich op de tafel had liggen, vluchtig, alsof ze die de afgelopen drie uur grondig had bestudeerd en nu zíjn hulp nodig had om een fout die ze erin had aangetroffen te kunnen rechtzetten.

'In uw eerste verklaring hebt u ons verteld dat u regelrecht naar huis bent gegaan, zonder nog ergens te stoppen.'

'Ja.'

'Maar dat is niet waar. U bent niet naar huis gegaan nadat u het café had verlaten', zei ze heel langzaam.

'Ik heb gelogen', antwoordde hij. Ondanks de apathie waarmee hij zijn eigen ondervraging onderging, merkte hij de spanning van de vrouw op, en de gealarmeerde blik die de man in de hoek haar toezond.

'Goed. U hebt tegen ons gelogen. Dat zullen we verder vergeten, alsof u het nooit hebt gezegd. Daar houden we het verder op', zei ze. Met de papieren die ze voor zich had en die eenvoudige blauwe balpen had ze wel wat weg van een studente die aantekeningen zat te maken. Zelfs dat groenige uniformoverhemd deed niets af aan haar jonge, onschuldige voorkomen. Alsof ze een advocaat is, dacht hij, terugdenkend aan wat de luitenant had gezegd, meteen toen hij zich op de boerderij had gemeld, iemand die zich in ruil voor een handvol bankbiljetten onvoorwaardelijk aan zijn zijde zou scharen.

'Waar bent u daarna heen gegaan?'

'Ik ben naar zijn huis gewandeld en heb in de hal gewacht tot hij kwam. Ik wist waar hij woont. Ik had hem al eens eerder gevolgd', antwoordde hij vermoeid. Als ze hem waren komen halen, wisten ze het antwoord al.

'Wie?' antwoordde de vrouw, die nu ook van slag leek.

'Wie? Corona.'

'U bedoelt Larrey', verbeterde de man hem vanuit de hoek.

'Larrey? Welnee. Waarom zou ik? Hij was de enige op de vergadering van die middag die een knip voor zijn neus waard was!'

De agent maakte een gebaar alsof hij op wilde staan, maar de vrouw hield hem met een handgebaar tegen.

'Goed. U wachtte in de hal tot Corona kwam. En wat gebeurde er toen?'

'Heeft hij u dat niet zelf verteld? Is dat niet de reden dat u me hebt gearresteerd?'

'We willen het uit uw eigen mond horen.'

Het viel hem op hoe snel ze met haar antwoord kwam, hoe gretig ze was; en de herinnering aan de eerste vragen van de man, die maar door was blijven gaan over een pistool, deed hem vermoeden dat haar vriendelijkheid geveinsd was, dat er iets achter zat.

'Toen heb ik hem geslagen.'

De twee agenten zwegen, te verrast om te kunnen reageren, en in de stilte die volgde dacht hij aan de andere kant van de halfopen deur geritsel van kleren te horen. Zonder zijn stem te verheffen ging hij verder.

'Eén keer. In zijn gezicht. Met mijn volle hand.' En toen, met de zelfverzekerdheid van iemand die weet dat zijn goede geheugen hem niet in de steek laat, voegde hij eraan toe: 'Zoals zij kinderen slaan.'

'Wie?'

'De leraren.'

'In dit land slaan ze niet meer op scholen. Wij ook niet. Dat is iets van langgeleden', antwoordde de vrouw zonder al te veel overtuiging. Ze keek naar de agent in de hoek, met zijn hemdsmouwen opgerold tot boven zijn ellebogen, zijn benen iets uit elkaar en het kraagje van zijn overhemd open.

'Míjn zoon hebben ze wel geslagen. Niet in zijn gezicht, maar ze hebben hem wel geslagen, heel hard', zei hij.

De vrouw keek hem nogmaals aan. Ze probeerde haar verbijstering over de loop die het gesprek had genomen niet langer te verbergen. Ze had verwacht dat hij ieder moment zijn zinnen kon afmaken met het woord 'doden', met de uiteindelijke verklaring die alles zou ophelderen. Ze had het dossier al vele malen doorgelezen; het was de eerste zaak die de luitenant aan haar en haar collega overliet, hoewel Gallardo zich ervan bewust was dat er van Ortega niet meer dan snelle, efficiënte bijstand te verwachten viel als er actie of geweld nodig was. Ze had alle verklaringen keer op keer doorgenomen, op zoek naar tegenstrijdigheden, mogelijke motieven, en ze had alles doorgespit wat bekend was over Larrey, publiek en privé, zo veel gegevens, zo uitputtend, dat het de hoofdrolspelers zelf zou verbazen hoeveel er bij de guardia civil over hen bekend was. En ze wist nog precies wat ze had gelezen over de schorsing van Saldaña's oudste zoon en de tragische ontknoping waartoe die eerste bestraffing misschien had geleid. Hoewel ze die geschiedenis mee hadden genomen in het onderzoek en altijd in gedachten hadden gehouden, had zij noch de luitenant geloofd dat dát het belangrijkste motief was, aangezien Larrey er nooit iets mee te maken had gehad. Ze betwijfelde zelfs of het wel een motief was geweest, want ze had het gevoel dat de man die tegenover haar zat, met zijn ruwe handen en zijn modderlaarzen, de waarheid sprak. Na de moord, toen ze hem bij hem thuis ondervroegen, had hij geen enkel moment geprobeerd zijn haat jegens de school en de staf te verbergen. Het soort haat, diep, verbeten en een beetje smerig, meer verwant met de gewelddadigheid – boers, primair en direct – waarmee mensen zoals hij op beledigingen reageerden dan met de wraakzucht – stiekem, huichelachtig, verbeten – waar Larrey het slachtoffer van leek te zijn geworden.

'U hebt Corona geslagen in de hal van het flatgebouw', herhaalde ze met de hardnekkigheid die haar op de politieacademie was bijgebracht: iedere vraag een aantal malen herhalen om zeker te weten dat geen enkele nuance je ontgaat, dat er geen enkel los draadje meer is. Aandringen, dat wel, maar zonder te snel te veel druk uit te oefenen, altijd met het idee voor ogen dat de pijl die je afschiet net zo makkelijk zijn doel niet kan bereiken als het voorbijrazen.

'Een klap. In zijn gezicht. Met mijn open hand. Net zoals zij kinderen slaan', herhaalde hij, zonder uit te dagen, zonder spijt. 'Een klap, om hem bang te maken.'

'En wat deed Corona?'

'Die stond daar te hijgen in het donker, tegen de muur gedrukt. Als een angstig beest.'

Hij realiseerde zich dat er opnieuw een stilte was gevallen, dat ze niet meer wisten wat ze moesten zeggen. De vrouw keek hem nu aan zoals vrouwen naar oude mensen kijken, naar kleine kinderen, niet alsof hij iemand was van wie je een plotselinge woedeuitbarsting verwacht. Ineens was hij zich bewust van het beeld dat hij bood: een man die de verpersoonlijking was van alle beperkingen van de boer. Een somber, zwijgzaam, smerig menselijk wezen, met een hogere levensverwachting dan gemiddeld, met een moeilijk beheersbare neiging tot gewelddadigheid die werd geneutraliseerd door de ruimte waarin hij zich bevond: precies het beeld waaraan hij had willen ontsnappen. Toen hij zich had gevestigd op het platteland was hij zich bewust van de risico's die hij nam, maar hij was ervan overtuigd geweest dat hij van het isolement zou kunnen genieten zonder alle genoegens van het stadsleven te hoeven opgeven. Hij had zich een evenwichtige toekomst voorgesteld, waarin hij net zo makkelijk met de ploeg als met de computer zou werken, net zo makkelijk met de pen als met de hak. Hij had geprobeerd beide werelden harmonieus in zijn leven in te passen, zonder in extremen te vervallen, zoals Afrikaanse stamhoofden die zich blootsvoets laten fotograferen, met de traditionele gewaden en de benen kettingen van de stam, maar ook met een bolhoed op hun hoofd en een Rolex om hun pols. Het leven op het platteland kon hard zijn, maar veranderde in een luxueus bestaan als je ook over alles beschikte wat de stad zo gierig binnen de eigen muren probeerde te houden.

'En daarna, wat hebt u die avond verder nog gedaan?' vroeg de vrouw weer.

'Daarna ben ik naar huis gegaan.'

'Naar huis gegaan? Nee, dat hebt u niet gedaan', zei de man, die inmiddels met zijn ellebogen op zijn knieën leunde en hem aandachtig aanstaarde, om in te schatten of hij loog.

'Wat deed u toen u wegging bij Corona?' vroeg de vrouw nogmaals.

Hij vond het een beetje teleurstellend dat ook zij bleef vasthouden aan die vraag, maar hij was nog helder genoeg om te beseffen dat wantrouwen nu eenmaal bij haar vak hoorde.

'Ik ben naar huis gegaan. Het was laat.'

'Ja natuurlijk. Natuurlijk bent u naar huis gegaan. Maar eerst bent u nogmaals naar de school gegaan. U was nog niet klaar die nacht, en aangezien u al was begonnen uw schulden te vereffenen, kon u net zo goed nog even doorgaan. U zag dat de school open was, ging naar binnen en schoot Larrey neer. Waar is het pistool?' herhaalde de man.

Hij keek hem even aan voordat hij zijn ogen weer op de vrouw richtte. Hij weigerde met iemand te praten die niet leek te luisteren naar wat er werd gezegd: hij had er de hele tijd bij gezeten en er blijkbaar niets van begrepen.

'Hebt u het de volgende dag in de kluis geborgen?'

Nu wist hij helemaal niet meer waar de man het over had. Niet dat het hem iets kon schelen, want alles buiten de zwarte cirkel van zijn verdriet en zijn herinneringen liet hem koud en was soms zelfs onbegrijpelijk voor hem. Hij voelde zich als iemand die door de bliksem was getroffen: als je daar verkoold op de grond ligt, wat doet het er dan nog toe uit welke wolk die flits was gekomen? Hij probeerde nog een antwoord te geven: 'Ik begrijp niet waar u het over hebt.'

'Hij weet niet waar ik het over heb! Weet u soms ook niet dat u een kluis hebt gehuurd in een bank? Wat bewaart u daar eigenlijk? Het pistool? Of gaat u me vertellen dat het zaaigoed voor het volgende jaar daar beter blijft?'

De agent was uit zijn hoek gekomen en stond achter hem, en hij hoorde zijn woorden tegen zijn rug stuiteren maar draaide zich niet om om de man aan te kijken. De uren dat ze hem hadden laten wachten, de ondervraging, hun vasthoudendheid, de bedreigingen, het had hem niet murw gemaakt. Ook de vriendelijkheid van de vrouw niet, die hem nu opnieuw aankeek zoals je naar een kind of een oude man kijkt.

'Goed, we beginnen weer van voren af aan', hoorde hij een van hen zeggen, maar het kon hem niet langer schelen wie er had gesproken.

Toen stond de vrouw ineens op, pakte zonder iets te zeggen haar papieren bij elkaar en liet hem met de man alleen.

De luitenant zat op een bank in de gang, vlak naast de halfopen deur. Toen hij haar zag, stond hij op en ging haar voor naar zijn kantoor.

'Hij heeft het niet gedaan', zei de vrouw, toen ze alleen waren.

'Boeren', mompelde de luitenant. 'Altijd even lastig. Ik heb liever een misdadiger die is gepokt en gemazeld in duizend ondervragingen dan zo'n stugge, koppige boer. Bedreigingen lijken net zo makkelijk van hen af te glijden als beloftes. Ze houden urenlang hun kop, of blíjven maar hetzelfde zeggen, zonder dat het hun iets kan schelen of je ze gelooft of niet, zonder zichzelf te verdedigen, alsof het ze geen bal uitmaakt of ze vrij zijn of achter slot en grendel zitten.'

'Ik denk niet dat hij het heeft gedaan', zei ze iets voorzichtiger, uit respect voor haar meerdere, maar nog net zo zeker van zichzelf. 'Toen we hem naar het pistool vroegen, keek hij ons verbaasd aan, alsof hij geen idee had waarover we het hadden. Zoals een koe naar een passerende trein kijkt.'

'Natuurlijk was hij het niet! Ik weet zeker dat Corona zal bevestigen dat hij hem die nacht in de hal heeft opgewacht. Zo iemand als hij verzint zo'n verhaal niet. Hij kan er niet eens zeker van zijn dat het een bruikbaar alibi is.'

'Wilt u dat ik Corona laat komen?' durfde ze voor te stellen nu haar collega er niet bij was. Dit onderzoek had haar en de luitenant dichter bij elkaar gebracht. Het feit dat ze de afgelopen weken samen op dezelfde problemen hadden zitten broeden had een onzichtbare band tussen hen geschapen, een soort kameraadschap, als tussen soldaten die zonder elkaar te kennen wachtlopen aan hetzelfde front.

'Ik heb hem al laten halen. Hij is er zo.'

'En als hij zijn verhaal bevestigt?'

'Dan zijn we weer terug bij af. Dan hebben we onze tijd verdaan met zoeken in de verkeerde richting.'

Ze begreep dat haar eigen teleurstelling, hoe intens en ontmoedigend ook, niet vergelijkbaar was met die van de luitenant, omdat in hun vak mislukking altijd direct was gerelateerd aan rang. Uiteindelijk deed zij niets anders dan bevelen gehoorzamen, en als ze dat zorgvuldig had gedaan zou niemand haar aan het eind van de dag iets verwijten. Maar ze vond geen troost in die gedachte. Ze had zich tijdens haar meest optimistische momenten voorgesteld dat zij en de luitenant samen in staat waren een mysterie op te lossen waar verder iedereen – Ortega incluis – te stom voor was. En nu door Saldaña's relaas bleek dat geen van hun theorieën klopten, was teruggaan naar af meer dan alleen tijdsverlies.

'Zal ik Ortega zeggen te stoppen met het verhoor?'

'Nee, laat hem nog maar even doorgaan. Misschien dat Sal-daña zijn lesje leert en beseft dat hij niet zomaar iemand kan slaan als dat in hem opkomt.'

18

Zelfs Ernesto, die zich altijd afzijdig hield van alle commentaar, de verhalen, berichten en roddels die in Breda de ronde deden, begroette hem die ochtend met een opmerking over het nieuws dat de stad had opgeschrikt: de middag daarvoor was een zekere Saldaña aangehouden in verband met de moord op de leerkracht.

'Ken jij hem?' vroeg Julián Monasterio. Sinds de detective hem had gebeld om te vertellen dat die Saldaña de enige persoon was die én bij de school was betrokken én een kluis in de bank huurde, had hij die naam zo vaak herhaald dat hij haast vertrouwd leek. Toch wist hij verder niets van de man.

'Nee.'

'Zou hij er een reden voor hebben?'

'Hij is de vader van een ex-leerling. Het verhaal gaat dat de jongen van school is gestuurd en dat hij uiteindelijk zelfmoord heeft gepleegd; dat er drugs bij betrokken zijn en dat er sprake is van wraak.'

'En hoe zijn ze erachter gekomen dat hij het was?' hield hij aan, want hij wilde weten of er iets over het pistool bekend was gemaakt en over degene van wie het pistool was, of de luitenant zich aan zijn deel van de deal met Cupido had gehouden.

'Er doen zo veel verschillende verhalen de ronde dat er vast niet één waar is. Dat hij zichzelf heeft aangegeven, dat zijn vrouw hem heeft verraden, dat hij het pistool bij zich droeg.'

Julián Monasterio ging achter zijn bureau zitten, zonder zich op zijn werk te kunnen concentreren, in afwachting van een telefoontje van de detective dat de geruchten zou ontkennen of bevestigen. Hij vertrouwde hem inmiddels zo volledig dat hij het pas zou geloven als hij van hem persoonlijk de details te horen kreeg – de arrestatie, de ondervragingen, de eventuele bekentenis. Maar hij wilde hem niet bellen waar Ernesto bij zat. Omdat hij het niet uithield achter zijn bureau, ging hij naar buiten om een krant te kopen en ergens koffie te drinken. In de hoop op een uitgebreid bericht van vier kolommen bladerde hij de krant door, maar hij vond slechts een paar regeltjes waarin verslag werd gedaan van de arrestatie, met de mededeling dat uitgebreider bericht nog zou volgen. De moord op Larrey was naar de achtergrond verdwenen, ingehaald door ander nieuws, dat eveneens weer uit de belangstelling zou verdwijnen voordat er een nuttige les uit was getrokken die zou kunnen voorkomen dat eenzelfde fout nogmaals zou worden begaan.

Aan de bar bespraken twee jonge mannen de laatste geruchten met de ober: een wapen dat onder rozenstruiken begraven had gelegen, een jongen die aan een overdosis was gestorven.

'Is er al wat meer bekend?' vroeg hij, alsof hij van niets wist, uitgerekend hij, die hun alles had kunnen vertellen over de herkomst van het pistool, hoeveel het woog, hoe het in de hand lag, hoe het voelde als je het oppakte.

'Ja, natuurlijk. Ieder uur duikt er iets nieuws op.'

'En?'

'Ze hebben hem laten gaan. Ik heb zelf gezien hoe hij een uur geleden de kazerne uit kwam. Ongeschoren, met een paar werklaarzen aan. Hij zag er doodmoe uit. Hij liep naar het plein en nam een taxi. Er bleven zelfs mensen wachten tot de taxi terug was, om de chauffeur te vragen waar hij hem heen had gebracht. Hij is naar huis gegaan.'

'Maar waarom hebben ze hem dan gearresteerd?'

'Dat weet geen mens. Ik heb iemand horen zeggen dat ze het pistool bij hem hebben gevonden.'

Julián Monasterio ging naar de telefoon en koos het nummer van de detective, dat hij inmiddels uit zijn hoofd kende. Cupido had net een paar minuten eerder contact met de luitenant gehad en hij bevestigde wat de man in het café had gezegd: Saldaña was onschuldig en ze hadden hem weer laten gaan.

'En nu?'

'Terug naar af.' Hij hoorde hem zuchten, ongetwijfeld net zo teleurgesteld als hij zelf was. Na een stilte, alsof hij hem een verklaring schuldig was, voegde hij eraan toe: 'Maakt u zich geen zorgen over het geld. Dat doet er nu niet toe. Het enige wat telt is dat we te weten moeten komen wie het pistool heeft gepakt.'

Hij leek zijn gedachten te hebben geraden, alsof er tussen hen beiden – een verkoper van virtuele realiteit en een privédetective die zich alleen bezighield met tastbare feiten – een onzichtbare band bestond die verder ging dan het puur zakelijke contact dat hen aanvankelijk bij elkaar had gebracht – mijn geld in ruil voor jouw werk.

'Ik moet nogmaals met de luitenant praten en de lijst met de cliënten van de bank opnieuw bestuderen. Misschien hebben we iets over het hoofd gezien toen we op een bekende stuitten. Ik bel zodra ik iets weet.'

Ze namen afscheid en hoewel de woorden van de detective hem aanvankelijk gerustgesteld hadden, begon hij zich op weg naar de zaak opnieuw zorgen te maken over iets waar hij nog niet eerder aan had gedacht: als de echte moordenaar te weten kwam dat ze Saldaña hadden gearresteerd omdat die een cliënt van de bank was, zou hij daar onmiddellijk uit afleiden dat de guardia civil eindelijk het pistool op het spoor was en hem dus ook. Hoe zou hij dan reageren? Op het moment van de diefstal had hij vast een blik op de papieren in de kluis geworpen en op het schrift met de dubbele boekhouding, met zijn naam op de kaft. Als de moordenaar zich bedreigd begon te voelen, zou hij dan proberen hem erin te betrekken? En op welke manier?

Opnieuw bekroop hem de angst verzeild te raken in een situatie waar zijn dochter als eerste het slachtoffer van zou zijn. En, hij was zich ervan bewust dat het egoïstisch was maar kon zich daar niet schuldig over voelen, hij realiseerde zich dat hij zich daar zo bezorgd om maakte dat het feit dat er iemand was vermoord hem eigenlijk niks kon schelen.

Die avond liet Julián Monasterio Alba bij María en ging hij naar Rita's flat, zoals ze telefonisch hadden afgesproken, hoewel ze het er nog niet over hadden gehad wat ze zouden gaan doen. Ze waren in die korte tijd al zo vertrouwd met elkaar geworden dat het niet nodig was van alles te plannen en te verzinnen als excuus om elkaar te zien. Ze hadden genoeg aan elkaars gezelschap.

Ze droeg makkelijke kleren, een trui en een vale spijkerbroek, en ze leek weinig zin te hebben zich te verkleden en erop uit te gaan. Buiten waaide een koude herfstwind, maar de flat was warm en knus, uitnodigend.

Rita haalde een vel papier uit de tas die ze altijd mee naar school had en liet hem een tekening zien. 'Weet je wie dit heeft gemaakt?'

Julián Monasterio had nooit veel aandacht besteed aan de tekeningen van zijn dochter, maar hij zag meteen dat het er een van haar was. Het zwembad in het midden, en zij zelf in haar rode bikini in het water.

'Natuurlijk', antwoordde hij.

'Jij komt er goed van af', zei ze, wijzend op de rechte, lange gestalte op de voorgrond, maar zonder iets te zeggen over de overdreven traanklieren in zijn ooghoeken.

Ze kwam naast hem zitten op de bank en legde een hand op zijn schouder om samen naar de tekening te kijken. Julián Monasterio ademde haar geur in. Ze rook niet naar school of naar haar gebruikelijke parfum, maar meer naar háár, persoonlijk en intiem, de geur van haar huid, die overbleef als alle andere luchtjes waren verdwenen. Hij schonk nog even geen aandacht aan de tekening – hij voelde dat Rita er iets over wilde zeggen, iets waarover hij met haar zou moeten praten maar wat best nog heel even kon wachten – en leunde achterover op de bank. Terwijl hij vanuit die hoek de kamer rondkeek, had hij voor het eerst het gevoel dat hij geen vreemde meer was in haar huis. Hij voelde zich er volledig op zijn gemak, alsof hij ineens bij haar wereld hoorde, en zich had aangepast aan haar tempo, dat trager lag dan het zijne in zijn hectische leven. Terwijl hij daar zo lag, gaf hij zich over aan een vredig, eenvoudig geluksgevoel dat vreemd genoeg niet in tegenspraak was met de intensiteit van het eisende verlangen dat hij in zich voelde opkomen: die spontane aanraking, Rita's hand op zijn schouder ervoer hij onverwacht als uiterst opwindend. Terwijl zijn blik zich verloor in de tekening besefte hij ineens dat er geen heftige woorden, geen riskante situaties of grote avonturen nodig zijn om begeerte te doen opvlammen, geen gevaarlijke rivieren of wilde beesten, je hoefde er niet voor naar onsterfelijke zonsondergangen in verre oorden te kijken, zoals hij bij Dulce wel had gedacht. Intense passie was ook daar, in dat rustige huis zonder geheimen, samen genietend op de bank, naar Schubert luisterend. Een liefdesgeschiedenis is al zo'n waagstuk op zich, dacht hij bij zichzelf, dat je er niet nog eens van alles bij hoeft te verzinnen.

'Maar je luistert niet naar me', eiste Rita zijn aandacht op, met gespeelde boosheid.

Er was de laatste tijd weinig vrede geweest in zijn bestaan, vol kwellende herinneringen die te pas en te onpas naar boven kwamen, maar nu leek hij er afstand van te kunnen nemen, alsof hij erboven zweefde zonder dat ze hem konden deren, als een klein kind dat vanaf het balkon naar een woeste hond kijkt die beneden naar hem staat te blaffen. Die nacht vreeën ze langzaam en wellustig, op een diepere manier, want ze waren inmiddels al zo vertrouwd met elkaar dat ze zich niet meer beter voor hoefden te doen. Gelukkig zijn, en normaal, dat was genoeg. Hun behaaglijkheid maakte hun woorden luchtig en licht, en alleen toen hun gesprek even afdwaalde naar Saldaña, naar diens arrestatie en latere invrijheidstelling, werd hun toon wat zwaarder. Ze waren beiden verbonden met de dood van Gustavo Larrey, weliswaar op een heel andere manier, maar even onlosmakelijk, en geen van tweeën kon aan hem denken zonder pijn of schuld te voelen.

'Soms denk ik dat ze er nooit achter zullen komen wie het heeft gedaan', zei Rita. 'Of waarom. Het is zo onbegrijpelijk!'

'Kende je hem goed?'

'Heel goed. Alhoewel ik denk dat hij mij beter kende dan ik hem. En jij?' vroeg ze ineens.

'Bedoel je of ik hem heb gekend?'

'Ja.'

'Nee. Ik denk niet dat ik hem ooit heb ontmoet.'

'Hij was een van de weinige goede mensen in dit land vol klootzakken: hij gunde iedereen alles, hij zou nooit iemand kwaad doen', zei ze. Haar woorden zouden pathetisch hebben geklonken als ze niet verzacht werden door de ernstige, oprechte toon in haar stem; zelfs de grootste cynicus zou ze niet bespottelijk durven maken.

Ze lagen in bed, Rita met het laken opgetrokken tot onder haar oksels, in dat preutse gebaar dat vrouwen niet lijken te kunnen tegenhouden, zelfs niet als ze net daarvoor zonder enige schaamte hun lichaam hadden aangeboden en geopend. Ze staken een sigaret op terwijl ze hem meer over Larrey vertelde, zo verdrietig als hij haar nog nooit had gezien. Ze struikelde over haar woorden toen ze iets wat hij had gezegd probeerde te herhalen, glimlachte bedroefd als ze zich een bepaalde gebeurtenis herinnerde, en had zelfs zo nu en dan moeite haar tranen in te houden.

Julián Monasterio lag zwijgend naar haar te luisteren. Hij voelde zich ongemakkelijk omdat hij – de rechtmatige eigenaar van het pistool – gedeeltelijk verantwoordelijk was voor haar verdriet. Een verantwoordelijkheid die een tweeslachtige situatie ten gevolge had: hij was niet schuldig, maar ook niet helemaal onschuldig. Rita's woorden wekten een schaamte die zijn rug in de kussens drukte. Tot nu toe had hij alleen over Larrey horen praten door mensen – de detective, de twee agenten, Ernesto – die hem niet hadden gekend, of hij had over hem gelezen in de pers, met de prijzende woorden die gebruikelijk zijn als een onschuldig persoon voortijdig op gewelddadige wijze om het leven komt. Maar tot dan toe had hij hem nog niet gezien als een mens van vlees en bloed.

Ze was weer tegen hem aangekropen, met haar hoofd op zijn borst, en hij kon haar gezicht niet zien. Ze zwegen, wachtend tot de schaduwen voorbij waren. Heel even overwoog hij om haar alles te vertellen wat hij wist, haar zijn onvrijwillige rol in die tragedie op te biechten, maar die gedachte verwierp hij meteen weer omdat hij het te wreed en te gemakkelijk vond. Er was niets wat hij er nog aan kon doen, alles ging buiten hem om. Na die eerste impuls alles te vertellen werd hij overvallen door een veel sterker gevoel, dat van voorzichtigheid. Waarom zou hij het haar vertellen? Hoe kón hij haar vertellen dat de handen die haar nu liefkoosden een paar weken daarvoor het pistool hadden geaaid, dat hij zich had laten verleiden door die prachtige vorm, door de kilte van het metaal, de manier waarop het in zijn hand lag. Hoe kon hij haar vertellen dat hij de handen die haar zojuist hadden gestreeld associeerde met een vage kruitlucht?

Natuurlijk kon hij het haar niet vertellen, en hij was bang dat zijn stilte als een blok ijs tussen hen in zou komen staan dat nooit meer helemaal zou smelten. Hij was vreselijk bang voor dat zwijgende gevaar dat diep verborgen lag onder hun beider geluksgevoel, op dezelfde manier als sommige voedingsmiddelen, suiker bijvoorbeeld, onder een aangename smaak een bijna misselijkmakende geur verbergen; je merkt het pas als je een suikerpot openmaakt die heel lang dicht heeft gezeten.

'Wat is er met je?' vroeg Rita, haar hoofd oprichtend, alsof ze met haar oor tegen zijn borst een verandering in zijn hartslag had opgemerkt.

'Niets', zei hij, met een weinig overtuigende glimlach.

'Ik had je dit niet allemaal moeten vertellen.'

'Integendeel', protesteerde hij. 'Hoe meer ik van je weet, hoe dichter je bij me bent.'

Maar de rest van die avond wilden hun gesprekken niet meer echt vlotten en hadden hun woorden niet langer die lichtheid die het geluk soms aan de onbenulligste zinnetjes weet mee te geven.

Hij had het derde kwartaal van dat jaar afgesloten en moest nu net als altijd de schaduwboekhouding bijwerken die hij in zijn bankkluis bewaarde. Sinds de diefstal van het pistool was hij er niet meer geweest. Omdat hij bang was dat hij weer zou gaan piekeren had hij de plek gemeden en al zijn bankzaken telefonisch en via internet afgehandeld, of hij had Ernesto gestuurd. Maar nu kon hij er niet onderuit.

Hij schreef alles wat hij buiten de belasting om had gedaan naar een diskette weg, wiste het van de harde schijf en begaf zich met een stapel bankbiljetten en de sleutel van zijn kluis naar de bank.

De directeur begroette hem net zo hartelijk als altijd, zonder in woord of gebaar te laten merken dat hij ook aan hém had gedacht toen de rechtbank een lijst had geëist van cliënten die een kluis hadden.

Hij liep met hem mee naar de ruimte met de kluisjes, overhandigde hem de sleutel van de bank die hij nodig had om het zijne te kunnen openen en liet hem alleen. Toen hij de ruimte binnenliep, werd Julián Monasterio overvallen door hetzelfde claustrofobische gevoel als wanneer je een grot vol vallen, geheimen en verborgen schatten betreedt. In de kluis was alles nog precies zoals de vorige keer, de diskettes en het boekhoudschrift, het zakje met de gouden munten en de sieraden van zijn vader, en de kleine leren portefeuille met de twee miljoen peseta. Net als de vorige keer ontbrak alleen het boek met het pistool. Hij sloot zijn ogen en bleef heel even onbeweeglijk staan, zich alles voor de geest halend wat hij die dag had gedaan. Hij hoopte nog steeds dat hij zich na al die tijd toch nog een vergeten detail zou herinneren. Hij was gespannen, als iemand die levend begraven is in een grot en erachter probeert te komen waar die lichte tocht in zijn nek vandaan komt. Maar dat vleugje wind dat hij daarvoor toch echt heeft gevoeld komt niet meer terug. Hij haalde de diskette met de laatste kwartaalcijfers en de bundel nieuwe bankbiljetten uit zijn tas. Hij kon de verleiding niet weerstaan het kille goud van de munten te strelen en nog even naar zijn vaders kleine sieraden te kijken. Hij dacht aan Rita en koos een dasspeld die hij altijd al mooi had gevonden. Tijdens hun volgende afspraak zou hij die dragen.

Daarna sloot hij de kluis af, eerst met zijn eigen sleutel, daarna met die van de bank. Hij controleerde tot twee keer toe of alles in orde was, om uit te sluiten dat hij toch nog een fout had gemaakt of iets was vergeten. Hij liep verder en nam afscheid van de directeur. Toen hij al bijna buiten was kreeg hij opnieuw het gevoel – die lichte tocht in zijn nek – dat hij, ondanks al zijn voorzorgen en inspanningen, toch iets vergat, dat er een verschil was met de vorige keer, iets wat maar niet naar boven wilde komen.

En toen kromp hij ineen bij die pijnlijke herinnering, zijn hand om de stalen deurknop geklemd. Hij was niets vergeten, tenminste niets materieels, geen ding! Integendeel, om te voorkomen dat hij weer een fout maakte had hij al zijn bewegingen van die dag zo precies gereconstrueerd dat hij zich nu bij het weggaan had omgedraaid om Alba, die bij de ingang van de ruimte had zitten wachten, bij de hand te nemen. Maar ditmaal had hij zijn dochter niet bij zich. Ze was op school, misschien zelfs bij Rita, in die gezellige kamer die niet bij de rest van dat ongastvrije gebouw leek te horen. Hij was zo geschokt door die plotselinge gedachte die zo veel consequenties had dat hij, voordat hij iets anders voelde, werd overvallen door een intens verdriet. Want nu pas realiseerde hij zich dat Alba – die altijd alles met haar grote, geschrokken ogen in zich opnam, die zich zó stil en onbeweeglijk kon houden tussen volwassenen dat ze haast onzichtbaar werd – dat zijn dochter vanuit de diepe leunstoel waarin hij haar had neergezet gezien moest hebben wie het was geweest – een man, een vrouw, of een man en een vrouw – wie er naast de deur had gestaan terwijl hij binnen was. En als ze iemand had gezien, zou ze die herkennen, dat wist Julián Monasterio zeker.

Hij haastte zich over straat. Hoe was het mogelijk dat hij daar niet aan had gedacht, dat hij over het hoofd had gezien dat zijn dochter er ook bij was geweest, terwijl hij toch keer op keer de gebeurtenissen van die morgen had proberen te reconstrueren. En hij realiseerde zich dat het kwam door zijn vaste voornemen haar buiten al zijn narigheid te houden; daardoor sloot hij een link tussen haar en zijn problemen automatisch uit. Hij had altijd zo zijn best gedaan ervoor te zorgen dat het kind niets hoorde of zag van zijn ellende. Het was onzorgvuldig geweest haar mee te nemen naar de bank, met die beschuldiging kon hij leven. Maar hij deed zo zijn best een goede vader te zijn …

Nu wist hij helemaal niet meer wat hij moest doen. Als hij iemand vertelde wat hem zojuist te binnen was geschoten, zou Alba toch nog betrokken worden in die vreselijke geschiedenis. Ook als ze het voor de luitenant verzwegen, de detective zou er zeker met haar over willen praten, misschien zou hij haar zelfs vragen iemand te identificeren. Allemaal even vreselijk.

Toen hij langs een telefooncel kwam, nam hij een besluit. Genoeg getwijfeld. Hij moest ermee ophouden, met dat verstoppertje spelen dat zijn hele leven vergiftigde, en niet alleen de relatie met zijn dochter, maar ook zijn mooiste momenten met Rita. Voor Alba pakte dit nu waarschijnlijk slechter uit dan wanneer hij haar direct met de zaak had geconfronteerd. Zolang hij zichzelf zwak en onbeschermd voelde kon hij zijn dochter niet de veiligheid en de geborgenheid geven die hij haar zo gunde. Hij diepte wat muntjes uit zijn zak op, koos een nummer en wachtte op Cupido's stem.

Cupido en Julián Monasterio kwamen tegelijkertijd op de school aan, een paar minuten voor de middagpauze.

De detective voelde zich een beetje ongemakkelijk tussen de groepjes wachtende moeders. Hij had geen kinderen en wilde ze ook niet, dus voor hem was het een totaal vreemde wereld, waarin vrouwen een heel andere rol speelden dan hij was gewend: zodra ze het schoolplein betraden leken ze alles was met seks en behaagzucht te maken had af te leggen; geen make-up die als een verleidingswapen beschouwd zou kunnen worden, geen uitdagende kleding, geen parfum die hem om deed kijken. Integendeel, het schoolplein leek eerder een extensie van de huiselijke omgeving en van het gezin. Het moederinstinct – dat hem vreemd was en waarvan hij het bereik niet kon inschatten – overheerste er en vaagde al het andere weg.

Op de schrille bel die het einde van de lessen aankondigde volgden een paar verwachtingsvolle momenten, alle blikken gericht op de brede deur, tot de eerste kinderen verschenen, die zodra ze hun moeder ontwaarden op hen af renden.

Het duurde niet lang tot ze Alba zagen, met in haar handen een vlinder van dun karton die ze in de klas had gemaakt. Ze liet hem aan haar vader zien, trots op haar werk. Ze vroeg niet waarom hij haar kwam halen in plaats van Rocío – dat deed hij de laatste tijd wel vaker – maar keek met vragende, haast wantrouwende ogen naar Cupido.

'Hij is een vriend van me. Hij heet Ricardo', legde hij uit. 'Krijgt hij een kusje?'

Cupido boog zich naar haar toe, gaf haar een kus, stak haar zijn wang toe en kreeg een klein, nat kusje terug, dat naar babylotion, lijm en gum rook.

Julián Monasterio besloot dat ze maar beter naar neutraal terrein konden gaan, een café of een bankje in het park, waar wat ze haar zouden gaan vragen niet te zwaar, niet zo officieel zou lijken. Toen ze even later aan een tafeltje in een café zaten en Cupido opstond om aan de bar iets te bestellen, vroeg Alba hem zachtjes: 'Werkt die man bij jou?'

'Nee', antwoordde hij. 'Hij is een vriend van me. Ik heb hem gevraagd of hij me wil helpen met het zoeken naar iets wat ik ben kwijtgeraakt, iets wat heel belangrijk voor me is.'

'Heel belangrijk?'

'Ja.'

'Wat dan?'

'Een boek', antwoordde hij. Zonder op te kijken zag hij Cupido met de drankjes terugkomen. Hij kwam zwijgend naast hem zitten en luisterde aandachtig.

'Een kinderboek?' vroeg ze. Het was of ze voordat ze een nieuwe zin begon eerst goed moest begrijpen wat er eerder was gezegd.

'Een kinderboek met prachtige verhalen. Maar we hebben jouw hulp erbij nodig. Als we het vinden zal ik je er elke avond een verhaaltje uit voorlezen.'

'Dat is goed.'

'Ik denk dat ik het ergens heb laten liggen, in de bank, die ochtend dat we er samen zijn geweest. Weet je nog?'

'De dag dat ik verdwaalde in de supermarkt, op de roltrap?' Ze sliste een beetje doordat ze aan het wisselen was.

'Ja, die dag. Weet je ook nog dat ik in een kamer was, om wat dingen in de kluis te bergen?'

'Ja', antwoordde ze.

'En jij bent buiten blijven wachten. In een hele grote stoel', zei hij, om haar te helpen herinneren, haar onnodige woorden besparend, haar zachtjes naar de laatste vragen sturend, zonder haar onder druk te zetten.

'Ja.'

'En weet je nog of er, toen ik binnen was, iemand kwam die ook naar binnen wilde maar die moest wachten tot ik klaar was?'

Zwijgend keek het meisje eerst naar haar vader en daarna naar Cupido. Ze leek niet te twijfelen, maar de noodzaak in te schatten of ze iets moest vertellen wat haar vader ongetwijfeld beter wist dan zijzelf.

'Weet je nog of er nóg iemand wachtte?'

'Ja.'

'Wie? Een man, een vrouw?'

'Een man en een vrouw.'

Cupido liet de foto's van Saldaña zien die de dagen daarvoor in de regionale kranten hadden gestaan.

'Is het deze man?'

Alba keek naar de knipsels en antwoordde meteen: 'Nee, hij was niet oud.'

'Ken je hem?'

'Ja.'

'Weet je hoe hij heet?'

'Nee.'

'Maar heb je hem later weer gezien?' vroeg Cupido.

'Ja.'

'Waar?'

'Op school. Als de school uitgaat soms, 's middags.'

'Werkt hij op school?' vroeg Cupido, rustig en geduldig.

'Dat weet ik niet precies. Maar hij is er soms wel.'

'En als je hem vanmiddag ziet, als ik je kom ophalen, kun je me hem dan aanwijzen?' vroeg haar vader.

'Natuurlijk.'

De twee mannen keken elkaar hoopvol aan. Alba was groot genoeg om fantasie en werkelijkheid van elkaar te onderscheiden, maar nog te jong om, uit ondeugendheid of om de volwassenen naar de mond te praten, opzettelijk te liegen.

19

Hij wist precies wat er moest gebeuren voordat een brokje lood een kogel wordt: hoe de trekker aanvoelt, hoeveel druk je erop kunt uitoefenen zonder dat de slagpin tegen het hoedje van de patroon komt; hoe die precies in het midden van de ziel toeslaat, waardoor dit pistool mechanisch nooit faalde; hoe de kruitlading onmiddellijk daarop ontvlamt, dat mengsel van cellulose en nitraat dat in de patroonhuls in tweeduizendste van een seconde wordt samengeperst om uiteindelijk een enorme expansie van gas te veroorzaken die het stukje metaal met een snelheid van vierhonderd meter per seconde voortbeweegt.

Hij had het serienummer in zijn hoofd en zonder te kijken aaide hij er zachtjes met het topje van zijn wijsvinger overheen, terwijl hij tevreden fluisterde: 'F, N, 0, 5, 5, 3, 7.'

Hij had precies in zijn hoofd hoe het pistool in elkaar zat en kon het met een blinddoek om monteren en demonteren en elk van de tweeëndertig onderdelen identificeren. Je zou er geen schroefje of veertje tussen kunnen stoppen dat er niet bij hoorde zonder dat hij het ogenblikkelijk zou merken, ook al leken ze nog zo echt.

Hij had het gewicht in zijn hoofd, de kleur, de blauwzwarte glans die maakte dat het niet kon roesten, hij wist precies hoe warm het was nadat ermee was geschoten, en hij kende de vorm, die de concrete uitdrukking was van het evenwicht en de schoonheid van het pistool.

Maar goed. Nu hij gedwongen was het opnieuw te gebruiken, moest hij het eerst invetten en de ontbrekende patronen aanvullen. De afgelopen zondag – toen de schoten van de jagers in het bos klonken – had hij er weer mee geoefend, bij Mari Ángeles thuis op de boerderij, op een afgelegen plek waar niemand hem kon verrassen. Na Larreys dood had hij het niet meer aangeraakt en hij had de kans nog niet gehad om het te herladen. Het zou de laatste keer zijn, voordat het voor altijd verdween in het water van de Lebrón.

Hij spreidde een schone lap over de tafel uit en legde het pistool, de geluiddemper en het doosje met de kogels erop. Toen pakte hij het blik olie, de poetsstok en een schoonmaaklapje. Voordat hij ging zitten keek hij goed of alles er was, met dezelfde aandacht waarmee een chirurg zijn instrumenten controleert voordat hij met een operatie begint.

Het was half twee en hij had nog meer dan twee uur. Zonder zich te haasten opende hij een flesje bier en dronk het in één teug voor de helft leeg. Hij at altijd alleen. In het begin had hij die eenzaamheid naar gevonden: óf hij had geen trek in het eten dat zijn moeder in een pannetje voor hem had neergezet – hetzelfde eten dat ze meenam naar het café om als tapas te serveren – óf hij slokte het gulzig naar binnen, met zijn handen etend, zonder zich iets aan te trekken van hygiëne of goede manieren, zijn mond met zijn mouwen schoonvegend, zoals een vlieg zijn kop poetst met zijn pootjes. Op den duur was hij eraan gewend geraakt en tegenwoordig vond hij het soms zelfs moeilijk om samen met anderen te eten, zich aan hun tempo aan te passen, zijn mond met een servetje schoon te vegen voordat hij wat dronk, netjes met bestek te eten en geen moment de tafelmanieren te vergeten waar hij al zo heel lang niet meer aan was herinnerd. Want sinds zijn tiende jaar had hij nog maar heel zelden – alleen als hij ziek was, als er iets te vieren was, of tijdens vakanties – met zijn ouders aan tafel gegeten. Op zijn tiende hadden ze hem alleen gelaten. Zijn ouders hadden een café gekocht en konden sindsdien aan niets anders meer denken. Zijn vader stond achter de bar en schonk wijn en bier met een professionaliteit en een precisie die hij altijd zo had bewonderd – de draai van de fles op het allerlaatste moment om te voorkomen dat er ook maar een druppeltje werd verspild, het glas onder de tap naar boven en beneden bewegend om de juiste schuimkraag te krijgen – met een gemaakte glimlach die enthousiasme, bonhomie en goedgehumeurdheid suggereerde en die de stamgasten zo leek te bevallen: 'Twee biertjes hier! Portie gamba's komt eraan!' Intussen was zijn moeder met net zo veel enthousiasme in de keuken bezig. Zo nu en dan stak ze haar hoofd door het luik – met altijd een schoon kapje op – om te kijken of het daarbinnen nog gezellig was, te controleren of er nog genoeg in de bakken met tapas zat of om een dampende schaal met frietjes, balletjes gehakt of andere hapjes neer te zetten.

Toen hij het jaren geleden weleens had gewaagd hun te verwijten dat ze hem zo vaak alleen hadden gelaten, hadden ze altijd eendrachtig hetzelfde geantwoord. Nadat hij van hen allebei dezelfde preek had gekregen, zag hij in dat het geen zin had om te protesteren: ze konden zich op dat tijdstip niet met hem bezighouden, dan was het op zijn drukst in de zaak, juist tussen de middag stroomde de kassa vol met het geld waarmee ze zijn kleren konden betalen, zijn eten, zijn zakgeld; als de mensen hongerig, dorstig en moe van hun werk kwamen en het hun niet uitmaakte wat ze uitgaven als ze maar snel, schoon, efficiënt en goedgehumeurd werden bediend, zonder te wachten, het bier op de juiste temperatuur, de hapjes vers en appetijtelijk, zonder vuile ellebogen te krijgen op een plakkerige, smerige bar.

Maar het was niet alleen de tijd dat de kassa zich vulde, het was ook het moment waarop een bar zich profileerde, dat ze moesten laten zien wat ze waard waren. Spanje was anders dan het buitenland, waar hij was geboren en waar ze een paar jaar het harde emigrantenbestaan hadden geleid. In andere landen ontleenden kroegen en cafés hun prestige aan het ontbijt dat er werd geserveerd, aan de kwaliteit van de cocktails, aan de kunstenaars en schrijvers die er rondhingen, of aan de vrouwen die er kwamen. Hier in Spanje – verklaarden ze eensgezind, de een rechts van hem, de ander links – moet je het in een café zien te maken in de korte tijd na het werk tot de siësta, als de mensen met een biertje en een hapje vieren dat het werk erop zit en er meteen daarop nog eentje nemen op de paar uur dat ze vrij zijn. Dat is het belangrijkste moment van de dag. Een Spaans café kan nóg zulke goede koffie serveren, nóg zo mooi zijn ingericht, onberispelijk schoon zijn en de beste muziek draaien, als ze er geen goede tapas serveren wordt het nooit wat.

Zo wisten ze hem altijd de mond te snoeren, en hij had zich in zijn eenzaamheid geschikt. Het was in die periode dat hij begon te beseffen dat hij altijd alles alleen zou moeten doen, zonder hulp van anderen. Toen hij twaalf was had hij al geleerd om te liegen alsof het gedrukt stond, om niet te laten merken wat hij dacht, om te bedriegen. En omdat hij ervan overtuigd was dat tranen zinloos waren, huilde hij nooit meer.

Na een paar jaar was de situatie omgedraaid. Nu wílde hij alleen zijn, en vond hij het vreselijk als zijn ouders thuisbleven omdat ze ziek waren of er iets anders aan de hand was. Hij had al jong de voordelen van de onafhankelijkheid ontdekt en had gemerkt hoe prettig het was om over een huis voor jezelf te beschikken, al vijf jaar voor hij officieel volwassen werd. Soms vroeg hij zijn klasgenoten mee naar huis – geen vrienden, echte vrienden had hij niet – die hem leken te benijden om al die vrijheid. Hij kwam en ging zonder dat iemand hem grenzen stelde of een tijd oplegde, hij kon rustig naar gewelddadige tv-programma's kijken en muziekclips net zo hard zetten als hij maar wilde. Hij had de lades van de kasten doorzocht en kende alle kleine geheimpjes van zijn ouders, hoeveel geld ze hadden gespaard, hoe afgrijselijk ze het hadden gehad in de jaren dat ze in het buitenland werkten, hun lichamelijke kwaaltjes, hun banale eigenschappen en hun eigenaardigheden. Hij kon thuis alles doen wat hij wilde. Zijn maagdelijkheid had hij verloren in het bed waarin hij iedere nacht sliep, aan een vrouw die in hetzelfde flatgebouw woonde, een getrouwde vrouw aan wie hij geweldige herinneringen had, die alleen werden overschaduwd door zijn vermoeden dat alle vrouwen met wie hij iets had gehad, hem hadden gebruikt, teder en liefdevol, dat wel, maar zonder hem ooit serieus te nemen. Later waren er meisjes geweest die van hem hadden gehouden of deden alsof, maar voor hen had hij nooit echt warm kunnen lopen.

Thuis had hij, stilletjes en achterbaks, alles kunnen uitvreten wat in een provinciestadje als Breda ten strengste werd afgekeurd, waar iedere inbreuk op de fatsoensregels een onuitwisbare vlek achterlaat. Hij wist dat hij de reputatie van brave jongen die hij in de buurt genoot aan die voorzichtigheid te danken had. Hij hoopte dat zijn ouders voor altijd in dat café zouden blijven ploeteren, de kas spekkend, met bier gevlekte bankbiljetten verzamelend met hun tapascultus. Dan stonden hem behalve de erfenis nog een aantal prettige jaren te wachten, waarin niets zijn bewegingsvrijheid zou kunnen inperken.

Hij had nu alle losse onderdelen op de lap voor zich liggen en begon zijn inspectie; zijn vingers gleden over het metaal terwijl hij schoonmaakte en invette. Hij hield van die garagegeur die van de keukentafel opsteeg. Het gaf hem het gevoel een specialist te zijn die met uiterst verfijnde precisie-instrumenten werkte, waarvan hij als enige wist hoe ze functioneerden en waarvoor ze dienden.

Met al die losse onderdelen leek het of het een veel te groot wapen zou worden om nog onder je shirt te kunnen stoppen. Maar dat was niet zo. Het werd een middelgroot, maar uiterst krachtig pistool, waarvan de maat het kaliber logenstrafte en dat, als het werd afgeschoten, doodde, zelfs op enige afstand. Toen de kogel hem raakte was Larrey, ondanks zijn forse gestalte en zijn kracht, als een lappenpop neergevallen. Pas toen hij op de grond lag en hij hem hoorde kermen, kreeg hij een vermoeden van zijn vergissing. Nadat hij met zijn elleboog het licht had aangeknipt had hij zijn vermoeden bevestigd gezien, maar het had hem niet eens erg veel gedaan. Gelukkig had hij de tegenwoordigheid van geest gehad om het licht aan te laten en de rolgordijnen te laten zakken – met een papieren zakdoekje in zijn hand – om alle bewijs dat zou kunnen wijzen op een ongeluk of een fout, uit te wissen, zodat iedereen in de verkeerde richting zou zoeken. Want natuurlijk was het niet Larrey die hij had willen neerschieten. Larrey was de enige op die school die hij aardig vond, iemand die hem niet steeds vertelde wat hij moest doen – haal een pak papier voor me in de winkel, ruim de kots van de trap, maak hier fotokopieën van, ruim die kast op, koop postzegels bij de sigarenboer – en die zijn naam wist als hij hem groette in plaats van hem te verwarren met een van de vorige dienstweigeraars. Hij had hem weleens buiten op het sportveld geholpen met het bevestigen van de lat bij het hoogspringen, het meten van de sprongen in de zandbak, het versjouwen van de bok of het paard en de matten, zonder dat het hem tegenstond.

Hij zou best een van zijn leerlingen willen zijn, had hij zelfs weleens gedacht.

Hoewel hij de trekker had overgehaald voelde hij zich niet schuldig aan zijn dood, want hij schoof alle verantwoordelijkheid af naar Nelson. In bijna alle gesprekken die hij de avond van de verkiezing had afgeluisterd, waren de leerkrachten ervan overtuigd dat hij de nieuwe directeur zou worden. Dus híj was degene die een paar uur later in die kamer had moeten zijn. Wat deed Larrey daar, in het donker, wat had hij daar te zoeken? En ook nog eens in een pak. Hij had hem altijd, altijd in trainingspak gezien, en uitgerekend die avond had hij kleren aangetrokken die in het schemerduister van de kamer en door zijn gelijkenis met Nelson zijn vergissing hadden veroorzaakt.

Hij liet zich maar zelden het voyeuristische genoegen voorbijgaan anderen af te luisteren terwijl zij er geen idee van hadden dat ze werden afgeluisterd. Hij had zo veel dingen over de school via de intercom gehoord dat hij als het zou moeten alle schoolborden in alle klassen met gore geheimen en vuiligheid vol zou kunnen kladderen. Hij hoefde alleen maar in zijn eentje op het secretariaat te zitten – als hij een lijst in moest voeren in de computer of als hij de telefoon moest beantwoorden – en op de knop voor een bepaald klaslokaal te drukken om te horen wat daar gebeurde: het geluid van de kinderen of een privégesprek. Het systeem, dat eigenlijk was bedoeld om met iemand in contact te kunnen komen zonder eerst de hele school door te hoeven lopen, was ook een efficiënt middel om in de gaten te houden wat de leerkrachten deden en zelfs om hen te bespioneren.

En via die intercom had hij het vorige schooljaar, toen hij de knop waarop LOGOPEDIE stond had ingedrukt, lieve woordjes gehoord, een verwarrende stilte, vol liefkozingen, zo stelde hij zich voor, en het geluid van een kus. Het bloed steeg naar zijn hoofd en hij voelde een golf van woede in zich opkomen. Hij was kwaad op haar, maar vooral op Nelson, die hij alleen als de vlotte, ervaren rivaal kon zien, zo vreselijk van zichzelf overtuigd dat hij geen seconde aan hém had gedacht. Hij had hem waarschijnlijk als een kind beschouwd. Hij haatte hem! Natuurlijk had hij hem gehaat! Zijn haat gaf hem zo veel energie, zijn haat hield hem in vorm en zorgde dat hij niet verschrompelde, zoals zij allemaal.

De weken daarna had hij hen van een afstand in de gaten gehouden, als ze op het schoolplein samen stonden te praten, of elkaar 's morgens vroeg goedemorgen wensten alsof ze elkaar sinds de school de dag daarvoor uit was gegaan niet meer hadden gezien, of op de trap tussen twee rijen leerlingen in, hun stappen zo harmonieus op elkaar afgestemd dat hij zich dikwijls had afgevraagd hoe het toch mogelijk was dat de rest er niets van merkte. Hij had moeite zijn woede te onderdrukken als hij zag hoe veilig ze zich voelden in hun stiekeme gedrag; hij, die hun ondanks zijn leeftijd álles had kunnen vertellen over geheimen, over net doen alsof. Soms had hij zin om uit te schreeuwen wat er gaande was, om met zijn vinger te wijzen naar die aanknopingspunten die verder niemand leek te zien.

Hij was vreselijk verliefd geweest op Rita. Hij had haar zo gemist toen ze in de zomervakantie weg was geweest. Tijdens die hete maanden had hij zich gevoeld als iemand van een ménage à trois die door de andere twee in de steek is gelaten terwijl ze een prachtige reis om de wereld maken. Maar toen het nieuwe schooljaar begon, hij haar terugzag en nog steeds naar haar verlangde, had hij zichzelf gezworen zich niet langer als een kind te laten behandelen.

De situatie was er echter niet beter op geworden: vanaf de eerste dag in september wist hij dat Nelson zich kandidaat had gesteld voor het directeurschap. Gezien De Molinos' blinde, passieve zelfvertrouwen dacht iedereen dat Nelson zou winnen. Dan zou hij, een simpele dienstweigeraar met zijn jeugd als enige voordeel, het helemaal afleggen tegen Nelsons macht en prestige. Die eerste dagen van september, toen het schooljaar voor de leerkrachten al van start was gegaan maar er nog geen kinderen op school rondliepen, had hij besloten waarvoor hij een van de kogels van het pistool zou gebruiken.

Op dat moment besefte hij dat een moord niet in zijn gedachten zou zijn opgekomen hij als geen wapen had bezeten. Op dat moment besefte hij dat het bezit van een wapen leidt tot het gebruik ervan en dat, als je een pistool bezit, fantasie makkelijk realiteit wordt. Hij woog een kogel op zijn hand en realiseerde zich hoe enorm kwetsbaar het menselijk lichaam is, al die botten, ingewanden, klieren, bloedvaten en organen waarop de impact van een kogel dodelijke gevolgen heeft. Een derde deel van het lichaamsoppervlak! Hoe makkelijk zou het zijn dat te raken. Hoe dun was de huid! De huid die je liefkoost, kust, likt en bijt is zo kwetsbaar dat hij het leven niet kan beschermen tegen een klein splintertje lood en antimoon.

Toen hij alle onderdelen had gemonteerd plaatste hij het volle magazijn terug. Hij stak zijn arm uit en richtte op het bierflesje dat hij had leeggedronken en dat nu op het aanrecht stond. Zijn pols was vast: hij was rustig en die rust zou de komende twee uur een onontbeerlijke metgezel zijn. Al had hij maar één hand en één oog, al miste hij de helft van zijn organen, dan nog was hij er zeker van dat hij een doel ter grootte van een mens op dertig meter afstand zou kunnen raken. Wat was het heerlijk om een wapen te bezitten! Met het pistool voelde hij zich machtig, sterker nog, als hij het vasthield had hij het gevoel dat niemand hem kon deren, dat zijn lichaam onkwetsbaar was, dat zijn armen volstroomden met kracht, alsof het pistool energie uitstraalde die zijn armspieren oplaadden. Het zijn de wapens die de wereld veroveren en onderwerpen, zei hij tegen zichzelf. Een roos kan nooit een veldslag winnen, maar met een pistool krijgt iemand die weet wat hij wil alles voor elkaar.

Hij stopte het onder zijn trui, en ervoer hetzelfde machtsgevoel dat de eerste keer dat hij het had vastgehouden door hem heen was gestroomd, vlak nadat ze in de bank waren geweest. Die morgen had Mari Ángeles hem mee gevraagd naar de bank om wat sieraden uit de kluis van haar ouders te halen die zij en haar moeder wilden dragen op een doopfeest. In de ruimte waren verschillende kluizen buiten gebruik, met halfopen deuren. Toen hij in een van de kluizen loerde zag hij iets wat geen mens voor mogelijk zou houden: een portefeuille met geld, een zakje met munten en ouderwetse mannensieraden die hem niets zeiden, een paar diskettes, een schrift met een naam en een vreemde achternaam, Monasterio, en een oud, veel te zwaar boek. Toen Mari Ángeles zag dat de kluis openstond, had ze hem gesmeekt niets aan te raken, zenuwachtig vanwege de camera aan het plafond, maar hij had haar verzekerd dat die niet aanstond. Terwijl zij met haar eigen kluis bezig was, had hij het boek gepakt. Toen hij het opensloeg had hij gezien wat erin zat: een pistool, een geluiddemper en een klein vierkant doosje met munitie. Zonder dat zijn vriendinnetje het merkte, had hij het weer gesloten, het in de band van zijn broek gestopt, onder zijn shirt, en daarna zijn aandacht weer op haar gericht. Ze was zo blij geweest dat hij voor het eerst enthousiasme toonde voor de parelketting, de bijpassende oorbellen en de saffieren broche die ze op hun trouwdag zou dragen – alsof hij al had besloten de baan te accepteren in de nieuwe slagerswinkel die zijn eventuele schoonouders hun als huwelijksgeschenk hadden aangeboden – dat ze niet merkte wat hij tegen zijn buik aan droeg. Wat was het makkelijk geweest het boek te pakken, met een pistool erin, iets waarover hij zo vaak had gefantaseerd!

Pas later, toen de dagen verstreken en de lokale pers – die altijd uitputtend verslag deed van alle gerapporteerde misdaden – niets meldde over de diefstal, werd hij nieuwsgierig naar het gezicht van de eigenaar. Hij had alleen heel vluchtig zijn rug gezien toen hij de ruimte met de kluisjes uit kwam, niet zijn gezicht. En toen begon hij zich af te vragen waarom de man het pistool daar verborgen had, waarom hij de diefstal niet had aangegeven, wat hij deed, wie hij was. In de telefoongids vond hij verschillende Monasterio's, de naam op de kaft van het schrift. Maar daar had hij het verder bij gelaten, tot hij een van die eerste septemberdagen alleen op het secretariaat zat, waar hij in opdracht van die oude trut van een Julita Guzmán een lijst met namen van leerlingen moest invoeren, en die naam opnieuw tegenkwam: Monasterio Pina, Alba.

Hij had zich er voor de zoveelste keer over verbaasd hoe simpel het was om zich vrij rond te bewegen in die school, ditmaal om in het archief vertrouwelijke informatie op te zoeken. De vader van het meisje heette Julián. Hij herkende de naam meteen toen hij hem las. De naam van de moeder werd ook vermeld, hun beider leeftijd, beroep, adres en telefoonnummer. En het belangrijkste, de foto van de leerling, een klein fotootje, een pasfoto.

Geschokt herinnerde hij zich waar hij haar had gezien; het meisje was die morgen ook in de bank geweest, waar ze vast en zeker op haar vader had zitten wachten, in een van de fauteuils in de hal. Het had hem verbaasd, zo'n klein meisje alleen, diep weggezonken in het zwarte leer van de fauteuil, met grote angstogen om zich heen kijkend, alsof ze ieder ogenblik een overval verwachtte. Sinds hij haar op de foto had herkend, had hij het contact met haar klas zo veel mogelijk gemeden, want hij was bang dat het meisje hem ook zou herkennen en zich zou herinneren dat hij buiten de ruimte met de kluisjes had staan wachten.

Hoe voorzichtig hij ook was geweest, hij was haar een aantal keren tegengekomen als 's middags de school uitging, maar ze had nooit enig teken gegeven dat ze hem herkende, ze had hem nooit nieuwsgierig of geschrokken aangekeken. Waarschijnlijk was hij voor haar gewoon een van de vele volwassenen die op school rondliepen, om redenen die een meisje van zes niet interesseren. Vandaar dat hij tot vanmorgen had gedacht dat het gevaar was geweken.

Totdat hij door een samenloop van omstandigheden Larrey voor Nelson had aangezien, had hij er altijd heilig in geloofd dat hij het geluk aan zijn zijde had. En daarmee bedoelde hij niet een willekeurig toeval, niet die kans van één op een miljoen die een spelletje bepaalt, maar een persoonlijker en veel ingrijpender concept, namelijk het geluk waarmee een muntje valt: kop of munt, nu of nooit, wit of zwart, boven of onder, links of rechts; hij geloofde in een soort geluk dat geen weg terug overlaat, dat geen ruimte biedt aan iets anders dan de totale overwinning of het totale verlies. Hij had zijn geluk de voorgaande jaren vele malen aangeroepen, het gedwongen hem te hulp te schieten en had het altijd aan zijn zijde gevonden: kop, nu, wit, boven, rechts. Ook deze middag had hij zich gerustgesteld gevoeld, het geluk had hem weer niet in de steek gelaten: het kon namelijk niet anders dan dat het geluk had gemaakt dat hij een paar uur geleden door een raam had gezien dat die lange detective samen met de vader op het meisje stond te wachten.

Hoewel Nelson hem sinds begin oktober weer 's middags had ingeroosterd om te helpen met het vervoer en het onderhoud van materiaal dat werd gebruikt bij buitenschoolse activiteiten: sport, talen, muziek, schilderen, toneel ... moest hij toch soms ook 's morgens komen opdraven als daar behoefte aan was. En vandaag was hij met een docent mee op excursie geweest, naar een expositie over kleuren en geuren, vandaar dat hij de rest van de dag vrij was. Als hij ervoor zorgde dat niemand hem zag – hij had een sleutel van de ruimte waarin de verwarmingsketel stond achterover weten te drukken – zou later niemand kunnen zeggen dat hij die middag op school was geweest.

20

Om vijf uur stonden Cupido en Julián Monasterio opnieuw te wachten tot Alba naar buiten kwam. Over enkele minuten zou het meisje misschien de man identificeren die, samen met een vrouw, na haar vader de ruimte met de kluisjes was binnengegaan. Ze hadden zich bescheiden opgesteld, achter de groepjes moeders, hun ongeduld bedwingend. Julián Monasterio rookte nerveus, met een zenuwachtig gebaar de as aftippend, ongetwijfeld opziend tegen het moment dat hij zo had proberen te vermijden; zijn dochter zou met haar vinger naar iemand moeten wijzen. De detective had geprobeerd hem gerust te stellen, hem gezegd dat er niets was om bang voor te zijn, dat zíj het initiatief in handen hadden. Maar hij was wel degelijk bang. Hij kon zijn voeten niet stilhouden, alsof de grond brandde en er een ondraaglijke hitte door zijn zolen drong.

Alle kinderen waren al naar buiten, op een paar achterblijvers na die aan kwamen rennen, maar Alba verscheen maar niet. Ze gingen naar de deur en spraken de conciërge aan: 'We hebben Alba Monasterio nog niet gezien. Ze zit in de eerste klas.'

'Een momentje.'

Ze zagen hem door de gang weglopen en even later weer terugkomen, tot hun grote schrik zonder Alba maar met Matilde Cuaresma, haar juf. Julián Monasterio had één keer eerder met haar gesproken, toen ze hem vertelde dat zijn dochter een moeilijke leerling was.

'We waren net naar uw huis aan het bellen om te horen of ze daar al was. Een vrouw zei ons dat ze nog niet thuis was maar dat ze waarschijnlijk bij u was, haar vader.'

'Wat bedoelt u?'

'We denken dat uw dochter weer is weggelopen. Ze moet gebruik hebben gemaakt van de kleine pauze, als de hele klas naar de wc gaat. We vermoeden dat ze net als de vorige keer naar huis is gegaan. Is ze er nog niet?'

'Nee. Maar is er iets bijzonders gebeurd in de klas?'

'Integendeel. Ze begint zich juist steeds beter op haar gemak te voelen met de andere kinderen.'

'Alba is niet weggelopen', antwoordde hij. Er klonk zo veel spanning in zijn stem door dat Cupido een hand op zijn arm legde om hem te kalmeren.

'Misschien hebben jullie elkaar gemist onderweg. Loopt u maar met me mee, dan bellen we nog een keer.'

Ze gingen naar het secretariaat. De detective bleef in de deuropening staan wachten. Alleen Julita Guzmán was er, die papieren zat te stempelen die ze in mappen wegborg. Julián Monasterio belde naar huis, sprak even met Rocío en legde meteen weer neer.

'Mijn dochter is niet van school weggelopen', herhaalde hij, maar zijn bezorgdheid had plaatsgemaakt voor angst. 'Waar is de directeur?'

Op die woorden reageerde de secretaresse: via de intercom droeg ze de conciërge en Moisés op om Nelson te zoeken. Door de luidspreker hoorden ze de conciërge antwoorden dat hij hem zou zoeken, maar alleen, want Moisés werkte die middag niet. Hij was 's morgens al geweest.

'Is er vandaag iemand niet komen opdagen?' vroeg Cupido. Hij had tot dan toe niets gezegd, maar hij begreep dat hij op dat moment de enige was die wist wat er moest gebeuren.

'We missen niemand vandaag', antwoordde de secretaresse op een toon alsof ze een oorlogsverklaring voorlas. 'Iedereen was er.'

'Bel Moisés.'

'Maar Moisés is geen leerkracht', zei ze. Ze keek naar de detective en aarzelde nog even, tot het tot haar doordrong waarom hij daar was, tot ze begreep dat zijn verzoek niet alleen maar met Alba te maken had, maar dat de verdwijning van het meisje op een duistere, vreselijke manier gerelateerd was aan Larreys dood. Ze liep naar de telefoon, raadpleegde een lijst met telefoonnummers die op een kurken prikbord hing en koos met bevende vinger zorgvuldig een nummer.

'Hij neemt niet op', zei ze na een paar seconden.

'Waar woont hij?' vroeg Julián Monasterio. In dat kantoor zouden ze niets oplossen. Hij had het gevoel dat hij daarbinnen stikte, terwijl zijn dochter ergens werd vastgehouden, doodsbang, wachtend op hem, tot hij haar kwam halen, om haar te redden van een eenzame, godverlaten plek. Hij stelde zich een soort grot voor, met overal botten, van beesten.

'Ik denk dat we het eerst met de directeur moeten bespreken', kwam Matilde Cuaresma tussenbeide.

'Natuurlijk. Maar we hebben nu geen tijd om op hem te wachten. Waar woont Moisés?'

'De secretaresse pakte een agenda en gaf hun het adres. Toen ze het kantoor uit liepen riep ze hen nog na: 'Als u hem daar niet treft, denk ik dat u hem moet zoeken op de boerderij waar zijn vriendinnetje woont. Vlak bij het El Paternósterpark.'

En accuraat als altijd gaf ze op een vel papier aan hoe ze er moesten komen.

Ze had tenminste niet geschreeuwd. Ze was anders dan die meisjes die in hysterisch gekrijs uitbarstten bij het zien van een insect of als ze een klein klapje kregen, dat gedrag dat de afgelopen maanden zo ondraaglijk voor hem was geweest. Ze had ook niet geschreeuwd toen hij haar dwong om via de deur van de stookruimte met hem mee naar buiten te gaan, en stribbelde nauwelijks tegen toen hij haar vertelde dat ze haar vader daar zouden treffen, dat die buiten op haar stond te wachten, hoewel ze dat waarschijnlijk niet geloofde.

Nu zat ze achter in de hut, met haar handen op haar rug gebonden, niet omdat hij bang was dat ze ervandoor zou gaan, maar om ervoor te zorgen dat ze de lap die hij voor haar mond had gebonden niet los zou rukken. Alleen haar grote angstogen waren nog te zien. Ze huilde niet.

Hij was een groot deel van zijn leven alleen geweest en had altijd zijn eigen koers moeten bepalen bij het nemen van beslissingen. Eenzaamheid en afzondering hadden hem geleerd dat je soms niet onder nare dingen uit kwam, want er was niemand in zijn omgeving op wie hij iets kon afschuiven. Wat hem nu te doen stond – die onverdraaglijke blik uit die ogen wissen – vond hij niet prettig, maar het kon niet anders. De moordaanslag op Nelson was een vrijwillig aangegaan duel met het geluk geweest, deze keer was het een kwestie van zelfverdediging, van overleven. Als het meisje verdween, was er niemand meer die hem zou kunnen verraden. Hij begon het zat te worden. Hij was aan dit gezeik begonnen vanwege een vrouw die hem niet langer interesseerde. De laatste keer dat hij haar had aangeboden naar haar flat te komen had Rita zelfs tegen hem geschreeuwd, ze had hem vernederd. Ze had geweigerd ook maar iets van een verklaring te geven voor haar minachting en voor dat gehate zwijgen, net als al die andere vrouwen die ouder waren dan hij, die daar recht op dachten te hebben. Nu was hij aan rust toe, hij moest het rumoer en de woede van de laatste maanden achter zich zien te laten. Over een paar weken zat zijn vervangende dienstplicht erop en zou hij bevrijd zijn van al die leerkrachten die niet konden leven zonder mensen rond te commanderen, van die zeshonderd kinderen die constant schreeuwden en als idioten met hun armen en benen zwaaiden. Hij wilde ze allemaal vergeten en aan dat jaar terugdenken als een extra schooljaar dat hij over had moeten doen. Als dit achter de rug was, zou hij zich een paar maanden alleen met Mari Ángeles bezighouden, haar wellicht zelfs een paar keer gelukkig maken, want hij wist dat daar niet veel voor nodig was. Hij zou zich misschien zelfs laten overhalen om zijn aanstaande schoonouders in de slagerij te helpen om het vak te leren: hoe hij moest knoeien met hun magische weegschalen, hoe hij de griezelige hak- en fileermessen kon slijpen, karbonades en lapjes uitsnijden, hoe hij ingewanden kon verwijderen zonder dat bittere sappen de rest van het vlees verpestten. En misschien zou hij zich zelfs laten overhalen met haar te trouwen, hoewel hij wist dat hij nooit echt van haar zou houden. Soms, als hij haar naakt zag, kon hij de gedachte niet van zich afzetten dat ze op het vlees leek dat haar vader verkocht: weelderig en dik, met een overvloed aan bloed als ze ergens een wondje had, met die rozige huid en met dezelfde adertjes, zeentjes en hetzelfde vet als de lapjes vlees op de plastic bakjes onder het harde licht van de lampen; haar aanraken voelde als het aanraken van rauw vlees. Maar de voorzichtigheid gebood hem, te dringend om te negeren, zich achter haar te verschuilen, dat was het verstandigste wat hij op dit moment kon doen. Het was afgelopen met de lol, veel te snel. Oud worden betekent dat je voor altijd vastzit aan een bepaald werktuig, dacht hij, en het zag ernaar uit dat hij uiteindelijk met een slagersmes opgescheept zat.

Nadat hij het gat had gegraven, veegde hij zijn zanderige handen schoon aan zijn zakdoek en wachtte tot hij weer op adem was. Zo vlak na de zomer was de grond hard, zonder dat er iets groeide, maar hij had tussen twee rotsen toch nog een plek gevonden waar hij een diep gat had kunnen graven dat hij, als het achter de rug was, voor alle zekerheid nog met stenen zou bedekken. Niemand die haar hier ooit zou kunnen vinden, de schapen en de varkens die hier rondscharrelden zouden alle sporen uitwissen, alle geur, en hij zou nooit worden gepakt.

Met zijn schone handen haalde hij het pistool uit zijn riem. Hij wilde niet dat het kind nog langer leed, en dus begon hij met zijn rug naar haar toe, zodat ze niets zou zien, zorgvuldig de geluiddemper erop te schroeven. Het zou snel en netjes gaan. Maar toen, voordat hij weer in de schaduw kon verdwijnen, hoorde hij de motor van een naderende auto.

21

De laatste twee dagen had er een aanhoudende harde wind gestaan, een hinderlijke wind, die vastbesloten leek te zijn alle bomen in één keer kaal te halen en zich alleen maar zo nu en dan
heel even inhield om het effect op de kale takken en op de met
bladeren bedekte aarde te aanschouwen. Maar die morgen leek
hij eindelijk uitgeput en was de atmosfeer vredig, fris en schoon,
en sloegen de laatste wolken hoog in de lucht op de vlucht, ruimte
biedend aan de zon. Eindelijk kon hij de fiets weer pakken.

Als hij een moeilijke zaak had afgerond, maakte hij de dag
daarna graag een lange, uitputtende fietstocht. Dan trok hij
's morgens zijn fietsbroek aan, vulde zijn ene bidon met water en
de andere met een sportdrankje, en propte de achterzakken van
zijn shirt vol met hapjes en energierepen. Als hij dan klaar was,
begon hij aan een tocht die hij de avond daarvoor tot in de kleinste details had voorbereid – niet dat hij zich er altijd aan hield,
want soms liet hij zich verleiden zomaar wat rond te zwerven.
Hij had het gevoel dat hij die zeven uur durende inspanning,
die honderddertig kilometer, het zweet en de wind die tegen zijn
gezicht en tegen zijn borst beukte, nodig had om gezuiverd te
worden van alle woorden en leugens die zich tijdens het onderzoek in hem hadden opgehoopt. Hij had het gevoel met zo'n
afsluitende excursie – als een schildpad, die zijn kop wat in zijn
schild terugtrekt, door een donkere kuil schuifelt en heelhuids
de andere kant bereikt – definitief een periode vol narigheid en
ellende achter zich te laten, alsof hij terugkeerde naar de schaduw
en de anonimiteit waarin hij thuishoorde. Hij wist dat hij zelf,
als hij iemand zou moeten vertellen – mondeling of in schrift, in
een brief of in een roman van honderdduizend woorden – wat
hij de laatste vier weken had gedaan, nauwelijks op de laatste pagina's van dat verslag zou voorkomen, dat Larrey en Moisés, Rita,
Julián en Alba Monasterio een veel grotere rol in zijn verhaal
zouden spelen, omdat booswichten en slachtoffers nu eenmaal

interessanter, menselijker en geloofwaardiger zijn dan helden; zijn cliënten waren altijd belangrijker, want hij was uiteindelijk niets meer dan een onbetekenende, eenzelvige privédetective; gevoelens, emoties en de onrust van de ziel waren altijd belangrijker dan de verslaggeving van een tamelijk ordinaire misdaad. Net zoals een bepaalde reactie nodig is om een chemisch proces in gang te zetten, raakte ook zijn rol op de achtergrond zodra hij zijn werk had gedaan, en hij zou iedere suggestie dat hij zichzelf een grotere plaats in zijn verhaal moest gunnen met een ironische grijns van de hand wijzen.

Zodra hij het vermoeden kreeg dat Moisés Alba had meegenomen, had hij de luitenant gebeld om een zaak die niet langer bij hem thuishoorde aan hem over te dragen, vandaar dat de bevrijding van het meisje en het oplossen van de moord op Larrey geheel op het conto van Gallardo en zijn twee assistenten werden geschreven en hun alle lof werd toegezwaaid, vooral de agent die 'met gevaar voor eigen leven' – in het afgezaagde proza van de provinciale pers – 'de ontvoerder met twee voltreffers had neergeschoten.' Cupido was al heel lang niet meer geïnteresseerd in dat soort gewelddadige acties. Niet dat hij bang was, maar het interesseerde hem gewoon niet.

Hij vond het al moeilijk genoeg om al die smerigheid en haat waarmee hij in contact kwam niet te dichtbij te laten komen, en zich niet vol walging af te wenden. Want het was nu eenmaal zo, hij had voor de zoveelste maal kunnen vaststellen dat er mensen bestaan die erop uit zijn anderen pijn te doen, die zelfs kunnen doden; daar was geen oorlog voor nodig, geen maffia, er hoefde geen sprake te zijn van misdrijven die voortkwamen uit machtshonger of economische motieven. En hij had voor de zoveelste maal kunnen vaststellen dat tegenstrijdige gevoelens die blijven rotten in de ziel, makkelijker slachtoffers maken dan welk ander motief dan ook. Hij leefde in West-Europa, waar geen oorlogen meer plaatsvonden en waar die ook in de nabije toekomst niet te verwachten waren, en waar men zich zo had gewapend tegen epidemieën, natuurrampen en onzekerheid dat in veel landen de dienstplicht was afgeschaft – waarmee een ongelooflijke utopie bewaarheid zou kunnen worden: een hele generatie mannen en vrouwen die hun hele leven geen enkele bom horen ontploffen. En hij vond het dus des te tegenstrijdiger en verontrustender dat iemand die gewetenshalve had besloten nooit een wapen aan te raken, zo veel haat had gekoesterd dat hij in staat was de trekker over te halen.

Hij stond op het punt om te vertrekken toen de telefoon ging. Het was luitenant Gallardo.

'Ik ben gisteren bij die cliënt van je langs geweest. Julián Monasterio. In zijn winkel. Om hem te vertellen dat hij ons het pistool de eerste dag had moeten komen brengen, maar dat alles inmiddels tot het verleden behoort en hij zich geen zorgen meer hoeft te maken. Niemand die ooit te weten zal komen waar die gewetensbezwaarde het vandaan heeft. Uitgerekend een gewetensbezwaarde!' riep hij uit.

'Bedankt', zei Cupido. Hij realiseerde zich dat de luitenant, net als hijzelf, in zijn dagelijkse werk ruimte overliet voor medeleven, en dat dát die merkwaardige vriendschap tussen een officier van de guardia civil en een privédetective in stand hield.

'Zijn dochtertje was bij hem. Het meisje. Hij lijkt een goede vader. En een goed mens', voegde hij er met zachtere stem aan toe, zich ervan bewust dat die woorden niet bij hem en zijn functie pasten.

'Dat is hij. En ik denk niet dat hij ooit nog iets met pistolen te maken wil hebben.'

'Ik hoop het maar. Overigens, als je wilt kun je hier langskomen om je wapenvergunning op te halen. Die is weer vernieuwd. Ik hoop dat jij jouw pistool ook nooit hoeft te gebruiken', zei hij als laatste.

Het kwam niet vaak voor dat hij zo'n beschermend gevoel voor een cliënt had als voor Julián Monasterio; het kwam ook niet vaak voor dat hij zo zeker was geweest van de onschuld van iemand die zijn hulp inriep. Hij was blij een bijdrage te hebben geleverd aan zijn geluk. De dag daarvoor had hij hem nog met zijn dochter zien wandelen, samen met die logopediste van de school. Ze liepen ontspannen te kuieren – nergens voor op de vlucht, zonder haast ergens te komen – en straalden een innerlijke rust uit die ook voor hem troostend was, alsof die twee mensen, zonder het zelf te weten, het levende bewijs waren van het feit dat er ondanks alles toch iets goeds en waardevols te vinden was in zijn beroep, dat haast volledig in het teken stond van pessimisme en het kwaad.

Hij was aan het treuzelen. Hij pakte zijn laatste spullen en ging naar beneden om in de garage zijn fiets te pakken. Hij stapte op en ging rustig op pad, Breda al vlot achter zich latend, dat dorp dat geen dorp meer wilde zijn maar 'stad', alsof een dorp iets archaïsch was, met te weinig prestige.

Hij was in vorm. Er stond nauwelijks wind en de zon aan de hemel gebruikte zijn stralen als wiggen om de wolken mee open te breken en was dan onverwacht fel. Hij schakelde naar een lagere versnelling en fietste opgewekt in de richting van de bergen, die verderop een theaterdecor leken met de Yunque en de Volcán als belangrijkste friezen. Er reden nauwelijks auto's en het was doodstil. Toen hij zijn adem inhield terwijl hij zich zonder te trappen een stuk naar beneden liet gaan, was het zoeven van de banden op het asfalt het enige geluid dat hij hoorde.

Alles om hem heen glansde met de purperen kleuren van de herfst. Naarmate hij hoger kwam ging de rode haardos van de druivenstruiken over in de bossen van het El Paternósterpark. Daar, vóór de dichte, donkere, verontrustende groene muur van het park, bewogen rode en gele bladeren in een vriendelijk briesje. Het was alsof de eiken en kastanjes in brand stonden. Nu hij wat ouder werd konden deze veranderingen in de natuur hem net zo ontroeren als een vrouw die zich aan het omkleden was.

In de tuin was hij inmiddels klaar met de bloembedden waarmee hij een paar dagen geleden had moeten ophouden. Alles kon opnieuw worden ingeplant: de aarde omgewerkt en bemest, waar wormen en zaadjes zo van hielden, de grote kluiten aarde fijngehakt en de dode wortels verwijderd. Maar hij zou het niet meer doen.

Met de hak over zijn schouder liep hij in de richting van het huis, zich bewust van die zeurende, vertrouwde pijn in zijn knie. Het was halverwege de ochtend en hij was alleen. Net als gewoonlijk had zijn vrouw eerst hun jongste zoon naar school gebracht en was ze daarna naar haar werk gegaan. Het zou nog uren duren voor ze terug was. Hij was alleen, leeg, en de verleiding van de strop moe. Wat hij nodig had was zo lang slapen dat er als hij ontwaakte, geen verdriet meer om hem heen was. Hij had de laatste vier jaar meer geleden dan in alle achtenveertig jaren daarvoor samen.

Met een ruk trok hij de kabel van de bliksemafleider los. Hij had al een tijd losgehangen, klapperend tegen de muur, alsof hij zijn aandacht trok. Nu wist hij ineens wat het betekende. Vanaf het dak kronkelde het andere eind van de kabel als een slang naar beneden en sloeg zachtjes tegen zijn gezicht. Hij controleerde of hij glibberig was, of die combinatie van koper en plastic sterk genoeg was. Hij zou zijn gewicht makkelijk houden.

Hij liep het huis binnen en ging zonder ook maar één blik in de huiskamer te werpen of naar de foto's op de schoorsteenmantel te kijken, naar alles wat hij achterliet, de trap af naar de kelder. Aan de balken aan het plafond hing alles wat hij de laatste maanden had geoogst: meloenen aan gevlochten biezen, bijeengeregen snijbonen, knoflook, druiven, paprika's, pepers, bosjes laurier. Op een stuk zeildoek op de grond lagen hopen gedroogde vijgen, appels, aardappels en kweeperen. Er hing een zware, zoetige geur in de kelder, van al die verschillende vruchten die daar lagen te rijpen.

Vroeger, toen alle bewoners van dat huis nog leefden, toen ze nog honger hadden, aten ze het fruit vaak al zo van de bomen, glanzend, dik als gekleurde feestlampjes. De hele boerderij had gestraald met die glans van de peren, de perziken, de kersen en appels. De voorraad had altijd gereikt tot Kerstmis. Maar hoewel de oogst de afgelopen jaren niet best was geweest en ze minder voor zichzelf apart hadden gehouden, moesten ze toch in het voorjaar steeds een hoop weggooien, want zij twee en hun jongste zoon kregen het allemaal niet op. Het fruit verdroogde tot harde balletjes die je niet kon doorslikken, de peren en kweeperen werden bitter, de blauwe druiven kregen een rokerige bijsmaak en als je kersen at had je alleen maar pitten in je mond. Toen de oudste nog leefde was dat nooit zo geweest. Toen de oudste er nog was leek het of ze nooit genoeg konden oogsten. Voordat hij begon dood te gaan was hij altijd vol energie thuisgekomen, altijd barstend van de honger, en als het hem te lang duurde tot het eten op tafel stond, ging hij naar de kelder om zich vol te stoppen met fruit. Maar de laatste jaren was het zinloos geweest om zo veel voorraad aan te leggen.

Heel langzaam, haast teder, maakte hij de strop, en probeerde een paar keer of de kabel wel glad liep voordat hij hem aan een van de balken vastbond.

'In de naam van de Vader, de Zoon en de Heilige Geest.'

'Amen', antwoordden alle kinderen nadat ze een kruis hadden geslagen, zoals altijd als de les was afgelopen.

Ze wist dat ze niet verondersteld werd te bidden, behalve tijdens de godsdienstlessen, en al helemaal niet als er, zoals in dit geval, drie kinderen in de klas zaten die niet katholiek waren. Ze dwóng de kinderen door dat gebaar, door dat kruisteken aan het begin en aan het eind van haar lessen, en dat was niet volgens de regels, maar ze was niet bereid ervan af te zien, want door dat kruisteken was ze er zeker van een barrière op te werpen die haar werk beschermde tegen kwaad van buiten. Iedereen, docenten en ouders, wisten dat dit het enige was waar ze op stond. Zelfs Nelson had er niets over gezegd toen hij directeur werd, en ook de ouders van haar drie atheïstische leerlingen waren niet komen protesteren.

Toch vond ze die stilte net zo verontrustend als een formeel protest. Ze vermoedde dat Nelsons onverschilligheid vergelijkbaar was met het zwijgen van iemand die zich zo volkomen zeker voelt van zijn zaak dat hij de argumenten van zijn fanatieke tegenstander domweg negeert en weigert de discussie aan te gaan, op dezelfde manier als mensen gekken maar liever gelijk geven en de hebbelijkheden van oude mensen tolereren. De drie leerlingen die de godsdienstlessen niet bijwoonden kwamen uit een goed milieu, niet uit zo'n asociaal, luidruchtig, smerig, onontwikkeld nest waar wordt neergekeken op alles wat maar ruikt naar heiligheid; het waren – net als Marta – uitstekende leerlingen, netjes, ijverig en intelligent, en hun desertie raakte haar meer dan wanneer ze maar middelmatig hadden gepresteerd. Dat er een paar gewone soldaten naar de vijand overliepen kon ze nog wel accepteren, maar ze vond het onverdraaglijk als haar allerbeste generaals dat deden. Wat was er toch met de wereld aan de hand als juist de beste, de ijverigste kinderen, de leerlingen die het fatsoenlijkst waren opgevoed en het minst naar geweld neigden, het Ware Geloof met zó veel onverschilligheid de rug toekeerden; niet in haat, niet in woede of met afschuw, slechts met onverschilligheid. Dat kwam er nu van als het godsdienstonderwijs niet langer verplicht werd gesteld.

Soms, als ze nadacht over de kloof die er bestond tussen de religieuze voorschriften en het menselijke gedrag, moest ze toegeven dat er mensen bestonden die zonder het Ware Geloof aan te hangen, zich waardiger, beter en rechtvaardiger gedroegen dan veel van haar vroomste geloofsgenoten. Dan zei ze tegen zichzelf dat religie op zich er eigenlijk niet toe deed, maar dat het erom ging hoe je leefde.

Maar die tolerantie hield nooit lang stand en dan klampte ze zich weer vast aan de tien geboden van de Sinaïberg. Ze vond zichzelf te oud om te twijfelen aan wat ze altijd had geloofd, en ze zou gek worden als ze haar standpunten en haar geloof bij moest stellen, vandaar dat ze altijd weer terugkeerde naar de onwrikbare doctrine van haar catechismus. Ze vergeleek zichzelf wel met een vestaalse maagd uit de Oudheid, die het heilige vuur van de devotie brandend houdt terwijl de barbaren buiten zich bezatten, ontucht plegen en God lasteren.

De kinderen gingen in een rij het klaslokaal uit en zij liep naar het kantoor om wat papierwerk af te handelen. Nelson was er niet, maar tot haar verbazing trof ze er wel De Molinos, die zich sinds zijn vervanging niet meer op het kantoor had laten zien. Hij stond onbeweeglijk uit het raam te staren, met zijn handen op zijn rug. Zo stond hij wel vaker, als een seminarist, hij leek het niet te kunnen laten, zelfs niet wanneer hij met iemand stond te praten; alsof hij iets te verbergen had, of een mismaaktheid wilde wegstoppen. Zelf als hij leerlingen op hun kop gaf hield hij zijn handen achter zijn rug, hoewel hij dan niets te verbergen leek te hebben, dan deden die handen Julita Guzmán aan de leraren denken die ze zelf vroeger had gehad, van wie in die houding een ongelooflijke dreiging was uitgegaan, alsof ze ieder moment met een van beide handen uit konden halen om je een klap in je gezicht te geven, zonder dat je een idee had van welke kant die zou komen.

Zonder zijn autoriteit van vroeger leek hij oud en zwak, en ze moest een gevoel van medelijden van zich afzetten. Ze schoof met haar stoel om hem te laten weten dat ze er was.

'Ah, jij bent het.'

'Ja', antwoordde ze met gebogen hoofd, bang dat het duidelijk aan haar te zien was hoe ze zich schaamde: ze had het gevoel hem verraden te hebben omdat ze had toegezegd aan te blijven als secretaresse, en ze voelde zich niet op haar gemak in zijn gezelschap.

'En Nelson?'

'Op het gemeentehuis. Hij had vanmiddag een vergadering met de gemeenteraad over de ontwikkeling van buitenschoolse activiteiten. Die willen ze uitbreiden', legde ze uit, met het idee dat hij het prettig zou vinden als hij eerder dan de rest werd geïnformeerd.

'Zou jij hem dan als hij er weer is willen zeggen dat ik morgen een paar uur later ben. Ik heb een afspraak bij de dokter', zei hij.

'Iets ernstigs?' vroeg ze vriendelijk.

'Nee hoor, alleen een controle', antwoordde hij droogjes.

Ze werd overvallen door een golf van eenzaamheid toen De Molinos het kantoor verliet. Hoezeer ze ook op haar werk afgaf, de school hield haar levend en wakker, het was haar hele wereld, de enige plek waar ze contact had met haar naasten. En hoewel ze duidelijk niet in staat was te communiceren met de kinderen, om wie het eigenlijk ging – net als tweederangs hofschilders die windhonden en paarden beter wisten te treffen dan de vorsten, die toch hun beschermheer waren – was ze wel degelijk in staat om vriendschappelijke betrekkingen met collega's aan te gaan. Met De Molinos en zijn vrouw, Matilde Cuaresma, was ze jarenlang bevriend geweest, dat waren de collega's met wie ze herinneringen deelde, verhalen uitwisselde, gezondheidsproblemen besprak en geheimen doorbriefde over ouders of bekenden. Ze had geen man, geen kinderen, geen familie, en nu was ze hen ook nog eens kwijtgeraakt.

Het was vreselijk: niet één van zijn goede ideeën was voortgekomen uit een dialoog met iemand die hem na stond; niet één van zijn projecten was het resultaat van samenwerking. Als hij ooit het idee had gehad dat het directeurschap zou bijdragen aan een betere verhouding met zijn collega's, dat het een dieper contact en meer vriendschappen zou opleveren, dan had hij zich vergist. Integendeel zelfs. Hoewel het zijn ijdelheid streelde een trapje hoger te staan, had het zijn eenzaamheid alleen maar vergroot. In minder dan een maand was hij erachter dat solidariteit en kameraadschap tere, wilde vruchten zijn die niet gedijen in een door macht vervuild milieu.

De nieuwe overlegcultuur die hij had geprobeerd te introduceren, zijn beminnelijkheid, zijn verlangen om bij het nemen van beslissingen tot consensus te komen, of als dat niet mogelijk was in ieder geval iedereen te raadplegen ... niets had de afstand tussen hem en zijn collega's kunnen verkleinen. Hij was afgestapt van het autoritaire model van De Molinos, die er altijd van werd beschuldigd de school te runnen als een kazerne, maar niemand leek hem daar al te erkentelijk voor te zijn. Zelfs aan de afkeuring van degene op wie hij het meest gesteld was had hij niet kunnen ontkomen. Sinds de laatste keer had hij Rita niet meer alleen gesproken, en hij wist dat hij die kans ook niet meer zou krijgen. Hij had de vader van het meisje bij het uitgaan van de school buiten op haar zien wachten, en ze waren met hun drieën weggewandeld.

Net als in het begin was alleen Mozart nog over. Hij ging naar zijn muziekkamer en sloot de deur achter zich, bang dat zijn vrouw hem zou komen storen; hij praatte op school al zo veel, hij moest zich zo inspannen om aardig te zijn tegen iedereen, dat hij thuis toch op zijn minst recht had op één uur rust en eenzaamheid.

Maar die middag had hij zelfs geen zin om te spelen, en haalde hij de klarinet niet eens uit het koffertje. Met een gevoel van vernedering, overtuigd van zijn eigen onbetekenendheid, beperkte hij zich ertoe de plaat op te zetten om zich er opnieuw over te verwonderen hoe de ware kunstenaar een paar schijnbaar simpele noten kon samenvoegen tot zo iets schitterends. Hij strekte zich uit op de chaise longue en sloot zijn ogen, om door niets meer te worden afgeleid, in het bewustzijn dat die muziek een onverdiend geschenk aan de mensheid was.

'Toe maar, naar binnen.'

Hij deed de deur open en trok zachtjes aan de riem. Het kleine hondje stribbelde tegen, het schrok van de medicijngeur in huis en was bang voor de lange, donkere gang daar vóór hem. Hij gaf hem een zacht duwtje met zijn voet en sloot de deur. Het beestje liep een stukje door, hield opnieuw stil en deed, alsof het ermee had gewacht tot ze binnen waren, een plasje voordat hij het had kunnen voorkomen.

'Foei toch, wat doe je nou', mopperde hij, maar zonder barsheid. Er was nog tijd genoeg om het diertje te leren waar zijn slaapplek was, waar zijn etensbak stond en wat wel en wat niet mocht in huis.

'Heb je iemand bij je?' vroeg zijn vader vanuit de woonkamer.

'Ja.'

Hij liep naar de deur en liet het hondje zien. Hij had het nog geen naam gegeven. Net als met Bruno wilde hij wachten tot hij de juiste had gevonden.

'Een nieuwe hond?'

'Waarom niet?'

Na Bruno's wrede dood had hij gedacht dat hij nooit meer een beest zou nemen. Maar een paar dagen geleden was de conciërge met twee puppy's op de proppen gekomen, jonkies van een cockerspaniël van familie van hem, waar ze geen kopers voor hadden kunnen vinden. Ze wilden ze zelf niet houden en wisten niet wat ze ermee moesten. De aanhoudende berichten in de pers over agressieve honden die kinderen hadden gebeten, hadden ervoor gezorgd dat mensen niet meer zo makkelijk een hond namen.

Hij had er één dag over moeten nadenken, maar toen stond zijn besluit vast. Sinds de moord op Larrey was opgehelderd – en ook na de zelfmoord van de man die hem in zijn gezicht had geslagen – was het alsof al die pijnlijke gebeurtenissen in een ver verleden hadden plaatsgevonden, alsof een deel van zijn leven definitief was afgesloten. Ineens was het alsof alle redenen waarom hij zich tot dan toe zo ongelukkig had gevoeld overjarig en onbelangrijk waren.

Vanaf nu zou hij eraan moeten wennen dat in leven blijven nog zijn enige hoop, zijn enige ambitie zou zijn, zonder de mogelijkheid van een andere baan, zonder dat er meer gebeurde dan een tweewekelijks bezoek aan de kapper en aan de hoeren. En dat kaneelkleurige hondje dat zich tegen zijn schoenen aan wreef zou daar geen slecht gezelschap bij zijn.

'Petra heeft weer een bord gebroken.'

'Dat is vast gevallen.'

'Nee, volgens mij doet ze het expres. Nog even en we hebben niets meer om van te eten.'

'Maakt u zich geen zorgen over borden, papa. Ik koop er wel wat bij', antwoordde hij vergoelijkend.

'Omdat we twee mannen zijn denkt ze dat ze alles kan maken. Als je moeder er nog was zou ze zich dat niet durven permitteren', hield hij vol.

'Welnee, papa, kom nou toch!'

Nu alles in de rest van zijn leven tot rust was gekomen, vond hij het des te ergerlijker dat er in zijn eigen huis nog zo veel spanning was, om flauwekul. Zijn vaders geklaag werd met de dag neurotischer. Hij legde op elke slak zout en wond zich op om het minste of geringste of als iets maar éven te lang duurde. Zelfs de nembutal begon minder effect te krijgen, en als hij geen zin in gezeur had liet hij soms twee of drie druppels meer dan was voorgeschreven in zijn vaders glas vallen. Natuurlijk, het was nog steeds zijn vader, en nog steeds vond hij het vreselijk om te moeten zien hoe de kanker hem opvrat met dezelfde woede waarmee vlammen een droog stuk hout verslinden, om zijn gezicht te zien, met ogen die zo diep in de holte van zijn oogkassen lagen dat het leek alsof ze naar binnen werden getrokken, zijn hoofd dat zo ver was weggezonken tussen zijn schouders dat hij een aantal wervels leek te missen. Maar het viel hem met de dag zwaarder om aan al zijn eisen te voldoen. Soms zei hij tegen zichzelf dat iemand die dodelijk ziek is, ook al is het een vader, het recht niet heeft anderen op die manier te tiranniseren, alsof die ziekte hun schuld is. En daarom fantaseerde hij soms ook over zijn dood, een zachte dood, zoals hij in films wel had gezien, waarbij hem een boek of een foto uit zijn hand viel en hij daarna onbeweeglijk in zijn stoel bleef liggen, alsof hij sliep.

Hij schrok wakker in de leunstoel waarin hij was ingedommeld. Het gebeurde hem tegenwoordig te vaak: hij hoefde maar even met zijn hoofd naar achteren te leunen als hij net van school kwam of hij dommelde enkele minuten weg in turbulente dromen.

Hij kneep zijn ogen dicht en gaapte diep. Daarna deed hij ze weer open, nog een beetje verward door de laatste flarden van zijn nachtmerrie waarin iemand hem had opgedragen een enorm bos te vellen, met niet meer gereedschap dan een snoeischaar. Aan de wand tegenover hem hingen twee portretten, een van hemzelf en een van zijn vrouw. Hij richtte zijn blik op het jaartal, 1978, en op de handtekening van de schilder, Alcántara. De schilderijen waren zijn cadeau geweest voor hun tienjarige bruiloft. Maar het was ook een poging geweest om aan te sluiten bij de tradities en de privileges van de familie Cuaresma. Want in zijn familie had nog nooit iemand zich op een schilderij laten vereeuwigen. Hij had alleen wat saaie zwart-witfoto's, zonder datum, handtekening of een aanwijzing wie degene op de foto was. Maar de Cuaresma's hadden al generaties lang voor een schildersezel plaatsgenomen, met die arrogantie waar afkomst en geld recht op lijken te geven. Hij vond echter dat de portretten van hem en zijn vrouw de onechte glans vertoonden van munten van twijfelachtige afkomst, een overdreven glans die pijnlijk contrasteerde met de gebarsten olieverf van de oudere schilderijen. Als hij zijn eigen gezicht zo zag flitste het altijd door hem heen dat het daar vast niet lang meer zou blijven hangen: zodra hij dood was zou het door iemand op discrete wijze op zolder worden weggeborgen.

Zijn vrouw verscheen in de deuropening en zei: 'Ik ga naar mijn zus. Ik heb haar al een paar dagen niet meer gezien.'

'Prima, je hoeft de sleutels niet mee te nemen. Ik blijf toch thuis.'

Sinds hij geen directeur meer was en niet meer zo veel hoefde te vergaderen, hield hij tijd over, maar hij wist nog niet goed wat hij daarmee aan moest. Na school trok hij zijn jas aan en vertrok, zonder verder nog iemand gedag te zeggen. Hoewel hij vaak op zijn werk had gefoeterd en had uitgekeken naar het moment van zijn pensionering, vroeg hij zich de laatste tijd regelmatig af of hij het toch niet zou gaan missen. Hij had mensen gekend die zich veertig jaar op hun rust hadden verheugd, op de tijd dat ze niets meer met leerlingen te maken zouden hebben, maar die zich zodra het zover was als verlamd voelden. Ze konden hun armen nauwelijks nog optillen, alsof ze beide sleutelbeenderen hadden gebroken, en ineens realiseerden ze zich dat alles waar ze zo op hadden gemopperd hen ook min of meer gelukkig had gemaakt. Ondanks dat ze intens hadden verlangd naar hun rust, begonnen ze op dat moment ook een beetje te sterven. In hun werkzame leven waren ze zo gewend geweest dat er naar hen werd geluisterd en dat ze werden gehoorzaamd, dat het hun niet lukte zich aan te passen aan hun nieuwe situatie van inactiviteit en vergetelheid.

Natuurlijk, hij zou heus geen last hebben van dat soort nostalgische heimwee naar zijn oude vak. Maar hij had er toch zo'n vermoeden van dat hij – op een mildere manier weliswaar, maar net zo hardnekkig – het werk waar hij veertig jaar van zijn leven aan had gegeven zou gaan missen, het werk waarin je, ondanks alles, nog steeds discipline, logica en orde tegenover de algemene chaos kon stellen.

'Acht uur?'

'Ja.'

'Kom je naar mij toe?'

'Ik zou het leuk vinden als je deze keer naar mij kwam.'

Ze lachte, hoewel ze zich ervan bewust was dat hij dat aan de andere kant van de telefoon niet kon zien. Ze vond het fijn dat hij haar bij hem thuis uitnodigde; ze had er al langer op gehoopt. Ze had het gevoel dat met die uitnodiging alles tussen hen helder en duidelijk werd.

'Lijkt je dat wat?' hoorde ze hem vragen, toen ze niet meteen antwoordde. Maar stilte schiep alleen maar meer intimiteit tussen hen.

'Heel graag.'

'Goed dan, acht uur. Dan gaan we daarna naar de bioscoop.'

Ze was weleens bang geweest nooit de ware te vinden, zo'n vrouw te worden die de ene na de andere geliefde verslijt. Toch vond ze zichzelf niet dellerig, hoewel ze het vorige schooljaar twee mannen had gehad die enorm van elkaar verschilden, een van hen zelfs getrouwd. Ze was niet iemand die het aanlegde met iedereen die haar beviel. Maar het vreemde was dat al haar relaties, en ze wist ook niet hoe dat kwam, op een problematische manier eindigden. Ze was niet in staat om, zoals sommigen van haar vriendinnen, met tien verschillende mannen naar bed te gaan zonder dat iemand – die mannen zeker niet – daar weet van had, en zonder dat het in hun leven en hun lichaam meer achterliet dan een vage herinnering aan het genot. Nee, zij was anders, bij haar raakte geen enkele relatie in de vergetelheid. Nooit liet een minnaar haar vijf minuten nadat ze uit elkaar waren gegaan onverschillig.

Deze keer was ze er merkwaardig zeker van dat alles goed zou komen. Ze kon zich geen plek op de wereld voorstellen waar ze elkaar niet zouden kunnen volgen, geen enkele reden voor wanhoop of cynisme. Al bij hun eerste afspraakje had ze gemerkt dat hun problemen eenvoudiger werden als ze samen waren. Natuurlijk zouden er ooit moeilijkheden opduiken die ze zouden moeten overwinnen, maar dat kon nu eenmaal niet anders in een relatie. Volmaakt was het nooit, het was niet mogelijk samen te leven zonder elkaar soms te kwetsen, nooit het gevoel te hebben meer te geven dan te ontvangen, nooit de benauwende atmosfeer die in elke relatie weleens ontstaat te willen ontvluchten.

'Ik heb het met geen enkel programma weten te onderscheppen', zei Ernesto. 'Ik heb geen idee waar het zit.'

'Laat mij maar even proberen.'

Julián Monasterio ging voor de computer zitten en tikte een aantal codes in, terwijl zijn werknemer geïnteresseerd over zijn schouder meekeek wat hij deed. Op het scherm verschenen lange kolommen met wachtwoorden, getallen en symbolen die onbegrijpelijk waren voor iemand die geen idee had welke mysteries zich binnen in een computer afspelen.

Zo nu en dan stopte hij even om na te denken, informatie te lezen, gegevens te wissen en iets nieuws in te voeren, om dan weer te wachten, als een jager die in een bos achter een beest aan zit en stilhoudt om de reactie van zijn prooi op ieder van zijn bewegingen te observeren.

Hij haatte de mensen die computervirussen de wereld in stuurden, en niet eens zozeer vanwege de overlast en de tegenslag die ze op zijn werk veroorzaakten, als wel vanwege de bewuste manier waarop ze chaos en narigheid brachten in het leven van anderen: op afstand en anoniem. En ook vanwege de volslagen willekeur van hun kwaadaardige, verwarrende acties, want de makers hadden er geen enkel belang bij om de computer van anderen gek te maken en om woorden die ooit helder en begrijpelijk waren, waarmee ideeën, wensen en gevoelens uitgedrukt konden worden, te veranderen in volslagen onbegrijpelijke hiëroglyfen.

'Aha, ik heb het!' riep hij uit, terwijl hij met zijn muis een reeks letters en cijfers aanwees die op het eerste gezicht weinig leken te verschillen van de rest. 'Onze kleine vriend heeft zich goed verstopt.'

Hij stopte een cd in de computer en typte nog wat, bij elke mededeling die op het scherm verscheen instemmend knikkend.

'Dat was het. Dit zal geen last meer veroorzaken', zei hij uiteindelijk, terwijl hij Ernesto zijn stoel teruggaf.

'Je moet me toch echt vertellen hoe je het hebt gedaan. Ik kon het op een gegeven moment niet meer volgen.'

'Morgen. Ik moet me nu haasten. Ik ben al aan de late kant. Wil jij afsluiten?' zei hij, terwijl hij zijn jasje aanschoot.

Hij had met Rita afgesproken om Alba mee naar de bioscoop te nemen en hij wilde voor allebei op tijd zijn; verder zou haast de rust verstoren die hem de laatste dagen omringde, nu eindelijk alles was opgelost en de toekomst er niet langer uitzag als een muur waartegen je omhoog moet klimmen om vervolgens bovenop te ontdekken dat er glasscherven in zitten gemetseld. Hij was niemand meer iets verplicht. Het hele drama van het pistool was beter afgelopen dan hij had kunnen hopen. Behalve Cupido en de luitenant wist verder niemand hoe de dienstweigeraar aan het wapen was gekomen. Natuurlijk was Rita er ook niet van op de hoogte, en dat zou ook zo blijven, want hij wist hoe dol ze op Larrey was geweest en was bang dat het voor altijd een schaduw over hun verhouding zou werpen als hij het haar vertelde. Het was niet meer dan normaal, hield hij zichzelf voor, dat als op hun leeftijd een man en een vrouw elkaar ontmoeten en besluiten samen verder te gaan, ze altijd geheimen uit hun verleden met zich meedragen die ze niet kunnen onthullen zonder dat hun relatie daaronder lijdt. Hij had zelf nooit veel vertrouwen gehad in vrouwen die de volwassenheid bereiken zonder zich ooit vergist te hebben, dus waarom kon hij niet net zo mild voor zichzelf zijn. En verder, als het zo was dat je hard moest werken voor de liefde, als het zo was dat je erin moest geloven, dan was hij bereid zich tot het uiterste in te spannen. Hij wist hoeveel hij overhad voor de vrouw die hij beminde.

Wat Alba betreft, hij had goede hoop dat ze niets overhield aan die middag. Het leek wel alsof die vreselijke, angstwekkende ervaring als een soort katalysator had gewerkt, die haar kon helpen zich weer op te richten. Hij begreep nu dat zijn dochter die middag niet eens zozeer bang was geweest voor het fysieke geweld als wel voor de eenzaamheid en het gevoel van verlorenheid. Bij die angst viel verder alles in het niet.

Hij kwam thuis en maakte de deur open. Rocío wachtte al op hem en nam afscheid tot de volgende dag.

Alba rende door de gang op hem af en hij bukte zich om haar een kus te geven. Toen ze lachte zag hij heel even iets wits in haar kaak. Verrast en hoopvol ging hij voor haar op zijn knieën zitten, nam haar gezicht in zijn handen en draaide haar wat meer naar het licht. Met zijn duimen trok hij zachtjes haar onderlip naar beneden om te controleren of het geen broodkruimeltje was, of een restje yoghurt of melk. Het was echt zo. Het snijtandje waar ze zo veel maanden op hadden gewacht begon door te komen. Hij raakte het met het topje van zijn wijsvinger aan en kon het kleine geribbelde randje voelen.

'Bijt eens zachtjes', vroeg hij.

Het meisje deed haar kaken dicht en Julián Monasterio gaf een gil. Hij liet zich achterovervallen, de pijn in zijn vinger overdrijvend.

'Je hebt een nieuwe tand!' riep hij uit, en hij gaf haar een knuffel. 'Niemand meer bijten, hoor, je bent nu een grote meid.'

Ze hielden hun wangen tegen elkaar en hij voelde zijn dochter lachen. Hij bleef nog even zo staan, overweldigd door een diep gevoel van geluk en opluchting. Daarna kwam hij overeind en zei: 'Laten we ons omkleden. Rita kan ieder moment hier zijn.'

Terwijl hij haar gympen dichtstrikte herinnerde hij zich ineens een oud raadseltje dat zijn vader hem dertig jaar geleden had opgegeven: 'Weet jij welk dier de meeste tanden heeft?' vroeg hij haar, uiterst serieus.

'Een leeuw.'

'Nee.'

'Een krokodil.'

'Nee.'

'Een haai.'

'Nee.'

'Honden!' riep ze uit, een beetje ongeduldig.

'Nee.'

'Zeg hct maar. Ik geef het op.'

'De tandenmuis.'

Alba fronste even verward haar wenkbrauwen, maar daarna klonk haar heldere, gelukkige lach, die Julián Monasterio een wonder leek.

Eugenio Fuentes bij De Geus

Het woud

Als privédetective Ricardo Cupido de opdracht krijgt om de moordenaar van de Madrileense schilderes Gloria te vinden, raakt hij volkomen in de ban van deze vrouw, die op iedereen een onuitwisbare indruk maakte. Het lijkt er aanvankelijk op dat de moordenaar een bekende moet zijn geweest, iemand die het niet kon verkroppen dat Gloria zo gesteld was op haar onafhankelijkheid. Maar deze veronderstelling vervalt als een tweede vrouw op precies dezelfde wijze wordt vermoord – in hetzelfde natuurgebied. Alles wijst er nu op dat een of andere gek aan het moorden is geslagen.

De handen van de pianist

Een fundamentele ruzie tussen de partners van een architecten- annex projectbureau leidt ertoe dat een van hen (Miranda) besluit de ander (Martín) te laten vermoorden. Wie moet dat doen? Bij toeval komt Miranda in aanraking met een armlastige pianist, die wat geld bijverdient door op verzoek overlast veroorzakende dieren te doden. Miranda vraagt hem iets te doen aan de duiven die haar balkon bevuilen. Ze heeft ook nog een andere opdracht voor hem ... Na lang aarzelen besluit de pianist de opdracht niet aan te nemen. Maar dan wordt Martín toch vermoord. Onmiddellijk beseft de pianist dat hij van de moord verdacht zal worden, terwijl zijn geweten schoon is. Daarom roept hij de hulp van privédetective Ricardo Cupido in om de ware moordenaar te ontmaskeren.